Ensemble, c'est tout

安在一起

[法]安娜·加瓦尔达——著

施瑞瑄——

——译

四川文艺出版社

图书在版编目（CIP）数据

只要在一起 / （法）安娜·加瓦尔达著；施瑞瑄译
. —— 成都：四川文艺出版社，2021.12
ISBN 978-7-5411-6218-3

Ⅰ.①只… Ⅱ.①安… ②施… Ⅲ.①长篇小说 – 法
国 – 现代 Ⅳ.① I565.45

中国版本图书馆 CIP 数据核字 (2021) 第 244497 号

ENSEMBLE, C'EST TOUT © LE DILETTANTE, 2004
Published in agreement with Éditions Le Dilettante, through The Grayhawk Agency Ltd.

版权登记号：图进字 21-2021-499

ZHI YAO ZAI YI QI

只要在一起

[法]安娜·加瓦尔达　著

施瑞瑄　译

出 品 人　张庆宁
策划出品　凤炫文化
责任编辑　邓　敏
责任校对　汪　平

出版发行　四川文艺出版社（成都市槐树街 2 号）
网　　址　www.scwys.com
电　　话　021-38970338-8006（发行部）　　028-86259303（编辑部）
传　　真　028-86259306

印　　刷　上海盛通时代印刷有限公司
成品尺寸　145mm×210mm　　　开　本　32 开
印　　张　12.625　　　　　　　字　数　400 千
版　　次　2021 年 12 月第一版　　印　次　2021 年 12 月第一次印刷
书　　号　ISBN 978-7-5411-6218-3
定　　价　48.00 元

版权所有·侵权必究。
如有质量问题，请与本公司图书发行部联系调换。电话：021-38970338-8006

目　录

265

第四部

这四个人已准备共度余生，

或许，这将会是他们生命中最美丽的日子。

338

第五部

我们没什么好失去的，因为我们什么都没有。

好啦，来吧。

395

尾声

第一部

卡蜜儿是幽灵……她行动缓慢，沉默寡言，

总是优雅从容地躲开其他人。

1

波莱特·雷斯塔并不像大家所说的那样疯了。当然，她仍然知道哪天是哪天，因为她只剩下这件事好做：数着日子，等待日子，遗忘日子。她很清楚今天星期三，而且已经准备妥当！她穿上大衣，提着菜篮，带了折价券。她甚至听见伊冯娜的车声从远远的地方传来……

不过这时，她的猫咪站在门前，饥肠辘辘。当她弯腰放下盘子时，她跌倒了，一头撞上楼梯的第一级台阶。

波莱特·雷斯塔经常跌倒，这是她的秘密，不能跟人说，任何人都不行。

"你听到了吗？不可以跟任何人说。"她威胁自己，"不可以跟伊冯娜，也不可以跟医生，更不可以跟你的孙子……"必须慢慢爬起来，等到不再天旋地转，再涂上药膏，按摩伤口，最后把这些该死的瘀青藏好。

波莱特身上的瘀青从来不是青色的，通常是黄色、绿色、紫色，留在她身上好久，太久了，有时好几个月……要隐藏这些瘀青并不容易，有人问她为什么老穿得像过冬一样，总是穿着长袜，从不脱下背心。尤其是她的小孙子，老爱缠着她问："外婆你怎么了？再不脱掉这些衣服，你会热死的！"

不。其实波莱特·雷斯塔一点儿都不疯。她明白自己身上巨大的瘀青永远也不会消去，总有一天会给她带来麻烦。

她知道那些像她一样没用的老太婆是怎么结束生命的。她们任菜园里长满杂草，倚着家具以防跌倒。那些老太婆无法穿针引线，甚至连调高电视的音量也不会了。她们按遍遥控器上的每个按键，最后只能气得拔掉电视机插头并哭吼，淌着苦涩的小泪珠，在死寂的电视机前抱头懊恼。

然后呢？什么都没了？家里没有任何声响？没有人声？永远不会有？借口说你忘了遥控器上调节音量的按键颜色？你的孙子帮你贴上贴纸的……他帮你贴了贴纸！一个转换频道，一个调整音量，一个电源开关。好了，波莱特！别哭了，看看这些贴纸！

你们别对我大呼小叫……那些贴纸早就不见了……才一贴上去就掉了……我找那个按键找了好几个月，我听不见电视的声音，我只能看着画面，听着小声的呢喃……所以别这样叫了，你们会让我更聋，更听不见……

2

"波莱特！波莱特！你在吗？"

伊冯娜咒骂着。天气很冷，她将披巾紧紧裹住胸前，又咒骂起来。她不喜欢耽误去超级市场的时间，一点也不喜欢。

她叹口气，走回车上，关掉引擎，拿了她的毛线帽。

波莱特应该在花园里，她总是在那里，坐在空无一物的兔笼旁边那条长椅上。她可以坐在那里好几个小时，从早上一直坐到夜晚，双手放在膝盖上，两眼无神，一动也不动。

波莱特爱自言自语，她对着死人问话，向活人祈祷。

她对着花、脚边的蔬菜、山雀或是自己的影子说话。波莱特的头脑不灵光了，搞不清楚哪天是哪天。今天星期三，是购物的日子。伊冯娜这十年来每个星期都会来载波莱特去买东西，她拉起小栅门上的卡锁，一边咕哝着说："如果没有这么不幸……"如果年纪一大把不是件不幸的事，如果孤家寡人不是件不幸的事，如果太晚到超市，无法在收银台旁找到推车不是件不幸的事……

但是，花园里没人。

这个气冲冲的女人开始紧张起来。她走到房子后面，用手遮着眼睛贴在玻璃窗上观看屋内的动静。

"我的天啊！"她惊声尖叫。她的朋友躺在厨房地砖上。

她在胸前画十字，由于太过震惊，画十字的动作顺序都弄反了。接着又咒骂了几句，情绪稍微平复后立即去找工具。她用锄头敲破玻璃，使出浑身解数爬上窗台。

她费劲地穿过房间，跪在地上，抬起浸泡在混着牛奶和鲜血的粉红色液体里的脸。

"喂！波莱特！你死了吗？你还活着吗？"一旁的猫咪舔着地板，呼噜呼噜叫，无视了满地碎玻璃和这个不幸的意外。

3

伊冯娜不想上救护车，但是救护人员坚持，以办理这次破门而入的紧急救护相关手续。

"你认识这位老太太吗？"

伊冯娜不悦地回答："废话，我当然认识她！我们以前是同学！"

"那就上车。"

"我的车呢？"

"你的车子不会不见的！待会儿就送你回来。"

"好吧，"她无奈地顺从，"我还得去买东西呢……"

救护车上很不舒服：她被安排坐在担架旁的小凳子上，空间拥挤，她唯一能做的就是牢牢抓住手提袋，但只要车子转弯，整个人就几乎要扑倒。

一个年轻男人和她一同坐在车里，他因为找不到老太太手臂上的血管而大吼大叫，伊冯娜对此极为不满。

"不要大叫，不要再叫了，"她低声说，"你到底要给她做什么？"

"打点滴。"

"打点儿什么？"

伊冯娜和男人的眼神交会，觉得自己还是闭嘴算了，她喃喃自语："看看，他是怎么蹂躏她的手，可怜啊，你看看……不不，我还是别看的好……圣母玛利亚，求求您为……喂！你把她弄痛啦！"

男人起身调整点滴调节器。伊冯娜数着滴下来的水滴，胡乱祷告一番，但是救护车的鸣笛声响让她始终无法专注。

她把朋友的手放到自己膝上，无意识地抚摸着，像在抚平裙摆，悲伤和恐惧使她的动作不带半点温柔……

伊冯娜叹气，看着这双遍布皱纹、老茧和伤痕的手，指甲虽然还算细致，但已变得坚硬灰白，又脏又裂。她伸出自己的手和波莱特的比较，的确，自己的手泛黄、肉多，但是生活中她却少承受了很多痛苦……她有好久没到菜园里工作了……她老公还在自己种马铃薯，但除此之外还是去超市买吧。现在的菜都很干净，她不需要为了菜虫去剥莴苣的心……她还有她的世界：她的吉尔伯特、娜达莉和小孙子让她宠让她疼……而波莱特呢，她到底还有什么？没有，一无所有。一个过世的丈夫，一个生活糜烂的女儿和一个从来不来看她的外孙。她有的尽是烦恼和一连串痛苦回忆……

伊冯娜想着："这就是人生吗？"如此轻如鸿毛，如此不堪吗？波莱特……一个那么美丽的女人！她是那么棒！那么魅力四射……但如今？这些都到哪儿去了？

老太太的双唇开始嚅动，伊冯娜赶紧把刚才脑子里的杂念扫开。

"波莱特，是我，伊冯娜。一切都很好，我的波莱特……我是为了办点手续和……"

"我死了吗？好了，我死了吧？"声音低低的。

"当然没有，我的波莱特！当然没有！你没死！"

"啊！"当她闭上眼睛，又说了一次，"啊！"

这个"啊"并不愉快，混杂着失望、失落和已然放弃的口气。"啊！我并没有死——啊，是吗——啊，算了——啊，对——不——起……"

伊冯娜不表同意。"来！我的波莱特一定要活着！不管怎么样都一定要好好活着！"

老太太困难、缓缓地摇了摇头。她低声悲叹并且惋惜、微弱地表示出抗拒。算是第一次提出了反对——或许是吧。

气氛安静下来，伊冯娜也不晓得该说什么好。她吸着鼻子抽泣，用加倍的温情握住她朋友的手。

"他们要把我弄到养老院，是不是？"

伊冯娜激动地说："没有，他们不会把你带到养老院！不可能！怎么这样胡说？他们是要给你治疗，只是这样！过几天你就会回家了！"

"不。我很清楚……"

"哟，瞧瞧！我说这位先生又怎么了？"

救护人员比手势要她讲话小声一点。

"我的猫呢？"

"我会照顾你的猫。别担心。"

"我的弗兰克呢？"

"我们也会通知你外孙，等一下立刻打电话。我负责。"

"我找不到他的号码，弄丢了。"

"我会找到的！"

"可是别打扰他，唉，你知道，他工作很辛苦。"

"是，我的波莱特，我知道，我会留言给他。你知道现在年轻人都有手机，不会打扰到他的。"

"你跟他说，我，那个……"

老太太喘不过气来了。

车子开上通往医院的爬坡路段，波莱特却开始啜泣："我的花园……我的房子……求求你们带我回家吧……"

这时候，伊冯娜和年轻人已经站起来了。

4

"上次经期是什么时候？"

她站在屏风后面和她的牛仔裤拔河，内心拉锯，终于下定决心脱下裤子。她叹口气，她就知道他会问这个问题。她就知道。她其实早有因应之策：用一枚沉重的银发卡系住头发，站上那台该死的体重秤时再紧握双拳，尽可能往下使力，她甚至在上面轻轻跳动好让指针移动……但是不，不够，这下子又得听医生训话了，当他诊看她的腹部时，她看见他皱了眉头。她的肋骨和胯骨明显突出，而干扁的胸部和凹陷的屁股，都让医生为之气恼。

最后，她静静扣上腰带。只不过是一次职业健康检查，没什么好怕的，又不是在学校，只要一番花言巧语，就可以离开了。

"什么时候？"

她坐在他面前，对着他笑。

这是她的致命武器，秘密绝招。面对一个令你不知所措的人，不可能有比微笑更有用的方法。可惜，这家伙看穿了她的伎俩，他放下手，双臂交叠，脸上堆着无力的微笑。而她已经准备好要回答了。她也认为他长得不错，当他的手放到她的肚子上，她禁不住闭起眼睛。

"怎样？说实话，否则不如别说。"

"很久没来了……"

"果然，"一副"我就知道"的样子，"一七三厘米，四十八公斤，你瘦到几乎都可以穿过两张相粘的海报纸缝隙了。"

"什么纸？"她故作天真地问。

"呃，海报纸……"

"哦，你是说海报！抱歉，我还不知道有海报纸这种说法……"

他想回应，但终究没说出口，只是叹了口气，低头去拿处方笺，然后重新看着她的眼睛。

"你都不吃东西吗？"

"谁说的，当然吃呀！"

当下，一股强烈的疲惫感弥漫全身。她真的无法再忍受关于体重的话题，她觉得自己受够了。她即将满二十七岁，却还老是绕着同一个话题转。难道没有别的可谈？她可是好好地站在这里，狗屎！她是活的，活得好好的，和别人一样活跃，和其他的女孩一样会开心，会悲伤，一样勇敢，一样感性，一样会感到失望。这身体里可是有个活生生的人住着呢！有人在里面啊！

大发慈悲吧，难道今天不能讨论其他事情吗？

"你也同意吧？四十八公斤不够重……"

"是的。"她认输地说，"对，我同意，我的体重已经很久没有下降到这么低了，我……"

"你怎样？"

"没有，没什么。"

"说吧。"

"我，我，我以前有过比较胖的时候，我想……"

他没有回应。

"帮我填一下证明书好吗？"

"没问题，我会帮你填的。"他吐了口气，"呃，是什么公司来着？"

"哪个？"

"这里，我们这家公司，你的公司……"

"杜克灵[1]。"

"抱歉，你说什么？"

_____

1 原文中"Touclean Tout"为法语"全部"之意；"clean"为英文"清洁"之意。这家公司名混合了法英两种意思。

"杜克灵。"

"大写的T，后面是 o-u-c-l-i-n-e。"他边念边写。

"不是，是 c-l-e-a-n，"她纠正，"我知道这不太像法语，我想是公司喜欢老美那一套。你看，这样会显得比较专业，我们公司，可以说是一个'万得佛梦想团队'（Wonderful dream team）。"

他没在听。

"正确写法呢？"

"抱歉，你说什么？"

"公司名称？"

她靠着椅背伸伸懒腰，以全世界最认真的稳重语调，那种航空小姐般的语调介绍公司全新的服务项目：

> "杜克灵，女士们，先生们，杜克灵满足您所有清洁的需求。个人的、职业的，办公室、社团、诊所、服务处、医院、居家、大楼、工作室，杜克灵都为您服务。杜克灵、整理灵、清洁灵、打扫灵、吸尘灵、打蜡灵、涂抹灵、消毒灵，一切亮晶晶、美化、整顿、除臭，一切灵。配合您的时间，随传随到。包君满意，细心严谨，价钱合理。杜克灵，为您提供专业的服务！"

她一口气朗诵出这串惊人的台词，让这位年轻的法国医生为之瞠目结舌。

"这是脱口秀表演吗？"

"当然不是。还有，你待会儿就能看到这个梦幻团队的其他成员，就在门后面……"

"所以确切来说，你的工作是？"

"我刚才不是说了？"

"有吗，我是问你，你自己！"

"我？好吧，我负责整理、清洁、扫地、吸尘、打蜡和所有杂七杂八的事。"

"所以你是清洁工？"

"技术……环境空间技术员，我比较喜欢这个说法……"

他不知道她是认真的还是在开玩笑。

"为什么做这个工作？"

她睁大了眼睛。

"呃，你听我说，我的意思是，为何是这个工作？而不是其他工作？"

"为什么不能是这个工作？"

"你难道不想要从事……嗯，比较……"

"有保障点的工作？"

"是啊。"

"不想。"

他手拿着笔，看着表上日期，嘴巴还微张着，就这样子持续了好一会儿，才重新低下头问她："贵姓？"

"佛戈。"

"名字？"

"卡蜜儿。"

"生日？"

"一九七七年二月十七日。"

"拿着，佛戈小姐，你有工作的资格了。"

"太棒了，多少钱？"

"不用，这个杜克灵公司会帮你支付。"

她动作夸张地站起身："哦，对，杜克灵！真是太棒了，这样子我就有扫厕所的资格了……"

他陪她走到门口，随后敛起笑容，恢复严肃的表情。

他一手拉着她的手，另一只手压下了门把："多增重几公斤吧，让我开心一下……"

她摇了摇头。这对她是行不通的了。这种想要博取好感和交换条件的事，她已经受够了。

"看看，再说吧……"她说。

接着换萨米亚进去。

她从医疗车脚踏上走了下来，一边找寻她外套里的香烟。这时肥胖的杜嬷嬷和卡琳正坐在长条椅上对着路人品头论足，同时大发牢骚，因为她们想回家了。

"怎么样？你在里面做了什么交易？我可是要赶车回家的，他对你催了眠还是施了法？"

胖杜嬷嬷开着玩笑。

卡蜜儿坐到地上，对着杜嬷嬷微笑。这是一个不一样的笑，一个爽朗的笑。卡蜜儿对胖杜嬷嬷是不耍心机的，因为她太机灵……

"他人好吗？"卡琳边问边吐出刚啃下来的指甲片。

"很棒。"

"哈，我就知道，一定是这样！我就跟你和希尔薇说嘛，她在里面脱得光光的！"杜嬷嬷沾沾自喜地说。

"他会叫你站上体重秤……"

"谁？我？"杜嬷嬷吼叫着说，"我？他想要我站上他的体重秤！"

杜嬷嬷至少有一百公斤，她拍拍屁股说："绝不可能！要是我爬到上面去，肯定会把体重秤和他都压扁！还有什么？"

"他还要帮你打针。"卡琳随口胡诌。

"打什么针？"

"没这回事！"卡蜜儿安慰她，"没有的事，他只会听你的心跳和呼吸。"

"那还好。"

"还会摸你的肚子……"

"喂，喂，滚回他家去，要是他摸我的肚子，我就把他生吃活吞……这个美味的小白人医师。"她立刻板起脸，加重了语气，搓了搓她穿的黑人传统长袍。

"哦！这可是上等的美食啊……我们祖先说过，只要配上木薯和鸡冠……嗯嗯……"

"那他对那个佩达，会怎么做？"

那个佩达，名叫乔西，是她们非常讨厌的女人，一个恶劣的人，大家都厌恶。而且，她还是她们的主管；确切地说，是她们的"高层长官"，这职称就清楚标示在她胸前。佩达弄糟了她们的生活。

尽管以她有限的智慧做不出更令人厌烦的事，不过即使是这样也已经够累人的了。

"对她，甭想。他一闻到她的味道，就会要她马上穿回衣服的。"

卡琳说得没错，乔西·佩达除了上面这些特色外，还很会流汗。

接着轮到卡琳进去。杜嬷嬷则从自己的布提包里拿出一沓文件放到卡蜜儿膝上，要卡蜜儿帮她看看，了解一下这个狗屁内容。

"这是什么？"

"家庭补助申请呀！"

"我是说上面这些名字啦！"

"我的家人啊！"

"你哪个家？"

"我哪个家，哪个家人？卡蜜儿，用你的脑袋想想！当然是我的家人啊！"

"这些名字，全都是你的家人？"

"对，全部！"她骄傲地表示。

"你总共有几个小孩？"

"五个，我哥哥有四个。"

"那他们怎么全在这上头？"

"在哪儿？"

"在这个文件上头呀。"

"这样比较方便嘛，我们和我哥哥、嫂嫂同住，共享一个信箱，所以说……"

"可是，这不可以，这样不行的……他们会说这样不行……你不能有九个小孩……"

"为什么不能？我妈她可是有十二个小孩的！"杜嬷嬷激动地说。

"等等，你先别激动，我只是告诉你申请规定。他们希望你清楚描述你家的情况，并出示户口簿。"

"然后呢？"

"这么看来，你的文件不合规定，你不可以把你哥哥和你自己的孩子全算在同一张申报单上……"

"是啦，可是我哥哥什么都没有！"

"他有工作吗？"

"他当然有工作！他是高速公路工人！"

"嫂嫂呢？"

杜嬷嬷皱着鼻子说："她呀，专长是游手好闲！告诉你，她什么都不干，凶巴巴坏脾气的懒惰女人，挪都不挪她的'大屁股'一下！"

卡蜜儿在心里暗自窃笑，真难想象在杜嬷嬷眼中的大屁股是什么模样……

"他们两个都有身份证吗？"

"当然有！"

"那可以分开申报……"

"但是我嫂嫂不想去申请机构那里，我哥晚上要工作，白天又要睡觉，你看这……"

"我了解。你现在领的补助金是给几个小孩？"

"四个。"

"四个？"

"是呀，这就是我一开始要跟你说明的。你呢，就跟其他白人一样，总是有理由，而且从不听别人说话！"

卡蜜儿无力地轻叹。

"我要跟你说的问题就是，他们忘记了'我的希希'……"

"'沃德希希'是什么咒语来着？"

"笨蛋！她不是咒语。是我最小的孩子！我的老幺，名字叫希希……"

"哦！原来是'你的希希'！"

"就是这样。"

"那为什么她没有补助呢？"

"卡蜜儿你是真不知还是故意？这就是我从一开始就要请你解决的问题！"

卡蜜儿不知道自己还能说什么，于是回答："我想最好的方式是，你和你哥哥或是嫂嫂带着全部文件到申请机构，去向那位女士说明清楚……"

"为什么你说要找那位女士？又是哪一位？"

"随便哪一位都行！"卡蜜儿觉得不耐烦了。

"好啦，别这样生气。我以为你认识她……"

"杜嬷嬷，我怎么会认识机构里的人？我甚至没去过那里。"

她把杜嬷嬷乱七八糟的一堆文件还给她，里面夹着广告单、汽车照片和电话账单。她听到杜嬷嬷低声埋怨："是她自己说'那位女士'的，我问她是哪一个，明明很正常，因为那里也有先生，要是她没去过，怎么知道那会是个女士呢？那里也有许多先生的……她真以为自己什么都知道？"

"嘿，你生气了？"

"谁说的，我才没生气。你说要帮我却没帮。就是这样！总之就是这样！"

"我和你一起去。"

"去申请单位吗？"

"没错。"

"你会跟那位女士说？"

"没错。"

"要是不是她呢？"

就在卡蜜儿快要失去仅剩的耐心时，萨米亚出来了。萨米亚说："杜嬷嬷换你了……"

萨米亚接着转身对卡蜜儿说："拿去吧，医生的电话号码……"

"做什么？"

"做什么？我哪知道！当然是想上你！是他要我拿给你的……"

他在一张处方笺上写下手机号码，并写道："我开给你'一顿丰盛的晚餐'做药方，打电话给我。"

卡蜜儿将纸揉成球团，丢进排水沟里。

杜嬷嬷笨重地起身，用食指指着卡蜜儿："告诉你，如果帮我处理好我的希希的问题，我就叫我哥哥帮你找到爱人……"

"我以为你哥哥是做高速公路的。"

"高速公路，施法兼解咒。"

卡蜜儿望向天空。

"我呢？他可以帮我找到一个我的男人吗？"萨米亚插嘴。

杜嬷嬷走到萨米亚面前，双手虚张声势地挥舞："你这可恶的家伙，把水桶还给我再说！"

"狗屎，别再烦我！那不是你的水桶，是我的，你的是红色的！"

"该死的人，走开，该——死——的——"她一边走一边对着她嘘。

杜嬷嬷才爬上医疗车踏脚的一半，车子就摇晃不已。卡蜜儿抓起她的包包对她微笑。

在里面好好加油吧，加油……

"我们走吧？"

"好呀。"

"你呢？要跟我们一起搭地铁吗？"

"不了，我走路回家。"

"对哦，你住在高级社区……"

"别瞎说了……"

"走了，拜拜……"

"拜。"

卡蜜儿本来今晚受邀到皮耶尔和玛蒂尔德家吃晚餐。她打过电话去取消约会，幸好接电话的是录音机，让她松了一口气。

此刻，那个轻盈的卡蜜儿·佛戈渐渐走远了。幸亏有她背上包包的重量，才能让她在地面行走，不至于被风吹走。她要如何才能解释，其实在她体内堆着好多小碎石和石块呀。

要是她愿意……或是她还有力气，她刚刚应该就要告诉那位体检医师。或许，要是有时间的话，她会不会讲呢？当然，她不能相信时间了，时间总是消失在不知不觉中，太多的星期和月份稍纵即逝，她都来不及参与。刚刚她的独白，那个荒谬的自言自语，是企图让人相信她与其他人一样健壮勇敢，然而，这只是个谎言。

她曾经使用过哪一个字眼？"活的"，是吗？真是可笑至极：卡蜜儿·佛戈不是活的。

卡蜜儿是幽灵，她晚上工作，白天积累碎石。她行动缓慢，沉默寡言，总是优雅从容地躲开其他人。

卡蜜儿是个脆弱、老在躲藏，而且难以捉摸的年轻女孩。

不要相信前面描述的那些画面。其实，那个看起来如此轻松、简单、愉快的卡蜜儿只是在说谎。她满意现在的局面，她强迫着自己去回应，尽量做得和其他人一样，不引起侧目。

她又一次想起那位医生……她不屑他的手机号码，可是她想，也许她因此又错过了一次机会……他看起来颇有耐性，比起其他人来得认真……也许她应该……她需要点时间……她好累，她或许应该双手一摊，告诉他事实。告诉他，她吃得很少，几乎没吃东西，她肚子里的空间早已让碎石头占据了。每天醒来，还没张开眼睛，她感觉自己就在咀嚼沙石，困难地呼吸着。周遭的一切已经不再有意义，每个新的一天像是难以负荷的重量。所以，她哭。并非因为悲伤，她不过是想要忘却一切。眼泪这种液体最终能帮助她消化体内的石头，让她可以呼吸。

他听到了吗？他是否能了解？显然不能，因为这一切的一切，她都选择了缄默。

她不想最后落得和她妈妈一样的下场。她拒绝像她那样走向绝路。假使她真的这么开始了，不知又会把她带往何处。只不过她已走得太远，遥远，深沉，直至晦暗之境。她已经没有勇气再回头做第二次选择。

是的，选择欺骗，但是不再回头。

为了那位亲切的年轻医生，为了杜嬷嬷，她到家里楼下的芳披超市强迫自己买东西吃。为了杜嬷嬷的笑声，为了这个杜克灵的烂工作，为了那个佩达，为卡琳想施咒求得爱人的荒诞情事，为了那些谩骂、那些互相交换的香烟，为了疲惫的身躯，她们疯狂愚蠢的笑声和偶尔的坏情绪，这些都间接地让她感觉自己是活着的。是的，让她活着。

她在购物架前徘徊了好几趟，才决定买香蕉、四罐酸奶和两瓶水。

她瞧见住在同一栋楼的一个家伙。这个怪男生穿着马裤、戴着用胶布粘补的眼镜，拿了件商品又马上放回去，走了几步又改变主意，回头去拿同一件商品，最后到收银台排队，却在轮到付钱时仓促离开，把东西归回原位，行径犹如火星人。有一次，她还看见他离开超市后，折回来买他刚刚决定不买的色拉酱。这位在超市让人看笑话的可怜小丑，在店员面前结结巴巴的模样，让她于心不忍。

她曾经几次在路上或大门前遇见他，只是两人之间有一股复杂、不安的气息，以及令人焦虑的对话。这次也一样，他又在大门的密码锁前嘀咕。

"怎么了？"她问道。

"啊，哦，嗯，对不起。"他扭捏着双手，"小姐晚安，对不起……嗯……叨、叨扰您……我，我叨扰您了，是吗？"

这家伙不是普通的可怕。真不知道该取笑他，还是同情他。他病态的羞涩、咬文嚼字的方式，他的遣词用字和行为举止，都让她极不舒服。

"不会不会，没关系！你忘记密码了？"

"不，老天。我并不知道……其实我……我的天啊，我……"

"还是密码改过了？"

"您是说真的吗？"好像她宣告的是世界末日。

"我们来试试，3、4、2、B、7……"

接着是门锁打开的清脆声响。

"哦，我弄混了……看我弄混……我……我也是这样按的，我也是，无法理解……"

"没关系。"她把门往前推开。

他迅速伸出手臂，越过她的头上想帮她开门，却失手打到她的后脑勺。

"抱歉！没把您弄痛吧？我真是太笨拙了，求您原谅，我……"

"没关系。"她第三次说出没关系。

他僵在那儿没动。

"抱歉……"她忍不住提出请求，"方便抬一下脚吗，您弄到我的脚踝了，这里，好痛……"

她紧张又尴尬地应付着笑。

一入大厅，他急忙跑到玻璃门前开门，好让她顺利进入。

"哦，我不是从这里上楼。"她语带歉意地指指中庭的方向。

"您是说您住在中庭里？"

"呃，不是，可以说是顶楼……"

"哦！那很好呀……"他的袋子提带这下钩到了铜制门把手，"那应该挺不错的……"

"呃，是啊，见仁见智……"她敷衍地回答，然后迅速逃离。

"晚安……代我向您的父母致意！"他大声喊着。

她的父母！这个男人真是有毛病。她记得某天在她固定回家的时刻，午夜时分吧，她到大厅时吓了一跳。这个男人当时正穿着睡衣和战斗靴，手里拿着一盒猫饼干，转身来问她有否见到他的猫咪。她说没有，接着和他在中庭待了一会儿，一起寻找他说的猫咪。她问他："它长什么样子？"

"我也不清楚……"

"你不知道你的猫长什么样子？"

他反驳说："为什么我该知道？我又没有养过猫！"

她在原地呆愣，然后直摇头。这家伙肯定没少嗑药吧。

当她踏上第一级，这个和她糟糕至极的窝紧邻的一百七十二级阶梯，随即想到卡琳说的"高级社区"，说这里是高级住宅区，可真是有道理……她住在一栋面向战神广场的七层豪华大楼，若从这个角度看出去，她确实住在高级社区里。如果有个凳子可以站上去，再冒着危险把身体往右边倾靠，便可以看到，没错，埃菲尔铁塔的顶端。但是除此之外呢，就并非如此了……

她抓着楼梯扶手，手上提挂着两瓶水，气喘如牛地努力告诉自己别停下。不行，不管哪一层都不行。以前有一天晚上，她上楼梯时让自己短暂歇下，却因此再也无力起身。那晚她坐在四楼，头靠在膝盖上睡觉。清晨时刻最让人痛苦，简直会把人冻僵，而且她花了好些时间才明白自己究竟身在何处。

她怕有雷雨，出门前会先关上气窗，同时又望着屋顶冒出的热气兴叹。只要一下雨，室内会被雨打湿。若是天气像今天这样晴朗，会热得叫人窒息，但一到冬天又会冷得叫人直打哆嗦。卡蜜儿对这里的天气变化了如指掌，她已经在这里生活一年有余。她没有什么好埋怨的，拥有这一个住所对她已是奢求。她至今还记得那一天皮耶尔·凯斯勒在她面前推开这间杂物室的门，脸上堆着歉意把钥匙递给她的情景：迷你、脏乱、狭小拥挤，却像是为她量身定做一般。

当他在自家门口看见她并收留她时，饥饿、张皇、不说话的卡蜜儿·佛戈早已经在路边度过好几个夜晚。

那时他从家门前瞥见这个影子，开头还有点害怕。"谁在那里？"

"皮耶尔……"微弱得像在呻吟。

"是谁？"

他打开灯，心里却愈来愈怕。"卡蜜儿？是你吗？"

"皮耶尔，"她哭着推动她的小行李，"帮我看一下……我的东西，你知道吗，有人想把它偷走……它会被偷走……全部，一切的一切，不，我不要他们把我的画画用具拿走，我会死掉……你知道吗？会死……"

他猜想她是受到惊吓了，于是说："卡蜜儿！你在胡说什么？你从哪里跑来的？快进来！"

玛蒂尔德站在他身后，年轻女孩这时已经倒卧在门口的脚踏垫上了。

他们帮她宽衣，让她睡在里面的房间。皮耶尔·凯斯勒拉了把椅子坐在床边，担心地看着她。

"她在睡吗？"

"看起来像是……"

"到底发生了什么事？"

"我真的不知道。"

"看看，怎么会是这个样子！"

"小声点……"

她半夜里醒来，洗了澡，动作轻柔缓慢，以免惊醒这两人。皮耶尔和玛蒂尔德其实没有睡着，不过还是决定不去打扰她。他们给了她备份钥匙，让她待了好几天，也没向她追问问题。

这一对男女真是上帝赐予的天使。

后来，他提议将她安置在他父母过世后所留下来的用人房间，从他的床底下拿出她之前交给他们的格子布小行李箱。

"拿着。"他说。

卡蜜儿摇头。"我想把它放在这儿……"

"不行。"他打断她的话，"东西你带着，它放在我们家没有用处的！"

玛蒂尔德带她到大卖场，为她选了台灯、床垫、床单、几个锅子、一个电炉和一台小冰箱。离开之际，她问卡蜜儿："有钱用吗？"

"有。"

"还好吗，我的大孩子？"

"嗯。"卡蜜儿语带哽咽。

"留着我们的钥匙吧？"

"不，不用，这些够了。我真不知道该说什么好……"两行眼泪掉了下来。

"什么都别说。"

"谢谢……"

"是啊，这就够了，够了。"玛蒂尔德将她拉了过来，靠在身边。

几天后，他们来看她。

爬楼梯上来让他们累坏了，立刻就倒在床垫上头。

皮耶尔开心地说他想起自己年轻的时候，接着就唱起了歌。三个人喝着装在塑料杯里的香槟，玛蒂尔德拿出一个装有一堆好吃食物的大袋子。在香槟和愉悦气氛的助兴下，这两人终于问了几个问题。卡蜜儿也回答了其中几个，谁都没有勉强。

离开的时候，玛蒂尔德走在前面先下了几级阶梯，皮耶尔·凯斯勒这时候转过身去抓卡蜜儿的手腕："卡蜜儿，你要去工作，你应该去工作……"

她的两只眼睛垂了下去。"这段时间你们为我做了很多，很多，很多……"

他又一次紧紧握住她，力气大得几乎把人弄疼。

"不是工作本身的问题，你知道的！"

她抬起头来注视他。"你是为了告诉我这件事才对我伸出援手？是为了叫我去工作？"

"不是的。"

卡蜜儿颤抖着。

"不是的。"他把她放开，并重申，"当然不是，别说傻话。你知道我们都把你当成自己的女儿……"

"才女还是浪女？"

"你要去工作。总之没有其他选择……"他对她微笑。

卡蜜儿回头把门带上，整理剩余的食物，从袋子里翻出一本圣纳立公司的颜料工具目录。书上头贴了张便条，写着"门永远为你而开……"，但她没有勇气打开，只把瓶子里的酒全部喝光。

她听从他的话，去找了份工作。

现在，她清扫别人的屎尿，而这让他感到十分满意。

说真的，在屋子里头工作简直要热死人……她们的主管"超级乔西"前一天还告诉她们："女孩们，别抱怨了，咱们正处在晴朗天气的最后时期，再来就到冬天了，到时候会冷到你的屁股直发抖。所以别再抱怨了，哼！"

这次算她有理。现在已经是九月底，白天变短了，一眨眼就溜走。卡蜜儿思考着自己今年应该以另一种方式来安排生活，早点儿上床睡觉，这样下午起床时还能见到阳光。她对自己蹦出这种想法感到讶异，接着便无精打采地打开电话录音机："是妈妈。好吧……我不知道你知不知道是谁在说话。是妈妈。你知道吗？我说的这个单词，我想，是乖小孩们称呼生母时叫的……卡蜜儿，你有个妈妈，还记得吧？对不起让你回想起不愉快的过去，但我从星期二开始已经留过三次话了……我只想确认我们是不是还要一起午餐……"

卡蜜儿关掉录音机，将刚刚打开的酸奶放回冰箱，然后盘腿坐下，拿起烟草，努力将它们卷成一根烟，手却一直不听使唤。为了卷好一根烟，不让烟草纸裂开，前后用了好几张纸。她专注地卷，双唇紧抿，几近出血，好像卷烟是世界上最重要的一件事。不公平，这真是不公平。就在刚刚，她差不多可以像正常人般地度过一天之际，却因为一张他妈的烟草纸而坏事。她说话、她聆听、她笑，她甚至和其他人有所互动。她可以在医生面前故作媚态，向杜嬷嬷许诺。这些对于其他人稀松平常的小事，对卡蜜儿是多么不同……天知道她有多久没给过承诺了。没有，她未曾对任何人承诺过。但是，录音机发出的几句话就这样扰乱了他的思绪，把她拉回到过去，迫使她继续捣碎、咀嚼在肚子里的那些沉重的碎石头。

5

"雷斯塔先生！"

"是，主厨！"

"电话……"

"不行，主厨！"

"什么不行？"

"我很忙，主厨！叫他晚一点再打……"

主厨摇摇头，走回通道后面的窄小办公室。

"雷斯塔！"

"是，主厨！"

"是你外婆……"

"跟她说，我再打给她。"男孩回着话，同时在为一块肉去骨。

"你烦不烦呐，雷斯塔！过来给我接你他妈的电话！该死！我可不是来服务你的！"

年轻人用挂在围裙上的抹布擦了擦手，用衣袖拭拭额头，并对着在料理台旁边的另一个男孩说话，一边作势要杀他："你别给我乱动，否则宰了你……"

"知道啦。"男孩回应，"去要你的圣诞礼物吧，你的老阿嬷在等你哦……"

"混蛋，去……"

他走进办公室拿起话筒时叹了口气："外婆？"

"你好弗兰克……我不是你外婆，是卡米诺太太，记得吗？"

"卡米诺太太？"

"哦！你真是难找……我打电话给食品公司，他们说你辞职了，我又打电话给……"

"有什么事吗？"他打断她的话。

"我的天啊，是波莱特……"

"等等，别挂。"

他转身关了门，拿起电话后坐下，脸色顿时发白，随即点点头，在桌上翻找可写的纸，讲了几句话后挂上电话。他摘下厨师帽，两手抱住头，闭上眼睛，这样子持续了几分钟。

主厨透过门上的玻璃盯着他看。最后，他把一张小纸片塞到口袋里，走了出来。

"小伙子你还好吗？"

"还好，主厨……"

"没有什么严重的吧？"

"大腿骨上端的股骨颈骨折了。"

"啊！"主厨接着说，"老人家常常这样……我妈在十年前也曾经这样，你看她现在……跟野兔一样！"

"是这样的，主厨……"

"你看起来像是想跟我请假，你……"

"不是，中午我会继续做事，今天晚上的工作，我会利用休息时间来准备，但是之后我想要离开……"

"那今晚谁来做热食？"

"吉约姆，他可以的，他……"

"他行吗？"

"行的。"

"是谁说他会的？"

"我，主厨。"

主厨脸色一沉，随口骂一个正巧经过的男孩，命令他去换衣服。他转过身来向他的领班厨师补充说："去吧。不过，雷斯塔，我先告诉你，如果今晚的工作有任何差错，要是有些微差池，只要一点点，你听到了吗？你就要负责，知道吧？"

"我知道，主厨。"

他回到他的工作岗位，重新拿起菜刀。

"雷斯塔！先去洗手！这里可不是乡下地方！"

"烦死人了，真烦……"他闭起眼睛喃喃自语着。

他安静地工作着。没过多久他的晚餐料理代理人问道："还好吗？"

"不好。"

"我听到你跟胖子说的话……是股骨颈骨折？"

"嗯。"

"严重吗？"

"不会，我想还好，比较伤脑筋的是只有我一个人……"

"一个人又怎样呢？"

"一个人的话，什么都得自己做。"

吉约姆听不懂，宁愿还是还给他清静，让他自己去面对他的麻烦事吧。

"如果你听到我和那老家伙说的话，也就是说你知道今晚你要……"

"Yes！"

"你可以吗？"

"可以的……"

他们继续安静地工作，一个在专心处理兔子，另一个料理羊肉块。

"我的摩托车……"弗兰克说。

"什么？"

"我星期天借你……"

"那辆新的？"

"对。"

"好耶，"吉约姆吹着口哨，"他真爱他的外婆……好呀。就这么办。"

弗兰克苦涩地笑了。

"谢谢。"

"那个？"

"怎么样？"

"你外婆在哪里？"

"在图尔。"

"这么说，如果你要去看她，你星期天应该会用到摩托车才对呀。"

"我可以自己想办法……"

主厨的声音打断了两人谈话："安静，先生们，请安静！"

吉约姆趁着磨刀发出的声音低声说："这样好了……你等她痊愈以后再借给我……"

"谢啦。"

"不用谢我。我就要篡你的位了……"

弗兰克·雷斯塔一边笑一边摇头。

他不发一语。工作时间仿佛过得比平时更慢。他没有办法专心，主厨把菜单递过来的时候他还大声叫嚣。他小心不让自己被烫到，还差点把一面的牛肉煎过头了。他不断小声咒骂，想到这几个星期以来可以说是一塌糊涂。以前外婆身体还健康时，只要一想到她，还有去探望她这件事儿，就已经够复杂而且令人头痛的了。而现在……真是讨厌，他妈的……他刚为了买摩托车办了一笔大额贷款，付款期限就近在眼前，他还为了偿付贷款超时加班。

他哪里会有时间？不过，他虽不敢承认，却窃喜这个意外获得的假期……车行的胖弟弟才刚帮他的摩托车完成改装，这下他可以在高速公路上测试一下效果了……

如果一切顺利，不到一小时他就可以抵达外婆那里，顺便享受路上飙车的快感……

休息时间里，厨房里只剩下他和几个洗碗工。他到仓库清点肉品数量，写下一长串注意事项留给吉约姆。他没时间回家，便在更衣室里洗了澡，随便找个清洁用品洗把脸，带着混乱的思绪离开。

他既兴奋又焦虑。

6

等他把摩托车停放在医院停车场时，已近傍晚六点。

服务台女士告诉他访客时间已过，请他明天十点以后再来，但他坚持不走。两人因此僵持不下。

他把安全帽和手套放在柜台上说："等一下，等等……我不懂，这里……"他尽量维持冷静的语调，"我从巴黎赶过来，等会儿就得离开，你能不能……"

另一名护士这时候正好经过，问道："发生什么事？"

"你好，呃……非常抱歉打扰你，我来看我的外婆，她昨天被人紧急送来这里，我……"

"你贵姓？"

"雷斯塔。"

"好！有的！"她向同事比了个手势，接着说，"跟我来……"

她向他说明大致的情况、手术情形和复健所需时间，并向他询问病人的生活习惯等细节。但他却没办法静下心来，无法及时跟上。这地方散发出的味道和不断在他耳边嗡嗡作响的马达噪声，一时间让他感到相当不舒服。

"你的外孙在这里！"护士开门后开心地宣告。"看到没？我就告诉你他会来的！"她说，"好了，我先离开了，待会儿到我的办公室来找我，不然我可不让你离开……"

他没心情向她道谢。因为眼前，躺在病床上的她，让他的心都碎了。

他转过身，试图找回一点冷静，接着脱下他的夹克、毛衣，为双眼寻找一处可以凝视的地方。

"这里很热吧？"

他的语调很怪异。

"还好吗？"

老太太对他堆着笑容，努力表现出勇敢的样子，但一闭上眼睛便哭了起来。

他们把她的假牙拿掉了，让她的双颊看起来凹陷得好恐怖。她的上唇在颤抖。

"怎么样？你又干了蠢事，对吧？"

他好不容易才挤出这种戏谑的语调。

"你知道，我和护士谈过了，她告诉我手术很成功。现在你身体里打入了一根美丽的钢钉……"

"他们要把我送到养老院……"

"没有的事！你在胡说什么！你只会在这里待几天，再到复健中心。那里不是养老院，它就像医院一样，只不过比较小。他们会善待你，帮你重新走路，然后你就可以回到波莱特的花园了！"

"要待几天呢？"

"几个星期吧……然后，要看你的复原情形……你要用心才行……"

"你会来看我吗？"

"当然，我会来看你！我现在有一辆很炫的摩托车……"

"你不会骑太快吧？"

"慢慢蹭，跟乌龟一样……"

"骗人……"她在盈眶的泪水中对着他笑。

"不要这样，不然我也要哭了……"

"不，你不要哭。你不哭的……你小的时候，即使扭到手臂，我都没看你掉过一滴泪……"

"不要说了。"

因为那些点滴管线，所以他没敢握她的手。

"弗兰克？"

"我在这里，外婆……"

"我好痛。"

"这样很正常，过一阵子就会好了，你要先睡一下。"

"我真的好痛。"

"我离开前，会请护士帮你止痛……"

"你不会马上走吧？"

"不会！"

"跟我说点儿话，谈谈你的事……"

"等一下，我去关灯……"日光灯下，她的脸色显得很难看。

房间朝西，弗兰克拉起窗帘，整间病房瞬间沐浴在柔和的微光中。他将沙发椅移到没有插管线的那只手旁边，用双手握住她的手。

一开始他不知道该说些什么，他从来不晓得该怎么说话，更不知该如何谈自己……他先从琐事说起，巴黎的气候、巴黎的污染、他那辆铃木摩托车的颜色、餐厅伙食和自己做过的蠢事。

不久，在傍晚夕阳之下，他外婆的脸似乎安定下来，而他回想起更多事，也找回彼此间的信赖感。他告诉她，他和女朋友分手的原因，也说他是怎样爱着她，还有他在厨艺上的精进、工作的倦怠……他模仿他的新室友，这时候，他听到外婆发出柔柔的笑声。

"你真是夸张……"

"我发誓！等你来看我们，就知道我有没有夸张了。"

"哦，我可不想去巴黎，我……"

"那我们来这里，我们，你再为我们准备一顿丰盛的美餐！"

"你真这么想？"

"没错。你可以为他做马铃薯蛋糕。"

"哦，这个不好……太老土……"

他继续谈论餐厅状况、那个大嗓门主厨、某天一位到他们厨房大肆赞扬的部长、厨艺精湛的年轻日本厨师以及松露价格，并告诉她莫墨和孟德尔太太的近况。直到听见她呼噜噜的呼吸声，知道她已经睡着了，他才慢慢、静静地起身。

正当他要走出病房时，她叫住他："弗兰克？"

"什么？"

"我没有告诉你妈妈，你知道……"

"你做得很对。"

"我……"

"嘘，现在要睡觉了，睡得越多，你就越早能走路。"

"我这样做好吗？"

他点点头，同时将手指放在嘴唇上。

"你做得很好。来，睡吧。"

医院里刺眼的日光灯照得他极不舒服，他花了好长一段时间才辨识出方向。刚刚的护士正巧经过，一把抓住他。

她指了一下椅子，翻开她的文件，开始询问几个行政上的问题，不过男孩却没有半点回应。

"还好吗？"

"很累……"

"吃过东西了吗？"

"没有，我……"

"等一下，我这里该有的都有。"

她从抽屉里拿出一罐沙丁鱼和一盒饼干。

"这个合你胃口吗？"

"你呢？"

"别担心！你看！我有很多小蛋糕！要不要来一点？"

"不用了，谢谢。我去贩卖机那儿买一瓶可乐……"

"去吧，我陪你喝一小杯，但是……别出声哦！"

他吃了点东西，回答完她的所有问题，就重新拿起随身的东西。

"她说会痛。"

"明天疼痛就会舒缓些了。点滴里头有加一些消炎药，她醒来后会感到比较舒服……"

"谢谢。"

"这是我的职责。"

"我是说沙丁鱼……"

他骑得飞快，回去后整个人瘫在床上，将自己闷在枕头里以免情绪溃堤。绝不能是现在。

他已经支撑了这么久……他还能再撑一下……

7

"咖啡吗？"

"不，请给我可乐。"

卡蜜儿小口啜饮。她坐在咖啡馆里，对面就是与母亲约好碰面的餐厅。她把手肘靠在桌上，双手拿着杯子，闭上眼缓缓地呼吸。即使好久才和母亲相约吃饭一次，每次还是令她感到肠胃不适，像是被活活剥开一样，蹒跚驼背地走出去。就像她妈妈用那种几乎无意识的细致虐待，先将外皮刮破，再把一个接一个、数以千计的伤痕重新掀开。卡蜜儿透过吧台酒瓶后面的镜子看见她妈妈穿过"玉天堂"的门，她抽了根香烟，再到楼下厕所，付了钱以后，穿越马路走到餐厅去。她将手放在肚子前面的口袋里。

她瞧见母亲驼着背的身影，缓缓走到母亲面前，深呼吸后，坐了下来。"妈妈，好呀！"

"不亲我一下吗？"她母亲说。

"妈妈。"这次说得更慢了。

"都还好吗？"

"为什么要我这样？"

卡蜜儿紧抓着桌子，尽可能克制自己不要站起来走人。

"我要你这样，是因为一般人见面时都这样……"

"我不是一般人，我……"

"那你是什么？"

"哦，求你别又开始了，可以吗！"

卡蜜儿别过头，看着粉刷着灰泥的脏旧装潢、塑料制的镶嵌装饰和珍珠，以及泛黄的亮光漆。"这里还真漂亮……"

"不，这里很糟。但我没有能力邀请你到配得上你的那家'高级银塔'。此外，就算我有钱，我也不会带你去……看看你的食量，简直像是把钱丢到水里浪费……"

气氛一片凝重。

母亲苦涩地冷笑："听着，你尽管自己去，因为你有钱，用别人的痛苦换取自己的幸福……"

"停！"卡蜜儿警告，"停止，不然我立刻走人。如果你要钱，告诉我，我会借你。"

"是啊，小姐你有工作……很棒的工作……而且很有趣……清洁女工……真是令人难以相信，这么个丢三落四的人……你总是让我惊喜，你不知道吗？"

"妈，别再说了，停。我们不能继续这样。总之，我不想这样。求求你，谈点别的，其他的事……"

"你有过一个好工作，却白白错过……"

"好工作……什么嘛……我不后悔，因为我在那里一点也不快乐……"

"你又不会在那里待上一辈子……而且什么叫作快乐？这是现在流行的字眼，这……快乐！快乐！如果你认为我们来到这个世界是为了嬉戏玩耍和尽情享乐，那就太天真了，女儿……"

"不，不是，你放心，我没有这样想。我读过好学校，我知道人活在这里就是为了狗屁倒灶的鸟事。你说得够多了……"

"你们决定点什么了吗？"女服务生走过来问。

卡蜜儿几乎想跳上去拥抱她。

她妈妈在桌上摊开卡蜜儿全部的药，用手指头一一细数。

"你老吃这些狗屎，难道不厌烦吗？"

"别乱说些你不懂的事。要是没有这些，我老早就不会在这里了……"

"你又知道什么？你干吗不把那副丑眼镜摘下来？这里没有太阳……"

"戴着让我觉得自在，我也可以看看别人的样子……"

卡蜜儿决定要对妈妈笑，她随手拍拍她的手，却让她妈妈因此呛到。

终于，她妈妈露出笑脸，开始诉苦，她说着她的孤独、她的背痛、她同事们所做的蠢事和其他悲惨的事。她同时津津有味地吃着，当她女儿点了另一杯啤酒时，她忽然皱起眉头。

"你喝太多了。"

"没错！来，和我喝一杯！就为了这一次，这次你没有净说一些蠢事……"

"你从来都不来看看我……"

"拜托又怎么了？我什么事也没做？"

"你总是不让步，是不是，跟你爸一样……"

卡蜜儿脸色骤变。

"哦！你不喜欢我提到他，是吗？"她洋洋得意地说。

"妈，求你……不要再往这个话题扯……"

"我想怎么样随我高兴。你不把它们吃完吗？"

"不了。"

她妈妈摇摇头以示反驳。

"看看你的样子，瘦得皮包骨……你想男人会对你有兴趣吗……"

"妈……"

"什么妈？我为你担心很正常，我们生小孩出来，可不是要看他们变成干巴巴的模样！"

"那你为什么要把我带到这个世界上？"

卡蜜儿一出口，就立刻发现自己过分了，她马上就要再度欣赏那出伟大的第八幕剧目了[2]。没有意外的惊喜，第八幕，千篇一律而且精准上演着感人的要挟、假惺惺的同情泪还有自杀恐吓的剧目。时而即兴发挥，时而照本演出。

她妈妈开始哭，责备卡蜜儿像她爸爸在十四年前一样，也抛弃了她，说她没良心，她问卡蜜儿，她这个妈活在世上还有什么用处。

"告诉我一个我活在这儿的理由，一个就好。"

卡蜜儿卷着烟草。

"你听到了吗？"

"听见了。"

"那就说呀！"

"……"

"谢谢，亲爱的，谢谢。你的回答实在是再清楚不过了……"

2　作者在此称卡蜜儿她妈反复的自杀闹剧为第八幕。

她轻蔑地哼了一声，在桌上放了两张餐券后转身离去。千万不能激动，这样匆促地离开可是最高荣誉的表征，是第八幕剧目的伟大闭幕式。

通常这位演员会等到吃完甜点再离开，但是今天是在中国餐厅，特别是她妈妈不喜欢餐厅的油炸甜品、荔枝和那些过于甜腻的牛轧糖……

是的，不能激动。

这是个相当困难的课题，但是卡蜜儿长久以来已经练就自己的应对原则……她和平常一样努力专心地在心里重复默念一些简单却充满理性的勉励小语。多亏有这些正面的思想，使她得以和自己的母亲继续见面。这些强迫性的约会，这些愚蠢、具有破坏力的对话，正是她母亲所要的，如果她妈没有从中获得满足，就失去一切意义了。或者说，凯瑟琳·佛戈在这种母女会面中得其所需：她重击女儿的头，将烦恼转嫁到女儿身上，以获取自身的最大慰藉。

即使卡蜜儿经常缩短两人不愉快的相处时间，她的母亲还是能从中获得满足，她心满意足地怀着她卑劣的真诚、可悲的胜利和她不断研磨的坏种子，直到下一次会面。

卡蜜儿曾花时间想去理解，不过靠她自己一人无法洞悉事实，她需要别人的帮助。当她年纪还小，无法判别真相的时候，她身边的一些人，能协助她了解母亲的所作所为。但那已是很久以前的事了，那些曾经照顾她的人全都已经不在了……

现在她得自个儿承受所有的打击。

打击接踵而至。

8

餐桌已经清理干净，餐厅里几乎没客人了。卡蜜儿依旧没有挪动。她抽着烟，点了杯咖啡避免被赶出去。

一位上了年纪、没牙，独自说着笑的亚洲老先生坐在里面。

为他服务的年轻女孩站在吧台后面，正在擦杯子，时而用他们的语言带着责备口吻对老先生说话。老人脸色下沉，没吭声，不久又自言自语地不知道在说些什么。

"来根烟吗？"卡蜜儿问。

"不了。"年轻女孩回答，同时放了一个碗在老人前面，"我们现在不供餐，不过还有营业。还要咖啡吗？"

"不，不用了，谢谢。我可以再待一会儿吗？"

"当然可以，留下来！你在这里，让他有得忙！"

"你是说因为我才让他这样笑吗？"

"不光是你，任何人都会让他这样笑……"

卡蜜儿看着老先生，接着对他微笑。

她妈妈带来的焦虑情绪已经逐渐平息，甚至模糊了。她听着厨房里的水声、平底锅掉落的声音和收音机中的歌声，年轻女孩随着一些卡蜜儿听不懂、音调尖锐的歌曲哼唱摇摆。她看着老人家用筷子夹起长长的面条，汤水沾满了他的下巴，瞬间她感觉自己仿佛置身在一个真正的家里的餐厅……

她面前除了一个咖啡杯和她的烟盒外，没有任何东西。她将东西放在隔壁的桌上，开始抚平餐巾纸。慢慢地，非常缓缓地，她把手平放在质量低劣、粗糙带渍的餐巾纸上来回抚摩。

这个动作持续了好几分钟。

她的思绪也随之缓和下来，但是，心跳却加速了。

她感到恐慌。

她应该试试看。你应该试看看。可是，这么久了，我……

嘘，她喃喃自语，嘘，我在这里。一切都会很好，我的孩子。你看，就是现在……去吧……别害怕……

她把手举高，离桌面约几厘米，等待双手停止颤抖。很好，你看……她拿起背包，在里面翻找着，就在里面。

她拿出一个木盒子，放在桌上，接着打开盒子，拿出一个长形小砚台，放在脸颊上，她感觉得到它的光滑和微温。然后打开一块蓝色的布，拿出一个散发浓浓檀香味的墨条，最后，她展开了收有两支毛笔的竹帘卷。

较粗的那支毛笔是羊毛制的，另一支较细小的，是猪鬃做的。

她起身到柜台拿了一壶水、两本电话簿，然后她向怪老头鞠躬行礼。

她把电话簿放在座位上让自己垫高起来，这样双臂伸展时可以尽量不碰触到桌子，然后，在砚台中滴了几滴水，开始磨墨。她师父的声音在耳边响起：慢慢研墨，小卡蜜儿……哦！再慢一点！再磨久一点！大约两百回，因为，你看，研墨时你可以放松你的手腕，酝酿你的思绪，专心在这件有意义的事情上……不要胡思乱想，别看着我，不要这样！把精神贯注在手腕上，手腕会引导你画下第一笔线条，就是这第一笔，能为你的画带来气韵和生动……

墨磨好之后，她没有顺从师父的训示，反而先在餐巾纸边缘练习，以便拾回遥远的记忆。她画了五个点，由浓到淡，让自己忆起墨的颜色，接着再试着画出不同的线条，画着她几乎已然忘却的东西。她继续画出这些线条：解索皴、披麻皴、雨点皴、绳皴和牛毛皴。

此后又回到画苔点。她的师父教过她二十多种的苔点，但她只记得其中四种：圆点、尖点、米点、破笔。

好了。现在，你准备好了……她拿起那支粗毛笔，将笔拿在拇指和中指之间，手臂平放在餐巾纸上，等待了几秒钟。

那位老人把一切看在眼里，他对着她眨了眨眼，以示鼓励。

卡蜜儿·佛戈找回了画画的熟悉感，她画出一只麻雀，然后第二只、第三只，以及一只带着嘲讽眼神、正在飞翔的鸟。

她已经有一年多没有画画了。

***

孩童时期的她沉默寡言，甚至比现在还要严重。她妈妈强迫她上钢琴课，而这是最令她痛恨的事。有一次，她的老师迟到，她就拿了一支大水彩笔故意在琴键上乱涂。妈妈还因此扭伤了卡蜜儿的脖子，而她父亲为了安抚她，隔周末回到家时，带回了每周授课一次的画家地址，让她去学画画。

这件事发生后不久，卡蜜儿的父亲就过世了，卡蜜儿从此再也不说话。即使在她最喜爱的道顿先生（她称他杜克顿）的绘画课上，也一样不再开口。

这位英国老先生并没有对她生气。在安静沉默中，他继续给她新的创作主题，教她绘画技巧。他示范，她模仿，只用点头和摇头来表达是或不是。他们之间，在这个单独相处的地方，一切安好。沉默，仿佛让他们相处得更为融洽。他也无需在头脑中搜寻法语单词，她也比其他同学更容易专心。

有一天，所有学生都离开了，她正玩着水彩画画时，他打破了两人间的沉默状态，对她说："卡蜜儿，你知道你让我想到谁吗？"

她摇摇头。

"嗯，你让我想起一位叫作朱耷的中国画家……你想要我把他的故事告诉你吗？"

卡蜜儿点头，此时他转头去关掉烧开的水壶。

"我没有听到'要'，卡蜜儿……你不想要我告诉你吗？"

他看着她。

"回答我，小姑娘。"

她盯着他看。

"什么？"

"要。"最后她说。

他眯上了眼，表示高兴，又倒了一碗茶，到她的身边坐下来。

"朱耷小时候，他过得相当幸福……"

他喝了口茶。

"他是明朝的王子……家族相当富有，也相当有权力。他的父亲和祖父是当时有名的书画家，小朱耷也遗传了绘画才华。你想想看，他八岁的时候画了一朵花，只是一朵在池塘里的睡莲……他画得这么生动美丽，他母亲于是将这幅画挂在客厅里，还说拜他这幅画所赐，偌大的客厅里都能感受到清凉的微风拂过，走过画前，甚至还能闻到扑鼻的花香。

"你能了解吗？甚至有花香！他母亲应该不是一般人……她还有个画家先生和公公，她一定看过了不少画……"

他再次俯身拿碗。

"朱耷就这样在一个无忧无虑、愉快的环境中长大，并确信有朝一日，他也一样会成为伟大的艺术家……可惜他十八岁时，清军入关，推翻了明朝。入侵者野蛮而且凶残，不喜欢画家和文人学士，因此禁止这些文人艺术家创作。

这对他们来讲是最悲惨的事……朱耷一家人的生活从此动荡,他父亲因悲伤过度而去世。此后这个淘气调皮,喜欢大笑、歌唱、说笑话、吟诗作对,做一些令人赞叹事的儿子就……哦哦!看是谁来了?"道顿先生问。他发现他的猫咪靠在窗台,他故意向猫咪说了一堆幼稚的话。

"他做了什么?"她最后低声问。

他继续说着,浓乱的胡子底下藏着笑容,仿佛没发生过任何事:"他做了一件令人难以想象的事,你无法做的事……他决定永远不再说话。永远。你听到了吗?他不再说任何一个字!因为他看到周遭人为了攀附权贵,不惜背弃自己的传统和信仰,他感到灰心,不想再和那些人说话了。全都滚开!全部!这些奴才!懦夫!于是他在门上贴了个'哑'字,如果有人想和他说话,他就在那人面前打开他的扇子,上面也写了个'哑'字,总之他用尽法子让那些人远离他……"

小女孩全神贯注地聆听。

"问题是,没有任何人能够不抒发情绪而活着。没有人……这不可能……朱耷就如同其他人一样,如同你和我,他也有很多的事情需要表达,所以他想到一个很棒的法子。隐居山林,远离所有背叛他的人,独自创作画画……自此而后,他以绘画抒发情感,作为他与外界沟通的方式……你想看看他的画吗?"

他到书架上找出一大本黑白印刷的书,把书放到她面前:"看,多美……好简单的…… 一根线条,看这朵花、一条鱼、一只蚱蜢……看这只鸭子,好像正在呼吸新鲜的空气,这些云雾中的山峦……你看他怎么画云雾……似有又似无,万般皆空……这些小鸡,看起来这么柔软,让人忍不住想抚摸它们。你看,他的笔墨就像是绒毛一般……他的用墨是这么柔和……"

卡蜜儿笑着。

"你想不想画得跟他一样好?"

她点点头。

"你要我教你吗?"

"要。"

一切准备就绪。但在师父教她握笔的方法,并解释第一笔的重要性后,她却感到一阵茫然。她还没法掌握,要一笔画完而不把手抬起来,实在是不可能的事。

她思索了很久，观察周边的事物，要找个主题，才终于下笔。

她画了一条长长的波浪线条，一条曲线、一个点，再另一个点，她把笔往下扭，拖曳着拉回到最初的那条波浪线条。趁着老师没看她，她作弊一下，举起笔，在波浪线条上面加一个大黑点和六条小横线。她宁愿不听老师的话，也不要画一只没有胡须的猫。

她的模特儿是猫咪玛拉，一直卧睡在窗台上，卡蜜儿担心自己的作弊被发现，最后在画中猫咪的周围画了一个长方形的框。

接着她跑去摸猫，等她回头时，老师用一种奇怪而诡异的表情看着她："这是你画的吗？"

她皱着脸，她想，他在她的画中一定看出她多次下笔的痕迹……

"卡蜜儿，这是你画的？"

"是……"

"请到这里来。"

她怯懦地往前走，坐到老师旁边。

他哭了。

"你画得很棒……太棒了……听到了猫在呼噜噜……哦，卡蜜儿……"他拿出沾满颜料的大条手帕，用力擤鼻涕。

"听着，孩子，我只是个平凡老人，一个没用的画家，听好……我很清楚生活对你来说不容易，我也了解待在家里很苦闷，我也认识你爸爸，但是……不，不要哭……拿着，拿着我的手帕……有件事我要告诉你：不再说话的人会变成疯子，就像朱耷。我刚刚没有讲的是，他最后疯了，而且很不幸……非常，非常的不幸，非常，非常的疯癫。他一直到变成个老头时，都还无法找回内心的平静。你不想等到成为个老太婆时，变成那样吧？告诉我，说你不要。你要知道，你很有天分，是我教过的学生中最有才华的一位，但这不是理由，卡蜜儿，我不是要用这个当理由叫你说话……今日的世界，跟朱耷那个时代很不一样，所以你必须重新开口说话。你一定要说话，你了解吗？否则的话，人家会把你和那些真疯子关起来，你所画的美丽作品，就再也没有人能看到了……"

此时卡蜜儿的母亲到了，这场谈话也因而中断。卡蜜儿起身，以沙哑和颤抖的声音跟妈妈说："等我一下……我还没整理我的用具……"

不久以后，她收到一个包裹，里头夹了张便条纸。

您好，

　　我是艾琳·威尔逊。我的名字对你而言没什么意义，不过，我是你绘画老师塞西尔·道顿的朋友。我悲痛地告诉你，塞西尔已经离开我们两个月了。我想你会高兴我告诉你（请原谅我的破法语），我们把他带回到他最爱的家乡达特穆尔，安葬在一个视野辽阔、风景优美的墓地，他的画笔和作品与他葬在一起。但是他死前要我把这件东西交给你。如果你用的时候还能想到他，我相信他一定会很开心。

艾琳·威尔逊

卡蜜儿打开老师的水墨画用具时，眼泪不听使唤地往下掉，这套用具也正是她现在所使用的……

***

女服务生来收拾空咖啡杯，当她看见桌巾纸的时候，十分惊讶。卡蜜儿刚刚画了一片茂密的竹林。竹竿和竹叶是最难画的。一片叶子，一小片在风中摇曳的简单叶子，画家却需要多年辛苦地磨炼，有时甚至是一辈子的时间……试着玩玩看这些墨色深浅的变化，你只有一种颜色可以运用，但从中又能延伸出不同的变化……再专心点。如果你想要我有朝一日替你刻印章，你就得用笔画出更轻盈的叶子，让我看看……

粗糙的桌巾纸快速吸收了墨水，翘了起来。

"不介意吧？"年轻的女孩一面问，一面为她铺上一沓新的桌巾纸。卡蜜儿往后退了些，同时将用具放到地上。一旁的老人在抱怨，女服务生则对着他骂。

"他说什么？"

"他发牢骚说这样他看不到你画画……"

她补充说："他是我伯父，他瘫痪了……"

"麻烦告诉他，下一张画是给他的……"

年轻女服务生走回吧台，向他说了几句话。他安静下来，同时认真地看着卡蜜儿。

她凝视着他好久之后才下笔，在桌巾纸上尽情挥洒。画中是一个长得很像老先生的男人，神情愉悦地在绿油油的稻田中漫步。她没有去过亚洲，背景那些云雾缭绕的山景、群松、峭壁甚至是在岩壁上朱鸢式的小茅草屋，却都信手拈来。她勾勒他的耐克牌帽子和他穿的运动衫，下半身并没有穿裤子，只绑着传统的缠腰布。她在他的脚下加上几道水痕，一群孩子在他后头追着他跑。

她退后几步，看着自己的作品。

当然，很多细节的表现她还不满意，不过，画中的他看起来似乎很快乐，真的很快乐。

她接着在纸上放上一个盘子作为镇纸，打开朱砂印泥小罐，将印章盖在画中间偏右的地方。

她起身去整理老人的桌子，回到座位后，她把画拿起来，放在老人面前。

他没有任何反应。

"哦，我该注意一下这里的……"她自言自语地说。

就在老人的侄女从厨房走来之际，老人发出了长长的痛苦呻吟。

"真抱歉，我以为这会让他高……"卡蜜儿说。

女服务生比了个手势向卡蜜儿示意，随即到柜台后面找了一副大眼镜，帮他戴上。他俯身仔细观看这幅画，接着笑了出来。孩童般纯真愉悦的笑容。同时，他也哭了，然后又重新笑出来，双臂交错着放在胸前，一边哭一边笑。

"他想和你喝米酒。"

"好呀……"

女服务生拿了一瓶酒来，他却开口骂她，她叹口气又折回厨房。

她拿了另一个酒瓶出来，这次老人满意了，其他家人也都跟着出来，有一位妇人、两个约四十岁的男人，和一个青少年。他们笑着、叫闹、行礼致意，用各种方式来表达情绪。

两个男人拍了拍老人的肩膀，那男孩以一种充满活力的节奏跟他击掌。

随后，他们笑着离开，各自回到自己的工作岗位上，年轻女孩则在他俩面前放下两个杯子。老人先向她敬酒，在她还没喝的时候，自己就先干了一杯。

"我先告诉你，他要把他一辈子的故事都告诉你……"

"没问题，哦哦……这酒很烈，是吧？"卡蜜儿说。

现在只剩他们二人。这位老头子叽里呱啦说着，卡蜜儿认真听着，只有在他拿起酒瓶时，她才点头回应。

喝了好久，她终于步伐跟跄地起身，收拾好东西，向老人鞠躬好多次，此后才告辞。走到门旁，她倚着门边，不断推着门，愚蠢地笑着，门却打不开。年轻女孩走到她身边，帮她拉开门把。

"以后请把这里当自己家，知道吗？你随时都可以来用餐。如果你不来，他会不高兴……会伤心的。"

她去工作时，早已醉醺醺了。

萨米亚看见了激动地说：哦，你，你找到男人了啊？"

"是啊。"卡蜜儿羞怯地承认。

"是真的吗？"

"是呀。"

"不……这不是真的……他怎么样呢？可爱吗？"

"超级可爱。"

"不会吧，这太酷了吧……他好多岁？"

"九十二。"

"别讲傻话了，笨蛋，他到底好多岁啊？"

乔西指着她的手表，"好了！女孩们……你们到底要不要开始动工，嘿！"

卡蜜儿咯咯笑着走开，脚绊在吸尘器的管线里。

9

三个星期过去了。弗兰克每个星期天在香榭大道上另一家餐厅加班工作，星期一再去陪他外婆。

外婆被安置在北边几公里外的一间复健中心，天一亮外婆便等着他来。

但是，他必须靠闹钟才能起床，像游魂般下楼走到附近的小咖啡店，连续喝两三杯咖啡，才骑着他的摩托车来到她身边。然后，便睡倒在一张残破的黑色沙发椅上。

当有人为她带来餐点时，老太太就会把食指放在嘴边示意安静。这个大孩子在旁移动了一下头，把自己蜷缩起来，在这里陪伴着她。她盯着他看，留心他的夹克有没有好好盖在他胸前。

她很幸福，他就在这里，好好地在这儿。只属于她……

她不敢叫护士帮她把床升高，她轻巧地拿着叉子安静地吃饭。她在床头柜里藏了些东西：几块面包、一份起司和一些水果，这样他醒来时才有东西吃。接着，她轻轻把小桌子推开，然后笑着把双手交叉放在肚子上面。

她闭上眼睛，在半梦半醒间，男孩的呼吸声让她感到安慰，却也想起过去的种种紊乱。

她已经失去他那么多次……如此多次……仿佛耗尽一生的岁月在找寻他……在花园里、在树丛间、在邻居家，躲在马厩或沉溺在电视前，在咖啡店里。而现在，他只在一张小纸片上，用潦草的笔迹写下电话号码，号码又老是不对……

但她已经尽全力为他付出所有……她抚养他、拥抱他、责骂他、惩罚他、安慰他，但这一切却一点也没用……这样的付出对这孩子完全行不通，当他下巴才刚长出几根胡子，就逃走了，就这样结束了。他便从此离去。

她几次在梦里呻吟抱怨。她的双唇颤抖着，太多的悲伤、混乱与惋惜……曾经有过如此艰难、如此困顿的时刻……哦！不要，不能再这样想，而且他已经醒过来了，一头乱发，双颊印着沙发椅缝线的痕迹："现在几点了？"

"快要五点……"

"哦，他妈的，已经五点了？"

"弗兰克，为何你老是说'他妈的'？"

"哦，该死，已经五点了？"

"饿了吗？"

"还好，倒是有点渴……我去走一走……"

没错，老太太想得没错，又是这样……

"你要走了？"

"没有啦，我没有要走……他妈……该死！"

"如果你遇见一位红头发、穿白衣的先生，可以帮我问他何时可以出院吗？"

"好，好的。"他走出门去。

"他身材高大，戴着一副眼镜和一个……"

他早已走到走廊上了。

"怎样？"

"我没看到他呀！"

"啊？"

"外婆……"他温柔地说，"你不会又要哭了吧？"

"不会，但是我……我想念我的猫咪、我的小鸟……而且这整个星期都在下雨，我担心我的工具……我没有把它们收进去，会生锈的，一定会……"

"我离开时先绕回家去看看，然后把工具收起来……"

"弗兰克？"

"怎样？"

"我跟你去……"

"哦……不要每次都这样……我受够了……"

她又说："那些工具……"

"怎么啦？"

"要替它们上油……"

他鼓起腮帮子看着她：

"嗯，看我有没有时间，好吗？好啦，我们还有别的事要做，有复健的课程，我们……你的助行器在哪？"

"不知道。"

"外婆……"

"在门后面。"

"来吧！老太太，让我带你去看小鸟！"

"噗噗，这里没有小鸟，只有吸血鬼般的秃鹫……"

弗兰克笑出来。他就喜欢外婆的毒舌。

"还好吗？"

"不好。"

"又有什么碍着你了？"

"我不舒服。"

"哪里不舒服？"

"全身都痛。"

"全身，不会这样的，这不是真的。告诉我一个明确的部位。"

"头痛。"

"这很正常呀，大家都会这样的……来，还是让我看看你的伙伴们……"

"不要，我们回去。这一群，我不想看到他们，我受不了他们。"

"那他呢，在那里，穿着运动上衣的老人，他还不错吧？"

"那不是运动上衣，大傻瓜，那是他的睡衣，他聋得厉害……而且还自命不凡……"

她一步步往前走，说着同伴们的坏话，看起来一切都很好。

"好了，我要走了……"

"现在？"

"是的，就是现在。如果你要我帮你收拾你的锄头，我明天早上还得早起，而且没有人会送早餐到我床前来……"

"你会打电话给我？"

他点点头。

"你是这样说，但是你从不会做……"

"我没有时间。"

"只要问候一声就好，然后你就挂断。"

"好啦。我在想，我不确定下星期我能不能来……主厨说要带我们去喝酒玩乐……"

"去哪里啊？"

"红磨坊。"

"真的？"

"不是，不是真的啦！我们要去利穆赞，拜访卖肉给我们的厂商……"

"真是好笑……"

"那是我的主厨，这个……他说这很重要……"

"所以你不会来了？"

"我不知道。"

"弗兰克？"

"是……"

"那个医生……"

"我知道，那个红头发的，我会试着逮住他……然后，你好好做复健，嗯？因为据我所知，那个治疗师并不太满意……"

看见外婆惊愕的表情，他开玩笑补充说："你看，我也有打电话……"

他把工具整理好，吃掉菜园里最后一颗草莓，然后在花园里待了一会儿。猫儿绕在他的脚边"喵喵"叫着。

"不要担心，胖胖猫，不用担心。她要回来了……"

手机铃声拉回他的思绪。是个女孩打来的。他们打情骂俏着。

她提议去看电影。

他把车飙到时速一百七十公里，途中想着该怎样不去看电影而能直接上她。他不喜欢看电影，老在电影结束前就呼呼大睡。

10

接近十一月中旬，寒风开始进行它那凶狠的破坏工作。最后，卡蜜儿决定随便找一家居家用品卖场来改善她的生存环境。整个星期六她逛遍了卖场，看遍所有的木板，但凡铁钉、螺丝、门把手、窗帘杆、涂料罐、木工装饰、淋浴间和镀铬水龙头等，各种工具都为她带来惊喜。随后她到花园用具区，假装清点库存：手套、塑料雨靴、锄头、鸡栅栏、幼苗花盆、各种袋装的种子，这动作让她沉醉。除了清点货品，她也在观察顾客。在一堆淡彩涂刷壁纸中的一位怀孕妇女、一对为了一个丑陋壁灯争吵的年轻情侣，或是那个穿着名牌鞋子、衣着讲究的提前退休人士，一手拿着笔记，另一手则握着量尺。

生命的无常，让她对未来的可靠性和所谓的计划保持怀疑，但其中有件事情卡蜜儿是确定的：总有一天，很久很久以后，她年纪大时，比现在更老时，等她头发白了，手上布满数以千计的皱纹和老人斑时，她会拥有自己的房子，里面要有一个装果酱的大铜盆和一个藏在碗橱里装油酥饼的白铁盒，一张结实、厚重的长桌子，以及有提花装饰的窗帘。她笑了。

她对提花这个名词完全没有概念，也不知道自己是否会喜欢，但她就是喜欢"提花窗帘"这个名词。房子里还没有客房，谁知道，或许她有朋友会来住。另外有个雅致的花园，养了会下蛋的母鸡，以及追着田鼠的猫咪和追着猫咪的小狗。一小块的香料植物区、一个壁炉、一张柔软的沙发、环绕四壁的书籍、白色的桌巾、古董级的纹饰餐巾环，以及一个音响让她能够聆听以前爸爸常听的歌剧，还有一个木炭炉，能让她整个早上都在煨煮美味的胡萝卜炖牛肉……

美味的胡萝卜炖牛肉……或是其他的……

一栋像是孩童信手涂鸦出来的房子，有着一扇门，两边各有一个窗户。老旧的、隐秘的、安静的、墙上缠绕攀缘着五叶地锦和蔷薇。在台阶上有两只狗，这两只小猛兽一黑一红，总是形影不离。还有白天能够吸收热气，晚上可以坐在上面等候鹭鸟归来的温暖台阶……

还有一间老旧的温室当她的工作室……工作室还不太确定……到目前为止她的双手老是背叛她，也许最好还是不要指望它们……

也许最后并非是这样的宁静祥和。

这样的话，要往哪去呢？她一下子苦恼起来。

往哪呢？

她恢复清醒，在迷路之前叫住一位店员。这树林里的小茅草屋很是漂亮，但在这等待的过程中，她冻僵在一个潮湿的阁楼里。这个穿着鲜黄色休闲衫的年轻男人一定能够帮助她。

"你说家里有风？"

"是的。"

"是塑料窗户吗？"

"不是，是气窗型。"

"这种东西还存在啊？"

"哎呀……"

"拿着，来，你需要这……"

他拿给她一卷环形软垫，外观像海绵，是塑料材质，耐用、可水洗且具密闭性，专门用来钉在窗上堵塞门窗隙缝的软垫。

"你有打钉机吗？"

"没有。"

"铁锤呢？铁钉呢？"

"没有。"

当他把工具替她放进购物篮时，她就像小狗般跟着他在卖场里到处跑。

"有没有东西可以让我保暖？"

"你现在用什么？"

"一个会跳电的电暖器，而且还会发出怪味！"

他非常认真尽责，并给她上了一堂专业的课。

他是个有才华的专业人士，他赞赏、评论和比较各种送风式、辐射式、红外线式、陶瓷式、叶片式和插电式暖器的优缺点，但她早就头昏眼花了。

"那我该买什么？"

"哦，这个，是你决定的……"

"就是因为……我不知道。"

"那就买叶片式的，这不太贵，而且很温暖。卡罗这个牌子不错……"

"它底下有附轮子吗？"

"嗯……"他迟疑地看看说明书，"迅速加热、收纳插头线、调节温度、释放水蒸气，等等，可移动的！是的，小姐！"

"太好了，这样我可以把它放在我的床边……"

"嗯……请容许我这样说……你知道的，一个男人也是可以……在床上，让人温暖……"

"是的，不过不能收纳……"

"嘿，是不行……"

他笑了。

她在柜台办理电器保证书手续时，看见一个假的壁炉，有假木炭、假木柴、假火焰和假橡木。

"哦！这个？这是什么？"

"电壁炉，不过我不建议你购买这款，这是幌子……"

"不，不！让我瞧瞧！"

这是个英国产品，名叫"雪棒"，只有他们才会发明这种又丑又俗的东西。依照点燃的热度（一千或两千瓦），火焰会随着升高或下降。卡蜜儿欣喜若狂喊着："太炫了，好像真的！"

"你有看到价钱吗？"

"没有。"

"五百三十二欧元，简直太夸张了……这可笑的玩意……不要被骗了……"

"欧元怎么换算，我老搞不清楚……"

"其实不难，这东西估计要三千五百法郎，它的热度比卡罗牌要差，而且还贵了六百法郎。"

"我买了。"

这个男孩满怀着好意提出建议，而我们这位只图享乐的人却闭着眼睛拿出她的信用卡。

她既然已经花了这么多钱，也就没差再加点钱要求他们运送到家。当她说出她住在没有电梯的七楼时，那位女士斜眼看她，并事先告诉她这样就要多收十欧元……

"没问题。"她缩紧屁股回答。

他说得有理。这简直太夸张了。

没错，这是什么嘛，不过她住的地方也好不到哪去。四平方米半大小的家，只剩下不到两平方米的活动空间。床垫摆在地上，角落有个洗濯的小区域，事实上这应该是个小便池，她拿来当作洗碗槽和盥洗室。一个挂衣服的支架，两个叠在一起的纸箱当作置物箱。电炉放在露营桌上，迷你冰箱不但是工作台，也扮演餐厅和矮桌的角色。两张凳子、一面小镜子，另一个纸箱则当作厨房的置物柜。还有什么？装着她全部家当的那个格子布行李箱、三张画纸和……

没了，就这样。这就是房子主人的一切。

厕所在走廊右边，莲蓬头就在马桶的上面，只要在蹲式马桶的洞上盖上那发霉的板子就可以洗澡了……

没有邻居，但或许有一个幽灵，因为有时她会隐约听到在十二号门的后面传出窃窃私语。门上有个扣锁和一个挂在门板上的铭牌，牌子上的字体虽漂亮，却用俗气的紫色写着旧房客的名字露易丝·莱杜克。

是个上世纪的女仆……

不，卡蜜儿没有后悔买下壁炉，即使它几乎花掉她薪水的一半……哦！当然……为了她付出去的钱，她在公交车上思忖着到底可以请谁来参加壁炉的启用典礼……

几天以后，她想到了该邀请谁。

"你知道吗，我有一个壁炉！"

"对不起？啊！哦！是您……小姐您好。天气很糟，不是吗？"

"您既然这样说！但为什么您脱下您的帽子呢？"

"啊，是这样……我……我是向您问好，不是吗？"

"不用这样，戴上吧！您会感冒的！我刚好要找您。我想在某个晚上邀请您在火炉边吃晚餐。"

"我？"他快喘不过气来了。

"是的！您！"

"哦，不，但是我……呃……为什么？真的是……"

"是什么？"他们两个人正站在他们最喜欢的香料店前冷得发抖。她感到疲倦，于是脱口而出。

"这……啊……"

"不能来吗？"

"不是，这……这太荣幸了！"

"哈！"她开玩笑说，"这太荣幸……拜托，您到时候就知道，一切很简便。所以是同意啰？"

"嗯，对，是……我……我很高兴能与您分享您的晚餐……"

"嗯，并不是正式的餐宴，您知道的。"

"啊，是吗？"

"比较像是野餐，一顿小小的便餐。"

"太好了，我喜欢野餐！我可以带我的花格子布餐巾和篮子，如果您愿意的话……"

"您的什么篮子？"

"我的野餐篮！"

"是餐具那样的东西吗？"

"里面有盘子、刀叉餐具、一条桌巾和四条餐巾，一个开瓶器……"

"哦，好，好主意！我都没有这些！但什么时候呢？今天晚上吗？"

"啊，是哦，今晚……只是……我……"

"您什么？"

"也就是说，我无法事先通知我的室友……"

"我了解。不过他也可以来，这不是问题。"

"他？"他惊讶地说，"不……他不行。首先，我并不知道如果……总之，如果那样一个不太正经的男孩……我……听着，我不评论他的操守品行，即使……算了……我不说这些，您知道的，不，我想还是……哦！而且他今晚不在，其他的晚上也不在……"

"总而言之，"卡蜜儿厌烦了，"您不能来是因为您没能通知您那个不管怎样从不会在家的室友，是这样吗？"

他低着头，摸弄着大衣上的纽扣。

"嘿，我没有强迫您哦。您并非一定得接受，您知道的。"

"是这样……"

"是怎样？"

"没有，没什么。我会去。"

"今晚还是明晚？因为之后我又得工作到周末。"

"好的，"他低语着，"好的，明天……您……您会在吧，是吧？"

她点点头。

"您还真是复杂，您啊！当然，是我邀请您的，我当然会在！"

他笨拙地向她微笑。

"那明天见？"

"明天见，小姐。"

"八点左右？"

"我记下来，八点整。"

他鞠躬行礼，转身离开。

"嘿！"

"什么？"

"要走楼梯。我住在第七楼，第十六号门，您会看到的，是您左边数来的第三间。"

他挥挥他的毛线帽，示意他已经听到了。

11

"进来，进来！您真是太帅了！"

"哦，"他红着脸说，"这只是个草帽……是我叔公的，而且我想，既然是要野餐……"

卡蜜儿简直不敢相信自己的眼睛。草帽只是画龙点睛，他手臂上夹着一根银头装饰的手杖，穿着淡色的西装，系着红色的领结，手中还拿着一个很大的柳条箱。

"就是这个，您的篮子吗？"

"是的，但是等一下，我还有东西……"

他走到走廊的尽头，带来一束玫瑰花。

"您真好……"

"您知道，这并不是真正的花……"

"什么？"

"不是啦，这花是从乌拉圭进口来的，我想……我比较喜欢花园里真正的玫瑰，但现在是冬天，这……这是……"

"这是不可能的。"

"对的！这是不可能的！"

"来吧，进来，当自己家一样。"

他长得太高了，只好坐下来。他努力找寻适当的词汇，但这次并不是口吃的问题，而是吓得发愣。

"这……这……"

"家里很小吧。"

"不，这，要我说……很别致，是的，这真是相当别致……别出心裁，难道不是吗？"

"非常别出心裁。"卡蜜儿笑着重复。

他安静了一会儿。

"真的？您就住在这里？"

"嗯，是的……"

"千真万确？"

"千真万确。"

"住一整年？"

"住一整年。"

"这很小，不是吗？"

"我叫作卡蜜儿·佛戈。"

"幸会。我是菲利伯·马奎特·德·拉·杜贝利埃。"他说着，同时起身站起来，一头撞上了天花板。

"你的名字这么长？"

"嗯，是的……"

"你有小名吗？"

"我想没有……"

"你有看到我的壁炉吗？"

"什么？"

"这里，我的壁炉。"

"哦，在这里！太好……"他坐下，把脚伸直在塑料火焰的前面，"太……太棒……就像是在英国的村舍，是吧？"

卡蜜儿非常高兴。她并没有弄错。他虽然是个好笑的家伙，但很完美，这个男生……

"它很美，是吧？"

"超完美！功能不错吧？"

"非常好。"

"那木材呢？"

"哦，你知道的，要是有暴风来……只需要弯个腰就可以捡了……"

"哎呀，这我可清楚得很……像我父母家那些小树丛……可真是一团乱……但这个，这是什么木头？是橡木，不是吗？"

"没错！"

他们一起笑着。

"来杯酒，可以吗？"

"太棒了。"

卡蜜儿对于野餐篮里的东西充满着惊奇。样样俱全，什么都不缺：陶瓷盘子、镀金的银刀叉和水晶杯，甚至还有盐罐、胡椒罐、佐料瓶架、咖啡杯、茶杯、绣花的餐巾布、蔬菜盆、船形的调味汁杯、高脚盘、牙签盒、糖罐、吃鱼用的刀叉组和巧克力盒，上面全都刻着主人翁的家族徽章。

"我从没有看到过这么漂亮的……"

"您知道为什么我昨天不能来吗……您可知道我花了多少时间把它们洗干净，擦拭得闪闪发亮……"

"这得告诉我啊！"

"如果我说：'不要今天晚上，因为我要清理我的野餐篮。'您不把我当成疯子才怪。"

她并没有回话。

他们将桌巾铺在地板上，那个叫菲利伯什么来着的，忙着摆放着餐具。

他们盘腿坐着，像是两个欣喜若狂的小孩在扮家家，做出各种装模作样的姿态，小心翼翼避免弄坏任何东西。卡蜜儿不会做饭，她到超市买了一个拼盘、鲑鱼、腌鱼和洋葱酱。

他们将食物装放在叔公的小盘子中，并且发明一种极具创意的方式，把老旧的锅盖和铝箔纸作为烤面包工具，然后在电炉上面烤俄罗斯式的可丽饼。伏特加就放在窗外，只需要打开壁炉天窗就能够到。这样反反复复地开窗，无疑使房内的温度降低不少，但壁炉里"噼噼啪啪"的声音，让人仿佛觉得拥有上帝之火般。

跟平常一样，卡蜜儿总是喝得比吃得多。

"我可以抽烟吗？"

"没关系……不过，我想要把我的脚伸直，因为我觉得脚很僵硬……"

"您就靠在我的床上吧。"

"当……当然不行，我……我没怎样……"

他太兴奋了，又不知所措，不知该说什么。

"没关系，躺啊！其实那只是个沙发床。"

"原来这样。"

"我们也许可以用平辈相称，菲利伯？"

他的脸色顿时变得苍白。

"哦，不，我……对我来说，我没有办法，但是您……您……"

"好了！不要再说了！算我没说！算我没说！而且，我认为用敬语相互尊称是非常好的，非常迷人，非常……"

"别致？"

"对的！"

菲利伯也没有吃很多，但他吃得好优雅、好谨慎，让我们完美的女主人对自己准备的食物感到满意。她也买了白奶酪当作甜点。事实上，她在一家蛋糕店的橱窗前来回徘徊犹豫着，面对这么多样的蛋糕她根本无法抉择。她拿出意大利咖啡壶，用那极为精致的杯子喝着，她确信只要轻轻一咬，杯子就会碎裂。

他们没有多话。两位平常习惯孤独用餐的人，已经不习惯和他人共餐了，所以不知该说些什么……不过他们都是有教养的人，都尽力表现得当。他们取笑别人，相互敬酒，谈论社区的事。在超市的收银人员中，菲利伯喜欢那个金发的，卡蜜儿则比较喜欢头发深紫色的那位。他们也聊着观光客、埃菲尔铁塔上的灯光设计和路上的狗屎等话题。完全出乎意料，她的客人表现得很健谈，不断抛出话题，天南地北地闲聊各种无关紧要的事，偶尔也会开开玩笑。他热爱法国的历史，并告诉她，他花了很长的时间研究路易十一的监狱、弗朗索瓦一世的待客室、中古世纪农民所吃的食物，或是他很感兴趣、曾被关在巴黎裁判所附属监狱的玛丽皇后。她只要提出某个主题或是时代，他便告诉她许多不可思议的有趣细节，像是皇室的服饰、皇宫的钩心斗角、盐税总额或者是皇室家谱。

一切都充满趣味。

她觉得好像是在历史学家阿兰·德科[3]的专属网站上。

只需点一下鼠标，立即出现说明。

"您是老师，还是从事相关的工作？"

"不，我……是这样的，我……我在博物馆工作……"

"您是文物管理员？"

"太过奖了！不，我应该是属于负责商业服务……"

"啊……"她认真地说道，"非常有趣……在哪一家博物馆呢？"

"不一定，我替换着做……那您的工作？"

"哦，我……比较无趣，哎，我是在办公室工作……"

他警觉到她显露出懊恼的表情，于是赶快转换话题。

"我有白奶酪和杏桃果酱，您要吗？"

"非常乐意！那您自己呢？"

"谢谢您，这些俄罗斯式的小点心，已让我很饱了……"

"您好像太瘦了……"此语一出，他担心自己说了伤人的话，立即补充说，

3　阿兰·德科（Alain Decaux），法国著名历史学家，也是法兰西皇家学院的会员。

"不过你是……呃……纤细……您的脸让我想到那个黛安·德·波迪耶 [4]……"

"她漂亮吗？"

"哦！美得无与伦比！"他红着脸说，"我……您……您从没去过雪浓梭古堡吗？"

"没有。"

"您应该去的……那是个很棒的地方，是她的情人亨利二世送给她的……"

"啊，真的吗？"

"是的，相当的美，是个爱情圣地，那里交织着他们最初的爱恋。在石头上、大理石上、铁柱上、木头上和她的墓碑上，都显露出他们的爱，如此地动人心弦……如果我没记错，她的香脂罐和梳子都还保留在她的盥洗室里。哪天我再带你去……"

"什么时候呢？"

"也许等春天吧！"

"去野餐吗？"

"当然啦……"

他们再度沉默了一会儿。卡蜜儿尽量不去注意他鞋子的缺口，而菲利伯同样故意忽视墙上的斑驳裂痕。他们满足地小口啜饮着伏特加。

"卡蜜儿？"

"是。"

"您真的每天都住在这里？"

"是的。"

"但是，啊……这样啊……那么……浴室和厕所呢……"

"在走廊上。"

"啊？"

"您想去吗？"

"没有，没有，我只是问问看。"

4　黛安·德·波迪耶（Diane de Poitiers,1499—1566），法王亨利二世的情妇。

"您是为我担心吗？"

"没有，这样的……是的……这样……这样的刻苦，如此……"

"您人真好……但我很好，很好，我跟您保证，而且我现在有一个美丽的壁炉！"

他看起来显得没那么兴奋了。

"您几岁了？当然，希望这个问题不要太冒昧……"

"二十六岁，二月我就二十七岁了。"

"跟我妹妹一样……"

"您有妹妹呀？"

"不止一个，有六个！"

"六个妹妹！"

"是的，和一个弟弟……"

"那您自己一个人住在巴黎吗？"

"是的，不过还有我的室友……"

"你们处得来吗？"

他没有回答，她继续问下去："处得不好吗？"

"没有，没啦……还好！反正，我们几乎没有见面……"

"啊？"

"总之，不像是雪浓梭古堡啦！"

她笑了出来。

"他有上班吗？"

"他就只知道工作。他工作完睡觉，睡觉完工作，不睡觉时，就带着女生……他是个奇怪的人，不知道表达自己，只会叫嚣。我很难了解，那些女人怎么会找上他。总之，关于这些疑问我是有自己的答案，但是……"

"那他是做什么的？"

"厨师。"

"啊？不过，他有为你准备过一些好吃的料理吧？"

"从来没有。除了在早上，粗鲁地使用我那可怜的咖啡壶之外，我从没见过他在厨房里。"

"他是您的朋友吗？"

"绝对不是！我认识他是因为一个小广告，就在对面面包店的柜台上看到的便条，上面写着：年轻厨师寻找一间可以在午休时间小歇片刻的房间。刚开始，他只是一天来几小时，然后，就变成现在这样了……"

"这样让您不高兴吗？"

"完全没有！这甚至是我向他提出的……因为，您此后会了解的，事实上，我家是有点太大……而且他什么都会做。我不会换灯泡，这样他刚好替我解决……他什么都会，而且真是个大窃贼……从他来了以后，我的电表数就像太阳下的雪一样被融化消失了……"

"他在电表上动了手脚吗？"

"在我印象中他对任何摸过的东西都动了手脚……我不知道他到底算是哪种厨师，但就像某种手艺还不纯熟的技工吧。我家可是愈来愈糟……没有啦……其实我还是挺喜欢他的……我没有机会和他说话，但是我觉得他……总之，我也不知道……有时我觉得我和一个怪胎住在同一个屋檐下……"

"像是电影中的异形吗？"

"对不起，您说什么？"

"没有，没什么。"

影星西格妮·韦弗从来都没和法国国王有任何关系，看来她还是放弃这个话题……

他们一起收拾善后。菲利伯看到她那迷你的洗手台，便请求她让他将碗盘带回家清洗。

他的博物馆星期一休馆，他明天可以有一整天的时间清洗……

他们有礼貌地相互道别。

"下次，就是您来我家了……"

"非常乐意。"

"但是我没有壁炉，哎呀……"

"嘿！在巴黎可不是每个人都有机会拥有像这样的小别墅……"

"卡蜜儿？"

"是。"

"您自己会小心吧，是不是？"

"我会努力。您也一样，菲利伯……"

"我……我……"

"什么？"

"事实上……我必须跟您说，我并不是真的在博物馆工作，您知道的……更正确地说应该是在外场……其实是在商店，像是……我……我其实是卖明信片的……"

"那我也不是在办公室工作的上班族，您知道的……也不如说是在外场……我是做清洁工作……"

他们相视而笑，尴尬地道别。

尴尬，同时却感到如释重负。

这是个成功的晚餐，非常成功。

12

"这是什么声音啊？"

"别担心，是那个大笨蛋……"

"但是他在做什么？像是要拆了厨房……"

"算了，我们吃吧……不如来这边，你……"

"不，放开我。"

"来，过来嘛……来嘛……你为什么不脱掉 T 恤？"

"我会冷。"

"来，我跟你说嘛。"

"他很奇怪，不是吗？"

"他完全疯了……等一下你看到他出门就会知道，带着他的手杖和小丑般的帽子……我以为他要去参加化装舞会……"

"他要去哪？"

"找女朋友吧，我想……"

"女朋友！"

"是的，我猜啦，我不清楚……不关我们的事……来吧，你过来。可恶……"

"放开我。"

"嘿，欧贺丽蔼，你这样很烦……"

"欧贺丽艾，不是欧贺丽蔼。"

"欧贺丽艾，欧贺丽蔼，都一样啦。好吧……那你的袜子，你也打算整个晚上都穿着吗？"

13

卡蜜儿将她的衣服放在壁炉上面，但说明书上写这样做是严格禁止的。她尽可能蜷缩成一团躺在床上，躲在棉被下穿衣服。在穿牛仔裤之前，用双手将扣子捂热。

她缠绕在窗上的塑料材质防风软垫看起来没有效果，所以她需要移动床垫的位置，避免吹到透进来的寒风。现在她的床就靠在门边，又造成进出困难。她不断推来挪去，想空出几步空间。她想着，真是悲惨，真是不幸……然后，完了，她受不了了，她在洗手台上尿尿，双手撑着墙壁以免将洗手台给弄坏。

因此，她有点脏。也许称不上肮脏，但是不比平常干净。她每个星期会去凯斯勒家一到两次，总是在他们不在的时候才进去。她也知道他们清洁女工的工作时间，那清洁女工叹气地递给她一条大浴巾。大家都清楚她的状况。她离开时总是额外多带了一些小菜肴或是御寒的毯子……不过，有一天她正在吹头发的时候，玛蒂尔德突然出现，问她："你要不要再回到这里生活一段时间？你可以住到你原来的房间。"

"不了，谢谢你，我非常感谢你们两位，但是还好，我很好……"

"你找到工作了吗？"

卡蜜儿闭上眼睛。

"是，是的……"

"你现在怎样了？需要钱吗？告诉我们一些事情，你知道的，皮耶尔可以借钱给你……"

"不用，我现在还没山穷水尽……"

"那所有的画都还在你妈家吗？"

"我不知道……我应该要去拿……但是我不想……"

"那你的自画像呢？"

"它们并没有要出售啊？"

"你最近到底在做什么？"

"一些无关紧要的琐事……"

"你有经过伏尔泰河堤吗？"

"还没有。"

"卡蜜儿？"

"是的。"

"你不能关掉这该死的吹风机吗？这样我们可以听得比较清楚。"

"我在赶时间。"

"你到底在做什么啊？"

"对不起，什么？"

"你到底是过什么样的生活，这样……现在这样到底像什么啊？"

为了不再回答类似的问题，卡蜜儿跨大步跑下楼，然后，冲进第一家看到的美容院。

14

"剃光我的头。"她望着镜子，向伏在她头上的年轻男人说。

"对不起，什么？"

"我要你帮我剃头发，拜托你。"

"剃光头？"

"是的。"

"不行，我不能这样做……"

"可以，可以，你可以的。拿起你的剃刀，然后动手。"

"不行。这里不是军队。我可以帮你剪得很短，但不是光头。这不是我们美容院的风格…… 嗯，是吧，卡罗？"

卡罗在收银台后面读着杂志。

"什么？"

"这位小姐，她要我们剃光她的头……"

那个人做了个动作，大致表示这件事与她无关。

"我刚刚才在第七区搞丢了十欧元，所以，不要烦我……"

"五厘米……"

"对不起，什么？"

"我帮你留五厘米长，否则，你不敢走出这里……"

"我有我的毛线帽。"

"我有我的原则。"

卡蜜儿对他微笑，点头表示同意，感受到颈背上嘎吱嘎吱响的剃刀。当她盯着眼前那个陌生人时，那些被剪下的头发正散落满地。她不认得那个人，也记不起刚刚自己原本的模样。她并不在乎。她唯一在乎的是，从今以后，她洗澡时就不会那么麻烦了。

她默默向镜中的影像质问着：怎样？这就是计划吗？摆脱一切，哪怕是变丑，哪怕不再引人注目，为了不再亏欠任何人？

不。认真来说呢？是这样的吗？

她用手触摸着她那粗刺的头发，很想哭出来。

"你喜欢吗？"

"不。"

"我先前就告诉过你了……"

"我知道。"

"会再长出来的……"

"你真的这样认为吗？"

"非常确定。"

"这又是你的其中一项原则……"

"我能跟你要支圆珠笔吗？"

"卡罗？"

"嗯……"

"给这位年轻小姐一支……"

"我们不收低于十五欧元的支票……"

"不，不是，这是要做别的事……"

卡蜜儿拿出她的本子，画下她所看到的镜中画面。

一个靠在扫帚柄上、眼神有趣的男孩，看着手中拿着一支笔、表情不悦的光头女孩。她写下她的年龄，然后站起来付钱。

"这是我吗，这个？"

"是的。"

"天啊，你画得真好！"

"我尽力而已……"

15

这个救护人员不是上次的那个，否则伊冯娜会认得。她正不断用小汤匙在碗里搅拌着，一面对波莱特说："会太烫吗？"

"对不起，什么？"

"咖啡？太烫吗？"

"不会，还好，谢谢。"波莱特虚弱地待在桌子的另一端，就这样任人摆布。

16

"你心里有烦恼吗？"杜嬷嬷问。

卡蜜儿正在缝她的工作罩衫，她并不想说话。有太多的碎石，太冷，太累。

"你心情不好吗？"

她摇摇头，推着她的垃圾推车往电梯走去。

"你要上五楼吗？"

"嗯嗯……"

"为什么你老是清理五楼？这样不正常！不要任人摆布！你要我去跟老板讲吗？我才不在乎破口大骂，你知道的！哦，是的！我可不在乎！"

"不，谢了。管它是五楼还是哪一楼，对我而言都一样……"

女孩们并不喜欢这一层楼，因为这是主管们的楼层，密闭式的办公室。其他楼层，就像佩达所说的是开放式空间，可以轻易快速地清理。只需清理垃圾桶，把沙发整齐摆放在墙边，然后用吸尘器吸一吸就够了。甚至可以轻松地把脚跨放在家具上，因为那都是劣等货，没有人会在意。

但是在五楼，每间办公室都讲究到令人厌恶的地步。垃圾桶、烟灰缸、撕碎的纸片都要清空，而且清理桌子时绝不能碰触到任何东西，连一枚回形针都不能，甚至还要清理会客室和秘书的桌子。这些讨厌的人，到处贴着便条纸，就好像是跟自己家里的女佣说话一样，而在他们的家，他们甚至连女佣也请不起……你要做这做那，还有上一次你动了这个台灯，弄坏了这个，噼里啪啦……这种烦人无趣的留言惹得卡琳或是萨米亚相当气愤，不过卡蜜儿却完全无动于衷。若有些太过分的字眼，她会在下面回复写着：我不懂法语，并将纸条贴在计算机荧幕的正中央。

五楼以下的楼层，办公室的职员大致会整理自己的东西。但这里比较高级，在这里上班的人无疑是想表现出工作忙碌，并非自愿下班离开的样子，而且可以随时随地回来继续衔接未完成的工作，展现他在这公司的伟大职位。好吧，有何不可呢……卡蜜儿叹气。好吧，每个人都有自己的方法……但是有一个，就在那里，走廊尽头的左边，他开始破坏一切。不管他是不是大人物，这个邋遢的兔崽子，真是不知好歹，而且积满了污垢。

十次，也许一百次了，她清空、丢掉不知多少浸着烟蒂的杯子。她并没有想太多，认命地收拾那些吃剩的过期三明治。但是今天晚上门儿都没有，今晚她完全不想整理。因此，她收集了这个人所有的垃圾，他那沾满毛屑的旧绷带、他所吐出来的脏东西、粘在烟灰缸上的口香糖、火柴棒和扭成一团团的纸屑，全堆放在他桌上的美丽牛皮垫上，并写下一张注意事项：先生你真是只猪，我求你从今以后尽量维持这个地方的干净。注意：看看你的脚边，这里有一个如此好用的东西，我们称它垃圾桶……她在这留言旁画了幅恶毒的插图，一只穿着上衣、裤子和背心的小猪，低头寻找到底该去哪个层楼，然后便躲进他的办公桌底下。随后，她去找她的同事，协助她完成大厅的清洁工作。

"你为什么这么开心啊？"卡琳讶异地问道。

"没什么。"

"你真是奇怪，你这人……"

"我们等一下要做什么？"

"楼梯 B……"

"还要？但我们刚刚才清理过！"

卡琳耸耸肩。

"我们走吧？"

"不行。我们应该要等那个超级乔西，向她报告……"

"报告什么？"

"我不知道。好像是我们使用太多的清洁产品了……"

"上次才说我们用得不够多……我要去外面一下，你要来吗？"

"太冷了……"

卡蜜儿独自走出去，倚靠在一个道路反射镜杆上。

在眼镜行橱窗前的电子显示器上跑出一道荧光字幕……02——12——03……00:34……-4℃……

她终于知道该怎样回答先前玛蒂尔德·凯斯勒用气愤的口吻问她的问题。她现在这样生活到底像什么，她终于有了答案。

02——12——03……03:34……-4℃……

就是这样。

像这样。

17

"我知道！我非常清楚！但你为什么要这么夸张？简直不可理喻。"

"听着，我的小弗兰克，首先，你要改变你说话的口气。我已花了将近十二年的时间照顾她，每个星期我都去看她好几次，我带她到市区，细心地照料她。超过十二年，你听见了吗？到现在为止，你什么事都没做。从没有一句感谢的话，从没打声招呼，什么都没有。甚至上一次我陪她来医院时，刚开始我每天都来看她，你也没有打一通电话给我或是送束花来。

"哼，好，反正我也不是为你做这一切的，我是为了她。因为你的外婆是个好人……好人，你了解吗？我并不是在责备你，你很年轻，住得远，有自己的生活。但是有时，你知道吗，这一切给我很大的压力。给我压力……我也有我的家庭、我的烦恼，还有我自己身体的毛病，我坦白地告诉你：你现在要负起你的责任……"

"你是要说我弄糟了她的生活，只是因为她忘了天然气炉上的锅子，就要把她丢在等死院那种地方吗，是这样吗？"

"天啊！你把她说得像条狗一样！"

"不是，我不是指她！你知道我在说什么！你也清楚，如果我把她带到养老院，她会受不了的！可恶！你有看到上次她的举动吧？"

"你说话不需要这么粗鲁，你知道吗！"

"对不起，卡米诺太太，对不起……但是，我已经不知道该怎么办了……我……我不能这样对她，你了解吗？对我而言，那就像是杀了她一样……"

"如果放她独自一人，那她也会害死她自己……"

"那怎样？那不是比较好吗？"

"那是你看待事情的方法。但是我不会这样做。那天如果不是邮差刚好到，整间屋子就会烧起来，而问题是邮差并不会天天去那里，我也不会，弗兰克，我也不会。这一切愈来愈沉重……太多的责任……每次我去你们家，我都担心又会出什么状况。若是哪天我没去，那天我根本就睡不安稳。如果我打电话她没有接，就会让我忐忑不安，最后我还是得跑过去看她的精神状况。她这次的意外弄乱了一切，现在的她跟以前不一样了。她整天穿着居家服瞎晃，不吃东西，不说话，也不看她的信……不久前我还在花园里看到她只穿着一件连身薄衫，当时她差点就冻僵了，好可怜……我没办法这样生活，我总是想到最坏的情形；我们不能让她这样下去。你应该要做点事……"

"……"

"弗兰克？喂？弗兰克，你在吗？"

"还在。"

"要接受事实，我的孩子……"

"不行。只要我还有办法，就不会把她留在收容所里。"

"等死院、养老院、收容所……为什么你不能说是'退休中心'这么简单呢？"

"因为我知道那种地方最后会是怎样的。"

"不要这样说，有一些很不错的地方。像是我婆婆，她就不错……"

"那你呢，伊冯娜？你难道不能好心地照料她吗？我会付钱……你想要多少，我都给你。"

"不行。感谢你，但是不行，我太老了，我承担不起，我已经有我的吉尔伯特要忙了……"

"我想，她是你的朋友吧？"

"是的。"

"既然是你的朋友，把她推进坟墓里，难道不会让你感到不安吗？"

"弗兰克，把你刚刚说的话收回去！"

"你们都是一个样……你，我妈，其他人，全部！你们口口声声说关心别人，但是当要你们做事的时候，全都不见了……"

"拜托，不要把我和你妈混为一谈！哦，不可以这样！你真是忘恩负义的孩子……忘恩负义又恶毒！"她摔了电话。

现在是下午三点，但他无法入睡。

他累垮了。

他拍桌子，捶墙壁，摔、撞手边所有的东西。

他换上衣服出去跑步，瘫倒在看到的第一张长凳上。

一开始只是微弱的悲吟，就好像是有人紧捏着他的全身，然后再放开来。

他从头到脚颤抖着，他的胸部仿佛被剖成两半，释放出悲怆的泪水。他不想要，他并不想哭，妈的。但他控制不住了，他像婴儿一样号啕大哭，可怜的家伙，像是有人杀了这世上唯一爱他的人。他唯一深爱的人。

因为悲痛，他弯曲蜷缩着身体，一把鼻涕一把眼泪。

最后，他知道事情已经发生了，他抱着双臂，把毛衣披在头上。

他痛，他冷，深感羞愧。

他待在莲蓬头下，闭着眼睛，表情僵硬，直到没有热水为止。他没有勇气面对镜子，所以一刮胡子便割伤了自己。他不想思考。不是现在。并非现在。堤防是这么的脆弱，如果他不控制的话，无数影像便会破坏、吞食他的脑袋。他的外婆，除了在那房子之外，他从未在其他地方看到她。晚上在花园里，早上在厨房，其他时间则坐在她的床边。

他小时候曾经失眠，噩梦连连，大声吼叫，他叫着她，让她安抚，而当她关门离开时，他感觉他的双腿像是陷入洞里，他必须要紧抓着床边才不会掉下去。所有的老师都建议带他去看心理医生，邻居严肃地摇头兴叹，建议她最好带他去看收惊的师傅，让他的神经回归正常。至于她的先生，他，他想要阻止她上来。他说，是你弄糟我们的关系！是你宠坏这孩子！他妈的，你就不能少溺爱他一点吗！你就让他哭一会儿，刚开始他可能会吓到尿床，之后他就会睡着的……

她向所有人温柔地允诺说"好，好"，却不听任何人的话。她为他准备一杯热牛奶，加一点橙花精，他喝的时候，她便坐在椅子上，帮他撑起头来。那里，你看，就在他旁边。她抱着双臂，叹息地和他一起入睡。不过，她总是比他早睡着。只要有她在，他便没有什么好怕的，一切安好。他可以伸直他的双脚……

"我先告诉你，已经没有热水了……"弗兰克随口通知他。

"啊，真是伤脑筋……真是不好意思，你……"

"拜托你不要这样道歉，他妈的！是我用光所有的热水，好吗？是我。所以，你不用道歉！"

"对不起，我以为……"

"哦，还有你真的很烦。如果你老是这样卑躬屈膝，以后一切都会成为你的问题……"

他离开客厅，穿上衣服。因为没有干净的外套可以换了，这下必须再去买外套。但他没有时间。时间永远不够。没有时间做任何事，狗屎！他一个星期只有一天有空，他不想把那一整天耗在那鬼地方，看着他那以泪洗面的外婆。

菲利伯坐在摆满一堆文件和各式各样徽章的沙发上。

"菲利伯……"

"什么？"

"听着……呃……刚刚的事我请求原谅，我……我最近很烦，火气很大……而且我已经累垮了……"

"没有关系……"

"不，有关系。"

"重要的是，你看，你只要说'对不起'就好，而不是'我请求原谅'。你不能单独向自己请求原谅，就语言学来说，这不正确……"

弗兰克盯着他看了一会儿，摇着头说："你真是个怪人，你……"

出门前，弗兰克补充说："嘿，你看看冰箱，我有帮你带东西。我也忘了是什么，我想是鸭肉吧……"

他飞快奔离，菲利伯只能向一阵风道谢。

钥匙又找不到了，这位匆匆忙忙的赶路人已经在玄关咒骂起来。

工作的时候，他几乎没有说话；主厨拿走他手中的锅子想引起他的注意，他也没有发牢骚。给他一块半生不熟的鸭胸肉，他也只是咬紧牙根。等到他清洗电炉板时，就像是要刮掉所有的铁锈一样。

厨房的人渐渐走光，他在角落等着他的伙伴克马第收拾桌巾和清点餐巾。当克马第看见他坐在角落翻阅着摩托车杂志时，便问："厨师，想要什么啊？"

弗兰克抬起头来，把拇指放在嘴巴前："来了来了，再有几件小事，我就来了……"

他们原本想要多逛几家酒吧，但才走出第二家时，弗兰克已醉得不省人事。

这天晚上，他又再度跌入洞中，但并非是小时候的那个，而是另一个洞。

18

"好吧，我向你道歉……总之，请求你……"

"向我请求什么，小伙子？"

"嗯……原谅……"

"我早就原谅你了，我知道，你那样说并不是故意的，不过你还是要注意……你知道吗，和那些对你好的人说话时，记得要注意关心他们……等你老了就会发现，关心你的可没有想象中那样多……"

"你知道，我昨天仔细想了你说的话，虽然要我说出口是相当的难，但我知道你说得有理……"

"当然，我是对的……我很清楚那些老人家，在这里我每天都在看……"

"这样，呃……"

"什么？"

"问题是，我没有时间处理这件事，我是说找地方和其他的事情……"

"你要我来做吗？"

"我能付你工资，你知道的。"

"不要又开始乱讲话了，小家伙，我很愿意帮你。不过，得由你向她说明，你要向她解释情况。"

"你愿意和我一起去吗？"

"如果帮得上忙，我很愿意。但是你知道的，对于我，她是完全知道我想法的，一开始我就试着要她接受……"

"一定要帮她找个有格调的地方，好吗？一间漂亮的房间，尤其是要有一个大公园。"

"那很贵哟，这你知道的。"

"多贵？"

"每个月超过一百万……"

"啊……等一下，伊冯娜，你跟我说的是什么币值啊？现在是欧元……"

"哦，欧元……我跟你说的，就是我平常说的，要找个好的养老院，每个月预算必须要超过一百万的旧法郎……"

"……"

"弗兰克？"

"这是……这是我赚不到的……"

"你先去家庭补助机构申请住宿补助，看你外婆能不能得到补助，然后再到省议会申请 APA 文件。"

"什么是 APA？"

"是补助那些行动不便、需要看护或残障的人士。"

"但是……她并没有真正残障，不是吗？"

"没有，可是审查人员来时，她必须要假装一下。千万不能表现得太强健，否则你们就拿不到钱了。"

"哦，他妈的什么玩意啊……对不起。"

"我捂住我的耳朵了。"

"我真希望我有时间可以去填那些文件……你觉得你可以帮我处理一下这些事情吗？"

"你别担心，我下星期五会去俱乐部咨询这个问题，我相信到时候一定会有收获的！"

"非常感谢你，卡米诺太太。"

"别这样，至少这是我可以做的。"

"好吧，我要回去工作了。"

"听说你现在的厨艺就跟名厨一样？"

"谁跟你说的这个？"

"孟德尔太太。"

"啊……"

"哦！我的天啊，不晓得你还记不记得，那天晚上你替他们做的酒焖葱蒜兔肉，她到现在还念念不忘！"

"我不记得了。"

"她啊，记得可清楚了，相信我！弗兰克，我问你一件事。"

"什么？"

"我知道这并不关我的事，但是……你妈妈？"

"我妈，什么？"

"我不知道，不过，我想也许该跟她联络，她也是……她也许可以帮你付点钱……"

"伊冯娜，现在是你失礼了。不过，我可是很了解她的……"

"你知道，人有时是会改变的……"

"她不会变的。"

"……"

"她不会变的。好了，我走了，我要迟到了……"

"再见，我的孩子。"

"啊！"

"什么？"

"还是要不要找比较便宜一点的……"

"我去看看，再跟你说。"

"谢谢。"

那天好冷，弗兰克很高兴能够重新回到温暖的厨房里，和他那苦囚般的工作之中。主厨的心情很好，餐厅又客满了，因为他知道不久后，在一些有钱人看的杂志里，一定会给餐厅不错的评价。

孩子们，看看这个天气，今晚咱们可要挖出鹅肝酱和葡萄名酒！啊，那些色拉、酱汁以及其他烂东西，全都撤掉！我要色香味俱全，让客人离开这里时多了十公斤！来吧！炉子开火，我的小伙子们！

19

卡蜜儿步履蹒跚地下楼，四肢疼痛无力，偏头痛又发作了，感觉像是有人拿刀刺进了她的右眼，并且慢慢地转动那把刀子。走到大厅，她得扶着墙壁以维持身体平衡。她发着抖，呼吸困难。她想，还是再回去睡觉吧，但是一想到得再爬回七楼，似乎去上班比爬楼梯更容易克服。至少，在地铁里，她可以坐下来。

她穿过门厅时，撞上了一只大熊，正是她那穿着毛皮长大衣的邻居。

"哦，先生，对不起，"她道歉说，"我……"

他抬起眼睛。

"卡蜜儿，是您吗？"

她用手臂撑着头，完全没有说话的力气。

"卡蜜儿！卡蜜儿！"

她的脸埋在围巾里，加快脚步前行。但这个勉强的举动却让她不得不马上倚在停车投币机上，以免跌倒。

"卡蜜儿，还好吧？天啊，但您的头发是怎么了？哦，您脸色很差，您是……您的气色真的很糟糕！还有您的头发呢？您那么美的头发……"

"我要走了，我已经迟到了。"

"但是，我的朋友，现在简直快冷死了！头上不要什么都没戴就出门，您这样可是会有生命危险的……拿着，至少戴上我这顶帽子……"

卡蜜儿勉强挤出微笑。

"这也是您叔叔的吗？"

"哪是，不是的！这是我曾祖父的，这顶帽子伴随着他，他可是俄罗斯远征军的小队长……"

他把帽子强行戴到她头上，压低到她的眉毛。

"您是说这个玩意儿曾参与奥斯特里茨战役[5]？"她勉强地开玩笑。

"没错！还有别列津纳河战役[6]，哎呀……但是您脸色苍白……您确定您的身体可以吗？"

"是有一点累……"

"告诉我，卡蜜儿，您住在上面不会太冷吗？"

---

[5] 奥斯特里茨战役（Battle of Austerlitz），又称三皇会战，一八〇五年底发生在今捷克境内布尔诺市东方奥斯特里茨的战役，拿破仑击溃了俄罗斯、奥匈帝国的联军。这也是拿破仑最著名的胜仗之一。

[6] 别列津纳河战役（Battle of Berezina），一八一二年拿破仑从俄罗斯撤退之际，于今日白俄罗斯别列津纳河附近和俄国军队交战，法国惨败。至今法语中仍以"Berezina"一词来形容"灾祸"。

"我不知道……我……我现在得走了……谢谢您的帽子。"

车厢内的暖气让她头晕目眩。她一直坐着睡到最后一站才醒过来，再回头搭乘反向的一班车。她把那顶像熊一般的覆耳毛帽盖到眼睛，竭尽所能地哭泣。哦，这个老玩意儿还真是臭得可以……

最后她终于到达要去的地铁站，一走出地铁，刺骨的冷风使她不得不在巴士招呼站坐下来，又横躺着，并请求身边的一位年轻人帮她叫出租车。

她跪爬着爬上楼去，整个人倒卧在床垫上。她没有力气脱下衣服，只是幻想着自己马上就要死掉了。谁会知道呢？谁会担心呢？谁会为她哭泣呢？她发烧又发抖，全身是汗，衣服像是裹尸布。

20

菲利伯约在半夜两点醒来，去喝了杯水。厨房的瓷砖已经结霜，寒风猛烈吹袭着玻璃门窗。他看着窗外空无一人的大街，喃喃低语着孩童时的俚语：寒冷冬天，穷人归天……室外的温度计标示着零下六摄氏度，他不禁想到楼上那位瘦小的女孩。她在睡觉吗？还有她把她那头浓密的长发怎么了，可怜的女孩。

他得采取行动，不能任由她这样。是的，但是他的教养，他的翩翩风度，还有他的谨慎小心，让他迷失在无止境的自我对话中……

在三更半夜去打扰一个年轻女孩，是否恰当？她会怎么想呢？还有，也许她并不是独自一人？如果她全裸呢？哦，不，他还是不要胡思乱想的好……他就好像是漫画《丁丁历险记》中的角色一样，在耳朵两旁各有一个天使和恶魔相互争吵着。

最后，主角总是左右为难。

冻僵的天使说："看，她就要冷死了，这位小姐……"恶魔则反驳说："我的朋友，我当然知道，但你不能这样做。明天早上再去打听消息。我求求你，现在就去睡觉。"

他听着他们争辩，无法支持任何一方。他来回转身十次、二十次，最后用枕头盖着头，求他们俩闭嘴，他不想再听到他们的对话。

三点五十四分，他在黑暗中摸索，找寻他的袜子。

门缝下的光线再次给了他勇气。

"卡蜜儿小姐？"接着他把自己的声量再度放大，"卡蜜儿？卡蜜儿？是我菲利伯……"

没有回应。他折返之前又再叫了一次。当他听到她发出低沉的声音时，他已经快走到走廊尽头了。

"卡蜜儿，您在吗？我很担心您，我……我……"

"……门……没锁……"她呻吟道。

阁楼几乎都结冻了。床垫和一堆破旧的衣服挡在门口，他差点进不去。他跪在地上，掀起了一条棉被，接着，又一条，然后，一条羽绒被子，最后，终于看到她的脸。她已全身湿透。

他把手放在她的额头上。"您发高烧了！您不可以一直这样……不能待在这里……不能单独一人……您的壁炉呢？"

"……没有勇气移动它……"

"您允许我带您走吗？"

"去哪里？"

"我家。"

"我不想动……"

"我要把您抱起来。"

"像是迷人的王子吗？"

他对她笑说："好，我们走吧，您烧得太严重，开始胡言乱语了。"

他把床垫拖到中间，帮她脱下鞋子，尽可能将她轻轻抬起。

"哎呀，我可并不像王子那样勇猛……呃……请您将手臂钩住我的脖子好吗？"

她把头靠在他肩膀上，她脖子散发出的酸臭味令他困窘。

这可真是场糟糕的救援。他转弯时撞到他的美人，每下一级阶梯都差点跌倒。还好他事先想到了拿公用的大门钥匙，因此只需下三层楼梯。在穿越办公室、厨房及走廊时，有十次都差点跌倒，最后，终于把她放在他阿姨艾德蜜的床上。

"听着，我应该要替您脱掉一点，我想……我……这样，您……总之，真的很不好意思……"

她已闭上眼睛。

好了。

菲利伯·马奎特·德·拉·杜贝利埃处在一个极为尴尬的境况下。

他想着祖先们的战绩，但是在一七九三年的法国，绍莱镇的攻克[7]，凯萨林诺[8]的勇气，和罗切亚奎林[9]的英勇，似乎一下子变得无足轻重……

天使现在正挂在他的肩膀上，手臂下是斯塔夫男爵夫人[10]的教战守则。天使坦率地说："好了，我的朋友，你为自己感到高兴，不是吗？啊！真棒，我们勇敢的骑士！恭喜，真的，那现在呢？现在要怎么做？"菲利伯已经完全迷失。卡蜜儿微弱低语："……渴……"

这位拯救者急忙跑到厨房，而另一个扫兴的天使则在洗碗槽的边缘等他："是呀！继续呀，那条恶龙呢？你不去向龙挑战吗？"菲利伯顶回去："哦，你闭嘴！"他不敢相信自己竟然说出这种话。回到病人床边，心情顿时也轻松下来了，事情并不如想象中的复杂。弗兰克说得有理，有时一句咒骂比起长篇大论要来得有效多了。他振奋起来，喂她喝水，并且鼓起勇气用双手帮她褪去衣服。

这并不容易，因为她穿得比洋葱还多层。首先他脱去她的大衣，然后是牛仔外套。接着是毛衣、第二件毛衣、高领衫，最后一件长衬衫。就这样，他向自己说，我不能就任由她这样，得快点帮她弄干……好吧，不管，我会看到她的……最后她的胸罩……可怕！天上的圣灵！天啊，她没有穿内衣！快，他用床单盖住她的胸部。好了……现在换下面……他松了一口气，因为他可以在棉被下用手摸索。他用尽所有的力气脱掉她的长裤。上帝保佑，小内裤并没有一起被脱下来……

"卡蜜儿？您有力气洗澡吗？"

7　一七九三年间，法国大革命时期在旺代省（Vendée）发生了反对共和的暴动，最后被弭平，但死伤非常惨重，绍莱镇甚至荒废，多年无人居住。

8　凯萨林诺（Jacques Cathelineau, 1759—1793），旺代动乱中的保皇党领袖。

9　罗切亚奎林（La Rochejaquelein, 1772—1794），旺代动乱中保皇党最年轻的将领。

10　斯塔夫男爵夫人（Baronne Staffe），一八九三年著有《女更衣室》(The Lady's Dressing Room)一书。

她没有回应。

他左右摇晃着头，走去浴室装满一壶热水，往水里倒了点消毒水，然后拿来一个手套。

士兵，加油！

他掀开床单，先用一小部分的毛巾擦洗她，然后愈来愈大胆。

他擦拭她的头、脖子、脸、背、胳肢窝，还有她的胸部，不过，不知她的是否可以称得上是所谓的胸部？肚子和脚。剩下的，毫无疑问，她会知道……他拧干毛巾，放在她的额头上。

现在她需要阿司匹林……他太用力拉厨房的抽屉，里面的东西都翻倒在地板上了。阿司匹林，阿司匹林……

弗兰克站在门边，手臂伸到 T 恤下面，在小腹下面抓痒。

"啊，哦哦……"他打着呵欠说，"到底发生了什么事？乱七八糟的是怎么回事？"

"我在找阿司匹林……"

"在柜子里……"

"谢谢。"

"你头痛吗？"

"不是，是给我的朋友……"

"七楼的朋友？"

"是的。"

弗兰克冷笑着："等一下，你和她在这里？你是去楼上吗？"

"是的。请你走开……"

"等等，我真不敢相信……那你不再是处男了！"

弗兰克回到走廊上，带着嘲弄揶揄的语气说："嘿？才第一个晚上，她就让你头痛啊，是这样吗？妈呀，我的伙伴，这可不是好的开始。"

菲利伯关起后面的门，转过头小声但清楚地说："你也给我闭嘴你……"

他等着阿司匹林药片完全溶解，然后，最后一次打扰她。不晓得她是不是口已经不渴了，所以说："不……不……"他好像听到她轻声叫着"爸爸……"，他无法确定。

他再次沾湿毛巾，盖上床单，呆杵了一会儿。

他呆若木鸡，惊吓恐慌，但也为自己感到骄傲。

是的，为自己骄傲。

21

卡蜜儿被乐团的音乐吵醒。起初她以为是在凯斯勒家，接着又再度昏睡。不，她搞糊涂了，不，这是不可能的……不是皮耶尔，不是玛蒂尔德，也不是清洁女工，他们不会把音乐放得这么大声。这里……她慢慢张开眼睛，头痛得发出呻吟，直到隐约看见微光，才认出一点蛛丝马迹。

她到底在哪里？这是什么？

她转头，全身却抗拒着。她的肌肉、关节，她那一点点的血肉之躯拒绝任何移动。她咬紧牙根，起身移动没有几厘米的距离，便又发起抖来，满身大汗。

太阳穴上的血管正奔腾跳跃，她等了一阵子，静止不动，闭着眼睛，直到疼痛较为舒缓。

她再度轻轻睁开眼睛，发现自己躺在一张奇怪的床上。庞大的丝绒窗帘，一半悬挂在窗帘杆上，挂得七零八落，在窗户和窗帘的缝隙间，显出天才刚亮。在对面则有一个大理石壁炉，上面挂着一个布满斑点的镜子。整个房间贴着花壁布，但她无法确切地辨认出颜色。

到处挂着画。男人的画像，穿着黑衣的女人，他们仿佛也相当惊讶她在这儿。接着，她转向床头柜，看见一个雕刻精细漂亮的长颈大肚玻璃瓶，旁边则放着一个原本装芥末酱的玻璃容器，像杯子。她口很渴，容器装满了水，但是她不敢去碰，反而心想：这是哪个世纪倒进去的水啊？

该死，她到底在哪里，又是谁带她到这个博物馆来的？

在蜡烛盘上放着一张对折的纸条：今天早上我不敢把您吵醒。我去工作了，大约七点回来。您的衣服都折好放在椅子上。冰箱内有鸭肉，在床脚下有一瓶矿泉水。菲利伯。

菲利伯？她在这家伙的床上搞什么啊？

救命。

　　她静下心来，试图解释这个难以置信的放荡行为，但是她的记忆只停留在邦纳大道上：

　　她弯着身子坐在公交车站里，拜托一位穿着深色大衣的大个儿帮她叫出租车……那人是菲利伯吗？不，不过……不是，那不是他，她想起来了……

　　有人关掉了音乐。接着听到脚步声、叫声、第一个关门声、第二道门，然后，静悄悄。

　　但还是再等了一会儿，直到没声没响，才用尽一切力气来移动她，她迫切地想要上厕所，那可怜的身躯。

　　她推开床单，羽绒被的重量就像头死驴一样重。

　　脚才接触到地板，脚趾便蜷缩起来。一双伊斯兰风的拖鞋摆在地毯上等着她。她站起来，发现自己穿着一件男式睡衣。她穿上了袜套，又把她的牛仔外套披在肩上。

　　她轻轻转动着门把手，发现自己置身在一个深长且幽暗的走廊上，至少有十五米长。

　　她找寻厕所。

　　不对，这里是衣柜，这是间小孩房，有两张一样的床和一匹虫蛀过的木马。这里……她不知道……也许是书房？在窗户前的桌上摆了一大堆书，遮蔽了白天的光线。一把刀和一把白色的剑吊挂在墙上，一条马尾巴挂在一个黄铜圈后。那可是真的马尾巴——真是个相当特别的收藏品……

　　这里！厕所！

　　门窗以及抽水的手把都是木制的。马桶的历史悠久，应该见过蓬蓬裙下的屁股吧……卡蜜儿起初有一点迟疑，不过这些东西功能还不错。冲水的声音令人难以招架，就好像尼加拉瓜大瀑布从头上倾泻而下……

　　她头晕目眩，但还是继续找阿司匹林。她走进一间凌乱不堪的房间。在杂志、空酒瓶和四处散乱像是收据的文件、摩托车保养手册及各种税单的中间丢着一堆衣服。在一张路易十六时期的美丽床上，放着一条五颜六色的棉被，还有摆在一张镶嵌精致的床头柜上的抽烟工具。天啊，里面散发着一股野兽般的气味……

厨房就在走廊尽头。那是一处冰冷、灰暗、悲伤的空间，有着老旧浅淡的瓷砖，和光滑黑色的石砖。料理平台是大理石的，橱柜里空无一物，什么都没有。如果不是那古老冰箱所发出的声音，根本无法想象有人住在这里。她找到一盒条状的药剂，然后在洗碗槽边喝水，坐在椅子上。天花板的高度令人眩晕，白色的墙面却引人注目。那应该是涂着早期的含铅涂料，岁月的洗礼让颜色变淡，形成另一种色泽。不是掺杂其他颜色的白色，也非蛋壳白，是一种米黄色或者说像是食堂里那些褪色乏味的甜食……她脑海中混杂着各种思绪，告诉自己有一天会带着两三个日光灯回来，让这里变得更明亮。她迷失在这幢公寓里，以为再也找不到自己的房间了。她瘫陷在床上，想要打电话给公司的长舌妇们，却一下子睡着了。

22

"还好吗？"

"菲利伯是您吗？"

"是……"

"我在您的床上吗？"

"我的床？不……不是的，我从没……"

"我在哪里？"

"在我阿姨艾德蜜的房里，我叫她蜜姨……亲爱的，您觉得怎样？"

"累死了。我感觉像是被压路机给碾过似的。"

"我叫了医生……"

"哦，不，不需要！"

"不需要？"

"哦……也许……您做得对……反正我需要请病假……"

"我刚把汤弄热……"

"我不饿……"

"您努力一下。您一定要恢复点体力，不然您的身体没有足够的力气去对抗外来的病魔……您为什么要笑呢？"

"因为您说得好像这是场百年战争……"

"我可希望不会那么长！哦，拿着，听见了吗？应该是医生到了……"

"菲利伯。"

"是的？"

"我什么都没有……没有支票，没有钱，一无所有……"

"您不用担心。我们以后再说……等签订和平协议的时候……"

23

"怎样了？"

"她睡着了。"

"呃？"

"是你家人吗？"

"是我朋友……"

"什么样的朋友？"

"呃，是这样的，呃……是邻居，总之是一……一个邻居朋友。"菲利伯羞怯地说。

"你跟她很熟吗？"

"不，没有很熟。"

"她一个人住吗？"

"是的。"

医生表情沉重。

"有什么事令你担忧吗？"

"这样吧……你有桌子吗？可以让我们坐下来的地方？"

菲利伯带他到厨房去。医生拿出一本处方笺。

"你知道她的姓吗？"

"佛戈，我猜……"

"你猜想，还是你确定呢？年龄？"

"二十六岁。"

"确定？"

"是的。"

"她有工作吗？"

"有，在一间维修公司。"

"什么？"

"她是清洁办公室的……"

"我们说的是同一个人吗？那个在走廊最远的房间里、躺在波兰式大床上的年轻女孩吗？"

"是的。"

"你清楚她的工作时间吗？"

"她都在夜晚工作。"

"夜晚？"

"总之，就是晚上……等办公室下班没人的时候……"

"你好像很烦恼？"菲利伯大胆问医生。

"我只是听你描述。她不是你的朋友……她真的到了体力透支的状况……你能够了解吗？"

"不能，也许可以……我知道她有点瘦，但是我……总之，你知道我并没有跟她很熟，我……我只是昨天半夜去找她，因为她没有暖气，还有……"

"听着，我坦白跟你说，她的贫血状况、体重、血压，我可以让她马上进医院，只是当我跟她提起这个可能性时，她看起来非常惊慌。总之，我没有她的档案，你了解吗？我不清楚她的过去，也没有她的病例，我并不想要匆促草率地决定，但是等她情况比较好时，她应该乖乖去做一系列检查，这是一定要的……"

菲利伯扭捏着双手。

"目前能做的是让她恢复体力，强迫她吃东西和睡觉，不然……好吧，我现在先帮她暂停十天的工作。还有，这是退烧止痛药和维生素的处方，我再告诉你：这些药不能取代带血的牛肋排、营养的面食、蔬菜和新鲜的水果，你了解吗？"

"了解。"

"她在巴黎有亲人吗？"

"我不知道。她的烧怎么办？"

"流行性感冒，我也不能做些什么，只能等它过去。你随时注意看她有没有盖好被子，避免吹风，要求她这几天都待在床上。"

"好的……"

"现在看起来是你感到烦恼了吧！好，我把情况说得比较严重一点，但是事实上没那么糟。你会细心照顾她吧？"

"会的。"

"告诉我，这里是你家吗？"

"呃，是……"

"总共有多大呢？"

"超过一百平方米……"

"哦，好！"他嘘了一声，"我也许太过冒昧，但你是做什么的，你？"

"像诺亚方舟一样收容动物。"

"你说什么？"

"没有，没什么。我应该付你多少钱？"

24

"卡蜜儿，您还在睡吗？"

"没有。"

"您看，我要给您一个惊喜……"

他打开门，把她那台合成橡胶壁炉放在她眼前。"我想这会让您高兴……"

"哦……您真好，但我不要待在这里，您知道的，我明天就要回去。"

"不行。"

"为什么不行？"

"等您康复了再上去，这段时间您就待在这里休息，这是医生说的。而且他暂停您十天的工作……"

"这么久啊？"

"呃，是的……"

"我要去寄……"

"寄什么？"

"暂停工作证明……"

"我去帮您找个信封。"

"但是……我不想待那么久，我……我不要。"

"那您比较想去医院吗？"

"不要开这种玩笑……"

"我没有开玩笑，卡蜜儿。"

她哭了起来。

"您阻止他们了，是吗？"

"您记得旺代战争吗？"

"呃……没有，没……"

"我借书给您……这段时间，记着您是在历史英雄马奎特·德·拉·杜贝利埃的家，这里不用害怕那些蓝色！"

"蓝色是什么意思？"

"共和国军队。他们要将您送进医院，不是吗？"

"没错……"

"所以，您其实没什么好怕的。我会从最上面，将滚烫的油倒在所有的攀墙梯上！"

"您真的醉了……"

"我俩都有一点吧，不是吗？您为什么要剃光头发呢？"

"因为我再也没有勇气站在厕所的板子上洗头……"

"您记得我曾经告诉过您有关黛安·德·波迪耶 [11] 的事吗？"

"记得。"

---

11 黛安·德·波迪耶（Diane de Poitiers），是十六世纪法国国王亨利二世的情妇，而埃唐普公爵夫人（Mme d Etampes）则是亨利二世之父弗朗索瓦一世的情妇。两位女性互相憎恶攻讦。

"那好，我去我的书架上找个东西，您等会儿……"

他带回来一本老旧的小书，坐在床边清清喉咙说："整个宫廷内外，除了埃唐普公爵夫人外，当然，我等一下再跟你解释这个。所有的人都觉得她非常漂亮，大家争相模仿她走路的姿态、她的动作、她的发型。此外，她被当作是女性的美丽典范，近一百年的时间内，所有的女人都积极模仿她，向她看齐。她的特点包含：三白（皮肤、牙齿、手）、三黑（眼睛、眉毛、双眼皮）、三红（双唇、双颊、指甲）、三长（上身、头发、手）、三短（牙齿、耳朵、脚）、三窄（嘴巴、身高、脚踝）、三丰满（手臂、臀部、大腿）、三小（乳头、鼻子、头）。好漂亮，不是吗？"

"您觉得我像她？"

"是的，就部分标准而言……"他脸红得像颗西红柿，"不……当然不是全部，但您……您看，是这种姿态、优雅和……"

"是您帮我脱衣服的吗？"

他的眼镜掉到膝盖上，前所未有地口吃结巴。

"我……我……最后是，我……我……非常纯……单纯，我向你保……保证，我首…… 首先，用被子盖住，我……"

她拿起他的眼镜。

"嘿，您不用这样子！我只是想要知道，就这样……呃……那另一个，他在场吗？"

"谁……哪个？"

"那个厨师……"

"没有，当然没有，您知道的……"

"这样就好……哦……我的头好痛……"

"我要去药店……您需要其他的东西吗？"

"不用了，谢谢。"

"很好。哦，对了，我必须要跟您说……我们这里没有电话……但如果您想要通知某人，弗兰克有手机，就在他的房间，还有……"

"不用，谢谢。我也有手机……只是我需要去上面拿充电器……"

"如果您愿意，我去帮您……"

"不，不用，不必着急。"

"好吧。"

"菲利伯？"

"是的！"

"谢谢。"

"没事的……"

他站在她面前，穿着太短的长裤、过窄的外套，露出他那过长的手臂。

"很久以来，第一次有人像这样照顾我……"

"好了……"

"是的，这是真的……我要说……我不想等到您回来……因为您……您并没有想要什么，是吧？"

他激动地说："没有，您到底……您胡……胡思乱想什么？"

她已经闭上眼睛。

"我没有胡思乱想，我只是要跟您说，我没有任何东西可以给您。"

25

她已经搞不清楚究竟现在是星期几，星期六？星期日？她很久没像这样睡过觉了。

菲利伯刚刚递给她一碗汤。

"我要起来，我要和您去厨房……"

"您确定？"

"当然！我还不需要像这样！"

"好吧，但您不要到厨房去，那里太冷。在蓝色的小客厅等我……"

"对不起，什么？"

"哦，对哦，真是……我真笨！现在已经不再是所谓的蓝色，而是空空荡荡的……就是大门进来的房间，您看到了吗？"

"是有沙发的那间吗？"

"是的，说沙发，好像有点夸张……那是弗兰克有一天晚上在人行道上发现的，然后便和一位朋友将它搬上来……它非常丑，不过还蛮舒服的，我保证……"

"菲利伯，告诉我，这里究竟是什么地方？我们在谁家？为什么您像是霸占空屋者？"

"什么？"

"感觉像是野营似的。"

"哦，这是一个可耻的遗产故事，哎呀……这种司空见惯的事……甚至是在很融洽的家庭里也可能发生这种事，您知道的……"

他看起来相当懊恼。

"我们是住在我外婆的房子里。她去年刚过世，遗产问题还没解决，我爸爸要我住在这里避免那些……就像您刚刚说的？"

"那些霸占空屋者？"

"没错，霸占空屋者！但不是那些用吸管喂鼻子的毒虫，不是，是一些穿着较正式，但却不怎么优雅的人，我的表兄弟们……"

"您的表兄弟们也看上这个地方了么？"

"我想他们还没从这里捞到钱，就已经先花光了，这些可怜的人！我们家族便提议大家一起到公证人那里，并指派我为类似像房东、管理员和夜晚的看门人。当然，起初他们有一些恐吓手段……此外，如同您所见，许多家具都被偷了，我常常要请相关的行政人员来，但现在好像都上了轨道……换成是公证人和律师来解决这令人难以忍受的问题……"

"您要待在这儿多久？"

"我不知道。"

"还有您的父母，他们能接受您让陌生人，像是厨师或是我，住在这里吗？"

"我想，关于您，他们并不需要知道……至于弗兰克，他们反而感到轻松……他们知道……我是多么笨手笨脚……不过，反正，他们很难想象他究竟是何许人也，而且……幸好！他们以为是我通过教堂机构认识他的！"

他笑了。

"您骗他们？"

"至少应该说是……含糊带过……"

她已经瘦到一个程度，不需要解开皮带便可将衬衫的下摆塞进牛仔裤里。

她仿佛看见一个幽灵。她在房里的大镜子前整理仪容，在脖子上围上丝巾，穿上外套，想证明自己并非如此消瘦。她再度在这惊人的广大迷宫中冒险。

最后，她找到那个丑陋的软趴趴的沙发，然后环顾客厅一圈，观察街道上覆盖着雪的树。

她依旧带着忧伤的情绪，双手插在口袋里，当她静静地转头时，吓了一大跳，同时忍不住惊叫一声。

一个穿着黑色皮衣、靴子和戴着安全帽的高大男人就站在她后面。

"啊，你好……"她终于发出声音。

他却没有回应，转身便离开。

他在走廊上脱下安全帽，然后一边抓着头发一边走进厨房："嘿，菲利伯，说说看，客厅里的那个娘们儿是谁？是你童子军的队友吗？是吗？那个在我沙发后面的娘娘腔是谁？"

菲利伯刚刚被自己拙劣的厨艺弄得懊恼不已，这下丧失了温文儒雅的气质，开口吼道："娘娘腔？乱说！她叫卡蜜儿，"他用单调的语调说，"是我朋友，我拜托你对她好一点，因为我要她在这里住一段时间……"

"哦，这样……不要这么生气……你说那是个女的？我们说的是同一个人吗？那个没有头发，又小又干瘪的人吗？"

"事实上，那是个年轻女孩……"

"你确定？"

菲利伯闭上眼睛。

"就是他，你的朋友？应该说是她？天啊，你这是在为她准备什么？怪异的恶心食物？"

"是汤啊，你以为呢……"

"这个？是汤？"

"没错，一锅里柏牌的葱马铃薯汤包……"

"这简直是狗屎。而且你还把汤烧焦了，真恶心。你在里面加了什么？"他掀开锅盖，惊讶地问。

"呃……牛奶起司和小块的吐司……"

"你为什么这样做？"他紧张地说。

"是医生说的……他要我帮她恢复体力……"

"啊，如果她用这个恢复体力，那可真是厉害！我看这样，不如说是要让她死，是……"

他从冰箱拿了罐啤酒，然后便关在自己的房间里。

当菲利伯找到那位受他保护的人时，她还有一点困窘："是他吗？"

"是的。"他呢喃说道，同时把大餐盘放在纸箱上。

"他从不脱下他的安全帽吗？"

"不是，但他每星期一晚上回来时，总是变得很可怕……通常这天我都会避免遇到他……"

"是因为他工作太多吗？"

"刚好不是，星期一他并没有工作……我不知道他在忙什么……他一大早就出门，回来时总是脾气暴躁。我想是家庭问题……拿着，趁热喝……"

"呃……这是什么？"

"汤。"

"啊？"卡蜜儿试着搅拌这奇怪的汤粥。

"我独门调配的汤……也可以说是一种蔬菜汤。"

"啊……啊……太好了……"她笑着重复。

这次还是一样，挺紧张的。

✦ 第二部 ✦

她远远看见弗兰克的背影，

现在的他似乎比平时更加高大更加平静，她好像不认识他。

1

"你现在有空吗？我们必须谈一下……"

菲利伯早餐总是喝热巧克力，趁牛奶沸腾溢出之前关掉天然气是他最大的乐趣。这是他每天的小胜利，隐形的胜利。鼓胀的牛奶恢复平静，一天可以开始运作，因为他控制住情况了。

但是，今天早上他被室友弄得手忙脚乱，甚至有被侵犯的感觉。他将天然气开关转错了方向，使得牛奶持续沸腾而从锅里溢出，瞬间一股难闻的味道充斥了整个厨房。

"什么？"

"我说，我们必须谈一下。"

"说吧，"菲利伯冷静地回答，同时将锅子泡进水里，"我在听。"

"她要待在这里多久？"

"你说什么？"

"拜托，别装傻啦！是你朋友吗？她要在这里待多久？"

"看她想待多久……"

"你爱上她了？"

"没有。"

"骗子！我一眼就看穿你的伎俩……你那君子风度，大庄主似的模样……"

"你吃醋了？"

"他妈的，没有！就差这个没有！我，为一堆排骨吃醋？嘿，我可不是什么善心人士。"

他指着额头说。

"不是吃我的醋，是吃她的醋啦。也许你觉得这里对你来说太挤了，而且你不爽把漱口杯再往右挪动个几厘米？"

"好厉害，马上就出口成章，每次你一开金口就铿锵有调，简直应该把你的写下来。"

"……"

"我知道这是你家，我很清楚。问题不在这里，你想请谁来，让谁住，随你高兴，如果你开心还可以办个慈善餐厅。但是，他妈的……我们哥儿俩不是住得好好的吗？"

"你这么觉得？"

"对，我这么觉得。没错，我有我的坏脾气，你呢，你有你的强迫焦虑症，但是到目前为止，我们大致配合得挺好的……"

"为什么情况会改变？"

"哎，我们都很清楚你这个家伙，完全不懂女人，你要知道，我说这话不是要伤你。但是真的……女人是祸水，老朋友，有了女人，任何事都会变复杂，变得不可收拾，连最好的死党都能翻脸不认人，你知不知道……为什么你在那里傻笑？"

"因为你说得好像是……我的难兄难弟……我不知道我是你的……死党。"

"算了算了。我只是觉得，你应该先通知我的。"

"我是要跟你说啊。"

"什么时候？"

"就是现在，当我喝巧克力的时候，如果你给我时间的话……"

"对不起……不过，可恶，我不能一厢情愿说对不起，不是吗？"

"没错。"

"你要出门上班了吗？"

"是。"

"我也是。走吧，我请你到楼下喝巧克力……"

他们来到院子里，弗兰克拿出最后一根烟说："还有，我们甚至不知道她是谁，也不知道她打哪里来。"

"我带你去看她从哪儿来的……跟我来。"

"别指望我爬到七楼去。"

"就是要，我就是要你来，跟我来。"

这是他们两人认识以来，菲利伯第一次对他做出要求。他一边跟着爬楼梯，一边发牢骚。

"妈的，这里怎么这么冷！"

"这还不算什么，等一下到了楼顶你就知道……"

菲利伯打开门锁，推开门。

弗兰克沉默了几秒钟。

"她就窝在这里？"

"是的。"

"你确定？"

"来，我带你去看另一个地方……"

他带他来到走廊尽头，一脚踢开一道残破不堪的门，说："这是她的浴室……下面是厕所，上面是莲蓬头，设计得真巧妙……"

两人沉默地走下楼。

弗兰克喝了三杯咖啡后才开口说话：

"好吧，只有一件事……你替我跟她解释，我得睡午觉……"

"好的，我会告诉她。我们俩一起跟她说。我想，这不成问题，因为她也睡午觉……"

"为什么？"

"她晚上要工作。"

"她是做什么的？"

"打扫的。"

"什么？"

"清洁女工。"

"你确定？"

"她干吗要骗我？"

"谁知道……咦，她说不定是应召女郎……"

"那她会不会也太……没肉了吧？"

"也是，你说得对……嘿，原来你不笨嘛！"他说这句话的时候，在菲利伯的背上用力拍了一下。

"小……小心，我的牛角面包掉进杯子里了，笨……笨蛋……你看吧，变成一只老水母……"

弗兰克没理会他，自个儿读着放在柜台上的《巴黎人报》标题。

两人一起叹息。

"我问你……"

"什么？"

"这个女人，她没有家人吗？"

"你知道，"菲利伯系上餐巾说，"我尽量跟你避开这类问题……"

弗兰克抬起头来对他微笑。

弗兰克走到餐厅炉子前，替菲利伯盛了一碗肉汤。

"嘿！"

"什么？"

"好汤，嗯？"

2

卡蜜儿再也受不了每天昏昏沉沉的，于是决定不再吃医生要她每晚服用的半颗镇定剂，她也不想用药成瘾。小时候她目睹她妈妈没吃安眠药就会变得歇斯底里的样子，那种抓狂的举止长期下来让卡蜜儿精神饱受创伤。

她刚从似睡非睡、半梦半醒的午睡中醒来，不知今夕是何夕，不过，她决定打起精神起床，穿好衣服，准备上楼回家，看看是否准备好继续被她暂时搁下的生活。

她穿过厨房，往用人楼梯走去时，看见一张便条塞在一个装满黄色汤汁的瓶子底下：

倒进锅子里加热，千万别煮沸。当汤微微滚动时，再加入面条，然后轻轻地搅拌加热四分钟。

不是菲利伯的字。

她的门锁被撬掉了，她在这个世上仅存的眷恋，她微不足道的王国，全被摧毁。

她本能地往躺在地上、打开的红色小行李冲过去。还好，他们没拿走任何东西，她的素描本还在……

嘴巴紧闭，一颗心怦怦跳，她开始整理行李，查看缺少了什么。

没有少什么，因为她什么也没有。不，有个收音机闹钟不见了……这场浩劫就为了一个她在中国杂货店买来的五十块钱玩意儿……

她把衣服放在纸箱里，然后提起行李，头也不回地离开，一直走到楼梯间才放下东西休息一下。

来到公寓大门前，她擤了擤鼻涕，把所有的家当放在楼梯口，坐在阶梯上卷烟草，好久没抽了。有着省电装置的灯熄了，不过没关系，这样反而更好。

这样反而更好呢，她喃喃自语，反而更好……

她想到那个著名的理论，说当我们向下坠落时，任何努力都是徒劳，只能等到落到底层时，双脚一蹬，才有可能再回到上头……

好了。

现在，我掉到最底层了吧？

她看了一下自己的纸箱，用手抚摸自己消瘦的脸颊，她挪动身体，好让一只从裂缝冒出的恶心小虫通过。

呃……放心吧……已经没事了吧！

她走进厨房时，他吓了一跳。"哦！你在这里啊？我以为你在睡觉……"

"你好。"

"我叫弗兰克·雷斯塔。"

"我是卡蜜儿。"

"你……看到我的留言了吗？"

"看到了。不过我……"

"你要搬家？需要帮忙吗？"

"不用，我……老实说，我只有这些东西了……因为被闯空门。"

"哦，真他妈的狗屎。"

"没错，就像你说的……说得真恰当……好了，我要去睡觉了，因为我头好晕，而且……"

"那个高汤，你要我帮你准备吗？"

"对不起，什么？"

"高汤？"

"高什么？"

"肉汤啦！"他不耐烦地说。

"哦，对不起……不用了，谢谢。我要先去睡一下……"

"嘿！"他对着她大叫，而她已经走到走廊上，"如果你觉得头晕，那是因为你吃得不够！"

她叹口气。外交手腕，交际手段……这男人，看起来挺细心的，最好还是不要搞砸第一次接触。她折回厨房，坐在桌子的一端。

"你说得有理。"

他小声嘀咕。要知道……当然他是对的……妈的……他现在快迟到了……

他转过身去，背对着她动手做汤。

他将锅子里的东西倒在空盘子里，从冰箱里拿出一包用纸巾包好的东西，小心翼翼地打开：是某种绿色的玩意儿，他直接在热腾腾的汤上头磨碎。

"这是什么？"

"香菜。"

"那这些小面条呢，你叫它什么？"

"日本珍珠。"

"哦，真的吗？好美的名字……"

他拿起夹克，边摇头边关上大门。哦，真的吗？好美的名字。女人，真蠢。

3

卡蜜儿叹着气，无意识地端起盘子想着那个小偷。是谁干的？走廊的幽灵吗？迷路的访客？从屋顶进来的？会再回来吗？她应该跟皮耶尔说吗？

那味道，应该说是肉汤的芳香，没让她思忖太久。嗯，香气四溢，她几乎想把毛巾盖在头上，把香气吸到体内。里面有些什么？颜色很特别。滚烫、油腻，像金属般的黄色……加上半透明的珍珠和翠绿色的香菜点缀，真是秀色可餐……她毕恭毕敬地举高汤匙，注视着汤好几秒钟，然后缓缓地喝下第一口，因为太烫了。

虽然她不再是个小孩子了，但她觉得自己跟普鲁斯特处于相同的状态：细心留意体内经历的奇妙感受[12]，她每喝一口便闭上眼睛，虔诚地喝完汤。

或许只因为她饿得半死却不自知，或许是这三天以来她都皱着眉头，强迫自己咽下菲利伯的料理汤包，又或者是她烟抽得比较少，总之有件事是确定的：她一生从未如此愉快地单独用餐。她站起来看看锅底是否还有剩汤。可惜，没了。她连一滴汤都不想遗漏，于是把盘子拿到嘴边，用舌头舔。吃完后她清洗餐具，拿起那包开封的面条，在弗兰克的纸条上用珍珠排出"真好"两个字。然后她躺在床上，手按着饱胀的肚皮。

感谢圣婴小耶稣。

4

她恢复阶段的时间过得很快。她从没见到弗兰克，但是知道他何时在家：关门、立体音响、电视、电话中的嬉笑怒骂、下流的笑声和凶恶的咒骂，她感

---

12 这句话是普鲁斯特喝下一小口掺了玛德莲蛋糕的热茶时所发出的感慨，后来他回想起童年时曾在姨妈家尝过，如此味觉勾起尘封往事，回忆如潮水般涌来，因而写出《追忆似水年华》。

觉到这一切都很不自然。他很焦躁，他的生活作息回响在公寓的每个角落，就像一只为了标示自己的地盘而四处撒尿的公狗。有时，她很想搬回七楼的家，重拾独立自主，不用亏欠任何人。另外一些时候，她并不想。有时她想到得紧紧抓住栏杆以免摔跤，才能爬上七楼打地铺，便直打哆嗦。

心情很复杂。

她实在不清楚自己的处境如何，她也很喜欢菲利伯。为什么她总是必须要咬紧牙根，责难自己和低头认罪？为了独立吗？说得好像是什么丰功伟业……这几年来，她的嘴里就只有这个词，而最后呢？会有什么结果？整个下午，在她简陋的屋子里，烟一根接着一根抽，反复思索自己的生命。很可悲，她很可悲，她快满二十七岁了，尚未留下任何有意义的东西。

没有朋友，没有回忆，找不到对自己好的理由。到底发生了什么事？为什么她从不能够弯曲五指紧紧握拳，留点珍贵的东西在手掌心呢？为什么？

她沉思，休息。每当这只大猕猴菲利伯到她房里打算念书给她听，每当他一边轻掩房门，一边因为弗兰克正在听"祖鲁族"音乐[13]而无奈地翻白眼时，她就对他投以微笑，暂时忘记自己的不幸……

她重拾画笔。

就这样。

不为什么。为了她自己。为了开心。

她拿了一本新素描本，最后一本，从身边的景物开始作画：壁炉、挂毯的图案、窗户的插销、镜框、图画、夫人的宝石和先生的正式礼服、衣物和拖在地上的腰带扣静物画、云朵、飞机飞过的痕迹、阳台栏杆后方的树梢，以及她待在床上的自画像。

镜面上的斑点和她的短发，让她看起来像是个长水痘的小男孩……

她像呼吸一般再度开始作画。她不加思索，一页接着一页地画，只有把墨水倒入杯子里和更换她的钢笔笔芯时才会停下来。这几年来，她从未感到如此宁静，如此生气蓬勃，如此简简单单地活着……

---

13 这里指的不是真正的祖鲁族音乐，而是戏称那种大声喧哗的流行音乐。

不过，她最喜欢画的是菲利伯的姿态。他完全沉迷于历史故事里，他的表情会瞬间变得非常丰富、非常热情或是嫉妒、悲伤、沮丧。哦！可怜的玛丽皇后……卡蜜儿请求他，让她为他素描。

当然，他结巴了一下，但是很快地，他就把钢笔游移在纸上所发出的声响忘得一干二净。

有时，他会开口朗诵：

"但是埃唐普公爵夫人谈起恋爱来不像别人，她并不安于小格局，她尤其渴望自己和家人能够获得恩宠。然而，她有三十个兄弟姊妹……她勇敢地实现她的野心。她精明聪慧，擅于利用鱼水之欢的空当，趁着国王调节气息准备再战之际，向国王要求她所觊觎的头衔或晋升。最后，皮斯勒家族（也就是埃唐普公爵夫人出生的家族）的每个成员，都被赋以重职，通常和教会有关，因为这位国王的情妇是宗教信徒……她的舅舅安东·史根成为罗亚尔河畔弗勒里修道院的院长、奥尔良主教、枢机主教，最后成为土鲁斯大主教。她的二哥夏勒·皮斯勒则是布格邑修道院院长和孔东[14]主教……"

他抬起头说："孔东……太好笑了……"

卡蜜儿把他的微笑匆匆画下来，这种因为揭露法国历史所获取的快感，一如其他男孩翻阅色情杂志获取的满足一样。

他继续念道：

"……监狱不够用了，极权独裁者卡里埃，在拥护者的支持下，启用新的监狱并征收码头里的船只来收容犯人。不久后，在生活条件极差的监狱里，数千名囚犯感染伤寒。断头台来不及解决这些囚犯，于是这位独裁者下令枪决他们，同时在行刑队里增设'埋尸小组'。此外，囚犯不断拥入城中，他发明了淹刑。而法国准将韦斯特曼则写道：'不再有旺代省了，它死于我们自由的刀刃下，带着所有的女人和小孩。我刚刚把它埋在海里和沙蒙纳的森林里。我遵照您的旨意，任由我的马蹄践踏儿童，把女人赶尽杀绝，所以至少不会再有孽种被生下

---

14 孔东（Condom），是法国热尔省的小镇，英文中则是保险套的意思。

来。囚犯全死了，没人会责怪我。'"

阴影最适合描绘此刻他紧绷的脸庞。

"您在画画还是在听我说话？"

"我边画边听……"

"这个韦斯特曼[15]，这个满腔热血为他的新国家卖命的怪胎，唉，您想象得到吗，几个月后他和丹东[16]一起被捕，而且一起上了断头台……"

"为什么？"

"罪名是懦弱……他是个温吞的家伙……"

有时，他坐在床边的安乐椅上，两人安静地看书。

"菲利伯？"

"嗯……"

"卖明信片？"

"是……"

"会做很久吗？"

"什么意思？"

"为什么您不做您喜欢的职业？为什么您不试着当历史学家或是老师呢？如此一来您就能够在上班时，继续沉浸在书堆里，而且还有钱赚呢！"

他将书放在起了毛球的天鹅绒裤上，遮住他消瘦的膝盖，摘下眼镜揉一揉眼睛说："我试过了……我有历史学士学位，我参加过三次巴黎文献学院的入学考试，但是每次我都考不及格……"

"您实力不够吗？"

"哦，我有实力的！但是……"他红着脸，"应该说，我相信我有……我谦卑地相信我有，但是我……我没通过考试……我太紧张了……每次考试，我就

---

15 韦斯特曼（François Joseph Westermann, 1751—1794），出生在亚尔萨斯的法国军事将领，在弭平旺代起义事件中居功厥伟，手段残酷。菲利伯在这里读的这段文字，是斯特曼在他致公安署（Committee of Public Safty）的信函中的内容。

16 丹东（Georges Jacques Danton, 1759—1794），法国大革命初期的重要军事领袖，也是肇建第一共和的灵魂人物。曾任公安署第一任首长。

失眠、眼花、掉发，甚至掉牙齿！我完全失常，当我看完考题，心里明明知道答案，却写不出来。我坐在考卷前目瞪口呆……"

"但是您通过了高中会考，也有学士文凭。"

"是的，不过付出了极大的代价……而且从不曾第一次就过关……学士文凭挺容易就能拿到……我不曾踏入索邦大学就获得了文凭，不然就是去旁听我喜爱的教授的课，尽管跟我主修的内容完全无关……"

"您几岁？"

"三十六岁。"

"当时若具有学士文凭，应该可以教书，不是吗？"

"您能想象我和三十个小孩待在教室里吗？"

"能啊。"

"不行。光想到要和听众讲话，即使人数不多，都可以让我直冒冷汗。我……我有面对群众的问题……我想……"

"但在学校呢？当您年纪还小的时候呢？"

"我是六年级后才开始去学校，并且寄宿在学校里……那是很可怕的一年，我一生中最惨淡的时光……就像是把一个完全不会游泳的我，丢进一个大游泳池里面……"

"后来呢？"

"后来也没怎样，我还是不会游泳……"

"是真的不会，还是一种比喻？"

"两者都是。"

"从没人教您游泳吗？"

"没有。学游泳做什么？"

"呃……为了游泳……"

"就文化的角度来看，我们比较像是步兵和炮兵的后代，您知道……"

"您在胡说什么啦！我不是在跟您讨论战史，我是说去海边！还有，为什么您没有早点……上学呢？"

"是我的母亲，她帮我们上课……"

"在家里上课？"

"没错。"

"她叫什么来着？"

"玛丽·罗红思……"

"是这样啊。您为什么没上学呢？你们住得太远吗？"

"邻镇就有一所公立小学，但我只去了几天……"

"为什么？"

"因为是公立的……"

"哦！和你们家的贵族血统有关吗？"

"是的……"

"嘿，那是两百多年前的事了！在此期间，事情有了进展！"

"变化，这是不可否认的。至于进展……我就不敢确定……"

"……"

"我吓到您了吗？"

"不，没有，我尊重您的……"

"我的价值观？"

"是的，如果您要这么说，如果您觉得这个字眼贴切的话，不过您怎样谋生呢？"

"我卖明信片啊！"

"不可思议，这……这种工作真怪……"

"您知道的，和我的父母比起来，我已经非常……就像您说的有进展，我跟他们差了一段距离……"

"您的父母是怎样的人？"

"呃……"

"他们被做成标本？泡在防腐剂里？和百合花[17]一起浸泡在甲醛里吗？"

"事实上，有点像您说的……"他笑着说。

"他们该不会还用轿子代步吧？"

"没有，不过那是因为他们找不到抬轿的人！"

---

17 百合花是法国王室的象征。

"他们做什么？"

"对不起？"

"做哪方面的工作？"

"地主。"

"就这样？"

"地主的工作很辛苦的。"

"呃……你们很有钱吗？"

"没有，一点也不，甚至恰恰相反……"

"整件事令人难以相信……那您又是怎么离开寄宿学校的？"

"托卡飞欧的福。"

"那又是谁？"

"卡飞欧并不是人，而是一本放在我书包里的很重的拉丁字典，我把它当成武器；我抓起背带，用力挥出书包，啪！往敌人身上砍去……"

"后来怎样呢？"

"没有怎样。"

"现在呢？"

"呃，亲爱的朋友，很简单，现在在您跟前的是一个人类退化的完美例子，他完全无法在社会上生存，他脱节、古怪，完全跟不上时代！"

他说完以后哈哈大笑。

"您以后怎么办？"

"我不知道。"

"您有去看心理医师吗？"

"没有。我在上班的地方认识一位年轻女孩，她疯疯傻傻、滑稽有趣，但是很烦人，老是缠着我，要我找一天晚上陪她去上表演课。她试过各种心理精神医师，她说最有效的还是表演……"

"哦，真的？"

"她是这么说……"

"不过，您都不出门吗？您没有朋友？没有亲人？与二十一世纪没有半点接触吗？"

"的确没有太多接触……那您呢？"

5

下班人潮呈反方向行进，卡蜜儿观察他们筋疲力尽的脸庞。

有些母亲张着嘴，靠着布满水汽的玻璃窗睡觉，准备前往第七区住宅区接小孩回家；有些戴着劣质珠宝的女士用口水沾湿她们过尖的食指，大刺刺地翻阅电视周刊；有些穿着休闲鞋和花哨袜子的先生，一边大声叹息，一边在不重要的文件上标示重点；有些年轻主管则玩着贷款买来的手提电脑……

其他人本能地抓紧扶手栏杆，免得失去平衡……他们不看任何东西或任何人。不看圣诞节的广告：珍贵的假日、完美的礼物、便宜的鲑鱼和低价的鹅肝酱；也不看邻座的报纸，不看另一个伸长着手、用鼻音反复呻吟、碎碎念个不停的讨厌鬼；也不看坐在对面的年轻女孩，她正在素描他们忧郁的眼神和他们灰色外套的皱褶……

接着，她和大楼夜班警卫随便闲聊几句，推着她的推车换上衣服，套上一件难看的运动长裤和一件写着"为您提供专业服务"的青绿色尼龙罩衫，像下地狱般忙着打扫，身体渐渐暖和起来。下班后又冒着寒冷，叼着香烟，搭最后一班地铁回家。

回去上班那天，"超级乔西"瞧见卡蜜儿时，把手深深埋在口袋里，对她投以一个几近温柔的咧嘴笑容："哦，哎呀……瞧哪股风把你给吹来了……我输了十欧元。"她抱怨着。

"为什么？"

"我和女孩们打赌……我以为你不会回来了。"

"为什么？"

"我不知道，我就是有这种感觉。没问题，我一定会付钱的！好了，事情还没完呢，得干活去了。天气这么糟，到处都弄得脏兮兮的。这些人难道没有学过使用脚踏垫吗？瞧瞧这里，你看见大厅了吗？"

杜嬷嬷拖着脚步慢慢踱过来。"哟，你，你这星期睡得跟婴儿一样吧，是不是啊？"

"你怎么知道？"

"因为你的头发，它们长得好快。"

"你还好吗？你看起来精神不济？"

"还好，还好啦。"

"你有烦恼吗？"

"哦，烦恼……小孩都生病了，一个好赌的老公，一个惹人厌的嫂嫂，一个在电梯里拉屎的邻居，电话被切断，除此之外，一切还好……"

"他为什么这样做？"

"谁？"

"邻居啊？"

"为什么，我哪知道，不过我已经警告过他，下次我会逼他吞掉他的大便！这你不用怀疑，我一定说到做到！而这让你觉得好笑，你……"

"你的孩子他们怎样了？"

"一个咳嗽，一个肠胃炎……好了，走吧，别再说了，不然我会难过，而我难过的时候，什么都做不好……"

"那你哥哥呢？他不能施展法术治疗他们吗？"

"赌马呢！你以为他也能预测哪匹马会赢？哦，别跟我说这些无济于事的废话……"

五楼那只脏猪仔大概是被伤了自尊心，这次办公室大致维持整齐。卡蜜儿画了一个天使，天使的背上有一对超过西装下摆长度的翅膀和一个美丽的光环。

回到公寓里，每个人都有了自己的生活节奏。刚开始的拘谨动作很像是跳着还不熟稔的芭蕾舞步，渐渐这些不自在的姿态就变成一种规律、谨慎的舞蹈。

卡蜜儿通常起床时已近中午。不过，下午三点左右弗兰克回来时，她尽量待在房间里不出去。弗兰克大约在早上六点半出门，偶尔会在楼梯间巧遇菲利伯。轮到她去工作前，她会和菲利伯一起喝茶或是吃点清淡的晚餐，不到次日凌晨一点，她是不会回家的。

烟草散发出的气味从他的门缝窜出。弗兰克这时也还没睡，正在听音乐或看电视。她也怀疑他究竟是如何维持这种疯狂的生活节奏，不过没多久便有了答案：他根本撑不住。

因此，不可避免地，有时火山会爆发。他一边打开冰箱的门一边大声怒骂，因为食物没放整齐或是没有包好，他将食物堆放在桌子上时又打翻了茶壶，他便开口咒骂他们："他妈的！要我跟你们说多少次？奶油要放在奶油盒里，不然味道会跑掉！还有起司也是一样！保鲜膜是拿来用的，他妈的！还有这个，这是什么？是生菜？为什么把它放在塑料袋里？塑料袋会弄坏食物！我告诉过你了，菲利伯！那些我上次带回来的盒子跑哪儿去了？好，那这个是？是柠檬，它跑到置蛋架上干吗？切开的柠檬是要包起来的，或是把切开的一面倒放在小碟子上，懂吗？"

接着，他拎着他的啤酒离开。卡蜜儿和菲利伯这两个罪犯等到门外的爆炸声响过后，再继续他们原本的对话。"但是皇后的确说：'如果没有普通面包，就给他们奶油圆面包……'"[18]

"才没有……皇后绝不会说出这么愚蠢的话……你知道，她很聪明……"

当然，他们大可以一边叹气一边放下茶杯，跟弗兰克顶嘴说他是个暴躁的家伙，他反正也没有在这里吃东西，只是为了放他那几打啤酒才用这个冰箱……但是他们没有这样做，没必要跟他过不去。

既然他是个爱大呼小叫的人，好吧，就让他咆哮吧。

就让他咆哮吧……

而且弗兰克等的就是这个，他恨不得逮到一点机会，扑到他们身上，尤其是她。她是他的眼中钉，每当他跟她擦身而过，总是怒气冲冲。枉费她花大部分的时间待在房间里，有时他们不免狭路相逢，在对方高超的杀人眼神下，她也只能逆来顺受，随着他的喜怒哀乐，她不是怕得要命，就是笑得很僵。

"嘿，怎么了？你为什么冷笑？我这张脸你看不顺眼吗？"

"没有，没有。没为什么，没为什么……"

她赶快转移话题。

---

18 据说在法国大革命期间，玛丽·安东尼皇后（后来上了断头台）曾经说过这样的话。在法语中，"面包"指的是由水和面粉做成，是用来维持生存的基本食物。奶油面包指的则是比较精致化的高级面包。

她在公共的空间里战战兢兢，尽可能保持环境整洁，让人感到舒适。当他不在时，她便关在浴室里，把她的所有盥洗用品都藏起来。把餐桌擦了好几遍，将烟灰缸里的烟灰倒在塑料袋里，在放入垃圾桶之前还谨慎地打了结，竭尽所能地小心谨慎，以避开战火。最后思忖着是否要提早离开这里……她又得受冻，活该；不过至少不用再面对那个大笨蛋，好极了。

菲利伯语带歉意地说："但是，卡……卡蜜儿……您是如……如此聪慧，能够不……不用理会这……这个粗人，您看……您……您会超越这一切，不会把这放在眼里……是这样吧？"

"不，正好相反。我和他等级一样，所以，他全都冲着我来。"

"不是的！才不是！总之，你们两个可是不同类型的人！您……您看过他写的东西吗？您看过他听白痴电视主持人的低俗笑话，听得哈哈大笑？您看过他读二手摩托车之外的刊物吗？这男孩的心智只有两岁！他不是故意的，可怜……的人……我……我想他很小就到餐馆工作，便一直做下来……所以，退……退一步想……多容忍一点，就像您说的，更……更酷一点……"

"……"

"当我敢说出以前那些室友欺负我的事，而且还只是其中的九牛一毛，您知道我妈妈怎么回答我吗？"

"不知道。"

"'儿子啊，要知道，癞蛤蟆的毒液是伤害不了白鸽的。'她就是这样跟我说的……"

"这样能安慰您吗？"

"完全没有！甚至相反！"

"您看吧。"

"是没错，但是您，您不……不一样。您不是十二岁的小孩了……而且又不是要您喝那坏蛋的……尿的问题……"

"他们强迫您喝尿啊？"

"哎呀……"

"现在我比较了解白鸽的比喻了，唉……"

"就像您说的，那白……白鸽，从未躲得过毒液。此外，我感觉那东西似乎还卡在这里。"

他指着他的喉结，苦涩地笑说。

"我们走着瞧。"

"另外，真相是很愚蠢的，您和我一样清楚：他在嫉……嫉妒，疯狂地嫉妒。站在他的立场看看……这公寓曾是他独……独自一人的，他经常穿着内裤或者身后……跟着一位年轻疯癫的蠢女人，随心所欲到处游荡。他可以咆哮、骂三字经，随他高兴，而且我只和他说些鸡毛蒜皮的琐事，譬如水龙头开关坏了或是卫生纸没了……我甚至很少踏出我的房门，当我需要专心时，我就戴耳塞。他曾是这里的国王……甚至觉得……觉得这是他的家……然而，啪啦，您来了。他不仅要拉好裤裆的拉链，还得忍受我们的关系，不时听见我们的笑声，还有……我们的对话。我们的对话他又听不懂……对他来说这应该不……不太好过，您不认为吗？"

"我从没发觉我的地位这么重要。"

"不，相反地，您……您非常低调，但是，你要……要我跟您说吗……我想他对您又敬又畏……"

"太扯了！"她惊叫，"我？他对我又敬又畏？您在开玩笑吧？我这辈子还不曾被人这么轻视过。"

"这……虽说他并不是很有教养，但是，这家伙，他不……不笨，您和他的女朋友们不一……样，您知道……自……自从您住在这里，您可见过他的女朋友？"

"没有。"

"这就对了，这……这很令人惊讶，真的……不管怎样，我求……求求您，别跟他一般见识。看在我的分上，卡蜜儿……"

"但您知道的，我不会在这里待太久。"

"我也是，他也是，但是在这段时间，就尽量敦亲睦邻……人生已经够苦闷了，不是吗？还有当您说这些蠢……蠢事，就会让……让我说话结巴。"

她站起来，关掉烧开的水壶。

"您，您好像不同意我的话……"

"我同意，我会试试看。但是，我并不擅常处理这种勉强而来的关系……

一般来说，我在面对问题之前就一走了之。"

"为什么？"

"就是这样。"

"因为这样比较不累吗？"

"是的。"

"相……相信我，这并不是个好策略。就长远来看，您会吃亏的。"

"我早就吃亏了。"

"说到策略，我下星期要去听一个有……有趣的研讨会，讨论拿破仑的战术，您要不要跟我去呢？"

"不了，您去吧。对了，告诉我有关拿破仑的事。"

"哦！这议题很大……您要一片柠……柠檬吗？"

"哦，这个，天啊！我，我可不要再碰柠檬！还有，我什么都不敢碰了。"

他张大了眼睛："我说过别跟他一般见识。"

6

"韶光重现"[19]，在这个老年人迈向死亡的地方，这养老院的名称可真贴切啊……什么跟什么嘛……

弗兰克的心情很糟。自从外婆住在这里之后，便不曾对他说过任何一句话，他必须绞尽脑汁，找各种话题跟她说话。第一次拜访，他来不及反应，他们一整个下午瞠目相视。最后，他坐在窗前，拉高嗓门描述公园里发生的事：吵架的情侣、在车阵中穿梭嬉戏的孩子、男的挨了一个耳光、哭泣的年轻女孩、保时捷跑车、全新第五系列的杜卡迪超级摩托车，以及不断来来去去的救护车。真是有趣的一天。

卡米诺太太帮忙负责这次搬迁，第一个星期一他开心地前来，万万没料到会碰到这样的状况……

首先是这个地方。因为预算因素，他不得不选择这家位于郊区、在水牛烧

---

19 这是普鲁斯特的巨著《追忆似水年华》最后一卷书名。

烤连锁店和废料工厂旁的公立养老院。附近还有大卖场、工厂厂房、贫民住宅区，这家狗屁养老院就矗立在这一片鸟不拉屎的地方。他迷了路，花了一个多小时在这些规模庞大的厂房旁边绕来绕去，找寻不存在的路名:停在每个圆环，努力辨认难以看懂的地图。最后，他停下摩托车，摘下安全帽，几乎快被一阵狂风扫离地面。"不，这是什么念头？怎么可以将老人安置在这种狂风呼啸的地方？我老是听说风会侵蚀老人的脑袋，哦，他妈的，告诉我这不是真的……她不住在这里……发发慈悲吧……告诉我，我搞错地方了……"

疗养院里简直会热死人。他愈接近她的房间，就愈感到喉咙干瘪，害他得花好几分钟才能吐出一句话来。

这些丑陋的、悲伤的、沮丧的、呻吟的老人，他们的拖鞋、假牙、吸吮、啜泣发出了各种声响，挺着庞大的肚子和挥着瘦弱的手臂。这个鼻子插着管子，那个独自在角落低声啜泣，另一个完全蜷曲在她的轮椅上，就像刚刚才痉挛过……甚至可以看到她的袜子和尿布……

还有这股热气，天啊！为什么不打开窗户？是想让这些老人死得更快吗？

第二次来访时，为了不要看见这一切，他戴着安全帽直达八十七号房，却被一位护士逮住，命令他马上脱下帽子，因为他吓坏了那些老人。

他的外婆不跟他说话了，但继续盯着他，藐视他，要让他感到羞愧。当他拨开窗帘，往他骑的摩托车看过去时，她便在心里重复默念着:"怎样？你对自己感到骄傲吧，我的孩子？回答我啊。你感到骄傲是吗？"

他太烦躁，无法入睡，于是把沙发拉靠到床边，找些话聊，像是趣闻逸事和一些无关痛痒的事。但最后他也撑不下去了，只好看电视，不过他又没心情看下去。他看着后面的钟摆，倒数计时:再过两小时，我就闪人;再过一小时，我就走;再过二十分钟……

这个星期天他来的时候，发现情况有点不同。这个星期天宝特林餐厅并不需要他。他像龙卷风似的呼啸而过大厅，不经意发现炫目刺眼的新装饰:那些可怜的老人都戴着尖头纸帽。

"这是怎么回事，要办嘉年华？"他问一起搭电梯，穿着工作服的女人。

"他们正在排演圣诞节的节目……您是雷斯塔的孙子吗？"

"是的。"

"您的外婆不怎么合群……"

"啊？"

"或者应该说……她跟驴子一样倔强……"

"我以为她只跟我才这样。对你们，她应该会比较，呃……比较亲切……"

"哦，对我们，她是亲切迷人，非常和蔼可亲。但是对别的老人就很糟糕……她不想看见其他老人，而且宁愿不吃饭也不要到楼下的公用餐厅……"

"什么？她不吃东西？"

"唉，因为这样，最后我们只好妥协……让她待在房间吃饭……"

外婆本来以为星期一才会看到他，这下吃惊地看着他，来不及穿上她那忍辱负重的老太太戏服。这一次，她并没有待在床上臭着脸，像根木桩一动也不动，而是坐在窗前缝东西。

"外婆！"

哦，讨厌，她本想装出不太高兴的样子，却无法克制地对他微笑。

"你在看风景吗？"

她差点就把心里的话告诉他："你在嘲笑我吗？什么看风景，不！我是在监视你，我的外孙。我一直在监视你……尽管我知道你不会来，我还是在这里看着，一直都在这里。你知道吗，我现在远远就能认出你摩托车的声音，等着看你脱下安全帽，然后才躲到床上，板起面孔……"但是，她抑制住，只是自己喃喃低语。

他不再追问，背靠着暖气孔。

"还好吗？"

"嗯。"

"你在做什么？"

"……"

"你在生气？"

"……"

祖孙两人你看我我看你，足足有一刻钟的时间。然后他挠挠头，闭上眼睛，叹口气，挪动几步以便和她面对面，接着用平稳的声调说："听着，波莱特·雷斯塔，仔细听我说。你独自住在那栋你很喜欢，我也很喜欢的房子里。早晨，你一大早起来，准备饮料，然后边喝边看着云朵的颜色，猜想白天的天气会如何。接着，你喂你的小动物们，对吧？你的猫、邻居的猫咪，你的红喉雀、山雀，还有所有的麻雀。你提着大剪刀，在梳洗自己之前先去修剪花园。你穿衣整装，窥视经过的邮差或是肉贩。米歇尔那个胖子，当你跟他买一百克的牛肉，他总是给你三百克，多收点钱，而且他早就知道你没牙齿！但你什么都没说，因为你担心下个星期二，他会忘了按喇叭……所以，多余的肉你只好拿来做高汤。在十一点左右你提着菜篮去葛熙佛德老爸的咖啡店里，买了份报纸和两条面包。你已经很久不吃面包了，但你还是买……因为习惯……还有为了你的小鸟……你经常会遇到老朋友，她比你先看到报上的讣闻，然后，你们会一起悲叹着你们的死期。接着，你会告诉她我的近况，即便你并不清楚……对你的朋友而言，我早跟世界一级大主厨一样出名，不是吗？这二十年来你独自生活，继续铺着干净的桌巾，摆着漂亮的餐具和高脚杯，放了一束花。如果我没记错，在春天时是银莲花，夏天是翠菊，而冬天你会在市场里买束花回来，每次在吃饭时不停唠叨，买来的花长得不好，而且又贵。下午时，你在沙发上睡午觉，那只大胖猫愿意在你的膝盖上待一会儿。接着，你继续完成早上在花园或是菜园里的工作。哦，菜园……你现在种的菜不多了，但多少还是够你自给自足。伊冯娜在超级市场买她的红萝卜时，你会为自己感到高兴。对你来说，你去超市买菜可是丢脸至极。

"晚上则过得比较长，不是吗？你巴望我打电话给你，但我却没有。所以你打开电视，直到那些乱七八糟的节目让你头晕眼花，昏昏欲睡。最后是广告让你惊醒过来。你把披巾拉到胸前，巡视房子一圈，关起护窗板。那个声响——护窗板在宁静无声的夜晚里嘎吱作响的声音，直到今天你仍然依稀听得见吧，我会那么清楚，是因为我也一样。即使我现在住在一个令人疲倦的城市里，几乎听不见什么，但那些噪声，那些木制的护窗板和木门所发出的声响，只需我竖起耳朵便能听见……

"没错，我并没有打电话给你，但我还是思念着你，你也知道的……还有每次我回来时，我不需要圣女伊冯娜的报告，她老是把我拉到一旁，乱摸我的手臂，我也知道你的状况很糟糕……我不敢告诉你，不过我发现你的花园不再整齐了，你的菜园也不再井然有序，你也不再那么精心打扮，你的发色变得很奇怪，你的裙子穿反了。我发现你的天然气炉肮脏不堪，还有你继续帮我织的那些丑死的毛线衣，到处是破洞；你两脚穿着不同双的袜子，还有你身上到处都是撞伤……没错，不用这样看我……你想把数不清的瘀青藏在羊毛衫底下，我其实一直都知道……

"我应该早一点跟你说……强迫你去看医生，责骂你，不准你用那把你已经拿不动的老铲子，把自己累坏。我应该叫伊冯娜注意你，将你的健康检查报告寄给我。但是，我并没有这样做，我想让你耳根清静，直到有一天你再也不能这样下去了。至少，你才不会有遗憾，而我也不会……至少，你曾经过得很好，很幸福，很悠闲，直到最后。

"现在，这一天来了。我们已经在养老院里面了。你必须下定决心，我的外婆，你不该给我脸色看，你应该想想自己多么幸运，能在这么漂亮的房子里待了八十多年，还有……"

她哭了。

"……还有，你对我很不公平。我住得远，孤单一个人，难道是我的错吗？你变成寡妇是我的错吗？除了我那个没用的老妈以外，你没有其他的小孩来照顾你是我的错吗？我没有其他的兄弟姊妹来看你是我的错吗？外婆，这不是我的错。我唯一的错，就是选了一个这么烂的职业，除了像笨蛋做牛做马之外，我什么都不能做，更惨的是，即使我想，我也没别的技能……我不知道你注意到了吗，我除了星期一之外，每天都要工作，而星期一，我必须来看你。得了，别装得很吃惊的样子。我已经告诉过你，我为了支付我的摩托车贷款，星期天得加班，所以你看，我没有一天早上可以赖床，我……每天早上八点半我就得上班，而晚上，从没在半夜之前下班……所以，我必须午睡才能顶得住。所以，你看，这就是我的生活：什么都不是——什么都没能做，什么都没能看，什么都不知道，更糟的是，什么都不懂……在这团混乱之中，唯一正面的是那个房间，我从那个我经常跟你提起的怪胎那里找到的，就是那个贵族，你记得吗？但现在连他也变了……他带了一个女孩回来，现在她就在那里，和我们住在一块儿，她让我快抓狂了，你无法想象……而且她甚至不是他的女朋友！这个男人，不知道哪天才会上她。呃……对不起，是不知道哪天才会跨出一步……不

111

是啦，她只是一个被他收留的可怜女孩，而现在，公寓的气氛变得很沉重，我必须搬家……不过这也没什么大不了，我已经搬过那么多次家，不在乎再搬一次，一定可以搞定的。但是，对你，就没办法搞定了，你了解吗？这一次，我好不容易跟了一个好主厨，我经常跟你说他很爱破口大骂，但是，他是个正直的好人。跟他相处可以直来直往，而且他是个好厨师……我真的觉得跟着他，我有进步，你懂吗？所以我不能这个时候离开他，总之，我告诉他我的情况，我告诉他我想要回到这里工作，可以就近照顾你，不能在七月底之前。我知道他会帮我，但是以我现在的程度，我不想随便接一个工作。如果我回到这里，要么就是当大餐厅的副主厨，不然就是一般餐厅的主厨。现在我不想再当跟班，我已经受够了……所以，你要有耐心一点，不要这样看我，不然我坦白告诉你，我以后不来看你了。我再说一次，我一星期只有一天的休假，但如果这一天要我过得这么郁闷，那么一切就都毁了……还有，年节就要到了，我的工作量会比平常更多，你也该帮帮我吧，他妈的……

"等一下，还有最后一件事。有个女人告诉我，你不想看到其他老人。听好，我能了解，他们看起来不太亲切，但你至少得做点努力。或许刚好有另一个波莱特，就在这里，躲在她的房里，也跟你一样失魂落魄；或许她也很喜欢谈她的花园和她可爱的外孙，但如果你只待在这里，像小孩一样赌气的话，你要她怎样找到你呢？"

她愣愣地看着他。

"好了，我把心中的话都说了，但现在我站不起来，因为我的屁股好痛。你在缝什么呢？"

"弗兰克，是你吗？真的是你吗？这是我第一次听到你说这么久的话……你是不是病了？"

"外婆，我没病，我只是累了，我被压得喘不过气，你懂吗？"

她凝视着他良久，然后摇摇头，像是从昏迷中清醒过来。她举起她的作品："哦，这没什么……这是给娜蒂吉的，她是个可爱的女孩，早上在这里工作。我替她修补毛衣……对了，我找不到眼镜，你能帮我把线穿进针眼里吗？"

"你要不要坐回床上，让我坐在沙发上？"

他一坐在沙发上便睡着了。

沉沉入睡。

餐盘的声响将他吵醒。

"这是什么？"

"晚餐。"

"为什么你不下去呢？"

"晚上都是让我们在房间里吃……"

"现在几点了？"

"五点半。"

"搞什么鬼？他们要你五点半吃晚饭？"

"对啊，星期天都是这样，好让他们可以早一点下班……"

"哟……这是什么东西？好臭！"

"我不知道这是什么，我想还是不要知道的好……"

"那这又是什么？鱼吗？"

"不是，应该是焗烤马铃薯，你不觉得吗？"

"不，闻起来像鱼……还有这个，这是啥，这个咖啡色的东西？"

"水果泥……"

"不是吧？"

"不，我想是的……"

"你确定？"

"哦，我也不确定……"

他们正在研究时，年轻的小姐再度出现："吃完了？好吃吗？您都吃完了？"

"等等，"弗兰克打断说，"您才刚端来没两分钟……至少让她安静地慢慢吃完吧！"

小姐不悦地关上门。

"这里每天都这样，星期天更糟。她们都急着要离开，不能怪她们，嗯？"

老太太低着头。

"哦，我可怜的外婆……这什么破养老院……他妈的……"

她折好餐巾。

"弗兰克！"

"是。"

"我跟你道歉……"

"外婆，应该是我道歉。总是事与愿违，但是没关系，我现在开始习惯了。"

"我现在可以拿走了吗？"

"是，是，请便……"

"小姐，您顺便赞赏主厨一下，"弗兰克又说，"真是人间美味啊……"

"好吧，我要走了。"

"你可以等我换上睡衣吗？"

"换吧。"

"扶我站起来……"

他听见浴室里的水声，当她钻进被单底下时，他腼腆地转过头去。

"关灯，我的孩子……"

她打开床头灯。

"来，坐下来，就两分钟……"

"就只有两分钟哦，我可不是住在附近。"

"就两分钟。"

她把手放在他的膝盖上，问他最后一个问题，而他早就料想到她会问："告诉我，那个你刚刚说的年轻女孩，就是和你们住在一起的那个……她怎么样啊？"

"她很蠢、自以为是、瘦排骨，和其他人一样是笨蛋。"

"哎哟……"

"她……"

"她什么？"

"好像是个知识分子……不，又不像。她和菲利伯老是埋在书堆里，就跟所有的知识分子一样，他们可以聊好几个钟头没人在乎的事，更奇怪的是，她居然是清洁女工。"

"啊，真的？"

"她是夜间清洁女工。"

"夜间？"

"是的……她很奇怪……要是你看到她瘦巴巴的模样，一定会难过……"

"她不吃东西吗？"

"我不知道。我才不在乎。"

"她叫什么？"

"卡蜜儿。"

"她长得怎么样？"

"我已经告诉过你了。"

"她的脸蛋长得怎样？"

"嘿，你为什么问我这些？"

"为了让你待久一点……不是啦，因为我想知道。"

"她呀，她的头发很短，类似小平头，发色是褐色的。我想她的眼睛是蓝色的，我忘了，总之是淡色的。她……哎，关我屁事！"

"她的鼻子长得怎样？"

"很普通。"

"……"

"我想她有雀斑……她……你为什么笑？"

"不为什么，我在听……"

"不说了，我要走了，你让我很烦……"

7

"你要我去电影院做什么？"

"圣诞节你会去里昂吗？"

"这是一定的……你知道你舅舅的为人……他不在乎我过得怎样，但如果我错过他的火鸡，那可没完没了。你今年要陪我去吗？"

"不要。"

"为什么？"

"我要工作。"

"你要扫那些圣诞树树叶啊！"她挖苦地问。

"没错。"

"你根本不把我放在眼里？"

"不是这样的。"

"听着，我可以了解……和一群猪头一块儿吃圣诞蛋糕，真是可悲，难道不是吗？"

"你别胡说。他们人还算不错……"

"哼，没错，瞧，我感到郁闷了。"

"我请你，"卡蜜儿拿了账单，"我要走了。"

"喂！你把头发剪掉了？"她母亲在地铁入口处问她。

"我还以为你没看到……"

"真是难看。你为什么剪掉？"

卡蜜儿飞快地奔下扶梯。

新鲜空气，快！

8

还没见到人，她已经知道她人在那里，因为味道的关系。

那是一种甜腻的香水味，卡蜜儿感到一阵恶心。当她快步走向她的房间时，她瞥见他们待在客厅里。弗兰克懒洋洋地瘫在地上，呆滞地望着一个扭腰摆臀的女人，而且他把音乐声开到最大声。

"晚安。"她经过时随口问候了一声。

她关上房门时，听见他嘟哝着说："别烦我们，我们谁也不鸟……来吧，继续跳……"

这不是音乐，根本就是噪声，可怕的噪声，墙壁、画框和地板都在震动。卡蜜儿等了几分钟才走出去，打断他们："你关小声点，否则邻居会抗议的。"

那女孩停止不动，只是咯咯地笑。

"嘿，弗兰克，是她吗？是她吗？嘿，你就是那个清洁女工啊？"

卡蜜儿定定看着她。菲利伯果然没错：真是令人惊叹。

集愚蠢与粗俗于一身：厚底鞋、廉价的花边牛仔裤、黑色的内衣、网状毛衣、粗糙的彩妆、橡胶似的嘴唇，登峰造极之作。

"没错，就是我。"接着她对弗兰克说，"请你关小声一点。"

"哦！你很烦……走开……回你的摇篮里睡觉……"

"菲利伯不在吗？"

"不在，他去拜见拿破仑了。走开，跟你说回去睡觉。"

女孩笑得更灿烂。

"厕所在哪里？嘿，厕所在哪儿啊？"

"音乐关小声，不然我叫警察。"

"好啊，警察来啊，别再烦我们了。去啊！滚开！"

不巧，卡蜜儿才刚和母亲度过几个小时。

而弗兰克并不知情……

真不凑巧。

她转身走进他的房间，踩着地上的杂物，打开窗户，拔掉音响插头，然后把音响从四楼丢下去。

她回到客厅，平静地松了一口气，"现在我不需要打电话给警察了。"接着，她回过头说，"嘿，婊子！闭上你的鸟嘴，小心被苍蝇噎到。"

她把房门锁起来。他摔撞东西，发飙怒吼，大声叫嚣，恐吓威胁。这时，她一边看着镜中的自己一边笑着，发现自己这么有趣的模样。唉，她现在实在不适合画画，因为手太湿了。

她一直等到听见大门的关门声，才敢冒着危险走到厨房去，吃了点东西，再回房睡觉。

他半夜里展开报复。

在次日凌晨四点左右，卡蜜儿被隔壁房间的嘈杂声吵醒。他发出咿哦的呻吟声，那女人发出啊呀的叫床声。就这样你来我往。

她起床，在黑暗中待了一会儿，思忖着是否马上收拾东西回自己的狗窝。

不，她喃喃自语，不，这样反而合了他的意。

我的天啊，这是什么闹剧，什么闹剧啊……他们是故意的，真是扯……一定是他要她叫得更大声……拜托，这个女人身上装了哇哇踏板[20]吗?

他赢了。

她已经决定了。

她睡不着。

翌日她一早便起床，静静地打包东西。她取下床单、被单，叠起来后装在大袋子里，好带到洗衣店。她收拾杂物，将它们放进当初带来的小箱子里。她很难受，不是因为回去楼上让她焦虑，而是离开这间房间……灰尘的味道、阳光、丝质窗帘发出的沉浊声响、地板的噼啪声、灯罩和柔和的镜子。仿佛是活在时间之外……与世隔绝的奇特感受……菲利伯的祖先终于接纳她，而她淘气地把他们画得不一样，把他们放在不同的情境里。尤其是那个老男爵，显得比意料中的更滑稽，更高兴，更年轻。她拔掉电壁炉插头，可惜这台没有自动卷线的功能。她不敢在走廊上推它，便先将它放在门前。

接着她拿了她的素描本，为自己准备了一碗茶，然后回到浴室坐着。她打算带走这里。

这是这房子里最美的地方。

她丢了所有弗兰克的东西，他的体香剂、充满污垢的旧牙刷、刮胡刀、敏感性肌肤的沐浴乳——这个最夸张——还有他臭气熏天的脏衣服。她全都丢进浴缸里。

她第一次走进这个地方时，忍不住发出"哦!"的赞赏声。菲利伯告诉她，这是一八九四年出品的著名浴缸"宝雪"，是他曾外祖母的点子，她曾是美丽年代最娇艳的巴黎女人，或许太过妖俏美丽，瞧他外祖父追忆自己的母亲，谈起她做过的荒唐事时，如何挑起眉毛，就可想而知……

当她把浴缸弄回家时，所有的邻居联合起来抗议，因为他们担心浴缸太重会压垮地板。但后来，邻居都爱上它，对它赞叹不已。这浴缸可是这栋大楼，甚至是整条街上最漂亮的……

浴缸是完好的，有些刮痕，但依旧完好。

卡蜜儿坐在脏衣篮上，画着瓷砖的形状、雕饰的图形、阿拉伯式的图案、

---

20 连接在电子吉他上，可使吉他产生颤音。

四只狮爪撑起的瓷制大浴缸、脱落得差不多的铬、从第一次世界大战后就没喷出东西来的巨大莲蓬头、圣水缸形状的香皂架、只剩下一半的毛巾架。空无一物的瓶瓶罐罐、斯基亚帕雷利的震惊香水、霍比格恩特的透明香水、慕尼丽丝的华贵香水、蒂亚凡粉盒等。蓝色蝴蝶兰图形围绕着浴盆和洗脸台，这浴盆和洗脸台充满花鸟图腾，极尽精雕细琢之能事，让她不太好意思把她破烂的化妆包放在泛黄的洗脸台搁板上。原本的马桶已经不见了，但蓄水槽仍然固定在墙上，最后，她临摹了盘旋在天花板有一世纪之久的燕子，为这次的浴室盘点画上句点。

她的素描本快画完了，只剩下两三页。

她没有勇气翻到底，因为它仿佛带着某种含意。素描本画完，假期也宣告结束。

她洗了碗，轻轻关上门离去。趁床单在洗衣机里翻滚时，她去了趟马瑟莲区的电器行，买一台音响还给弗兰克——她不想亏欠他。她来不及看他原来音响的牌子，让店员决定。

她喜欢这样，让别人决定……

当她回去时，公寓空荡荡的，或者是安静无声。她不想知道有没有人。她将新力的箱子放在弗兰克的房门前，将床单放回她那张旧床上，向屋子里的祖先画像道别，关上窗户，将电壁炉推到厨房边的小储藏室。不过，她找不到钥匙。于是她将纸箱、热水瓶放在电壁炉上后，便去工作了。

夜晚降临，寒冷开始它悲伤的工作，她感到嘴巴干涩，肚子变硬，那些石头又回来了。

她尽量去幻想愉快的事物，不要让自己哭，最后她相信她和她母亲一样：被节庆弄得很郁闷。

她一人独自安静地工作。

她不想继续这趟旅程。显然，她必须去。但她到达不了。

她得回到上面，回到露易丝·莱杜克的小房间，然后，放下她的袋子。

终于到了。

隆辛葛贺先生办公桌上有张小字条，用挤成一团的黑色字体写着："您是谁？"这张纸条把她从悲伤的情绪里拉开。

她放下手中的清洁喷雾剂和抹布，坐在皮制的巨大椅子上，找了两张白纸。

第一张纸上，她画了一个怪模怪样、没有牙齿、撑在扫帚上的坏蛋，凶狠地笑着。它的罩衫口袋里突出一瓶一公升的红酒，写着"杜克灵，专业的服务，等等"，并表明说："好吧，是我……"

在另一张上，她画了一位上世纪五十年代的美女，叉着腰，噘着嘴，双腿微弯，胸部从花哨的蕾丝围裙挤出，她拿着托盘娇嗔说："才不，是我……"

她用荧光笔在美女的两颊画上腮红……

由于她的恶作剧，使她错过了最后一班地铁，只好走路回家。啊，这样也好，又一个暗示……她几乎就快走到尽头，但尚未到达，不是吗？

再撑一下。

只要在寒风中再待几小时。

当她推开楼下大门时，想起她还没把钥匙还给菲利伯。另外，她也应该把行李推到楼梯间。

或许可以写张小字条给她的旅店老板菲利伯。

她往厨房走去，失望地看见灯还亮着。一定是菲利伯·马奎特·德·拉·杜贝利埃先生——神情哀凄的骑士，他一定会支支吾吾，用些可笑的手法挽留她。有那么一瞬间，她想转身离去，她并没有勇气听他说话。但是，既然今晚八成死不了，她需要暖气……

9

他站在桌子的另一端，玩弄着啤酒罐的瓶盖。

她紧握拳头，感觉指甲深深掐入手心。

"我在等你。"他说。

"啊？"

"是的。"

"……"

"你不坐下来吗？"

"不了。"

他们就这样沉默不语了好一阵子。

"你有没有看见小楼梯间的钥匙？"她终于开口问道。

"在我的口袋里。"

她叹口气说："给我。"

"不。"

"为什么？"

"因为我不希望你离开。该滚的是我……如果你离开，菲利伯会气我一辈子……今天就这样了，当他看见你的纸箱，便开始对我不爽，从此没再踏出房门一步……因此，我会走。不是为你，而是为他。我不能这样对他。他会回到从前的样子，我不希望发生这种事。他不应该是这样的。对我而言，当我在最糟的时候，他曾经帮助我，我不想伤害他。我不想看到每当有人问他问题时，他就痛苦不堪，像只毛毛虫般蠕动……在你来之前他的状况已经有所好转，但是你来了以后，他几乎变得像个正常人，我知道他现在药也吃得比较少……你不需要离开……我有个朋友年节过后可以让我去他那儿住……"

沉默无声。

"我能喝你的啤酒吗？"

"当然。"

卡蜜儿倒了一杯啤酒，在他面前坐下。

"我可以抽烟吗？"

"当然，就当我不在……"

"不行，我做不到，这怎么可能。当你在房子里时，气氛就变得很紧张，充满火药味，你要我怎么视若无睹，还有……"

"还有什么？"

"还有我和你一样，也很累，不过原因不太一样，我想……我的工作量较少，但我一样疲倦，忙的事不一样，但是一样累，我是脑袋疲倦，你懂吗？还有，我想离开，我发现我无法过团体生活，还有我……"

"你？"

"没什么啦，我只是很累。而你，你不能和别人正常相处，你老是大声叫骂，起冲突……我想或许是因为你的工作，被厨房里的气氛影响……我不知道……反正老实说我不在乎。但有件事是确定的：我要把你们的亲密关系还给你们。"

"不，是我要离开你们，我没选择的余地……对菲利伯而言，你比较重要，你变得比我还要重要……"

"这就是命。"他笑着说。

这是他们第一次注视着对方。

"当然，我是可以让他吃得更好，不过，我才不在乎什么玛丽皇后的白色假发。啊，也就是这一点让我失去他……哦，对了！谢谢你的音响……"

卡蜜儿站起来，问道："差不多是同一款吧？"

"应该是吧。"

"太好了，"她用沉闷的语调作结，"那钥匙呢？"

"什么钥匙？"

"拜托……"

"你的东西已经放回房间里，我也帮你铺了床。"

"被单对折吗？"[21]

"妈的，你，你真的很烦！"

她正要走出厨房时，他用下巴指着她的素描本说："是你画的吗？"

"你在哪找到的？"

"嘿……别生气……它本来就在这里，在桌子上……我只是在等你的时候看了一下……"

她把素描本拿过来，他接着说："如果我说些赞美的话，你不会咬我吧？"

"你说说看……"

他拿着素描本，翻了几页，又放在桌上，等了一会儿，等她转过头来，他才开口："太棒了，非常美……画得超棒……不过，我要跟你说……我不太懂绘画，一窍不通。但是，我在这间冷死人的厨房里，等你等了快要两个小时，但我完全没感觉时间难熬，一点也不觉得无聊……我看着这些脸孔……我的菲

---

21 将床单对折，一端压在枕头下，一端搭在被子上，使躺下的人被床单缠住伸不直腿。据说是法国军队里老兵捉弄菜鸟的招数之一。

利伯和这些人……你画得真传神，把他们画得好美…… 我住在这里一年多了，一直以为这里什么也没有，其实是我什么都没看到……总之……你真的画得非常棒……"

"……"

"你为什么哭了？"

"可能太激动……"

"说点别的好了。还要来杯啤酒吗？"

"不用了，谢谢。我要去睡觉了……"

她在浴室里，听见他敲打着菲利伯的房门，大吼着：“好了，没事了，她没有飞走！你现在可以出来尿尿了！"

当她关掉电灯时，她以为自己瞥见被众爱妃簇拥着的侯爵微笑地看着她。接下来，她马上就睡着了。

10

天气暖和了点，空气中弥漫着一股愉悦、轻松的气氛。人们忙着选购礼物，乔西·佩达染了新发色，美丽的棕红色光泽与她的眼镜相得益彰。杜嬷嬷也为自己买了一顶漂亮的假发。

这晚，杜嬷嬷正谈论着发型，她们四人在楼梯间，一口气喝完这瓶用打赌的钱买的气泡酒。

"你在美容院耗了多久，才弄好这个发型啊？"

"哦，没多久，大概两三个小时吧……有些发型得更久，你知道的……像是我的希希，她的头发就要花超过四个小时……"

"超过四个小时！那这段时间她在做什么？她有乖乖的吗？"

"当然没有，她不乖！她跟我们一样，玩耍嬉闹，吃东西，听我们的八卦。我们很八卦……比你们更夸张……"

"那你呢，卡琳？圣诞节你要做什么？"

"我要增胖两公斤。卡蜜儿你呢？你圣诞节会做什么？"

"我要减两公斤……没有啦，开玩笑的……"

"会和家人聚会吗？"

"会。"她撒谎。

"好了，事情还没做完。"超级乔西指着她的表盘，没完没了地唠叨。

"您叫什么名字？"她读着办公桌上的留言。

或许只是巧合，但是他老婆和小孩的照片都不见了。啐！这男人还真老套……她丢了纸条，开始用吸尘器清扫。

公寓里，气氛也不那么沉重了。弗兰克不再在这里过夜，下午时，他飞箭似的回来睡午觉。他甚至还没将他的新音响拆封。

菲利伯绝口不问那天晚上，他在拿破仑的陵墓"伤残军人院"参加研讨会时，家里发生了什么事。菲利伯无法忍受变动。他随时可能失去平衡，那天晚上他来找她时，卡蜜儿才意识到他的情况有多么严重，他差点开始自残。她又想到弗兰克提起他吃药的事。

菲利伯告诉卡蜜儿，他会休假到一月中才回来。

"您要回您家的城堡吗？"

"是的。"

"您很高兴回去？"

"确实，我很高兴看到我的妹妹们……"

"她们叫什么名字？"

"安娜、玛丽、凯瑟琳、伊莎贝尔、埃莉诺、布兰奇。"

"那您的弟弟呢？"

"路易。"

"都是国王与王后的名字。"

"是啊……"

"那您呢，为什么您叫菲利伯，而不是用王室的名字？"

"哦，我……因为我只是一只丑小鸭……"

"菲利伯，别这么说。您知道，我搞不懂你们贵族的事，我从来就对这种事不太关心。老实跟您说，即使我觉得这样说有点可笑，也有点……过时，但有件事是千真万确的：您，您是王子，一个真正的王子。"

"哦，"他红着脸，"我只是一个小绅士，充其量只能算个小乡绅吧。"

"一个小绅士，没错。您想我们明年可以用'你'来称呼吗？"

"哦！又来了，您这个女权运动者！老是想革命……我，我很难用'你'跟您说话……"

"我可不会。我想跟您说：菲利伯，我谢谢你为我做了这一切，也许你不知道，但以某方面来说，你救了我一命……"

他没有搭腔，只是再度垂下眼帘。

11

她起了个大早陪他去车站。他非常紧张，她甚至得替他把手中的车票抽出来过闸门。他们一起去喝巧克力，但他一口也没碰。出发时间逐渐逼近，她看见他紧绷着脸，老毛病又犯了，超市那个可怜的家伙又出现在她面前：一个充满困惑、动作笨拙的大男孩，手放在口袋里，以免在调整眼镜架时抓破自己的脸。

她把手放在他的手臂上："还好吗？"

"是……是的，非……非常好，您……您有在……在看时间，是不……是不是？"

"嘘，"她说，"嘿，喂，一切都很好，都很好。"

他试着平静下来。

"回去看家人会让您这么紧张吗？"

"不……不会。"他回答"不"的同时却猛点头。

"想想您的妹妹……"

他对她笑。

"您最喜欢哪一个？"

"最……小的……"

"布兰奇吗？"

"是的。"

"她漂亮吗？"

"她……她不仅漂亮……她……她对我很温柔……"

他们道别时还是没有相互拥抱，但菲利伯在月台上挽着她的肩膀："您……您会照顾您自己吧，是不是？"

"是的。"

"您会回去和家人相聚吧？"

"不会。"

"啊？"他难过地说。

"我没有小妹要操心，我……"

"啊……"

透过车窗，他对她说："尤……尤其不要被我们的小雷斯塔……吓到，嗯！"

"好。"她要他放心。

他又说了一些话，但是被广播中传出的声响盖住，她听得半懂不懂，只好先点头表示同意。接着，火车启动了。

她决定走路回家，却没发觉自己走错路。原本应该向左，走蒙帕那斯大道，一直走到军事学校，她却直走，来到雷恩路。全都因为路上的商店、灯彩装饰和繁华的街景……

她像一只飞虫，往灯光和热闹的人群扑去。

她多么想要跟大家一样，匆忙、兴奋与忙碌。她想走进商店，买些傻里傻气的东西，宠一宠她喜欢的人。她放慢脚步：她喜欢谁？她拉高上衣的衣领，我喜欢玛蒂尔德、皮耶尔、菲利伯，以及一起工作的姐妹们……在这家珠宝商店，一定可以找到小饰品送给杜嬷嬷，她那么爱漂亮。好久以来第一次，她和别人同时做同样的事：她边走边算着她的年终奖金……这也是好久以来，她第一次不为明天打算，她指的并不是未来，而是真正的明天，也就是今天之后的一天。

好久以来，她第一次觉得自己似乎可以……面对明天，没错，就是这个感觉：可以面对。她有一个喜欢住的地方；奇异、独特，住在里面的人也一样奇异、独特。她抓着口袋里的钥匙，回想着这几个星期来所发生的事，她认识一位外星人；一个慷慨大方、不合时宜的人，他高高站在云端上，但一点也不自傲。至于另一个家伙比较复杂……除了摩托车和锅碗瓢盆，她实在看不出他还喜欢什么，不过至少，他被她的画感动……但说感动可能太夸张了……是想引起她的注意吧。最复杂的事情可能看起来最简单，就像使用手册，看起来都很简单……

是的，她经历过一些风雨。当她跟着闲逛的人潮漫步时，她这么想着。

去年这个时候，她的状况极其悲惨，她甚至无法向找到她的急救人员说出自己的名字。

前年，她则忙得浑然不知圣诞节的到来；她的"大恩人"因为不想打断她的工作节奏，所以没有提醒她。不论怎样，卡蜜儿应该说出来，不是吗？她应该把刚才想说的话说出来：她很好，她很开心，人生是美好的。哦，终于说出来了，好了，不要害羞，笨蛋。不用转过头去。放心好了，没有人听到你这些胡言乱语。

最理想的小甜点。她慢慢饿了。她走进一家面包店买了一些小泡芙，清爽、香甜，是舔干净手指头后才敢再走进商店，买礼物给大家。香水给玛蒂尔德，小饰品给其他女友，手套给菲利伯，还有皮耶尔的雪茄，这是全世界最蠢的圣诞礼物，却是完美的礼物。

她在圣修比士广场附近买完东西，走进一家书店。这也是好久以来第一次走进书店……她不敢踏进这种地方，原因很难说清楚，但是她感到难过……不，她无法解释她感到的压力、怯懦，她不想再冒风险。逛书店、上电影院、看展览或是看画廊的橱窗，让她更清楚看见自己的平庸、懦弱，她想起她那天绝望透顶，抛弃画笔，从此以后就没再拾起。也没有振作起来……走进这些地方的任何一个，都会让她特别敏感，让她想起虚度的生命……她比较喜爱逛平价超市。

谁能够了解这些呢？没有人。

这是私密的内心交战，是最隐形的一种，也最锥心刺痛。她应该忍受多少个夜间清洁工作，度过多少个寂寞的夜晚，扫多少次厕所，才能结束这场战役？

她先躲开了她曾经最熟悉的美术书区。以前她就读美术学校时，经常光顾这一区。后来，她的目的不再那么冠冕堂皇的时候……也常在此流连。她没有功成名就，或许为时过早，或为时已晚，就像船撞上暗礁那样。也许那时的她，不能再奢求这些艺术大师的帮忙？

自从她会拿笔后，大家不断告诉她，她才华洋溢，极有天分，前途无量，冰雪聪明，备受宠爱。这些赞美通常很诚恳，有时只是虚应故事，但最后却没能让她有所作为。到了现在，她只能在素描本上拼命涂鸦。她告诉自己，她只想用她微不足道的才艺换取一点点的纯真，或是换一块魔术画板……啊，不再讲求技巧，不再有理论、手法这回事，什么都没有，一切从零开始。

譬如圆珠笔，原本应该夹在拇指和食指之间，现在不必了，爱怎么拿就怎么拿。再说，也不难，不用思考，你的手不存在了，而且这样才行得通。不，这样还是太漂亮。没人要你画漂亮的东西。人家才不在乎漂亮与否。要漂亮的话，儿童绘本和精美的杂志就够了。所以戴上你的连指手套，小天才，脑袋空空的小空贝壳，是的，戴上手套，照我说的，或许，你会画出一个不怎么圆，但是几近完美的圆圈……

她在书堆中闲逛，觉得有点迷惘，有这么多的书，长久以来，她不再关心社会时事，这些红色的书腰封让她感到头晕目眩。她看封面、内容简介，想知道作者的年龄，当她看见作者比自己年轻时，便不以为然地做个鬼脸。这种挑书的方法不太高明。她走向平价书区，粗劣的纸质和较小的字体让她没那么畏惧，这个戴着太阳眼镜的小孩的封面真丑，但是开头的文字却让她感兴趣：

> "若要说出生命中影响我最深的一件事，我会说：我七岁那年，
> 一个邮差开车碾过我的头颅，没有比这件事影响我更深远的了。我混
> 乱曲折的生命，我生病的脑袋，我对上帝的信仰，快乐与痛苦的冲突，
> 这一切，都源于这一刻；一个夏日清晨，在圣卡罗斯城的印第安保护
> 区，邮局的吉普车左后轮碾过我的头颅，驶过滚烫的碎石路。"[22]

是啊，这本不错，而且书本方正，又厚又密。有对话、小段的书信以及漂亮的标题。她继续翻阅着，翻到书本的三分之一时，她读到这段文字：

> "'葛洛莉亚，'巴利一本正经地说，'你儿子艾德加来了，他想见
> 你，他等了很久。''我的母亲四处张望，就是不往我这儿看。''还有
> 吗？'她操着尖锐的嗓音对巴利说，让我害怕。巴利叹口气，走到冰

---

22 是美国作家布雷迪·尤德尔（Brady Udall）所写的黑色幽默小说《埃德加·明特的奇迹人生》（*The Miracle Life of Edgar Mint*）当中的段落。该书讲述一位白人印地安人混血儿童出车祸之后，漂泊流浪于各地收容院所，最后进入一个畸形摩门教家庭的故事。

箱前再从中拿出一瓶啤酒。'最后一瓶了，晚点再去买。'他将啤酒放在我妈面前的桌上，然后，他轻轻摇动她的椅背。'葛洛莉亚，你儿子，'他又说，'他在这儿。'"[23]

摇动椅背……或许这正是窍门所在？

当她看到接近尾声的一段，她信心满满地合上了书：

"坦白说，我没有任何才能。我带着我的笔记出门，畅所欲言的是别人。我撬开他们的心房，由他们向我倾诉他们的人生，他们小小的成功、他们的愤怒和他们埋在内心深处的懊悔。至于我的笔记本，只不过是为了伪装，通常我把它放在口袋里，我耐心地倾听，听完他们心中的话。接下来要做的就简单了，我回到家中，坐在我的打字机前，做着将近二十年来一成不变的事：我打下有趣的细节。"

一个孩童时期被碾碎的脑袋，一个不够格的母亲，一本可以藏在口袋里的笔记本……

真有想象力……

接着，她翻阅塞佩[24]的最新绘本画册。她脱下围巾，和外套一起夹在两腿之间，好让自己更舒适地欣赏。她慢慢地翻阅，跟每次一样，她总是深受感动。她就是那么喜爱大幻想家的小世界，精确的线条、脸部的表情、郊区小屋里的贵妇、老太太的雨伞、各种情境的无限诗意。他是怎么办到的？如何想到这一切？她又看到她最喜欢的那个虔诚的苏珊娜，和她的蜡烛、香炉和巴洛克式的大祭坛。她坐在教堂尽头，拿着手机，将手捂在嘴边转身说："喂，马瑟！是我苏珊娜。我在圣女欧拉面前，你要我帮你问什么事吗？"

太绝了！

几页之后，有位先生听见她的笑声，转过头来。其实也没什么，只是图画书里一个胖女士对着忙得不可开交的蛋糕店老板说话，这位老板头上戴着有皱褶的厨师帽，小腹微突，一脸倦容。胖女士说："这么多年了，我有我自己的生活，但是，罗伯特，你知道吗，我从未忘记过你……"她戴着奶油蛋糕似的

---

23 同前注。

24 让 - 雅克 · 塞佩（Jean-jacques Sempe, 1932—），法国著名插画家，曾为《小淘气尼古拉》等作品绘制插画。

帽子，像极了老板刚刚烘焙出来的蛋糕……

几乎什么也没有，只是两三道笔触，我们看着她眨着眼睛，带着一点无精打采、一点乡愁，并散发出风情万种的女人特有的无情与慵懒……像那来自不知名小镇的好莱坞女星艾娃·加德纳，像那些使用廉价染发剂的小女人。

而这一切，创作者他只用六根小线条来表现……他到底是怎么办到的？

卡蜜儿放下这本精彩的画册，想着世界上的人可分成两种：懂塞佩画的人和不懂塞佩画的人。这种分法虽然天真，界线分明，但是非常恰当。举例来说，她认识一个人，她每次翻开《巴黎竞赛杂志》时，总是对着其中一幅漫画嘲讽说："我真的看不出来，这里有什么好笑的……哪天得有人来跟我解释，到底是哪里好笑……"不幸得很，这个人就是她母亲。真是不幸啊……

走向收银柜台的时候，她的眼神与维亚尔[25]的眼神相遇。这可不是一种比喻：他真的注视着她，眼神极其温柔。

《拿着手杖和戴着草帽的自画像》……她见过这幅画，但从未看过这么庞大的复制品。这是一本大型目录的封面，难道，这个时候有他的展览吗？在哪儿呢？

"在巴黎大皇宫展出呀。"其中一位店员跟她说。

"啊？"

好诡异的巧合……这几个星期来她一直在想着他……她那贴满壁纸的房间和长椅上的披巾、绣花抱枕、交错混乱的地毯、光线柔和的灯……她不止一次联想到他，觉得自己就住在维亚尔的画里面。

她翻开目录样本，再一次情绪激动地赞赏：这么美丽……如此迷人……开门的女人的背影……她的粉红色紧身上衣，黑色的连身长裙，完美的扭腰曲线……他是怎样捕捉到这个姿态的？一个轻轻扭腰摆臀的优雅女人背影？

就只用一点点的黑色吗？

怎能如此神奇呢？

使用的元素愈单纯，作品愈臻纯粹。绘画有两种表达的方式：形

---

25 维亚尔（Edouard Vuillard, 1868—1940），是十九世纪末法国"纳比派"的代表画家。

式和色彩。颜色愈单纯，作品的美感亦愈纯粹。

这段话摘自维亚尔的日记，引发许多评论。

他在睡觉的姐姐，米希亚塞特的颈背；广场上的奶妈，小女孩的洋装图案；女演员兼艺人依弗娜·普林坦普斯画像习作，既贪婪又温驯的脸孔。他笔记本里的涂鸦，他的女朋友……要把笑容捕捉下来，几乎不可能，但是他却做到了……将近一个世纪以前，当我们打断这位年轻女人的读书乐，她懒懒地抬起头，对着我们温柔地笑着，仿佛在说："啊，是你吗？"

而这幅小画作，她并没看过……而且这算不上是一幅画，而是一张纸板……一只鹅……这画面实在太妙了……四个男人，其中两位穿着晚礼服，戴着大礼帽，想抓住一只滑稽可笑的鹅……这些色块、强烈对比、多重透视点……哦！这天他一定玩得很愉快！

看了一小时，她觉得脖子酸痛，最后，抬起头看价钱：哎呀，五十九欧元，不能买，不理性，或许下个月再看看。她已经想到给自己什么礼物：一段音乐，她有一天早上清扫厨房时，在广播中所听到的音乐。

古老的动作，旧石器时代的扫帚，残破不堪的瓷砖，当她一面擦拭饰物一面抱怨时，广播中传来的女高音歌声让她脱离现实，她手臂的汗毛一根根地竖立起来。她屏住呼吸，听着女主持人说："维瓦尔第《晚祷诗篇》，为圣母玛利亚升天日的晚祷……"

好了，幻想够了，赞叹够了，钱也花够了，得去工作了……

当天晚上工作得比较晚，因为她们负责清扫的公司弄了一棵圣诞树，搞了个晚会。乔西瞪着眼前凌乱的场面，不以为然地摇摇头，杜嬷嬷找到几十颗柑橘和小蛋糕，可以带回家给小孩吃。她们全都错过最后一班地铁，不过没有关系：杜克灵请大家坐出租车！太棒了！每个人咯咯笑着选择司机，相互预祝圣诞快乐。只有卡蜜儿和萨米亚在圣诞夜工作。

12

隔天星期天，卡蜜儿在凯斯勒家用餐。这是无法拒绝的餐会。就只有他们三个，大多聊些愉快的事。没有敏感的问题，没有暧昧的回答，也没有尴尬的沉默，这是一个真正让人休息的圣诞节。哦，不！当玛蒂尔德忧心地询问卡蜜儿住在用人房的生活时，卡蜜儿撒了一点谎。她不想要告诉他们她搬家了。还不是时候……还不太确定……那只小斗犬还没有搬走，而那个有心理障碍的人，可能还有不可告人的……

她掂量她收到的圣诞礼物，肯定地说："我知道这是什么……"

"不可能。"

"我知道！"

"那你说吧，这是什么？"

礼物用牛皮纸包装。卡蜜儿解开缎带，平整地放在面前，拿出她的工具画了起来。

皮耶尔很开心，要是这像驴子般固执的卡蜜儿能重拾画笔的话……

她画完后，把画转向他：草帽、红棕色的胡子、好像两个大纽扣的眼睛、深色的外套、门框、卷曲的手杖头，就像是她刚把封面复印出来的。

皮耶尔花了一段时间才能理解："你怎么办到的？"

"我昨天花了一个多小时看它……"

"你已经有了？"

"没有。"

"那就好。"他接着说，"你愿意重新画画吗？"

"有一点点想……"

"就一点点？"他指着爱德瓦·维亚尔的自画像，"你变成了训练有素的狗吗？"

"不是啦……我在素描本上随便涂鸦……总之，根本没画什么……就画些小东西……"

"起码你觉得好玩吧？"

"是的。"

他急切地说："哈，太好了。给我瞧瞧好吗？"

"不行。"

"你妈妈最近还好吗？"玛蒂尔德委婉地转移话题，"她身体还是觉得不舒服吗？"

"应该是一直都不舒服吧。"

"那么，就是说一切都很正常啰？"

"是啊，非常好。"卡蜜儿笑着说。

当晚他们谈论着绘画。皮耶尔评论着维亚尔的画，寻找维亚尔和其他画家的相似性，比较相异性，然后逐渐离题，迷失在无止无尽的汪洋里。他好几次走到书架前找书来证明他的说法很中肯，过了不久，卡蜜儿必须移坐在沙发的边缘，以便让出位置给画家丹尼斯（Maurice Denis）、波纳尔（Pierre Bonnard）、瓦洛东（Felix Vallotton）和罗特列（Toulouse-Lautrec）。[26]

若身为推销员，皮耶尔令人厌烦，但若身为有内涵的艺术爱好人士，他极讨人欢心。当然，他难免说错话，但谈论到艺术，谁不会？不过他把这些话说得很精彩。玛蒂尔德开始打起呵欠，卡蜜儿喝起了香槟，慢慢地啜着。

皮耶尔的脸笼罩在雪茄烟雾中，他提议开车载卡蜜儿回去。她谢绝了，她实在吃得太饱，得走一走。

公寓里空无一人，对她来说似乎大了些，她关在自己的房里，整个下半夜都盯着她的礼物看。

她早上睡了几个小时，到班的时候比平时更早。今天是圣诞夜，办公室在下午五点过后便空空荡荡。她们快速而安静地工作。

萨米亚先离开，卡蜜儿和值夜班的警卫聊着："你必须戴着这把胡须和帽子吗？"

"并没有啦，是我自己主动的，为了让气氛活络一点！"

"有用吗？"

"啊呀，你说呢……谁在乎呀……只有我的狗有反应……这个笨蛋，它认

---

26 这些画家与前章的维亚尔一样，都是法国十九世纪末期"纳比派"以及后期印象主义的著名人物。

不出我来，还对我吠。说真的，我是有养过一些笨狗，但这只，可以荣登冠军宝座……"

"它叫什么呢？"

"玛蒂斯。"

"是母狗吗？"

"不是，为什么？"

"呃……没什么……拜，嗯……圣诞快乐，玛蒂斯！"她向睡在他脚边的大狗说。

"别指望它回应你，我说过了，它什么都不懂。"

"没有呀，"卡蜜儿笑说，"我没指望它会回应。"

这男人，是劳莱与哈代的综合体。

时间已近晚上十点。街道上熙熙攘攘，路人优雅地提着大包小包的礼物快步行走。女士们因为穿着亮面浅口薄底鞋导致双脚隐隐作痛，小孩跑来跑去，男士们站在对讲机前查看他们的行事历。

卡蜜儿兴致勃勃地欣赏着这一切。她并不需要赶时间，她在一家高级熟食外卖店的橱窗前排队，想买一份丰盛晚餐犒赏自己，或者应该说买一瓶好酒，除了酒之外，她不知道要买什么。最后，她向店员买了一块羊奶酪和两个核桃面包，以搭配她的波亚克红酒。

她打开酒瓶，放在房间里的暖气附近醒酒。接着放水洗澡，在浴室里待了一个多小时，整个人浸泡在热乎乎的水中。她换上睡衣，套上厚袜，穿了她最喜欢的毛衣——一件昂贵、历经沧桑的克什米尔羊毛衣。她拆开弗兰克的音响，把它放在客厅里，又把晚餐摆好，关掉所有的电灯，坐在老旧的沙发上，蜷缩在羽毛被下。

她翻阅着附赠的小册子，《晚祷诗篇》是在第二张 CD 中。哦，这是耶稣升天的晚祷？诗歌的顺序好像有点乱，什么跟什么嘛……她不想按顺序听那些诗篇……

哦，那又怎样呢？有那么重要吗？

她按下遥控器的按钮，闭上眼睛：她来到天堂……

独自一人，在这广阔的公寓里，一杯琼浆玉液在手，她听见天使的声音。

连吊灯垂下来的坠饰也惬意地摇动着。

> Cum deserit dilactis suis somnum,
>
> Ecce, haereditas Domin fifilii: merces fructus ventris.[27]

这是第五首，这首，她应该听了十四次。

在第十四次时，她的胸腔仿佛爆炸了，粉碎成无数个碎片。

很久以前，有一天她和父亲单独在车上，她问他为什么老是听着同样的音乐，她爸爸回答说："人类的声音是所有音乐中最美妙、最扣人心弦的……即使全世界最伟大的演奏家，带来的感动也不及人籁的八分之一……这是上天赐予的，我想这是随着年纪增长才能理解的事。总之，我个人是这样，我花了一段时间才接受这一点，告诉我……你想听其他的吗？你想听'鱼妈妈'吗？"

她已经喝了半瓶酒。当她刚换上第二张 CD 时，有人开灯了。

晴天霹雳，她用手遮着眼睛，音乐瞬间变得不合时宜，歌声不再优美，甚至几近鼻塞。

刹那间，所有的人都堕入炼狱。

"啊，你在啊？"

"……"

"你没有回家吗？"

"上面吗？"

"不是，你的父母家。"

"没有，你看到了。"

"你今天上班了吗？"

"有。"

---

27 这里的拉丁文讲述的是《圣经·诗篇》第一百二十七篇的内容："唯有耶和华所亲爱的，必叫他安然睡觉。儿女是耶和华所赐的产业。"

"哦，对不起，嗯，抱歉……我以为没有人在……"

"没关系。"

"这是什么呢？是女高音比安卡[28]吗？"

"不是，是圣乐……"

"啊，是吗？你是信徒？"

她一定得把他介绍给她公司的夜间警卫，这两个活宝凑在一起铁定红透半边天，比《大青蛙布偶秀》（*Muppet Show*）的那群活宝更红……

"不是，没特别信……请你关灯好吗？"

他关了灯，离开客厅，但气氛已经变了，魔法消失。她醒过来，沙发椅也不再是云朵的形状。她想要集中精神，再拿起那本小册子，找寻着刚刚停下来的地方："Deus in adiutorium meum intende!"（上帝，帮助我吧！）

没错，就是这样。

那个傻瓜显然在厨房里找东西，边骂边用力打开每个橱柜："天啊，你有没有看见那两个黄色的保鲜盒？"

哦！大祸临头……

"是大的吗？"

"是的。"

"没有，我没有动过……"

"啊，烦死人……在这屋里什么都找不到……你们是把餐具丢到哪儿了？把它们给吃了吗？"

卡蜜儿叹口气，按下暂停键："我可以冒昧问你一个问题吗？你为什么要在圣诞夜的半夜两点钟找你的黄色保鲜盒呢？"

"因为我需要。"

好，完了。她站起来，关掉音乐。

"这是我的音响吗？"

"是的……我先借用……"

---

28 比安卡（Bianca Castafiore），漫画《丁丁历险记》里面的人物，是一位傻大姐女高音，也是位于米兰的史卡拉歌剧院的声乐家。

"妈的，真是妈的超级漂亮……喂，你还真的没有随便糊弄我！"

"嗯，是没有。喂，我是没有随便糊弄你……"

他吹胡子瞪眼地看着她，"你为什么重复我的话？"

"没为什么。弗兰克，圣诞快乐。来，我们来找你的保鲜盒……这里，瞧，就在微波炉上面……"

当他搬弄着冰箱里的东西时，她回到沙发上坐下。随后他走过客厅，不发一语便去洗澡。

卡蜜儿躲在她的酒杯里，想着她可能已经把热水用光了。

"妈的，是谁用光所有的热水啊，烦死人了！"

半小时后，他穿着牛仔裤，光着上半身回来。

他心不在焉，晃了一会儿他才穿上毛衣。卡蜜儿笑着想到：他还真不是普通的粗壮。

"我可以吗？"他指着地毯说。

"请便，坐吧……"

"我不敢相信，你居然吃东西了？"

"起司和葡萄酒……"

"之前呢？"

"没有……"

他摇着头。"这是很好的起司，你知道吗……非常好吃的葡萄……还有非常好的酒……你还要吗？"

"不，不用。谢谢……"

哦，还好，她想到要是得跟他一起分享她买的名贵珍酿，一定会很心痛……

"还好吗？"

"你说什么？"

"我问你还好吗？"他重复说。

"呃……是的……那你呢？"

"很累。"

"你明天要工作吗？"

"不用。"

"那好啊，你就能休息了。"

"不能。"

对话真精彩……

他靠近矮桌子，推开 CD 盒，拿出他的瘾品："要我帮你卷一根吗？"

"不用了，谢谢。"

"真的，你确定？"

"我选择了另一种。"她举起她的杯子。

"你选错了。"

"为什么，酒精比毒品差劲吗？"

"是的。你可以相信我，因为我看过很多酒鬼……还有,这不是毒品,这……这玩意很温和，是大人吃的巧克力……"

"……"

"你不想尝一下吗？"

"不，我了解我自己……我肯定我一定会喜欢的！"

"那么？"

"没怎样……正因为我有自我控制的问题……我不知道怎么说……我常常觉得自己少了一个按键……你知道，像是调节音量的按键……不管怎么转，我总是会过头……不能找到一个平衡点，所以，结果经常很糟，我就是有这种倾向……"

她很惊讶，为何会这样吐露心声？也许是有点醉吧？

"我喝酒时就狂灌，抽烟时会把自己熏死，当我喜欢时，我昏了头；当我工作时，我做要死……我没法正常、平静地做事，我……"

"那当你讨厌时？"

"这我不知道……"

"我想你讨厌我吧？"

"还没有，"她笑着，"还没……到时你就会知道……看有什么不同……"

"好吧……那么你的弥撒结束了吗？"

"是的。"

"那我们现在要听什么呢？"

"呃……老实说，我不确定我们是否会喜欢同样的音乐……"

"我们或许会有某种东西是类似的吧。等等，让我想想，我相信一定会找到一个你也喜欢的歌手……"

"那就找找看啰。"

他专心准备他的大麻，卷好了便回到他的房里，随后走回来蹲在音响前。

"这是什么？"

"专捕女孩的陷阱……"

"是理查德·科席昂特[29]？"

"不是……"

"胡里奥？路易斯·马里亚诺？弗朗索瓦[30]？"

"不是。"

"赫伯特·伦纳德[31]？"

"错……"

"哦！我知道！是洛克·瓦辛[32]！"

"我想告诉你……这张专辑是献给你的……"

"哦，不不……"

"是，是的……"

"是马文·盖伊[33]？"

"嘿！"他展开手臂，"我说了，这是专捕女孩的陷阱……"

"我喜欢。"

---

29 理查德·科席昂特 (Richard Cocciant)，著名歌手，一九四六年出生于西贡（胡志明市）。

30 三人都是当代歌手。

　胡里奥（Julio Iglésias），一九四三年出生于马德里，是西班牙最著名的情歌手。

　路易斯·马里亚诺（Luis Mariano, 1914—1970），西班牙著名男高音歌手。

　弗朗索瓦（Frédéric François）是出生于一九五〇年的意大利歌手。

31 赫伯特·伦纳德（Herbert Léonard），一九四五年出生于阿尔萨斯地区的法国歌手。

32 洛克·瓦辛（Roch Voisine），加拿大籍歌手，一九六三年出生，以法语和英语创作并演唱。

33 马文·盖伊（Marvin Gaye,1939—1984），美国创作歌手。下文中讲到的《给你，我亲爱的》(*Here, My Dear*) 是他于一九七八年灌录的专辑名称。

"我就知道。"

"我们女孩有这么容易被看穿吗？"

"不，很不幸，你们一点也不容易被看穿，不过马文·盖伊，他每次都做到了。我还没见过哪个女孩不为之着迷的……"

"没有任何一个？"

"没有，没有，完全没有……一定有人！但是我记不起来，她们应该不重要……或者是我还没有机会让她们一起听……"

"你认识很多女孩吗？"

"认识，是什么意思？"

"嘿！你干吗把 CD 拿下来呢？"

"因为，我弄错了，这并不是我要放的歌。"

"没关系，继续放！这是我最喜欢的！你是想要听《性灵疗法》吧？哎呀，你们男人才容易被看穿呢……你知道这张专辑的故事吗？"

"哪个？"

"*Here, My Dear.*"

"不知道，我很少听这张……"

"你要我跟你说吗？"

"等等，我先坐下，给我一个抱枕……"

他把香烟点燃，头倚着手躺下来。

"我在听……"

"好，呃……我不像菲利伯，我只跟你说个大概……首先，这张专辑名称的大意是：哦，我亲爱的……"

"哦，我的肉 [34] 吗？"

"不是，是我心爱的人啦……"她纠正说，"马文·盖伊第一次刻骨铭心的恋爱对象，是一个叫作安娜·高迪的女孩。我们说初恋通常也是最后一次的恋爱，我不知道这是不是真的，但总之对他而言是这样的。如果他没有遇见她，他的确不会有后来的成就……她是美国摩城唱片公司创办人的妹妹，这位创办

---

34 法语中"亲爱的"与"肉"的发音一样，所以弗兰克听成"我的肉"，于是才有接下来的问句。

人好像叫作比利·高迪。她在音乐圈交游广阔，而他才华洋溢，蓄势待发。当他们相遇时，他才二十岁不到，而她几乎比他大一倍。他们一见钟情，激情浪漫的热恋后，互订终身。是她把他带入歌坛，帮助他，激励他，鼓舞他，让他的事业步上轨道。她有点像是发掘他的伯乐。"

"像是什么啊？"

"像是老师、教练、燃料……他们俩用尽各种方法还是生不出小孩，最后只好收养一个儿子。接着，时间往前快进到一九七七年，这对情侣的关系跌入谷底。马文·盖伊再也受不了她了。当时他已经贵为天王级的大明星，而他们的离婚搞得乌烟瘴气，不难想象，女方要求一大笔赡养费……总之，双方互相撕扯，最后为了平息大家，结清财务，马文·盖伊的律师建议他下一张专辑的版权归前妻所有。法官表示赞同，而马文·盖伊也双手赞成，他只想尽快摆脱这件苦差事，草草交差。但是，他没法就这样贱卖他的爱情故事……或许有人能做得很好，但是他不能。他愈想愈觉得这会是个非常棒……或者说是非常悲伤的机会……于是他躲起来，创作了这张动人的专辑，重溯他俩的故事：他们的相遇、他们的相恋、他们的小孩、他们的嫉妒、他们的怨怼、他们的愤怒。啊，你听到这一首吗？当一切都变糟的'气愤'？然后，平静下来，滋长新的爱苗……这其实是个非常美丽的礼物，不是吗？他付出一切，竭尽所能地创作这张不能为他带来一毛钱的专辑……"

"她喜欢吗？"

"谁，她吗？"

"是的。"

"不，她讨厌死了，她气得抓狂，她责怪他把他们的私生活公之于世，责怪了很久。瞧，这首《安娜的歌》，你听，多么美，并没有报复的感觉，仍旧充满爱。"

"是啊……你在想什么……"

"你相信吗？"

"相信什么？"

"初恋是第一次也是最后一次的恋爱吗？"

"我不知道……我希望不是……"

他们就这样再也没有开口说话，听着音乐结束。

"啊……快四点了，妈的……明天，我明天可又惨了……"

他站了起来。

"你明天要去见家人吗？"

"没错，要见剩下的……"

"你还有很多家人吗？"

"只有这么多。"他走近她的面前，用拇指和食指比着一点点，"那你呢？"

"就这么多。"她回答，同时把手挥过头顶。

"好，嗯……欢迎加入俱乐部……好了……晚安……"

"你要在这里睡觉？"

"会打扰到你吗？"

"不会，不会，只是想知道一下……"

他转头说："你要和我睡吗？"

"你说什么？"

"没有，没有，只是想知道一下……"

他哈哈大笑。

13

她起床时将近十一点，他已经离开了。她为自己泡了一大壶茶，又回到床上。

> 若要说生命中影响我最深的一件事，我会说：当我七岁那年，一
> 个邮差碾过我的脑袋……

下午，若不是为了买香烟，她根本舍不得放下她的书。假日不容易买到东西，但没关系，主要是可以让自己抽离故事，沉淀一下，稍后再愉悦地回到书里，找回新伙伴。

第七区的街道上人烟稀少。她走了很久才找到一家营业的咖啡店，顺便打电话到她舅舅家，她妈妈的抱怨（我吃得太多等）被遥远的亲情冲淡了。

人行道上有好多圣诞树……

她待在特罗加德罗广场上一会儿，看着滑轮勇士的特技表演，可惜她没带素描本出来。他们的翻筋斗虽然经过精心设计但不太有趣，她倒喜欢他们那些慧黠的招数：摇晃的跳板、小圆锥、一排啤酒罐、歪七扭八的棍子，以及各种边掉裤子边摔跤的方式……

她想到菲利伯，这个时候他在做什么呢？

不久后，太阳下山了，一股寒意侵袭而来。她在广场边的高级餐厅点了一份总汇三明治，在餐桌纸上画下周围一脸倦容的年轻帅哥，他们一边比较妈妈给的钱，一边搂着身材像芭比娃娃般玲珑有致的漂亮女孩。

她又读了几页艾德加·敏特[35]的故事，然后全身直打哆嗦地穿越塞纳河。

她孤单得要命。

"我孤单得要命，"她小声地重复说着，"我好孤单哦……"

去看电影好了。唉……看完后，跟谁讨论？无法与人分享的感动有什么用呢？她全身贴着大门把门推开，失望地回到空荡荡的公寓里。

她借由打扫来改变心情，然后继续读她的书。有伟人说过，没有书不能抚平的悲伤。那就试试看吧……

当她听见门锁转动的声音后，她把双脚并拢缩到身体底下，蜷曲在沙发上，表现出一副不在乎的样子。

他带了一个女孩回来——这次是另外一个，比较不那么花枝招展。

他们快速地穿过走廊，然后，关在房间里。

卡蜜儿打开音乐以掩盖他们的嬉闹声。

"嗯……啊……"

快抓狂了。是这样说的吧？抓狂。

最后，她拿起她的书，移驾到公寓另一端的厨房里。

不久之后，她无意间听见他们在门口的对话。女的吃惊地问道："你不和我一起去吗？"

---

35 前文提到过的美国作家布雷迪·尤德尔（Brady Udall）所写的黑色幽默小说《埃德加·明特的奇迹人生》（*The Miracle Life of Edgar Mint*）中的主人翁。

"不了，我累死了，我不想出去。"

"等一下，你搞什么！我为了和你在一起，丢下我的家人……你说过我们要去吃晚餐的。"

"我跟你说，我累坏了。"

"至少喝点东西吧……"

"你口渴吗？要啤酒吗？"

"我才不要在这里喝。"

"哦……但是今天商店都关门……而且我明天还要上班！"

"我真不敢相信！你就是要我闪人，是这样吗？"

"拜托，"他的口气变得比较温柔，"别跟我斗嘴啦，明天来餐厅找我。"

"什么时候？"

"大约晚上十二点。"

"大约晚上十二点……搞什么嘛……再见！"

"你生气了？"

"再见！"

他没料到会在厨房遇见蜷缩在羽绒被里的她。"你，你怎么在这里？"

她抬起头来，没有搭腔。

"你干吗这样看我？"

"抱歉，你说什么？"

"你看我不顺眼是吧？"

"没有啦！"

"没错，没错，我看得很清楚，"他不耐烦地说，"有什么问题吗？有事让你不爽了吗？"

"嘿，够了，饶了我吧，我什么都没说。你的生活干我屁事。你要做什么，随你高兴！我可不是你妈！"

"那就好。我比较喜欢这样。"

"那我们吃什么？"他一边往冰箱里头探看，一边问，"一定什么都没有……这里什么都没有……你和菲利伯到底吃些什么？你们的书吗？还是你们逮到的苍蝇？"

卡蜜儿叹口气，把她的大披巾叠好。

"你要回房？你吃过了吗？"

"吃了。"

"哦，是哦，没错，你好像变胖了一点。"

"嘿，"她转过头来说，"我不批评你的生活，你也不要评论我的，好吗？还有你在年节过后不是应该要搬去你朋友家吗？是这样吧，嗯？好吧，那么我们只要再忍耐一个星期……我们应该做得到吧？还有，听着，最简单的就是你不要跟我说任何话……"

不久之后，他去敲她的房门。

"干吗？"

他丢了一包东西在她床上。

"这是什么？"

他已经走开了。

一个正方形的、松软的包裹，皱巴巴的包装纸，好像已经用过好几次，而且有股奇怪的味道：一种封藏的味道，像是大食堂里的餐盘……

卡蜜儿小心翼翼地打开，起初以为是个脚踏垫，隔壁臭美的家伙送的可疑礼物。但不是，是一条围巾，非常长，非常松散，应该说是织得不怎么好：一个洞、一条线、两根织针，一个洞、一条线。也许是新的织法？而颜色，呃……相当特别……

里面附了一张纸条。

仿佛是二十世纪初期小学老师的字迹，淡蓝色、颤抖的书写体，带着歉意：

> 小姐，弗兰克没能确切告诉我您眼睛的颜色，所以，我什么颜色都用了。祝您圣诞快乐。
>
> 波莱特·雷斯塔

卡蜜儿咬着双唇。凯斯勒送的书，并不能算是礼物，那是要暗示她："呃，没错，是有人画得很棒……"这条围巾才是她唯一的礼物。

哦，它真的好丑……哦，它真的好美……

她站在床上，像把玩蟒蛇似的把围巾缠绕在脖子上，故意挑逗男爵，发出娇嗲的声音：

"嗯耶……啊呀……嗯耶……"

谁是波莱特·雷斯塔呢？他的妈妈吗？

她半夜里把书看完。

就这样，圣诞节过去了。

14

又重新开始一成不变的生活：睡觉、地铁、工作。弗兰克不再跟她说话，她也尽量避开他。而晚上，他几乎很少待在公寓里。

卡蜜儿开始出门：去卢森堡公园博物馆看画家波提切利的展览，到网球场美术馆看赵无极的画展，但当她看见维亚尔的展览排着长长的队伍时，她只能仰天长叹。而对面竟然有高更的展览！真是左右为难！维亚尔是大师，但是高更……是更伟大的大师！她现在就像是犹豫不决的布里丹驴子[36]，徘徊于高更和维亚尔的好多作品中……真令人头痛！

最后，她开始素描正在排队的人群，巴黎大皇宫的屋顶和小皇宫的阶梯。一位日本女孩走过来，央求她帮她到 LV 的店里买包包。这个女孩塞给她四张五百欧元的钞票，仿佛是件生死大事，焦躁地走来走去。卡蜜儿摊开双臂说："你看，看看我，我太脏了……"她指着她的鞋子、宽松的牛仔裤、粗俗的大毛衣、怪里怪气的围巾加上覆耳大皮帽——是菲利伯借她的。"他们不会让我走进店里的！"女孩皱起眉头拿回钱，跑到十米外向其他人搭讪。

突然，她绕到蒙田大道，想逛一逛。

那些夜间警卫真令人印象深刻。她很讨厌这一区，一个用金钱最无趣的一面所堆砌出来的地区：品味庸俗、权力与傲慢。她在商店的橱窗前加快脚步，有太多的回忆了。此后，她沿着河堤走回家。

---

36 布里丹（Jean Buridan, 1300—1358），中世纪法国神父、哲学家。布里丹的著作从未提及驴子，不过后人却把他的哲学精神与驴子相结合，也就是若有只驴子站在两堆同样大小的粮秣中间，就会无法下决心要吃哪一堆，最后饿死。

工作一如往常地进行。她打卡下班时，冷冽的天气更是令人难以忍受。

她独自回家，独自吃饭，独自睡觉，双手紧紧抱着膝盖聆听维瓦尔第的音乐。

卡琳想办新年狂欢派对。卡蜜儿一点也不想去，但因为不想跟卡琳过不去，她已经付了三十欧元的餐费，现在只能硬着头皮参加。

"必须出门找乐子。"她教训自己。

"但是，我不喜欢这样……"

"为什么不喜欢呢？"

"我不知道……"

"你害怕吗？"

"是的。"

"怕什么呢？"

"怕有人刺激我。还有，我迷失在自己的脑袋里，觉得好想去外面游荡，因为脑袋里面太辽阔了……"

"你开什么玩笑？里面根本很小！来吧，你都已经发霉了。"

她和她的意识就这么你来我往，纠缠着她的脑袋好几个钟头。

当晚她回到公寓时，她在门口遇到他。"你忘了带钥匙吗？"她问。

没回答。

"你已经在这里等很久了吗？"

他不耐烦地指着嘴巴，提醒她他不能说话。她耸耸肩——她早就过了玩这种蠢游戏的年龄。

他没有洗澡，没有抽烟，没有找她麻烦，直接去睡觉——他累坏了。

隔天早上，他大约十点半步出房门，他没有听到闹钟响，也没有叫骂的力气。她在厨房里，他坐在她的对面，倒了一公升的咖啡，他在咖啡前呆坐一会儿后，才开始喝。

"还好吗？"

"很累。"

"你从来不休假的吗？"

"有，一月一日，那天要搬家。"

她看着窗外。

"下午三点你会在吗？"

"要帮你开门吗？"

"是的。"

"我会在。"

"你从不出门？"

"有时候，但如果你要来我就不会出门，不然你就进不来。"

他像僵尸般点点头，"好，我得走了，不然我会被炒鱿鱼……"

他站起来冲洗他的碗。

"你妈妈的地址是什么？"

他在洗碗槽前静止不动。

"你干吗问这个？"

"为了谢谢她。"

"她……呃呃呃……"他好像噎到喉咙似的，"谢她什么？"

"围巾啊。"

"啊呀……不是我妈织的，是我外婆！"他松了一口气并纠正说，"只有我外婆才能织得这么好！"

卡蜜儿笑着。

"嘿，你不用非得戴它不可，你知道的……"

"我很喜欢它。"

"她拿给我看时，我还吓了一大跳……"

他笑着说："你的还算好看。你该瞧瞧菲利伯的。"

"他的怎样？"

"橘色混绿色。"

"我确定他一定会戴的，他只会惋惜不能对她行旧式的吻手礼来感谢她。"

"是啊，我离开她时就是这样说的。还好是你们两个……你们是这世界上我所认识的人当中，唯一能戴上这种可怕的东西、看起来却不显得滑稽的人。"

她告诉他："嘿，你知道吗，你刚说了很贴心的话。"

"把你们当成小丑很贴心？"

"哦，对不起……我以为你是说我们自然的风格……"

他过了一会儿才回答："不是，我是说你们很……率性。我想，你们很幸运，可以不用在意别人的想法，随性地活着……"

这时，他的手机响了。运气真背，他好不容易要说些有点内涵的哲理……

"我就到了，主厨，我就到了。好啦，我要出门了，呃，约翰·洛克可以帮忙啊，他……等等，主厨，我正试着赞美一位比我机灵的女孩，所以还需要多花一点时间。什么？还没，我还没有打电话给他，反正，我跟你说过他不行……我知道他们都忙不过来，我知道啦……好啦，我会负责的……我马上打电话给他。什么？别再管那女孩？是的，你说得有理，主厨……"

"是我的主厨。"他边说边傻笑。

"是吗？"她惊讶地说。

他把碗擦干，离开厨房时，把门轻轻关好，避免发出撞击声。

没错，这个女孩很可笑，但是一点都不笨，就是这样才好。

不论哪个女孩，他都可以勾引到手。但是当他告诉她这是我的主厨，想要用这番话来逗她笑的时候，她却很狡猾地装出震惊的模样，转移他的笑话。和她说话很像打乒乓球：她掌握节奏，趁你不注意的时候往角落抽球；突然，你觉得自己变得没那么笨了。

他扶着楼梯栏杆走下楼，听见脑袋里发出"喀嚓喀嚓"的齿轮转动声。和菲利伯说话时也有相同的感觉，他喜欢和他交谈也是因为这样……因为菲利伯知道，他并不像外表看上去那么莽撞，但他的问题在于他不擅言辞，他不知如何表达，所以他只好用愤怒来让人了解……这是真的，太可笑了，妈的！

正因为这样，他不想离开这里。在朋友家能干吗？喝酒、抽烟、看影碟，或是蹲在厕所里翻阅汽车杂志？

这里多快乐呀。

回到双十年华。

他若有所思地工作着。

世界上唯一戴着他外婆编织的围巾，而依然漂亮如初的女孩，绝不属于他。

人生真是愚蠢……

离开餐厅前他绕到糕点区，他又被骂了，因为他忘了打电话叫以前的助手回来上班。然后，回家睡觉。

他只睡一小时,因为他得去洗衣店。他收拾好所有的脏衣服,包在床罩里。

15

真的。

她还在那里,坐在七号机旁,湿濡的衣物搁在双腿之间。她在看书。

他坐在她对面,但她并没发觉。他感到不可思议,她和菲利伯怎么能够这么专心阅读?

这点让他想起一个广告:有个男人,当世界在他的四周毁灭时,他依然若无其事地吃他的干奶酪。许多东西都会让他联想到广告……一定是他小时候看了太多的电视……

他开始和自己玩起一个小游戏:假设在十二月二十九日的下午五点,你走进这间位于布多内大道上的破洗衣店,有生以来第一次看见这个身影,你会有什么感觉?

他靠坐在塑料椅上,把手放进夹克口袋里,眯起眼睛想着。

首先,你会以为是个男人,就像之前第一次看到她一样。你会想,她应该不是个疯子,而是个极其柔弱的家伙。所以,你不再看他了。不过,你还是有点迟疑,因为他的手,他的颈,他拇指的指甲在下唇来回移动的样子……没错,你开始犹豫了:这该不会是个女孩吧?

一个穿着宽松的女孩,好像想要隐藏她的曲线?你想把视线移到别处,但又不可自拔地回到她身上。因为她有某种东西……她周围的气息很特别,也许是光?

没错,就是光。

如果你在十二月二十九日的下午五点,走进这间位于布多内大道的破洗衣店,看见这个笼罩在惨淡日光灯下的身影,你一定会不由自主地说:"哦,妈的……一个天使……"

这时她恰好抬起头来看见他,她待在那儿没有任何反应,好像并没认出他似的,最后才投以微笑。哦,几乎看不出来,一道轻柔的光芒,向认识的人打的招呼……

"这是你的翅膀吗？"他指着她的袋子问说。

"对不起，你说什么？"

"没有，没什么……"

其中一台烘衣机停了下来，她叹口气，看了时钟一眼。一个流浪汉走近烘衣机，拿出一件夹克和一个破烂的睡袋。

有趣的事情来了，他的理论正要接受考验：一般来说，没有任何女孩会在一个流浪汉烘完衣服后，把她的衣服放进同一个烘干机。凭着十五年来他在自动洗衣店洗衣服的经验，这点他很确定。

他观察她的表情。

没有任何退却或是迟疑，没有皱一点眉头。她站了起来，很快把她的衣服放到同一台烘干机里，并问他是否可以帮她换零钱。

然后，她又回到原先的位置上，继续看书。

他有点失望。

那些完美的人，真令人讨厌……

在她再度沉浸于阅读世界之前，她问他："告诉我……"

"是。"

"如果我送一台有烘衣功能的洗衣机给菲利伯当圣诞礼物，你想你可以在搬家前把它安装好吗？"

"……"

"你为什么要笑？我说错话了吗？"

"没有，没有……"

他比了个动作说："你不会了解的……"

"嘿，"她用食指和中指拍着嘴巴说，"你最近抽太多烟吧，是不是？"

"其实，你是正常的女孩……"

"你为什么说这个？当然，我是正常的女孩……"

"……"

"你失望吗？"

"不是。"

"你在读什么？"

"旅游书。"

"好看吗？"

"非常好看。"

"写些什么？"

"哦，我不知道你是否会有兴趣。"

"我可以直接跟你说，没有，我一点都没兴趣，"他冷笑道，"但我喜欢你说给我听。你知道吗，我昨天又听马文·盖伊的 CD……"

"哦，真的？"

"是的。"

"你觉得怎样？"

"问题是，我什么都听不懂，所以，我要去伦敦工作，为了学好英文……"

"你什么时候去？"

"基本上，夏天过后，我应该就可以找到工作，但这很麻烦，因为我的外婆……因为波莱特……"

"她怎么了？"

"唉……我不是很想谈这些……还是告诉我旅游书的内容吧。"

他将椅子拉近。

"你知道丢勒 [37] 吗？"

"是作家吗？"

"不是，是画家。"

"从来没听过。"

"不，我确定你一定看过他的画……好几幅非常有名的画……野兔……杂草……蒲公英……"

"……"

"对我来说，他是我的神。不过我有好几个神啦，但是他排名第一。那你，你有你的神吗？"

"呃……"

---

37 丢勒（Albrecht Dürer, 1471—1528），德国画家。

"跟你的工作有关的？我不知道……像是名厨埃斯科菲、卡雷姆，或柯诺斯基[38]？"

"呃……"

"或者是博古斯、卢布松，还是杜卡斯[39]？"

"哦，你是说典范啊！有，我有，但是他们都不出名，名气没那么响亮。你认识夏普尔[40]吗？"

"不认识。"

"巴寇德[41]？"

"不认识。"

"松德汉斯[42]？"

"是卢卡斯·卡藤餐厅[43]的主厨吗？"

"是啊，好可怕，你知道的东西还真多！你怎么这么厉害？"

"没有啦，我只是听过他的名字，但我没去过。"

"他很棒……我房间里甚至有他的书……我再拿给你看……他或是巴寇德，对我来说都是大师。如果说他们没其他厨师那样知名，那正是因为他们只专心地待在厨房里。反正，这样说我也不知道对不对……这只是我个人的想法……也许是我完全搞错了……"

"你们厨师之间，总会聊聊天吧？你们不交流经验吗？"

"不常……我们不太爱聊天，你知道的，我们都太累了，懒得说话。我们

---

38 埃斯科菲（George Auguste Escoffier, 1846—1935），以发扬传统法国菜式著名。卡雷姆（Marie-Antoine Carême, 1784—1833），号称法国第一位真正的名厨。柯诺斯基（Maurice Edmond Curnonsky, 1872—1956），是二十世纪最著名的法国美食作家。

39 博古斯（Paul Bocuse, 1926— ），在里昂创设"博古斯餐厅"。卢布松（Joël Robuchon, 1945— ），在中国香港置地广场也开设有法国餐厅。杜卡斯（Alain Ducasse,1956— ），在摩纳哥、巴黎、纽约等地都有经营餐厅。

40 夏普尔（Alain Chapel），与博古斯等人于一九五○年代创新了法国菜肴的概念，不再拘泥于原先形式。

41 巴寇德（Bernard Pacaud），米其林三星主厨。

42 松德汉斯（Alain Senderens），当代名厨。

43 卢卡斯·卡藤餐厅（Lucas Carton），位于巴黎玛德琳广场旁的百年知名餐厅，也是米其林三星餐厅。

是会互相露几手，交流一些点子或是四处偷学来的食谱，但很少再更深入。"

"真可惜……"

"如果我们懂得表达，会咬文嚼字的话，那我们就不会做这一行了，这是一定的，至少就我来说，我会马上走人不干。"

"为什么？"

"因为这个工作毫无意义，好像奴才……你见识过我的生活了吗？一团乱。算了。我很不喜欢谈我自己。你的书呢？"

"是的，我的书，这正是丢勒的日记，是他在一五二〇年至一五二一年间，去荷兰旅行时写的，算是一种杂记。这本书尤其举出许多事实，证明他也是个平凡人，我不该把他奉为天神：精打细算，吃了海关的亏就勃然大怒，经常弃老婆不顾，情不自禁赌博又输钱，天真，爱吃，大男子主义，又有点狂妄……不过，这些都不太重要。相反地，这些事情让他更有人性。呃……你要我继续说下去吗？"

"要。"

"起初，他是基于一个严肃的动机展开这段旅程：维持他的家人与画室工作伙伴的生计。当时，他还受到神圣罗马帝国皇帝马克西米利安一世的赞助。皇帝好大喜功，想叫丢勒完成一幅长达五十四米的疯狂作品《马克西米利安一世本人率领着杰出的部下》，好让他永垂不朽。这幅画在几年后完成了，真的超过五十四米。你可以想象吗？

"对丢勒来说，这是上帝的恩泽，可以保障他有好几年的工作。但好景不长，马克西米利安不久之后过世了，丢勒每年的报酬突然减少，真是晴天霹雳。于是他和老婆及女仆出发旅行，为的是巴结未来的国王查理五世，和上一个皇帝的公主，即奥地利的玛格丽特。画家必须把官方提供的年金再争取到手……

"这些是故事的背景。所以，他刚开始旅行时有点紧张，但并不妨碍他游赏观光。异乡人的面容、习俗、服饰，令他赞叹不已。他拜访友人和艺术家，赞赏他们的作品，参观教堂，以及购买从美洲大陆刚运送到岸的小玩意，像鹦鹉、狒狒、龟壳、珊瑚、肉桂、驼鹿蹄等。他就像个小孩……他甚至为了想看一只搁浅的鲸鱼腐败，绕道北海。当然，他像疯子一样，把看到的一切都画下来。他那年五十岁，正处于艺术生涯的高峰，不管他画什么，鹦鹉、狮子、海象、烛台或是旅舍老板的画像，都……都很……"

"很怎样？"

"瞧，看吧……"

"不，不，我什么都不懂！"

"不需要懂！看看这老头，多么有威严……还有这个帅哥，多么有自信！看起来很有把握，好像你啊……瞧，一样的傲慢，一样张大的鼻孔……"

"啊，是吗？你觉得他帅？"

"有点欠揍的样子，不是吗？"

"要怪他的帽子……"

"啊，是……你说得对，"她笑道，"是因为他的帽子……"

"还有这颗脑袋？很不可思议吧？好像在嘲笑我们，对我们放话：'呃……好家伙，你们也一样……死神等你们来……'"

"给我看。"

"这一张。不过我最喜欢他的人物画，让我最佩服的是，他很潇洒地完成了它们。这趟旅程其实是一连串的交易，全部都是以物易物：你的本事交换我的本事，你的画像换来一顿晚餐、一顶帽子、送给老婆的首饰或是一件兔毛大衣。我，我真希望能活在那个时代，我觉得以物易物是最棒的交易方式。"

"那最后呢？他有争取到皇室年金吗？"

"有，但付出极大的代价……那个胖玛格丽特瞧不起他，她甚至不肯收下丢勒特别为她画的父亲画像，这个死女人……因此，他只好用这幅画跟人家交换一块床单！此外，他抱病返家，是他去看鲸鱼时染到的疾病……好像是疟疾。瞧，有台洗衣机可以用了……"

他叹口气站了起来："你转过头去，我不想让你看到我的内裤。"

"哦，我不用看就可以猜得到……菲利伯应该是穿条纹状四角内裤，而你的应该是子弹型内裤，在裤头上还印着字……"

"你真厉害……还是闭上眼睛吧……"

他忙着把衣服丢进洗衣机里，倒入半杯洗衣粉，双肘靠在洗衣机上说："不过，你也没有那么厉害啦。不然你不会做清洁工，你会像这个家伙一样，有个好工作……"

沉默无声。

"你说得没错，我只有对内裤比较在行。"

"嗯，这已经很不错了！也许可以好好发挥。对了，你三十一日有空吗？"

"你要邀我去参加年终派对吗？"

"不是，是去工作。"

16

"为什么不要？"

"因为我很逊！"

"等等，我又不是要你煮菜！只是要你帮忙处理一些前置作业……"

"前置作业是什么？"

"就是先把食材准备好，以节省时间……"

"所以，要我做什么呢？"

"剥栗子、清洗黄油菇、剥葡萄皮并去籽、洗生菜……总之，一堆无趣的杂事。"

"我不敢保证做得到……"

"我会教你，也会跟你解释清楚。"

"你没有时间。"

"是没有，不过我会先跟你作简要的讲解。明天我带些东西回来，趁午觉时间训练你。"

"……"

"好啦……你需要认识一些人……你只知道跟一群死人打滚，和那些早已不存在，不能回答你的人聊天。你老是独来独往，难怪你会不正常。"

"我不正常？"

"没有啦。"

"听着，我请你帮忙，是因为我答应主厨找到人手，结果我找不到人。我现在一个头两个大……"

"……"

156

"好啦，帮我最后一个忙，然后我就闪人，你再也不用看到我……"

"我说好了要参加一个派对。"

"你几点要到？"

"我不确定，大约十点吧……"

"那没问题，你赶得上，我请你坐出租车……"

"好吧。"

"谢谢。再转过头去，我的衣服干了。"

"反正我必须走了，我已经迟到了。"

"那明天见。"

"你今晚会回来睡吗？"

"不会。

"你失望吗？"

"唉，你有时实在令人吃不消……"

"等等，我这么说，可是为了你！你要知道，关于内裤，你未必猜对哦！"

"你穿什么内裤，干我什么事！"

"算你损失……"

17

"动工吧。"

"听候差遣。这是什么？"

"那个东西？"

"那个小箱子。"

"啊,这个？是我的刀具箱。这样说好了,它就像是我的画笔。如果缺少它,我什么也不是。"他叹口气说,"你看，我的生命就寄托在这个箱子上，一个关不紧的老箱子……"

"你用这个箱子多久了？"

"啊，我还是小伙子的时候……这是我外婆在我进高职念书时买了送我的礼物……"

"我可以看吗？"

"可以啊。"

"告诉我……"

"什么事？"

"它们用来做什么的……我想知道……"

"这把大的，是厨房用刀，也可以说是刀中之王，什么都可以切；这把方形的，是用来切骨头、关节或是将肉块打扁；这把小刀，是基本配刀，家家户户的厨房里都可以找得到，对了，拿着它，你会需要它的。这把长的，专用来切薄片，可以将蔬菜切得很细。这把小的，用来修整和切除肥肉，而跟它一对的这把，刀刃坚硬，专门用来去骨；那把很细的，是用来挑除鱼刺；最后，这把是用来切火腿片的……"

"那，是用来磨刀的……"

"没错。"

"那这个呢？"

"这哦，它没什么重要……可以食材切成装饰品，我已经很久没用了……"

"可以做出那些装饰品？"

"还有很多很棒的事，改天我再做给你看……好了，你准备好了吗？"

"好了。"

"你仔细看着，嗯？我先告诉你剥栗子很麻烦：看这里，它们已经放进热水里，所以比较好剥壳。一般来说是这样的，你要小心别毁了它们，纹理要完整而且清楚……然后再剥皮，现在，你尽可能小心拿好这个软绵绵的东西……"

"但这要花很长时间！"

"嘿！这就是为什么我们需要你。"

他很有耐心。接下来，他向她解释如何用湿布擦洗黄油菇，以及如何擦掉泥巴又不会损伤它们。

她玩得很起劲。她的手相当灵巧。她气自己跟他比起来，动作是这么缓慢，但她还是玩得很开心。一开始葡萄籽在她的手指间滑来滑去，但她很快就找到窍门，利用刀尖取出籽来。

"好了，剩下的明天再说，生菜和其他的东西，应该很快就能上手。"

"你的主厨马上就会发现我很逊……"

"这是一定的！但是他没有选择的余地。你多高？"

"我不知道。"

"我会帮你找件裤子和外套。那你穿多大号？"

"四十。"

"你有球鞋吗？"

"有。"

"虽然不怎么合适，不过应该可以将就一下……"

他在整理厨房时，她卷了根香烟。

"你跟人家约在哪里？"

"市郊的柏比尼市，跟那些和我一起工作的女孩……"

"明天早上九点就得开始工作，你会不会害怕？"

"不会。"

"我先告诉你，中间会有一点休息时间，顶多一个小时，中午休息，但是晚上要准备超过六十人份的餐点；六十份豪华套餐，这可不简单……每份好像要二百二十欧元。我会尽量让你早点离开，但依我看，你起码也要待到晚上八点钟……"

"那你呢？"

"哎呀，我还是不要去想的好……除夕夜一定忙得人仰马翻……不过，薪水高……你的也是，我替你要到不错的工资。"

"哦，这没关系……"

"不，不，这可有关系，你明天晚上就知道了。"

<h1 style="text-align:center">18</h1>

"走吧。我们到那里再喝咖啡。"

"这条长裤太大了！"

"没关系。"

他们快跑穿越战神广场。

卡蜜儿走进厨房，惊讶地看到大家又忙碌又专心一致，突然觉得非常热……

"主厨，这是新来的助手。"

主厨低声抱怨，手背一挥，要他们走人。

弗兰克把她介绍给一位还没清醒的高大家伙："这位是斯巴司提，冷盘大厨，也是你工作团队的主管，你的大老板，OK？"

"幸会。"

"嗯嗯……"

"不过，你不是跟他工作，是跟他的助手……"

他问旁边一位男孩："助手叫什么来着？"

"马克。"

"他在吗？"

"在冷冻库里。"

"好了，我把她交给你……"

"她会做什么呢？"

"什么都不会。不过，她做得很好。"

然后他到衣帽间去换衣服。

"他教过你剥栗子吗？"

"有。"

"那好，栗子就在这里。"他边说边指着一大堆的栗子。

"我可以坐下来吗？"

"不行。"

"为什么？"

"在厨房里我们是不问问题的，我们只说：'是，先生'或'是，主厨'。"

"是，主厨。"

是，大猪头。她为什么接受这个工作呢？要是她能坐着的话，她可以做得更快。

幸好，有煮好的咖啡。她把杯子放在架子上，开始工作。

十五分钟后，她的手已经开始疼痛。有人问她："还好吗？"

她抬起头来，愣了一下。

她认不出他来。无懈可击的长裤，烫得平整服帖的双排扣外套，他的名字被绣成蓝色的字符，恰如其分的小方巾，洁白无瑕的围裙和抹布，厨师帽牢牢套在头上。她以前只看过他邋遢的样子。她觉得他真的很帅。

"怎么了？"

"没什么。我觉得你很帅。"

他，这个大傻瓜、胆小鬼、吹牛王、大嗓门的乡下小斗牛士，骑着一辆大型摩托车，把过无数辣妹的种马，没错，就是他。她不由得腼腆起来。

"这一定是制服的魅力。"她笑着说，想疏解他的尴尬。

"是的，是……一定是这样……"

他走开时，撞到了人，把那人骂了一顿。

没人说话。只听见切切切的刀子声，铿铿铿的锅子声，砰砰砰的敲门声，以及在主厨办公室内，每五分钟就铃铃作响的电话声。

卡蜜儿深受吸引，全神贯注以免挨骂，同时仔细观察周遭，不想遗漏任何画面。她远远看见弗兰克的背影，现在的他似乎比平时更加高大更加平静，她好像不认识他。

她低声问一起剥皮的搭档："弗兰克，他做什么？"

"谁？雷斯塔吗？他做调味酱汁还有管理肉类……"

"很辛苦吗？"

这个满脸痘痘的人，翻了一个白眼："当然，是最辛苦的工作。在我们团队里，主厨、副厨之后，紧接着就是他，第三位老大……"

"他不错？"

"嗯，他虽然笨但他是很不错，甚至可以说很厉害。此外，你会看到，主厨经常是对他说话而不是副厨。对于副厨，主厨是监督他，但对于雷斯塔，主厨则是看着他做……"

"但是……"

"嘘！"

当主厨拍拍手表示休息时间到了，她抬起头来。她全身疼痛；颈部、背部、手腕、双手、双腿、双脚，以及其他部位，不过她忘了是哪里。

弗兰克问："你要和我们一块儿吃吗？"

"我一定要吗？"

"不用。"

"那么，我想出去走走……"

"随你。"

"还好吗？"

"还好，不过好热……你们都好忙。"

"你开玩笑？我们这还不算什么！甚至还没有客人哩！"

"呃……"

"你一小时后回来？"

"好的。"

"不要马上出去，先让体温降下来，不然会感冒……"

"好。"

"你要我陪你一起去吗？"

"不，不用。我想要一个人……"

"你必须要吃点东西，呃？"

"是的，爸爸。"

他抬起肩膀："噫……"

她在一处专为观光客而设的小摊子买了一个难吃的意大利烤三明治，然后坐在埃菲尔铁塔下的长椅上。

她想起菲利伯。

她用手机拨了城堡的号码。

"您好，我是埃莉诺·杜贝利埃。"对面是一个小孩子的声音，"请问您尊姓大名？"

卡蜜儿感到不知所措。

"呃……是……我能够跟菲利伯说话吗？麻烦您。"

"我们正在用餐，我能代转留言吗？"

"他不在吗？"

"他在，但是我们正在用餐，我刚刚跟您说过。"

"啊……好，嗯……不用，没事，您就跟他说我亲吻他，祝他新年快乐。"

"能否留下您的姓名？"

"卡蜜儿。"

"就卡蜜儿三个字？"

"是的。"

"很好，再见，三个字女士。"

再见，小麻烦。

什么意思？这到底是怎么回事？

可怜的菲利伯……

"要换五次的水？"

"是的。"

"那么，一定会干净得不得了！"

"就是得这样……"

卡蜜儿花了很多时间筛拣和冲洗生菜。每片叶子都必须要来回翻转冲洗，按大小分类，像用放大镜般仔细检查。她从没见过这么多种的生菜，各种尺寸，各种形状，各种颜色。

"这是什么？"

"马齿苋。"

"那这个呢？"

"菠菜芽。"

"那这个？"

"芝麻菜。"

"这个？"

"冰霜菜。"

"哦，名字很美……"

"你从哪儿来的？"搭档问她。

她不想回答。

接着，她清洗香料植物，洗完后用吸水纸一片片吸干。她必须把它们放进一个不锈钢的容器中，用保鲜膜小心地包起来后，再放进不同的冷藏柜。她压碎核桃和榛果，将它们去壳剥皮，接着擦洗数量庞大的黄油菇，一边用抹刀刮出奶油块，在每一个碟子上放一球原味奶油和一球咸奶油，绝不能够搞错。她有时不确定自己放了哪种，只好尝一下刀尖的味道。好难吃。她根本不喜欢奶油，因此接下来，她加倍小心。服务生不断为需要咖啡提神的人倒浓缩咖啡，随着时间一分一秒地过去，气氛愈来愈紧张。

有些人不再开口说话，有些喃喃咒骂，而主厨则扮演报时的角色："先生，下午五点二十八分了……六点零三分，先生……六点十七分了，先生……"

故意制造紧张气氛似的。

她没什么好做了，靠在工作桌上，轮流抬起腿，舒解疼痛。她身边的家伙正在练习把酱汁淋在矩形盘子里的鹅肝片四周。他轻盈地抖落一小匙酱汁，但发现淋得歪歪曲曲，不时垂头叹气。没有一次满意，虽然，挺好看的……

"你想要做出什么东西？"

"我不知道……有创意的东西吧……"

"我可以试试看吗？"

"好啊。"

"我可能会搞砸……"

"没关系，你放心，这是过期的酱汁，给我练习用的……"

最初四次的试验都很凄惨，到了第五次，她找到了技巧。

"啊，很漂亮……你可以再做一次吗？"

"不……行，"她笑说，"恐怕不行……但……你有针筒或类似的东西吗？"

"呃……"

"像是小挤管吗？"

"有，看抽屉里有没有……"

"你帮我把它装满。"

"要做什么？"

"我有个主意……"

她弯着腰，吐着舌头，画了三只小鹅。

他叫主厨过来看。

"这是什么玩意？得了吧……孩子们，我们不为迪士尼乐园工作！"

他边走边摇头。

卡蜜儿尴尬地耸耸肩，继续回去忙她的生菜。

"这不是烹饪……是花拳绣腿……"他继续在厨房的另一头发牢骚，"而你们知道最惨的是什么吗？你们知道让我最痛心的是什么吗？是那些笨蛋会赞不绝口。今天，他们要的是炫目的玩意！啊，再说，今天是新年夜……好吧小姐，让我开心一下，请把你养的鹅放在这六十个盘子上吧……快点，孩子！"

练习酱汁的人轻声提醒她："回答'是，主厨'。"

"是，主厨！"

"我一定做不到……"卡蜜儿转头哀叹道。

"每一盘画一只就好。"

"画在左边还是右边？"

"左边，这样比较顺手吧……"

"有点邪恶，不是？"

"不会啊，很有趣的……反正，你现在没有选择的余地了……"

"早知道，我应该闭嘴的。"

"这是为人处世的第一原则，你至少学到这一点。拿着，你的酱汁……"

"为什么是红色的？"

"因为用的是甜菜根……开始吧，我把盘子递给你……"

他们交换位置。她在盘子上作画，他再将鹅肝切片后放在盘子上，撒上盐花和磨成粗粒状的胡椒，接着把盘子交给第三个人，他熟练地摆上生菜叶。

"他们要去做什么？"

"他们要去吃饭……我们晚一点再去……揭开序幕的是我们，轮到他们上场时再换我们去吃……你会帮我处理这些生蚝吗？"

"撬开生蚝吗？"

"不，不是，将它们摆得漂漂亮亮的就行了……对了，青苹果是你削的吗？"

"是的，它们在那里……哇，妈的！这只比较像火鸡……"

"对不起，我不吵你了。"

弗兰克来到他们的身旁，眉头深锁。他觉得他们俩不怎么专心，或者该说很快乐。

他不太喜欢这种情形……

"你们玩得很开心吧？"他问，带着嘲弄的语气。

"我们尽力啰。"

"你确定……这东西用不着加热吧？"

"他为什么这样说？"

"别理他，这是我们之间的事……那些做热食的人以为自己被赋予至高无上的任务，而我们，即使我们累得像一条狗，他们还是瞧不起我们。现在我们还不够格碰火炉……你跟他很熟吗，雷斯塔？"

"不熟。"

"啊，是哦，这倒让我挺吃惊的……"

"吃惊什么？"

"没有，没什么。"

其他人去吃晚餐时，两名黑人用大量的清水冲洗地板，再用拖把来回拖抹，让地板干得快一点。主厨和一位穿得极为优雅的人在办公室里说话。

"已经有客人来了？"

"不，这是饭店餐厅的总管……"

"呃，是啊……他看起来好高级……"

"在外面的大厅里，他们都很帅……一开始，干净的是我们，而他们穿着T恤用吸尘器清洁环境。但随着时间过去，情况颠倒过来：我们变臭，变脏，而他们吹梳整齐，穿一身笔挺的西装，精神奕奕地从我们面前走过。"

她画完最后一排盘子时，弗兰克过来看她："如果你想，可以先走了。"

"嗯，不……我现在不想离开……我不想错过好戏……"

"你还有事情给她做吗？"

"你说呢！她想要多少就有多少！她可以拿那蝶螈炉……"

"蝶螈炉是什么？"卡蜜儿问。

"就是这个，是一种烤架，可以上升或下降……你可以帮忙烤吐司吗？"

"没问题……呃……对了，我可以抽根烟吗？"

"去吧，去楼下。"

弗兰克陪着她。

166

"还好吗？"

"很好。事实上，那个斯巴司提，人还挺亲切的……"

"呃……"

"……"

"你干吗板着脸？"

"因为……刚刚我想跟菲利伯说话，祝他新年快乐，却被一个小讨厌把电话给挡掉了。"

"等等，我来打给他。"

"不，这个时间他们应该正在吃饭……"

"让我来。"

"喂，不好意思打扰您，我是弗兰克·雷斯塔，是菲利伯的室友。是的……就是我，太太您好……我可以跟他说话吗？麻烦您，是有关热水器的事，是的……那么，太太再见……"

他看了卡蜜儿一眼，她则一边笑一边吞云吐雾。

"菲利伯！好家伙，是你吗？宝贝新年快乐！我不会献吻给你，但我会把电话递给你的小公主。什么？别管那个热水器！好了，新年快乐，身体健康，献上无数的吻给你的姊妹们，但是……只献给有大胸部的，嗯！"

卡蜜儿眯着眼睛，拿起电话。不，热水器没有问题。是的，我也祝福您。不，弗兰克没把她关在衣橱里。是，她也是，她经常想起他。不，她还没有去验血。是，您也是，菲利伯，祝您身体健康。

"他听起来还不错？"弗兰克接着说。

"他只结巴了八次。"

"我也是这个意思。"

当他们回到工作岗位时，气氛变了。每个人都将厨师帽戴得整齐端正，主厨抱着手臂，把小腹靠在递菜的窗口上。

连一只苍蝇飞舞的声音都听不到。

"先生们，干活了……"

紧张气息节节升高。每个人忙碌的同时，小心不要妨碍到隔壁的人。紧张焦虑的脸庞。

说得不够小声的咒骂声此起彼落。有些人还算沉稳，其他的，像是眼前这个日本人，仿佛濒临崩溃边缘。

当主厨俯身认真地检查每一个盘子时，服务生们已在递菜的窗口前，一个接一个地排队等着。站在主厨对面的男孩拿着一块小海绵擦拭可能残留在盘沿的指纹和酱汁，而当主厨点头时，一位服务生便咬紧牙根，抬起银制的大餐盘。

卡蜜儿和马克忙着准备餐前点心。她把薯片或某种红棕色果皮做成的小点心摆在盘子上。她不敢再问任何问题。接着，她整理细葱。

"快一点，今晚咱们可没有时间磨蹭……"

她找了一根绳子系好她的裤子，为纸厨师帽不断滑下来盖住她的眼睛发出咒骂。她旁边的人从工具箱里取出一个小订书机："拿去……"

"谢谢。"

接着，她听着其中一位服务生跟她解释如何将吐司面包去边切成三角形。

"你想要吐司怎么烤？"

"烤得金黄呀……"

"来，示范给我看。给我看你要的颜色……"

"颜色，颜色……我们不用颜色来判断，而用感觉……"

"但是我，我按照颜色来做，所以示范一个给我看，不然我会很紧张。"

她非常在意她的任务，但完全不会手忙脚乱。服务生把吐司放进一个盘子里。她真希望得到一点赞美，像是："哦！卡蜜儿，你帮我们烤了多么棒的吐司啊！"但还是算了……

她看到弗兰克，但总是他的背影，他忙着火炉上的锅子，好像是站在乐器前的乐手：一下掀开这边的盖子，一下掀那边的盖子，用汤匙搅拌这里一下、那里一下。就她所了解的情形，那个高大的瘦子，也是副主厨，不断地问弗兰克问题，但弗兰克只应了几声，很少回答他。所有的锅子都是铜制的，弗兰克必须垫着抹布才能拿起来。他应该被烫到几次，因为她看见他在抖手，然后把手含在嘴里。

主厨开始生气。这个不够快，那个又太快；这个不够热，那个煮太熟。"大家专心，先生们，专心一点！"他不断重复说着。

她的工作愈是轻松，对面愈是忙碌。这一切令她印象深刻。她看见他们汗如雨下，把头紧靠着肩膀擦拭额头上的汗珠，像猫那样。负责烤肉的家伙尤甚，整个人都红通通的，利用烤肉翻面的空当往水瓶里吸吮。（他烤的是些长翅膀的东西，有的比鸡还小，其他的则比鸡要大上两倍……）

"快热死了……你想这里是几摄氏度啊？"

"我并不清楚，炉子旁应该至少有四十摄氏度吧……又或许是五十摄氏度？就生理上来说，算是最辛苦的工作。拿着，拿去给洗碗工人……小心别打扰他们工作……"

她瞪大眼睛看着堆积如山的锅子、大餐盘、锅盖、不锈钢碗、漏勺、平底锅等，稳稳地躺在巨大的洗碗槽里。放眼看去没有一个白人。她对一个家伙说话，他点点头，拿起她手中的锅。他显然听不懂法语。卡蜜儿杵在那里观察他一会儿，每当她遇见离乡背井的人，她脑中那颗特蕾莎修女的小灯泡便会闪烁起来，她想着：他从哪儿来的？印度吗？巴基斯坦吗？他以前过着怎样的生活，现在怎么在这里呢？是今天来的吗？搭什么船？坐什么车？抱着什么希望？付出了多少代价呢？舍弃了什么？承受着怎样的恐惧？什么未来？住在哪里？和多少人一起？他的小孩人在哪里？

当她发觉她的存在让他感到不自在时，她摇着头离开。

"洗碗的那个男人从哪儿来的？"

"马达加斯加。"

第一个失败。

"他说法语吗？"

"当然！他在这里二十年了！"

好吧！安静点，伪君子。

她累了。总是有新的东西要剥、要切、要洗，或是要整理，可恶！但是客人要如何吞掉这么多东西？何苦把肚子撑到这种地步？他们会被撑爆的！二百二十欧元，相当于多少？将近一千五百法郎。哎，这笔钱可以给自己买多少东西啊，如果安排得宜，甚至可以去度个小假，像是去意大利，坐在露天咖啡座，静静听着美人儿聊八卦，她们的八卦铁定和世界上其他女孩的八卦一样愚蠢，同时轻轻啜饮浓烈又太甜的咖啡。

花一样的价钱，我们可以拥有好多素描、广场景色、脸庞和懒洋洋的猫咪，以及绝妙的风景，甚至是书籍、CD、衣服等这些可以保存一辈子的东西。而这些……几个小时后，所有都将结束、消化，最后排泄掉……

她知道，她的想法并不对，她看得很透彻。她小时候对食物就不太感兴趣，因为吃饭就等于痛苦，尤其对一个敏感的独生女来说，更是沉重的包袱。小女孩单独和母亲一起吃饭，她母亲是个大烟枪，一边点着烟，一边严厉地把盘子丢在桌上说："吃吧！这对身体好！"

和她的父母吃饭时，她尽可能地低调，以避免和他们对话："呃，卡蜜儿，爸爸不在时，你很想他吧？呃，真的吗？"

后来太迟了，她已经失去吃的乐趣。反正，有阵子她妈妈也不下厨，她养成小鸟般的胃口，就好像别的少女长青春痘那样。每个人都为了她的食欲问题烦她，但她总能从容应对。

他们无法说服她，因为这小孩，她总有着很多好理由。她不能接受他们可悲的世界，但是当她饿时，她会吃。当然，她有吃东西，不然今天就不会在这儿了！但是，是趁他们不在的时候吃。在她的房间里吃她的酸奶、水果或是麦片，一边做其他事……一边看书、做白日梦、画马或是抄写流行乐手高德曼的歌词。

把我带走。就像高德曼唱的那样。

是的，她很清楚自己的缺点，竟然批评起那些有幸享受用餐乐趣的人，她确实很蠢。但是，二百二十欧元只为了一餐，还不包含酒费，这真的很可笑，不是吗？

半夜十二点，主厨祝他们新年快乐，为大家倒了香槟："新年快乐，小姐，谢谢你画的小鹅……夏勒告诉我客人很喜欢……我就知道，嘿……新年快乐，雷斯塔先生……在新的一年只要你少发点你那猪头脾气，我就给你加……"

"加多少钱，主厨？"

"喂！你想到哪儿去了！我增加的是对你的评价！"

"新年快乐，卡蜜儿……我们……你……我们不亲一下吗？"

"是，是，当然，亲一下！"

"那我呢？"斯巴司提说。

"那我呢？"马克接着说，"嘿，雷斯塔！跑快点，你有东西溢出来了！"

"好啊，笨蛋。好了，呃……她结束了吧？她也许可以坐下来吧？"

"好主意，孩子，到我的办公室来。"主厨接着说。

"不，不用，我可以待到结束。给我事情做……"

"现在，我们等糕点师傅……你帮忙做装饰吧……"

她把脆片饼干全放在一起，这些饼干和烟草纸一样薄：有平滑的、条纹的、绉痕的，各式各样，然后再加上巧克力片、橙皮、腌渍水果、糖栗子，淋上酱汁，做出阿拉伯式图案装饰。糕点助理双手合十盯着她看："天啊，你真是个艺术家！哦，你是艺术家啊！"主厨看了这怪诞的作品一眼："好吧，那是因为是今天晚上，但好看可不代表一切……我们做菜可不是只为了漂亮，妈的！"

卡蜜儿笑着，同时在香草奶油上淋上红色的酱汁。

嘿，当然不是，好看可不代表一切！这点她最清楚了。

将近两点，一切逐渐趋于平静。主厨抓着一瓶香槟酒不放，有些厨师摘下他们的帽子。

他们全都筋疲力尽，但还是提起精神清洗各自负责的区域，然后尽快离开。大伙用了几公里长的保鲜膜将所有的食材包裹整理好，接着一群人挤在冷冻库前。不少人开始批评这次的工作，分析自己的表现：失败的地方，为什么失败，是谁的错，食材如何……仿佛情绪依旧激昂的运动员，他们无法抽离比赛，执拗地在自己的工作岗位上拼命洗刷擦亮。她觉得他们利用这种方式疏解压力，最后以自相残杀结束一切……

卡蜜儿一直帮到最后。她蹲下来清理冰箱里面的柜子。

接着，她靠着墙壁，观看围在咖啡机旁的那些男孩。其中一个推着一台大推车，里面装满各式餐点，巧克力、蛋白松糕、果酱、小可露蛋糕等各式各样的小糕点。啊……她也想抽根烟……

"你的派对，会来不及的……"

她转过头去，却看见一个老头。

弗兰克努力提起精神，但是他已疲惫不堪，全身湿透，弯腰驼背，脸色苍白，双眼充血，面容消瘦。

"你好像老了十岁……"

"有可能。我现在累翻了……我没睡好，而且我不喜欢这种餐宴，每盘都是一样的菜式……你要我把你载到柏比尼市吗？我还有一顶安全帽……我只需要准备一下我的订单，然后我们就可以走了。"

"不用了，现在去也没意思，我到的时候他们已经玩够了……派对好玩的是大家一块儿陶醉玩乐，不然，就有点无趣……"

"好吧，我也是，我要回去，我快站不直了。"

斯巴司提打断他们："我们等马克和克马第，然后再一起出去怎样？"

"不，我不行了，我……我要回去……"

"卡蜜儿，那你呢？"

"她也累了……"

"一点也不，"她打断说，"是累了没错，不过，我还是想狂欢！"

"你确定？"弗兰克问到。

"嗯，是的，还是要迎接新的一年吧，祈求新的一年更美好，不是吗？"

"我以为你讨厌这些聚会、派对……"

"没错，不过你知道吗，这是我今年许下的第一个希望：今年，我什么都不信；新的一年里，我要成为活泼开朗的人！"

"你们要去哪儿？"弗兰克叹口气问。

"去克提酒吧。"

"哦，不，不要那里，你知道的……"

"好吧，那么去拉维橘。"

"不要。"

"哦，你很烦人啊，雷斯塔……就因为你上了那些地方的每个女服务生，所以我们就哪都不能去！克提是跟哪一个？哦，是那发音不标准的胖妞吗？"

"她没有发音不标准！"弗兰克抗议。

"不，我告诉你，当她醉得不醒人事时是正常的，但没喝时，她的发音就很怪异。好了，反正她不在那里工作了……"

"你确定？"

"真的啦。"

"那红发的那个呢？"

"红发也不在了，嘿，不过你不在意吧，你和她在一起，不是吗？"

"才没有，我们不在一起！"卡蜜儿抗议。

"好，这是你们俩的事，反正，等他们忙完后，我们在那里碰面。"

"你想要去吗？"

"是的。但我想先洗个澡。"

"好。我等你。我不回公寓，不然，我会倒下去。"

"嘿？"

"什么事？"

"刚刚，你还是没有亲我……"

"对哦，来……"她在他的前额亲了一下。

"就这样？我以为在新的一年里，你会是个活泼开朗的人。"

"你曾实现过自己下定的每一个决心吗？"

"没有。"

"我也没有。"

19

或许是因为她比较不累，又或者因为她的酒量比他们好，她很快就叫了更多酒，才能保持欢笑。她仿佛觉得自己回到十年前，那个时候，很多东西还很明确：艺术、人生、未来以及她的才华、她的爱人、她的工作、她的习惯和无关紧要的事物……

真的，这些都不怎么令人不愉快……

"嘿，弗兰克，你今晚不喝几杯啊？"

"我不行了……"

"来嘛，别这样……而且你不是休假吗？"

"没错。"

"那怎么了？"

"我年纪大了。"

"拜托，喝一杯……明天再好好睡一觉……"

他沮丧地拿起杯子：不，明天他不能睡觉。明天他得去"韶光重现"，流浪老人之家，陪几个孤零零的老外婆吃恶心的巧克力，当她们把弄假牙套时，他的外婆则看着窗外叹息。

现在，只要一经过高速公路收费站，他就觉得肚子痛……

还是别去想的好，他一口喝完杯中的酒。

他温柔地看着卡蜜儿，她的雀斑因不同的时刻，时而显现，时而消失，这真的是相当奇异的现象……

她曾跟他说他很帅，而现在她正和那饭桶打得火热，哼……女人都一样……

弗兰克·雷斯塔心情低落。

甚至想要哭……

哦，怎么了？你哪里不对劲了？

呃……该从哪里开始呢？

一份烂工作，一种烂生活，一个疯癫的外婆，还得搬家。再睡在破烂的沙发床上，少了一个小时的休息时间。不能再见到菲利伯；不能再刺激他，让他学会自我防卫、回应、愤怒，最后建立自信；不能再叫他"亲爱的大宝贝"；不能再为他留好吃的便当；不能够再在女人面前，夸耀他的法国国王床组和公主的浴室，让她们惊叹不已。不能再听到菲利伯和卡蜜儿的谈话，听他们如数家珍地谈论第一次世界大战和路易十一，好像他们曾经经历那个年代，好像路易十一刚与他们小酌一样；不能再偷窥她，不能再一面抬起鼻子一面打开公寓大门，试图嗅出烟草味，猜测她是否在家；不能再趁她不注意时，急忙扑向她的素描本，偷看她当天的画作；睡觉时不能够再拥有闪耀的埃菲尔铁塔当作夜间照明。待在法国，继续为工作消瘦，下了班后再喝啤酒弥补。继续服从下去，不论何时，直到永远。他所做的只是服从。

而现在，他不能动弹了，得等到……说吧，直接说出来！呃，是的，得等到……她过世为止……仿佛他外婆的快乐必须建筑在他的痛苦之上……

妈的，够了吧！现在难道不能放过我，去找别人？真的，我受够了……

我一身晦气，一堆鸟事，去别的地方，找其他人……我受够了，我已付出代价了。

她在桌子底下踢了他一下："嘿……还好吧？"

"新年快乐。"他说。

"有问题吗？"

"我要回去睡觉了，再见。"

20

她也不想再待下去。就算是傅柯也不会想跟这些家伙聊天，他们每个人只是不断抱怨自己做的烂工作。呃……还有一个原因……是斯巴司提开始挑逗她……想跟她上床，这个猪头，他如果想上她，应该一开始就对她好一点。从这里就可以看清何谓好男人：一个好男人，是自然而然的友善，而非想要上床才开始假装……

她看见他蜷缩在沙发上。

"你睡着了吗？"

"还没。"

"不舒服吗？"

"新年来到，我也累爆……"他喃喃地说。

她笑着："说得好啊……"

"你说呢，我花了三个小时才想出这个押韵……我还想到另一个押韵：新年亮晶晶，我脸色发青。但这样你一定会以为脸色发青，是要生气破口大骂……"

"你作了多美的诗啊……"

他没说话。他太累了，无法反击。

"放些优美的音乐来听听，像上次你听的……"

"不行，如果你心情不好，那种音乐不会让你更好过。"

"如果放你的弥撒乐，你会再待一会儿吗？"

"我可以抽一根香烟……"

"我接受。"

这是卡蜜儿这个星期以来，第一百二十八次播放这首维瓦尔第的《晚祷诗篇》了……

"它在说什么？"

"等等，我告诉你……上帝赐给人安眠……"

"真棒。"

"很美吧？"

"我不知道，"他边打哈欠边说，"我什么都不懂……"

"真好笑，但这并不需要学习！觉得美就是美，就这样简单。"

"不，还是要。不管同不同意，还是得学一些……"

"……"

"你有宗教信仰吗？"

"没有，事实上，有吧，当我听着这一类音乐；当我走进很美的教堂或是看见一幅令我感动的画，我的心就会激动澎湃，开始相信上帝。不过我错了：我相信的其实是维瓦尔第…… 维瓦尔第、巴哈、亨德尔或是意大利画家安吉利科……他们才是上帝……那个老头子，只是个借口……我觉得他唯一厉害的地方，是赋予这些音乐家和画家灵感，创造出这么伟大的作品。"

"我很喜欢听你说话，让我觉得自己变聪明了……"

"得了吧……"

"这是真的……"

"你喝太多了。"

"不，就是喝得还不够多……"

"你听这段，也很美……更欢愉……这也是我喜欢弥撒曲的地方：黑暗低潮之后，总会出现喜乐时刻；像《荣归主颂》，拯救你……就像人生一样……"

悠长的静谧。

"你睡着了吗？"

"不，我盯着你的香烟头……"

"你知道，我……"

"你什么？"

"我想你应该留下来。我想过你跟我说的，菲利伯对于我离开的反应，其实他对你也一样……如果你离开，我想他会很难过，而且你和我，我们是帮他维持平衡的哼哈二将。"

"呃……你可以把最后一句说得更简单一点吗？"

"留下来。"

"不，我……我和你们两个完全不同……我外婆说过，我们不把抹布和餐巾混在一起……"

"我们不一样，这点不可否认，但是不一样到怎样的地步？或许是我搞错了，但我觉得我们三个可以组成一个很棒的团队，不是吗？"

"你认为……"

"还有，不一样，究竟是什么意思？我，我不知道怎么把蛋煮熟，但我却一整天待在厨房里；而只听电子音乐的你，却听着维瓦第睡着。你的抹布和餐巾理论，是胡说八道……妨碍人共同生活的是彼此干的蠢事，而不是彼此的不一样……相反地，没有你，我永远也不会知道什么是马齿苋……"

"起码让你有收获……"

"你又胡说八道了，为什么要'让我有收获'？为什么一定要牵涉到报酬利益？我根本不在乎自己有没有收获，我只是觉得，世界上有马齿苋这种东西，很有趣……"

"你瞧，我们不一样……你和菲利伯，你们都没有活在真实的世界里，你们不了解现实生活，不懂如何为了生存而奋斗。我在认识你们两个之前，从没遇到过所谓的知识分子，但你们正如我所想的一样……"

"怎么一样？"

他摆动着他的双手。"就是，飞啊，飞啊……哦，小鸟和美丽的蝴蝶！它们多可爱啊……亲爱的，您再读一章？好啊，亲爱的，我要再读两章哩！以避免掉下去……哦！不！别往下掉，下面太脏了！"

她站了起来，关掉音乐。

"你说得对，我们无法住在一起，你最好还是滚开。不过，在祝你一路顺风之前，我有两件事要告诉你：首先，正是有关于所谓的知识分子……你大可嘲笑他们……而且，实在很容易。通常，他们都不怎么强壮，也不喜欢和人争强斗胜……他们对战争、奖章、豪华礼车都不太感兴趣……你只须抢走他们手中的书、吉他、铅笔或是相机，他们便什么都不是……此外，许多独裁者，他们首先做的，就是压碎眼镜、焚烧书籍或是禁止音乐会，他们不必付出太大的代价就可以有效铲除后患。但是如果知识分子代表了爱好学习、充满好奇、敏感专注、善于欣赏、容易感动、尝试了解这一切如何站得住脚，试图每晚上床睡觉时，比前一晚更聪明一点，如果是这样的话，我希望自己是知识分子。不仅如此，我会为自己是知识分子而感到骄傲……甚至非常地骄傲……也因为我是知识分子，就像你说的，我忍不住读你放在厕所里的摩托车报，我知道 BMW 的新车种 R1200 GS，有个电动的小玩意儿，只要用烂机油就可以转动……哈！"

"你在跟我瞎扯些什么？"

"我这个知识分子，前几天还偷看你的漫画，笑了一整个下午……第二件事是，你还不够资格来教训我们。你认为你的厨房就是真正的世界吗？当然不是，而且完全相反。你们老是一起厮混，从不曾走出来。你对这个世界究竟知道些什么？你什么都不懂。十五年来，你作息固定，阶级分明，再也跳不出窠臼。或许你是为了这些缘故才选择这个工作吧？为了不要离开你妈妈的肚子，为了确保待在暖和的地方，为了身边围绕一堆食物……难以理解…… 你工作得也比我们更辛苦，这是事实。但是我们这些知识分子，我们跟这个世界抗衡。飞呀，飞呀，每天早上我们都会飞下来。菲利伯在他的店里，而我在办公大楼里，你不用担心，为了冒险，我们撞得鼻青脸肿。而你对生存的狗屁看法……活着是为了战斗，战斗是为了生活，我们再清楚不过……如果你愿意，我们甚至可以为你开班授课……最后，晚安，新年快乐。"

"你说什么？"

"没什么，我说你不太活泼开朗……"

"没错，我是爱挑衅。"

"这是什么意思？"

"去翻字典，就会知道……"

"卡蜜儿！"

"干吗？"

"跟我说些温柔好听的话……"

"为什么？"

"为了迎接新的一年……"

"不要。我不是点唱机。"

"拜托……"

她回过头："所以，把抹布和餐巾放在同一个抽屉里，杂乱一点，生活会更有趣。"

　　"那你想不想要我对你说些好听的话，迎接新的一年？"

　　"不想。好吧……说吧。"

　　"你知道吗……你的吐司，棒极了……"

✦ 第三部 ✦

她整个人生就在这个时候达到了最佳的平衡状态，

就在此刻，不是之前，不是此后，而是此时此地，就是现在……

1

翌日十一点多，他走进她的房里。她背对着他，依然穿着和服睡袍，坐在窗前。

"你在做什么？在画画吗？"

"对。"

"在画什么？"

"新年的第一天。"

"给我看。"

她抬起头来，忍住不笑出来。

他穿着一件超级老掉牙的西装，类似上世纪八十年代的 Hugo Boss 风格，西装有点大，又有点太闪亮，无敌铁金刚似的大垫肩，黏纤质料的芥末黄衬衫，一条花花绿绿的领带。至于袜子，则和衬衫相互搭衬；而鞋子，用一种在氨水中浸泡过的猪皮做成，应该把他的脚弄得疼痛不堪。

"你觉得很不顺眼？"他不悦地说。

"没什么，你……你看起来很优雅……"

"嘴真贫。今天我要邀请外婆到餐厅吃饭……"

"哦，"她噗嗤笑说，"能和你这样的帅哥一起出门，她一定非常骄傲。"

"很好笑。你知道这个饭局让我多伤脑筋？总之，吃完就没事了。"

"是波莱特吗？送围巾的那位？"

"是的。此外，这也是我来找你的原因。你说你有东西要给她？"

"是的，没错。"

她站起来挪动扶手椅，在她的小行李箱里翻找了一会儿。

"你坐在这里。"

"要做什么？"

"礼物啊。"

"你要画我？"

"对。"

"我不要。"

"为什么？"

"……"

"你不知道为什么？"

"我不喜欢被盯着看。"

"我会画得很快。"

"不行。"

"随便你。我想送一幅你的小画像，一定会让你的外婆感到高兴的。这是用画像交换围巾，以物易物，你知道吧？不过，我不会强迫你，我从不强迫人，这不是我的个性。"

"好吧，那画快一点，呃？"

"这不行……"

"又怎么了？"

"这件西装，这……这条领带，还有这一切，都不行啦。这并不是你。"

"你难道要我全裸上场吗？"他冷笑说。

"哦，这个点子不错！英挺的裸体……"她眼睛眨也不眨就脱口而出。

"你在开玩笑吧？"他感到不知所措。

"当然，我是开玩笑的。你太老了！而且你的体毛太多……"

"才不会太多！也不会太少！是刚刚好！"

她笑了。"好啦，至少脱掉外套，解开领带。"

"啊，我花了好久时间才打好的领带。"

"看着我。不，不是这样，你姿态太僵硬了，好像有把扫帚插在脖子上顶着似的，放轻松点……我又没有要吃掉你，笨蛋，我是要画你。"

"哦好，哦好……"他哀求说，"画我，卡蜜儿，咬我……"[44]

"太好了，像这样傻笑。没错，就是这样……"

"好了吗？"

"快好了。"

"我受不了了，跟我说说话，讲个故事来消磨时间……"

"这次你要我跟你说谁呢？"

"说说你自己。"

"……"

"你今天要做什么？"

"整理东西，也要烫衣服……然后我会出去散步。阳光很美，我应该会去咖啡馆或是茶馆，吃些蓝莓派，嗯……如果运气好，会有狗在那儿，我现在正在搜集茶馆的狗画像，我有一本专门画狗的素描本，一个小本子，很美丽。以前我还有一本是专门画鸽子的。画鸽子可难不倒我，不论是巴黎蒙马特的鸽子，还是伦敦特拉法加广场的鸽子，或是在威尼斯圣马可广场的鸽子，全都被我画下来……"

"告诉我……"

"什么？"

"你为什么老是一个人？"

"我也不知道。"

"你不喜欢男人吗？"

"咱们进入有趣的主题啦。你自以为你的魅力无法挡，凡是没有对你心动的女人就一定是蕾丝边？"

"不，不是，我只是好奇。你这么不修边幅，又理了个光头，这些都……"

沉默。

---

44 法语中的"画"和"咬"是同一个单词。

"对，我也喜欢男人，也喜欢女人，听好，不过我偏好男人……"

"你也跟女孩子上过床？"

"哈哈，数不清几次！"

"你开玩笑吗？"

"没错。好了，画好了。你可以穿衣服了。"

"让我看看。"

"你会认不出你自己的。人从来就无法认清自己的模样……"

"为什么你要在这里画一坨大黑点？"

"那是阴影啊。"

"是吗？"

"这叫作渲染。"

"啊？这个，是什么？"

"你的鬓角。"

"啊……"

"你失望吗？拿着，这是上次你在玩电动玩具时，我画的素描。"

他笑得很灿烂，"没错，这才是我！"

"我个人比较喜欢第一张，不过算了。你只要把画纸夹在漫画本里面，就可以带出去不怕弄皱了。"

"给我一张纸。"

"干吗？"

"我也要画，如果我愿意，我能为你作画……"

他注视她一会儿，蹲下来，伸出舌头，然后，把他的涂鸦拿给她。

"这是什么呀？"她假装好奇的样子。

他画了一个螺旋状的东西，像是蜗牛壳，在圈圈的最里面画了个小黑点。

她没有抗议。

"这个小点，就是你。"

"我……我已经看出来了……"她双唇颤抖。

他从她手中抢下画纸："嘿！哦！卡蜜儿，我开玩笑的啦！只是鬼画符！没什么！"

"是啊，是啊，"她把手放在额头上说，"是没什么，我清楚得很……好了，快走吧，你要迟到了。"

他在门口套上他的连身衣，拉开门的同时，用安全帽敲了敲头。

那个小点，就是你。

男人，真蠢。

2

这次他并没有带着装满粮食的背包。他俯身趴坐在油箱上，任由车子奔驰：双脚夹紧车子，双臂伸直，胸膛炙热，安全帽几乎要裂开，他使尽全力扭转手腕催动油门，希望抛下所有狗屁倒灶又恼人的事，不再思考。

他骑得很快，故意想试试车子的极限。

他想起以前，他的双脚总是夹着马达，而他的手总忍不住拼命加速，他从未把死亡看得太严肃，顶多只是另一个烦恼罢了。再说，如果他不在了，就不必忍受死亡的痛苦。死不死有什么大不了的？

只要他一有点钱，就贷款买一些零件，甚至超过自己的能力也不在乎。他有几个机灵的朋友帮他，他又肯付钱让车子的时速再加快个几公里。他从不闯红灯，从不把口香糖吐在马路上，不和他人较量比赛，不冒任何愚笨的风险。但是，只要一有机会，他便逃脱，独自出发，风驰电掣，叫他的守护天使担忧不已。

他喜欢速度的快感，真的很喜欢，这是他的最爱，甚至超过女人。速度的快感带给他生活中唯一幸福的时刻：宁静、缓和、自由……十四岁那年，他像是只蟾蜍趴在火柴盒上（这是当时的流行话），骑着脚踏车，在图尔一带的街头称霸。二十岁时，他在索缪尔附近一家龙蛇杂处的咖啡馆里做牛做马一整个夏天，才给自己买了第一辆二手摩托车。如今，他工作之余的唯一消遣便是梦想着一辆摩托车，买下它，将它洗净擦亮，尽量操弄它；然后，再梦想另一辆摩托车，逛车行，卖掉原先的车子，再买新车，将它洗净擦亮……

没有摩托车，他可能会打电话给外婆，并祈祷她不要老是重复她的生活……

问题是，速度快感不再有效了……即使飙到两百公里，也不再感到轻松飞扬。甚至飙到两百一、两百二，他仍然胡思乱想。他四处钻行、迂回、蛇行、挣脱，还是徒劳无功，一切还是不断在脑袋里盘旋。

而今天，在这个崭新灿烂的元月一日，没有手提袋，没有背包，除了和两位可爱的老婆婆一起吃大餐之外，也没有其他的计划。他决定挺起腰杆，不再冲锋陷阵，也不需再向好心闪躲的开车族抬起大腿致谢。

他决定放弃，随意奔驰的同时，脑海里放着那张刮痕累累的老唱片：为什么是这样的人生？要熬到什么时候？如何摆脱它？为什么是这样的人生？要熬到什么时候？如何摆脱它？

为什么是这样的人生？要熬到何年何月……

他好累，不过心情还算愉悦。他也邀请了伊冯娜，为了向她道谢。不过，必须承认，他也希望她能带动话题。有她在场，他将可以替自己装上自动驾驶装置，时而向左微笑，时而向右，说几句让她们开心的话，而后，咖啡时间便很快到来……闪人……

伊冯娜到波莱特的牢笼接她，他们约在"旅人饭店"见面，里面的小餐厅摆饰着桌巾和干燥花。他出社会之前曾在这里当学徒，度过一些愉快时光……那是在一九九○年，也可以说是一百万年前……

在那个年代有什么？山叶出了 Fazer 型号的摩托车，对吧？

他在白线之间迂回前进，揭开安全帽的遮阳罩，感受刺眼的阳光。他不用搬家，不必马上，他能够继续住在那偌大的公寓里。有一天早上，一位身穿睡衣的外太空女孩来了，公寓又有了生气。她话不多，但自从她来了以后，公寓就有了新的声响，菲利伯也终于走出他的房间。每天早上他们一起喝巧克力，他关门时不再让门发出声响，免得吵醒她，而听着隔壁房间发出的声音，让他更容易入眠。

刚开始，他无法忍受她，不过现在，他已占了上风……

嘿？你听见你刚刚说什么吗？

什么？

拜托，不要装无辜……说实话，雷斯塔，看着我的眼睛，你觉得你占上风了吗？

呃……没这回事……

哦，很好！我比较喜欢这个答案……我知道你不是个机灵的男孩，但你吓了我一跳！

哦，还好吧……难道现在我们连玩笑都不能开吗……

3

他把车停在客运站牌下，接着一面穿越餐厅大门，一面系好领带。

老板娘展开双臂："哦，你好帅！啊！你穿得像个巴黎人了！荷内向你问好。他工作完便会过来……"

伊冯娜站了起来，他的外婆对他投以温柔的微笑。

"小姐们，我看你们可是花了一整天的时间在美容院里吧？"

她们在鸡尾酒杯前咯咯笑，挪动位置让他能看到罗亚尔河的景观。

外婆穿着正式的连身洋装，戴上假的珠宝胸针和毛茸茸的衣领。养老院的美发师可真厉害，居然把外婆的头发染得跟桌巾一样红。

"喂，你头发染的颜色还真是有趣……"

"我也是这样说。"伊冯娜打断他，"波莱特，这颜色很棒，嗯？"

波莱特高兴地点点头，抿着嘴，小口地啜饮，一边用锦缎餐巾布擦拭嘴角。她盯着弗兰克看，躲在菜单后面撒娇作态。

一切就如同他所预料，他重复说着"是的""不""哦，这样啊""不会吧""唉，狗屎""对不起""妈的""哦""见鬼"等，而伊冯娜让他完美地插入这些句子……

波莱特并没有多说话。

她看着河景。

主厨过来和他们聊了一会儿，请他们喝阿玛尼亚克的陈年白兰地，一开始女士们不喝，后来像是喝弥撒酒般一饮而尽。主厨跟弗兰克谈些有关厨师之间的事，问他何时回来这里工作。

"巴黎佬不懂得吃，巴黎女人要减肥，男人只想着账单……我相信你们的餐厅一定没有情侣来用餐。中午用餐的生意人根本不在乎自己吃什么，晚上只有庆祝结婚二十周年的老夫老妻，因为没有把车停好，担心车子被拖吊而赌气不说话……我说得没错吧？"

"哦，你要知道，我根本不在乎……我只要做好我的工作就好。"

"我就是要跟你说这个！在巴黎你只是为了薪水而做菜，所以回来吧，我们可以和朋友一起去钓鱼。"

"荷内，你是想卖餐厅啊？"

"呸！卖给谁啊？"

伊冯娜去开车时，弗兰克帮他的外婆穿上风衣："拿着，她要我把这个交给你……"

沉默。

"怎么了，你不喜欢吗？"

"不……不是……"

她哭了起来，"你在画里面看起来这么帅……"她指着他并不喜欢的画像。

"你知道吗，她整天戴着你的围巾……"

"骗人……"

"我发誓！"

"那么，你说得对，这小女孩并不正常。"她边笑边擤鼻涕。

"外婆，不要哭，事情会解决的。"

"是的，等到翘辫子的时候。"

"……"

"你知道，有些时候，我告诉自己我准备好了，有些时候，我……我……"

"哦，亲爱的外婆……"

有生以来第一次，他把她紧紧搂在怀里。

他们在停车场道别，他因为不用送外婆回她的养老院而松了一口气。

当他踢起摩托车的撑脚，感觉摩托车比平常要沉重许多。

他和他的女伴有约，他有钱，有住所，有份工作，他甚至找到两位室友[45]，但是，他却觉得孤独极了。

---

45 原文是"他甚至找到了郭金诺和费罗煞"，弗兰克在这里引用法国老牌漫画《懒人三人行》(*Les Pieds Nickeles*) 的三位主人翁来形容他们三人的关系，第三位叫作寇七纽。

他妈的，他在安全帽里咕哝道，真他妈的……他不重复第三次，因为碎碎念也没用，而且还让他的遮阳罩雾蒙蒙一片。

他妈的……

4

"你又忘了带钥……"卡蜜儿话说一半便发现，她搞错了。并不是弗兰克，是圣诞夜和弗兰克上床后被抛弃的那个女孩……

"弗兰克在吗？"

"不在。他去看外婆……"

"现在几点了？"

"呃……我想大约是七点吧。"

"如果我在这里等他，会不会打扰到你？"

"当然不会……进来……"

"我有打扰到你吗？"

"完全没有！我正在电视机前昏睡。"

"你也看电视啊？"

"嗯，是啊，怎么了？"

"我先告诉你，我挑了一个无语的节目，里面的女孩子穿得像妓女，来宾演唱者则西装笔挺，雄赳赳地张开双腿，看字幕说话，好像是一种卡拉 OK 的节目，而且有好多名人，不过我一个都不认识。"

"不，他，你认识啦，就是《明星学院》的那个男的……"[46]

"《明星学院》是什么？"

"啊，没错……弗兰克就是这样跟我说的，你从不看电视。"

"是不太看，不过发现这个节目之后我超爱看的，感觉像是在温热的烂泥巴里打滚…… 嗯……都是些俊男美女，不断相互拥抱亲脸，而女孩们哭时，

---

46 《明星学院》是法国第一电视台于二○○三年推出的选秀节目，邀请十八岁至三十岁有志发展演艺生涯的年轻人一起生活九周，接受歌唱舞台训练，每周淘汰一部分参赛者，直到冠军产生，电视台则全程跟拍。播出后创下极高收视率。

总是在拨弄她们自己的睫毛。非常令人感动。"

"我可以坐下来吗？"

"来……"卡蜜儿挪动位置，把被毯的另一端递给她一起盖，"你要喝点东西吗？"

"你在喝什么？"

"勃艮地的酒……"

"等等，我去拿个杯子……"

"现在怎么了？"

"我完全看不懂……"

"倒杯酒给我，我来告诉你。"

广告时间到了，两人开始聊天。她叫米莉恩，原来住在沙特尔，现在圣多米尼克路上的美容院工作，在第十五区租了一间小套房。她们担心弗兰克，在他的手机留言，节目开始时再把音量调大。最后，第三次播广告的时候，她们已经是朋友了。

"你认识他多久了？"

"我不知道……也许一个月。"

"你们是来真的吗？"

"不是。"

"为什么不是？"

"因为他老是提到你！不是啦，我开玩笑的。他只告诉我你很会画画。来，你要不要趁我在这里，帮你整理一番？"

"对不起，你说什么？"

"你的头发啊？"

"现在？"

"是啊，不然等会儿我喝得不省人事，我会连你的耳朵一起剪下来！"

"可是你现在什么工具都没有，甚至没有剪刀……"

"浴室里有刮胡须刀吗？"

"呃……有。我印象中菲利伯还在使用一种旧式的短刀……"

"你想怎么弄？"

"让你变得更柔一点……"

"我们可不可以对着镜子剪？"

"你在害怕什么？你想监视我吗？"

"不是，是要看你。"

米莉恩把卡蜜儿的头发打薄，卡蜜儿画着她们俩。

"你会送给我吗？"

"不，什么都可以，但这个不行。这些自画像，即使是这样一张简单的涂鸦，我还是会保留好。"

"为什么？"

"我不知道，我觉得借着不断地画自己，总有一天，我可以认得自己……"

"你照镜子的时候，认不出自己吗？"

"我总觉得自己很丑。"

"那在你的画中呢？"

"有时候不丑。"

"这样比较好看吧？"

"你帮我剪了像弗兰克一样的鬓角……"

"很适合你。"

"你认识珍·西宝[47]吗？"

"不认识。"

"她是谁？"

"是一个女演员。她的发型就像这样，不过，她是金发。"

"哦，那简单，下次我可以帮你染成金色的！"

"她是个超级可爱的女孩……她和我最喜欢的一位作家同居，然后，有一天早上她死在自己的车上……像这样一个漂亮的女孩，她是哪来的勇气自我毁

47 珍·西宝（Jean Seberg, 1938—1979），美国演员，出演高达的《筋疲力尽》后一炮而红。

灭呢？很不公平，不是吗？"

"或许你该帮她画张像，让她能够看见自己。"

"当时我才两岁……"

"这也是，弗兰克也这样告诉过我。"

"说她自杀吗？"

"不是，说你很爱说故事。"

"那是因为我很喜欢人。呃……我该付你多少钱？"

"拜托！"

"那我送你礼物好了。"

她拿了一本书给她。

"《索罗门国王的恐慌》……好看吗？"

"非常不错。你要不要再打一通电话给他，我还是很担心他或许出了意外。"

"哎……你是瞎操心，他只是忘了我罢了，我已经习惯了。"

"那你为什么还要跟他在一起？"

"为了不想孤单一个人……"

他脱下安全帽时，她们已经开了第二瓶酒。

"喂，你们在这搞什么啊？"

"我们在看色情片，"她们俩傻笑说，"我们在你房里找到的，不知该如何选起，是吧？这部叫什么来着？"

"《移开你的舌头，我要放屁》。"

"哦，没错，是这样……真是棒……"

"拜托，你们胡扯些什么？我才没有色情片！"

"哦，是吗？真奇怪，或许是别人放在你的房间里忘了带走？"卡蜜儿嘲笑说。

"或者是你搞错了，"米莉恩接着说，"你想租《天使爱美丽》，却拿了《移开你的舌……》"

"你们真会瞎掰……"当她们大笑时，他瞪着荧幕说，"你们醉了！"

"是呀……"她们低着头说。

"喂？"当他碎碎念地离开客厅时，卡蜜儿叫道。

"又怎么了？"

"你不想让你的未婚妻瞧瞧你今天有多帅啊？"

"不要，别烦我。"

"哦，好啊，"米莉恩求说，"让我看看，我的宝贝！"

"脱衣秀。"卡蜜儿说。

"脱光光。"米莉恩火上浇油。

"脱衣秀！脱衣秀！脱衣秀！"她们齐声叫道。

他摇摇头，无奈地翻白眼，想装出气愤的样子，但是他做不到。他已经累瘫了，只想躺在床上，然后睡整整一个礼拜。

"脱衣秀！脱衣秀！脱衣秀！"

"非常好。你们想要看吧……那关掉电视，准备好钞票，宝贝们……"

他播放《性灵疗法》，然后开始脱下他的摩托车手套。

到了副歌：

> 起来，起来，起来，今晚我们来做爱。
>
> 醒来，醒来，醒来，因为你懂得做。

他一口气拔掉黄衬衫上的最后三颗扣子，接着扭腰摆臀，一边拿着衣服在头上旋绕。

女孩们一边跺脚，一边捧腹大笑。

他只剩下一条长裤，他转过身，让裤子慢慢地滑下，同时一会儿扭向卡蜜儿，一会儿摆向米莉恩，当他的内裤裤头出现，并露出 DIM DIM DIM 的字样时，他对着卡蜜儿眨了一眼。这时，音乐停了，他迅速拉起裤子。

"好了，你们闹够了吧，我要去睡觉了……"

"哦……"

"真烦人……"

"我饿了。"卡蜜儿说。

"我也是。"

"弗兰克，我们饿了……"

"厨房就在那儿，直走左转就是……"

一会儿后，他穿着菲利伯的格子花纹便袍走了出来。

"怎样？你们不吃吗？"

"算了，我们饿死好了……脱衣舞男包得紧紧的，厨师不下厨，我们今晚运气真背啊……"

"好吧，"他叹气说，"你们想吃什么？咸的还是甜的？"

"嗯嗯……真好吃……"

"只不过是面条……"他模仿巴提欧[48]的语气，谦虚地回答。

"你在里面放了什么东西？"

"真的就只是一点小东西……"

"真是美味！"卡蜜儿又说了一遍，"那甜点呢？"

"烤香蕉……小姐们很抱歉，我只能用手边找得到的东西来料理。反正你们吃了就知道，加了朗姆酒，不是超市里的杂牌酒哦！"

"嗯嗯，"她们发出赞叹声，一边舔着盘子，"然后呢？"

"然后就是睡觉，有兴趣的人，走到底，右边就是我的房间。"

她们没起身。只是喝着花草茶，抽着最后一根香烟，而弗兰克低着头坐在沙发上。

"啊，咱们这位大情圣的《性灵疗法》真是帅啊。"卡蜜儿说。

"是啊，你说得没错，真是帅呆了。"

他在半昏睡状态里微笑着，将手指放在嘴前，示意她们安静。

当卡蜜儿走进浴室时，弗兰克和米莉恩已经在里面。他们实在太累了，根本没有力气玩你先我后的游戏，卡蜜儿拿起她的牙刷时，米莉恩则已经放好她的牙刷，跟她道晚安。

弗兰克俯在洗手台上，吐出牙膏，当他挺直腰时，他们的目光正好相遇。

"是她帮你剪的吗？"

---

48 弗兰克模仿电视广告里意大利面代言人的口吻。

"对。"

"很好看。"

他们对着镜子微笑，而这半秒钟的时间过得似乎比正常的半秒钟还要长。

"我可以穿你那件灰色的衣服吗？"米莉恩从他的房里喊道。

他用力刷牙，下巴沾满了牙膏泡沫，又对镜中的女孩说："没有……"

"对不起，你说什么？"她皱着眉头问说。

他把嘴里的牙膏吐出来，"我是说，没有房子睡觉很蠢吧……"

"啊，是啊，"她笑说，"是很蠢，真的……"

她转过头面对他。"听着，弗兰克，我有一件重要的事情要跟你说。昨天我跟你承认说，我这个人从不曾实现立下的决心，但是现在，我希望我们共同下定一个决心，并且一起遵守……"

"你要我们戒酒吗？"

"不是。"

"戒烟？"

"不是。"

"那你到底想要什么？"

"我希望你停止和我玩这种小把戏……"

"什么把戏？"

"你心知肚明，你那个性把戏，还有你那些不好笑的性暗示……我……我不想要失去你，不希望我们闹翻。我希望在这里我们可以相处得愉快，现在……让这个地方成为……你知道的，让我们三个都能过得愉快的地方……一个安静的空间，没有恼人的困扰……我…… 你……我们……我们两个不会有什么结果，你应该很清楚，对不对？反正我要说的是，我们……当然，我们可以上床，没错，但是然后呢？若是我们真的上床，那还真是荒唐，而……我……总之，毁掉这一切真的很可惜……"

他仿佛倒在擂台边，呆了一会儿后才反击说："等等，你到底在怪罪我什么啊？我从没说过要和你上床！就算我想要，也根本不可能！你那么瘦！男人怎么会有抚摸你的欲望呢？你摸摸自己，老太太！摸摸看啊！你可还真会痴心妄想……"

"你看，提防你没有错吧？你瞧，我看得多清楚？我们两个是不可能的。我尽量婉转地跟你谈事情，而你，没能提供建议就算了，你有的尽是咄咄逼人、行径轻浮、坏心眼和恶毒。幸好你不想抚摸我！好家伙！我可不屑你肮脏的爪子和啃得乱七八糟的指甲！把它们留给你的女服务生吧！"

她抓着门把手说："好了，我的沟通失败，我最好还是闭嘴……哦！我真笨，真的很呆。而且，通常我不会这么做，完全不会……当事情不妙时，我转身离去，不啰唆半句……"

他坐在浴缸边上。

"没错，这才是我通常的反应。但是，现在，我像个王八蛋，逼自己跟你说出这些，因为……"

他抬起头来，"因为什么？"

"因为……我告诉过你了，我认为维持这间公寓的和谐很重要。我快二十七岁了，这辈子第一次住在一个令我感到愉快的地方，觉得晚上回家是一种幸福。虽然，这才开始没多久，你瞧，即使刚刚你对我口出秽言，我依旧要待在这里，践踏我的自尊，为了就是不想冒着失去它的风险……呃……你了解我在说什么吗？还是你觉得莫名其妙？"

"……"

"好了，那……我要上船了，哎呀……是上床啦……"

他笑了出来："对不起，卡蜜儿……跟你在一起，我就变得笨手笨脚……"

"是啊。"

"我为什么会这样？"

"好问题……那么我们把武器埋了，和平相处吧？"

"好的。我已经挖好洞了……"

"非常好，好了，为了和平，我们亲个脸吧！"

"不，跟你上床还勉勉强强，但是亲你的脸颊，千万不可，现在要我这样，太困难了……"

"你真是王八……"

他蜷曲着身子，盯着他的脚趾、他的手、他的指甲，看了半晌后才站起来，关了灯，心不在焉地把米莉恩垫在枕头上，避免隔壁的卡蜜儿听见他们发出的声音。

5

她并不后悔把话说出来，即使这次对话让她付出惨痛的代价；即使那天晚上她脱光衣服，更缺乏自信地抚摸自己的身体，为她的膝盖、胯骨、肩膀等最能展现女性魅力的部位是如此瘦骨嶙峋而感到沮丧无力；即使她花了很长一段时间审视自己的缺点才睡觉，但她不后悔。第二天起，从他的一举一动，从他的玩笑话，从他点到为止的关心和没有意识的自私，她了解到他把她的话听进去了。

米莉恩的存在让事情变得更简单，即使他只把她当成炮友。不过，他经常在外面过夜，回来时神情也显得较为放松。

有时卡蜜儿怀念起他们无伤大雅的打情骂俏……她自言自语地说,笨女人,不也挺愉快的……不过她的脆弱并没持续太久，她知道获得平静需要付出极大的代价。而这男人究竟是怎么回事？到底何时他是认真的,何时他是闹着玩的？当她独自坐在尚未完全解冻的咸派前胡思乱想的时候，她看见窗台上有张奇怪的东西……

那是昨天他帮她画的画像。

在这张画着蜗牛壳的画像旁，放了一颗莴苣心。

她又坐好，用叉子叉起冷冷的夏南瓜，傻傻地笑着。

6

他们一起去买台功能齐全的洗衣机，并且平均分摊费用。当销售员反驳弗兰克说："太太说得没错……"弗兰克听了相当开心，而且在整个解说洗衣机的过程中，还亲昵地喊卡蜜儿"亲爱的"。

"这种烘洗两用，"售货员高谈阔论，"二合一洗衣机的优点，就是节省空间。哎呀，我们知道现在年轻夫妇的居住空间是很有限的。"

"我们要不要告诉他，我们三个人其实是住在一百二十平方米的大公寓里？"卡蜜儿拉着弗兰克的手臂低语。

"亲爱的，我求你，"他语气不耐烦地说，"先让我听听这位先生是怎么说的好吧。"

她坚持在菲利伯回来前将洗衣机安装好，"不然会让他情绪紧张"。她花了一整个下午清理厨房旁边、旧时称为"洗涤间"的小房间。

她在洗涤间里面发现一沓沓的床单、绣花抹布、桌巾、围裙和蜂巢纹餐巾、装在精美盒子里的干扁肥皂块，以及各种居家用品像苏打、亚麻油、泥灰石、清理烟斗用的酒精、蜡油、淀粉，另外还有触感柔顺的丝绒拼布，以及各种不同尺寸不同类型的刷子、足以媲美小阳伞的羽毛掸子、用来恢复手套外形的木制钳子，以及用来拍打地毯的柳条编织拍子。

她慎重地将这些宝藏摆放整齐，并且一一记录在大画册里。

她开始全神贯注地把这些东西画下来，等到有一天菲利伯搬走时，她可以送给他这些图画。

她虽然着手打扫，可是要不了多久就会盘腿坐下，淹没在装满信件和照片的纸箱当中。

她花了许多时间浏览那些相片，有穿着军装、蓄胡须的英俊男子，有仿佛从雷诺阿画里走出来的贵妇，也有打扮成小女孩模样的小男孩：五岁的把右手放在摇摆木马上，七岁的摆圈上，十二岁的放在《圣经》上，肩膀微倾，以展示荣获圣恩的美丽臂章……没错，她极其钟爱这个地方，她经常忘记时间，豁然惊觉已经迟到了，才冲去地铁站，然后，超级乔西边指着手表边对她怒骂……啪……

"你要去哪？"

"上班，我迟到太久了。"

"穿多一点，外面很冷。"

"是的，老爹……还有……"她接着说。

"什么？"

"菲利伯明天回来。"

"啊？"

"我请了假。你会在吗？"

"我不确定。"

"好吧。"

"至少围条围巾。"

门早已"咔嗒"一声地关上。

他吼叫着：真搞不懂，挑逗她，行不通；要她多穿一点，又不把我放在眼里。这个女人真是难搞……

新的一年，工作一样繁重。一样沉重的打蜡机，一样堵塞的吸尘器，一样标上号码的水桶（"女孩们，别再制造麻烦了！"），一样好不容易才买来的清洁用品，一样堵塞的洗手台，一样可爱的杜嬷嬷，一样疲累的同事……全都没变。

卡蜜儿的身体状况变好了，不再显得焦虑匆忙。她重新开始画画，追逐阳光，不再过着日夜颠倒的生活。早上是她最有创意的时候，她很清楚自己如果老是半夜两三点才睡觉，而且因为这种吃重又令人沮丧的工作筋疲力尽，隔天早上怎么能够作画呢？

她双手发麻，脑袋发出喀喀的声响：菲利伯快回来了，弗兰克已经可以相处，这栋公寓无价的魅力……她的脑海中闪过一个念头……一种壁画……哦，不是壁画，这个字眼太过巨大，应该是一种追忆或景象。是的，就是一种追忆，一种历史，她居住之地的想象性传记……有这么多的素材、回忆，不仅仅是物品，不仅是照片所带来的，还有气氛，就像有人说的氛围……呢喃，依旧悸动着……书册、图画、雕梁画栋、瓷制的电源开关、剥脱的电线、金属制的热水壶、药草罐、量脚定做的鞋撑和所有泛黄的标签……

一个世界的结束……

菲利伯已经告知他们：总有一天，或许就是明天也说不定，大家都得离开，带着他们的衣服、书籍、CD、回忆、那两个黄色的保鲜盒，舍弃其余的一切，离开。

此后呢？谁知道？最好的情况是，这公寓里面的无价宝物会被瓜分，最糟的情况是沦落到古董二手店、爱心廉价中心……当然，古董地图、大礼帽会找到买主。但是清洁烟斗的酒精、窗帘、那条马尾巴、纪念物（例如一件名叫《纪念维纳斯，一八八七至一九一二，气宇非凡，鼻头有花斑纹之栗色马》的作品），还有放在浴室小桌上蓝色瓶子里仅剩的奎宁，谁管它们的下场？

是大病初愈？或是半梦半醒？还是轻微的疯狂？卡蜜儿不知道何时，也不知为何她有了这个想法，但是，这种想要私自带走这一切的欲念油然而生，或许是那老男爵给她的灵感。

而这里所有的一切，这栋优雅的公寓，这个没落的世界，这座小巧的布尔乔亚传统艺术博物馆，都在等待她的到来，等待她的注视，等待她的柔情，等待她狂喜的画笔，才决定消失。

这个奇怪的想法忽隐忽现，白天时经常被排山倒海而来的嘲笑吓得无影无踪：我可怜的小女孩……你现在要去哪？你是谁呢？告诉我，谁会对这些东西感兴趣呢？

但是到了夜晚……哦！晚上！当她整晚都蹲在水桶前，只为了拧干一丁点附着在尼龙拖把上的水滴；当她蹲下身来，十次、一百次，只为了丢掉塑料杯、废纸；当她走在数公里长的灰暗地道里，墙上乏味的涂鸦艺术，仍不能够盖住原本被乱写的无聊字句：那他呢？当他在你的体内，他有什么感觉？当她把钥匙放在入口的托架上，踮着脚尖穿过偌大的公寓时，她无法不听见这些老旧的东西哀求着："卡蜜儿……卡蜜儿……"地板发出嘎吱的声响；"记住我们……该死的，为什么是保鲜盒而不是我们呢？"老将军病榻上的相片愤愤不平地说；"真的耶！"残缺的铜纽扣和罗缎也齐声高叫，"为什么？"

她坐在黑暗里，缓慢卷着烟草，试着安抚它们。首先，我才不在乎什么保鲜盒；其次，我在这里，你们中午以前叫醒我，这群狡猾的王八蛋……

她想起王子的故事，舞会结束后，独自走回家……王子才刚无力地看着自己的王国沦亡，看见一只血淋淋的牛骨架，和遍布在河堤上的牛皮，王子乞求上天别耽搁……

五楼办公室的那个家伙，留下一盒叫作"亲爱的"的巧克力，想引起她的注意。疯子，卡蜜儿冷笑道，并把它送给她最喜欢的上司，然后画了一个卡通人物代她道谢："谢谢，不过……你不会刚好有包了酒的巧克力吧？"

我真是可笑，她一边叹息一边搁下她的画。我还真是可笑……就在这种虚幻、嘲讽的精神状态下，她推开电梯后面的门，那里放置着清洁用品和所有的狗屎杂物。她觉得自己仿佛一脚踩在高级豹皮上，另一脚却踏在污秽泥沼中。

她是最后离开办公大楼的人。她在昏暗中换衣服，当她发觉并非只有她一人时……她的心停止跳动，感觉到大腿之间流出暖和的液体：她吓得失禁了。

有……有人吗？她一边说，一边摸着墙壁寻找电源开关。

他在那里，瘫坐在地上，眼神狂乱，双眼凹陷，或许是毒品的关系，或者因为虚弱，这种脸孔她很了解。他静止不动，暂停呼吸，用双手捂着他身边那只狗的嘴。

他们保持这种状态，沉默地注视对方，过了几秒钟，他们了解到对方不会伤害自己，于是他挪开右手，把手指放在嘴前示意，卡蜜儿关灯，再次陷入黑暗中。

她的心脏又开始扑通扑通地乱跳。她抓起她的外套，倒退着走出去。

"密码呢？"他呻吟着。

"对……对不起，你说什么？"

"大楼的密码？"

她忘了，口齿不清地告诉他密码，扶着墙壁寻找出口，然后，气喘吁吁、满身大汗地来到大马路上。

值夜班的警卫问她："今晚很冷吧？"

"……"

"还好吗？你好像撞见鬼了。"

"我很累。"

她冻僵了，把外套绑在下半身湿透的运动裤上，不自觉地走错了方向。当她发觉自己走错路时，便沿着马路上的白线走，好拦下出租车。

这是一辆旅行车型的出租车，车内温度计显示车里及车外的温度：二十一摄氏度，零下三摄氏度。她张开大腿，把前额靠在玻璃窗上，观察蜷缩在地上通风口和躲在大门角落的人们。

那些顽固的流浪汉，拒绝政府机构提供的防寒棉被，他们愿意被车灯照到而变得醒目，他们宁愿睡在马路上，也不愿享有舒适。

她皱着脸。

可怕的回忆再次浮现……

那个神情恍惚的鬼魂是怎么回事？他看起来那么年轻……还有他的狗，太扎了，带着那只狗，他根本哪都不能去。她应该告诉他，要他注意警卫的大狗玛蒂斯，也应该问他饿不饿……不，他要的是毒品。那他的狗呢？它最后一次吃东西是什么时候？她叹口气。真是的……有那么多人梦想着在通风口争取到一席之地，而她竟只担心狗是否挨饿。好了，睡觉吧，老太婆，你真令我羞愧，你关了灯不想看见他，然后躲在大车里手脚发抖，咬着蕾丝边手帕，这有什么意义？

别吵了，安静点吧。

公寓是空的，她需要酒，哪种酒都好，她一直喝到倒头入睡，半夜里又爬起来呕吐。

7

卡蜜儿探出头，双手插在口袋里，在火车时刻表的广告牌下跳来跳去，一个熟悉的声音告诉她正在寻找的信息："南特出发的列车，晚间八点三十五分抵达第九月台，误点十五分钟左右……"

"啊！是你啊？"

"没错，"弗兰克说，"我是来当电灯泡的。你瞧，你把自己打扮得真漂亮，这是什么啊？你涂口红了吗？还是我搞错了？"

她的微笑掩藏在她围巾的织洞底下。

"你真笨……"

"不是，我是嫉妒，你从没为我涂过口红。"

"这不是口红，是润唇膏。"

"骗人，给我看。"

"不要。你还在放假吗？"

"明天晚上开始上班。"

"啊？你外婆还好吗？"

"还好。"

"你把我的礼物给她了吗？"

"给她了。"

"她怎样说？"

"她说你一定是疯狂爱着我，才能把我画得那么好。"

"得了吧！"

"我们去喝点东西吧？"

"不了，我一整天都关在家里，我要坐在这儿看人。"

"我和你一起看好吗？"

他们蜷缩在书报摊和打票机中间的长条椅上，观察着匆忙的人群。

"快！跑啊！跑啊！哦……太慢了。"

"一欧元？没有，一根烟，要不要？"

"你可不可以跟我解释，为什么总是长得最丑的女孩穿低腰裤呢？我真搞不懂……"

"一欧元？嘿，你刚刚已经拿过了，老家伙！"

"你看那个老婆婆的发型，你有带素描本吗？没有？真可惜。还有他，你瞧，看他太太，他看起来多么的开心。"

"很暧昧，"卡蜜儿认为，"她应该是他的情妇。"

"你为什么这样说？"

"这个男人提着随身行李来到巴黎，冲向身穿毛皮大衣的女人，然后亲吻她的脖子……呃，相信我，他们的关系非常暧昧。"

"呸。她搞不好是他太太。"

"才不是！他太太还在别的地方，现在正在哄小孩上床！瞧，那才是一对夫妇。"她冷笑地指着在火车前破口大骂的两个大汉。

他摇着头："你无聊……"

"你太感情用事。"

接着，两个老人恰巧从他们面前经过，他们驼着背，温柔谨慎，手挽着手走着。弗兰克用手肘碰了她一下："看啊！"

"我投降……"

"我超喜欢火车站。"

"我也是。"卡蜜儿回答说。

"要认识一个地方，你不需要笨笨地待在游览车里，只要去车站、市场走一圈，就了解了。"

"我完全同意。那你曾经去过哪里？"

"哪都没有。"

"从没离开过法国吗？"

"我在瑞典待过两个月，在大使馆当厨师，但那里的冬天什么都看不见，连喝一杯都不行，那里没有酒吧，什么都没有。"

"那车站呢？市集呢？"

"我没有见过白天。"

"过得好吗？你为什么要离开呢？"

"没什么……"

"告诉我。"

"不要。"

"为什么？"

"因为……"

"哦，哦……该不会和女孩子有关吧？"

"不。"

"骗人，我看到了……你的鼻子变长了……"

"好了，我们走吧。"他指着月台说。

"你先告诉我。"

"没有什么，只不过是一些蠢事罢了。"

"你和大使老婆上床？"

"不是。"

"那是和他女儿？"

"是啦！就是这样！你开心了吧？"

"非常开心。"她故意撒娇地承认，"她可爱吗？"

"丑八怪一个。"

"不……会吧？"

"真的。不论是吸毒过量的毒虫还是喝得烂醉的酒鬼，都不愿意上她。"

"你为什么要上她呢？同情？还是生理冲动呢？"

203

"是为了报复。"

"说说看。"

"不要。除非你承认你搞错了，刚刚那个金发的女人是他的老婆……"

"我搞错了：那个穿着貂皮大衣的女人是他太太。他们结婚十六年了，有四个小孩，他们很恩爱，现在，在停车场的电梯里，她正扑向他的裤裆，一边看着手表，因为她出门时，已经把白酱炖小羊肉放在炉火上加热，她想趁大蒜还没烧焦之前给他爽一下。"

"呸……白酱炖小羊肉不会放大蒜！"

"是吗？"

"你把它和蔬菜牛肉汤搞混了。"

"所以你的瑞典女人呢？"

"她不是瑞典人，她是法国人。事实上是她的妹妹来勾引我……一个被宠坏的大小姐……辣妹长舌妇，就像火炭一样地发骚……她也是，我想她大概也很无聊，为了打发时间，她把她的小屁股放在我们的炉子上，她挑逗所有的人，把手指放进我们的锅子里，舔着她的指头，盯着我的下面。你知道我的，我这人不会拐弯抹角，所以，有一天我在二楼逮住她，她居然开始尖叫，这个骚货，说她会跟她爸爸告状……哦，天啊，我不是拐弯抹角的男人，但是我不喜欢卖弄风骚的女人，我……所以我上了她的姐姐，给她教训……"

"你好恶心！"

"人生就是这么恶心，你很清楚。"

"后来呢？"

"后来我就离开了。"

"为什么？"

"……"

"外交事件吗？"

"也可以这么说……好了，现在得走了。"

"我也是，我喜欢听你跟我说故事。"

"你是说这种故事？"

"这种故事你很多吗？"

"没有。一般而言，我喜欢追求漂亮可爱的小姐。"

"我们应该到那边去，"她说，"如果他走那边的楼梯，然后上了出租车，我们就接不到他了。"

"别担心，我认识我的菲利伯，他只会往前直走，直到碰到柱子，向柱子道歉后，才会再抬起头来寻找出口。"

"你确定？"

"是的。嘿，好了吧，你恋爱了吗？"

"没有，不过你知道这种感觉吗，当你带着行李走出车厢，有点消沉，有点失落，没有期望任何人会来。然而，啪，有个人，伫立在月台的尽头，等候你。你没有幻想过这样的情景吗？"

"我不做白日梦的，我……"

"我不做白日梦的，我，"她开玩笑地模仿他的语气，"我先跟你说，小姑娘，我不做白日梦，不喜欢卖弄风骚的女人……"

他被打败了。

"瞧，你看，"他接着说，"我想是他，就在那边……"

他在月台的尽头，弗兰克说得没错：他是唯一没穿牛仔裤、球鞋，没有背包，没有推着滚轮行李箱的人。他把身体挺得像字母一样直，缓慢前进，一手拿着一个皮制大手提箱，另一手抓着一本打开的书。

卡蜜儿笑说："没有，我没有爱上他，但是你看，他是我梦里希望拥有的大哥。"

"你是独生女？"

"我……我不知道……"她喃喃说着，然后迅速奔向她喜欢的那名近视书呆子面前。

当然，他很窘；当然，他说话结巴；当然，他吓得行李都从手上掉下来了，砸到卡蜜儿的脚。当然，在他尴尬道歉的同时还弄掉了自己的眼镜。这一切都很自然。

"哦，卡蜜儿，您太夸张了啦……您就像只小狗，不，不，不……"

"才怪，我们才拉不动她。"弗兰克低声抱怨。

"拿着，拿他的行李，"她命令弗兰克，同时双手搭在菲利伯的脖子上，"你知道，我们要给你一个惊喜。"

"惊喜，我的天啊，不要……我……我不怎么喜欢惊喜，不需……需要这样。"

"嘿，小情侣！走慢点行不行呢？你们的同伴很累……妈的，你在里面放了什么东西啊？是盔甲吗？"

"哦，只是几本书……"

"妈的，菲利伯，你已经有几千本书了，妈的……你难道不能把这些书留在城堡里吗？"

"咱们的朋友，还真是充满活力，"菲利伯在卡蜜儿的耳边轻声说，"您还好吧？"

"谁？我们两个吗？"[49]

"谁？就是您自己！"

"呃……就是，您呀……"

"对不起，我听不懂你在说什么。"

"就是……你啦？"

"我啊？"她笑着说，"非常好。我很开心你回来了。"

"我也是。一切都还好吧？公寓里没有闹僵吗？没有怒目相向？没有针锋相对？没有战火连天吗？"

"一点问题也没有，他现在有个女朋友。"

"啊，很好。那聚会怎样呢？"

"什么聚会？今晚才是聚会！我们到外面一起吃晚餐，还有，我请客！"

"去哪儿？"弗兰克问道。

"库波乐餐厅！"

"哦，不要，那才不是餐厅，那是餐饮工厂吧……"弗兰克抱怨着。

卡蜜儿皱着眉头说："反正就在库波乐。我很喜欢那里，我们去那里不是为了吃东西，是为了那里的装潢、气氛，还有为了可以聚在一起。"

"'我们去那里不是为了吃东西'这是什么意思？这太扯了吧。"

---

49 法语里"您"和"你们"是一样的说法，卡蜜儿没有立刻听清楚，以为菲利伯问的是"你们两个人"。

"反正，如果你不要陪我们一起去就算了，不过我要邀请菲利伯。你们俩就包涵我这新年来的第一次任性吧！"

"我们订不到位子的……"

"不会的！不然，我们可以先在酒吧等……"

"那这位先生的图书馆怎么办呢？是要我扛到那里吗？"

"我们把它放在行李寄放处，吃完之后再回来拿……"

"妈的，菲利伯！说说话啊！"

"弗兰克？"

"是的。"

"我有六个妹妹。"

"那又怎样？"

"所以，告诉你，最简单的方法是放弃。女人想要的，就是上帝想要的。"

"是谁说的？"

"有名的民俗智者格言。"

"又来了！又开始了！你们两人老是引经据典，真烦人。"

她勾住弗兰克的另一只手，让他安静下来。蒙帕那斯大道上的路人纷纷闪开，让路给这三个并行的人。

他们的背影非常可爱……

左边，高大的瘦子穿着俄罗斯大撤退时俄国军人风格的毛皮大衣 [50]，右边较矮的结实男孩穿着绣有 Lucky Strike 的夹克。中间年轻的女孩，叽叽喳喳，嘻嘻哈哈，蹦蹦跳跳，幻想着被他们从地面抬起，听他们喊着："一！二！三！嘿呼……"

她花了全身的力气紧紧勾住他们。她整个人生就在这个时候达到了最佳的平衡状态，就在此刻，不是之前，不是之后，而是此时此地，就是现在，就在这两只宽厚的手肘之间……

高大的瘦子微微低着头，而那结实的男孩将手腕插进他已经磨损残破的口

---

50 这里指的是一八一二年拿破仑征俄之战失利后撤退。当时天气极冷，据说气温达零下三十五摄氏度。作者用这个历史背景来形容大衣极其厚重，足以抵御冰天雪地。

袋里。他们两个，想着相同的念头：我们三个，此刻，此时，饥肠辘辘；此刻，我们三个，渴望能相伴在一起，其余的、其他的，就随他去吧……

在刚开始的十分钟里，弗兰克态度恶劣，什么都要批评：菜单、价钱、服务、噪声、观光客、巴黎人、美国人、抽烟的人、没抽烟的人、挂的画、龙虾、邻座的女客人、他的刀具，还有那丑陋肮脏的雕像，势必会妨碍他的食欲。

卡蜜儿和菲利伯哈哈大笑，相当开心。

一杯香槟酒、两杯白酒、六个生蚝下肚之后，弗兰克终于闭嘴了。

菲利伯不常喝酒，所以他喝完酒便痴痴傻笑。他放下酒杯，一面擦拭嘴角，一面模仿他们家乡的村庄神父夸张的狂热传教的模样，在礼拜开始和结束时苦思的模样："'阿门，啊！'啊，我真高兴，好开心能和你们在一起……"两人一再追问之后，菲利伯才向他们描述自己的童年、成长的环境、家人、淹水等情形。他描述小时候家人在保守的表兄弟家过圣诞节的情形，顺便解说了许多令人匪夷所思的习俗。他有着冷面笑匠的幽默功力，使他们听得津津有味。尤其是弗兰克，瞪大了双眼，每隔几秒钟便重复一次："不会吧？""不！"

"不……"

"你是说他们已经订婚两年了，但是他们从没有……不会吧……我简直不相信……"

"你应该去演戏，"卡蜜儿鼓励他说，"我保证你会成为最佳演员。你满腹经纶，懂得那么多词汇，而且描述得那么风趣。你充满理性，以旁观者的眼光，抽离故事本身来描绘故事。你应该可以说些迷人的法国古老贵族这类的故事吧……"

"你……你真的这样认为吗？"

"我确定！喂，菲利伯？你不是告诉过我，你们博物馆有一个女孩要带你一起去上她的表演戏剧课吗？"

"是……是没错……但是，但我老是结……结巴……"

"没有，你讲故事的时候，话说得很正常……"

"你……你是说真的？"

"没错，加油。来吧！这是你的新年新希望！"弗兰克举杯祝福他，"登台演出顺利，殿下，我的主人！别抱怨啊，因为你的这个愿望可不难达成……"

卡蜜儿剥开螃蟹，弄碎蟹螯和蟹壳，为他们做成美味的蟹肉夹心面包。从小她就喜欢吃海鲜拼盘，因为要忙着处理的东西总是比要吃的东西多。因为她与其他同伴一面交谈时，彼此之间还耸立着一小座冰山似的小山，她可以借此隐瞒自己的食量，不会引起其他人的注意，也不会被其他人打扰。今天晚上也是一样。当她叫服务生开第二瓶酒的时候，她只吃了一点点东西。她洗干净手指头后，抓了一块涂了蟹肉和奶油的黑麦面包片，闭着眼睛靠在座椅上。

咔嚓，咔嚓。

所有的人静止不动。

暂停的一刻。

幸福的时刻。

弗兰克给菲利伯解说摩托车的空气滤清器，菲利伯耐心听着，再一次证明了菲利伯完美的教养和善良的心灵。"的确，八十九欧元并不便宜！"菲利伯认真地说，"那……你的那个朋友怎么说呢……就是那个胖……"

"胖弟弟吗？"

"是的！"

"哦，你要知道他啊，根本就不在乎，像那种气缸盖衬垫，他想要多少都有。"

"显然没错，"他回答说，真心感到抱歉，"对不起，是哦，胖弟弟就是胖弟弟……"

他的语气并非嘲笑，也毫无讽刺的意味。那个胖弟弟就是胖弟弟，就这样。

卡蜜儿问，谁愿意和她一起分着吃火烧酒可丽饼。菲利伯想要吃冰淇淋，弗兰克则谨慎地问："等等……你是哪一种类型的女人？是那种说要分着吃，一眨眼就自己狼吞虎咽，吃得一干二净的女人？还是那种说要一起吃，却斤斤计较、每一口都拖拖拉拉的女人？或是那真正说到做到的女人呢？"

"叫来吃就知道了。"

"啊嗯嗯，真好吃……"

"才不，这个可丽饼是重新加热过的，皮太厚，奶油放太多……哪天我再做给你吃，你就知道差别在哪。"

"那你什么时候要做？"

"等你变乖一点的时候。"

菲利伯感觉到风向变了，但是他搞不清楚究竟朝哪个方向转变。

而搞不清的人，还不止他一个。

正因如此，情况才变得有趣起来……

既然卡蜜儿坚持，既然是女人的坚持，他们于是开始谈钱：谁付什么钱，何时付，如何付。谁去买菜？送给门房太太什么新年礼物？在信箱上要写谁的名字？要不要装电话？是否继续拖欠电话费？那家事呢？每个人打扫自己的房间，好吗？但为什么总是她或菲利伯在整理厨房和浴室？说到浴室，必须要放个垃圾桶，我来负责……弗兰克，你，记得把你的啤酒罐分类回收，偶尔有空打开房间的窗户通风，不然会长虫，大家都会染上怪病……厕所也是一样，上完厕所后别忘了放下马桶座垫，没有卫生纸时说一声。还有我们应该可以买一台吸尘器……那把第一次世界大战留下的古董扫帚，已经不能用了……呃……还有什么呢？

"我说菲利伯，你现在能了解，当初我跟你说别让女人住进你家里的原因了吧？你知道我的意思吗？我就跟你说过吧？你看吧，天下要大乱了，这些杂七杂八的事。不过还没完呢，这只是刚开始……"

菲利伯·马奎特·德·拉·杜贝利埃微笑着，不，他认为天下没有大乱。他才刚刚在他父亲愤怒的眼神下，屈辱地度过十五个日子，他父亲愤怒的眼神之下再也藏不住他对菲利伯的不满。对父亲而言，他这个长子竟然对于租地、林地、女孩、金钱等都没兴趣，对社会地位的兴趣更是一般般。他只是个没出息的家伙，没用的人，一个替政府卖明信片的大傻瓜。

当菲利伯的小妹妹要他递盐巴给她时，菲利伯竟然吞吞吐吐、结结巴巴说不出话来。这家族里唯一的独子继承人，竟然不敢摆出一点威严给森林看守人瞧瞧，甚至无法好好跟警察说话。不，他父亲认为自己不该承受这些，每天早上当他惊讶地看见儿子趴在妹妹布兰奇的房间地上陪她玩瓷娃娃时，父亲咬牙切齿道，他怎么会养出这种儿子……

"儿子，你难道没有其他事可做吗？"

"没有，爸爸，但是我……我……如果你需……需要我的话就告诉我。"

他话还没说完，门已经啪啦关上。

"你，你就假装负责煮菜，我假装去买东西，然后你就假装做松饼，此后我们带宝宝去公园散步……"

"好的，宝贝，就按照你说的，随便怎样都行……"

布兰奇或卡蜜儿，对他来说是一样的，都是偶尔会亲亲他、他很喜爱的小女孩。因此，他已经准备好继续忍受他爸爸的鄙夷，就算要他买五十个吸尘器都愿意。

完全没问题。

他喜欢手写稿、宣誓、文件、证件和契约等类似的东西，他把咖啡杯移到隔壁桌上，再从文件夹里拿出一张纸，慎重地写下："埃米尔·德沙内尔大道，房屋租赁契约书……"

弗兰克打断说："谁是埃米尔·德沙内尔？"

"是共和国的总统啊！"

"不是，当上总统的是叫保罗·德沙内尔。埃米尔·德沙内尔是文学家，索邦大学的教授，因为出了一本《天主教教义和社会主义》而被革职，书名应该是这样或是反过来，我已经忘记了。此外，我奶奶很不高兴，因为她的名片上得印上以这个恶棍命名的这条街。好了，呃，我写到哪了？"

他把讨论的结果一条条记录下来，包括卫生纸、垃圾袋，然后传阅，让每个人加入新的内容，让每个人都可以加入自己的意见。

"这样好，非常的民主化……"他叹息说。

弗兰克和卡蜜儿不情愿地放下酒杯，写下许多无关紧要的蠢事。

菲利伯拿出他的封蜡条，在纸张下方盖上他的骑士章——另外两人看得目瞪口呆——然后将纸张折三折，漫不经心地放入外套的口袋里。

"呃……你老是随身带着你那些路易十六的家当吗？"最后，弗兰克忍不住了，摇头问道。

"当然，我随身携带我的封蜡、印章、嗅盐清醒剂、黄金币盾形纹章、徽章、毒药……亲爱的朋友，这是当然的……"

弗兰克认出一个以前认识的服务生，到厨房里晃了一圈。

"我还是坚持这家店是餐饮工厂，不过是家漂亮的工厂……"

卡蜜儿拿了账单，是的，是的，我坚持，你们得负责用吸尘器打扫。他们大步走回车站去拿行李，行经的路上随处可见乞丐。此后弗兰克跨上他的摩托车，另外两人则叫了辆计程车回家。

8

翌日和第三天以及第四天，她注意着那个流浪汉的动静，但都没看到他。后天、大后天，以及此后的日子也没有发现任何踪迹。她养成与夜间警卫闲话家常的习惯（"玛蒂斯右边的睾丸下不来……"她心想，那笨狗玛蒂斯的蛋蛋没有下来，真是糟糕），但她并没有探听出更多消息。不过，她知道他就在附近。她在清洁用品的瓶瓶罐罐后面放了一个网袋，里面装满了饭菜、面包、奶酪起司、色拉、香蕉和狗罐头，这个食物袋子固定会消失不见，却没看到留下一根狗毛或一丁点残屑，也没有任何异味。就一个毒虫来说，她觉得他异常地有规律，如此地有原则，她甚至怀疑她的爱心跑到别人的肚子里去了。到底是谁在吸毒……或许是那个王八蛋警卫借花献佛，是他把食物拿去喂他那只只有一颗蛋蛋的狗了。

她考察后发现，玛蒂斯只吃富含维他命的狗饼干，外加一汤匙的蓖麻油，好让狗毛柔顺有光泽。罐头装的肉酱对它来说，可说是连狗屎都不如。为什么给狗吃连我们自己都不想吃的东西呢？

"是啊，为什么？"

"那狗饼干，也是一样啊！你并不吃啊……"

"当然，我当然吃啊！"

"是哦……"

"我发誓！"

最糟的是，她竟然信以为真。她想着，一只独睾犬和一个没大脑的人，三更半夜坐在他们闷热的狗窝里，一边吃鸡肉口味的狗饼干一边看色情片。这很有可能。

日复一日过去了，依旧一成不变。有几次他没有过来，面包变硬，香烟也还在；有几次他有来，但只带走狗食，其他什么都没拿。只拿走狗食，可能他注射的毒品剂量太多，或者太少了，所以他没胃口。后来卡蜜儿准备食物之后就没再去检查了，她不再为这件事伤脑筋，只是迅速用眼角瞄一下角落，就知道她是否需要撤走食物袋里的食物。

她还有其他烦恼……

在公寓里，没有麻烦，一切运行良好，不管是条约、米莉恩还是焦虑症，每个人都找到了不会打扰他人的生活方式。每天早上相互道早安问好，晚上回到家时亲切地问候：烟草、葡萄酒、古书、玛丽皇后或是海尼根都好，大家各有所好，不过马文·盖伊则是公有共享的。

白天她忙着作画，菲利伯在时会念书给她听，跟她聊着家族相簿的照片："这个是我曾祖父……旁边这个年轻的男生是他弟弟，是艾里叔曾祖父，站在前面的那只是他们的狸犬……他们会举办赛狗。这位是神父，那一张，他坐在终点线当裁判，宣布谁是冠军。"

"我觉得，他们很懂得过生活嘛……"

"他们这样玩是对的。两年后他们去阿登高地前线参战，六个月后双双战死沙场。"

而她的烦恼则是因为工作不顺。首先，有一晚，五楼的那个男人跟她搭讪攀谈，质问她把他的羽毛掸子放到哪里去了。啊呀呀哇，哇，他为自己说的笑话感到得意扬扬，然后在大楼里到处跟着她，重复叫道："我就知道是你！我就知道是你！"闪开！你这个猪头，你挡住我的路了！

"被我同事拿走了。"她终于忍不住，指着正在看小腿的静脉曲张、数着痘痘的超级乔西。这下才甩掉他。

游戏结束。

其次，她再也无法忍受这个乔西·佩达。

她真是愚蠢至极，有了一点权力便不知节制地滥用（什么杜克灵的工头主任，这里可不是五角大楼呀），汗流浃背，口沫横飞，老是拿着圆珠笔盖剔着卡在后牙缝中的肉屑，私底下把卡蜜儿视为同胞，悄悄说一些种族歧视的笑话，因为这个工作团队里除了她自己之外，卡蜜儿是唯一的白人。

卡蜜儿经常要紧抓着拖把，才能压抑一气之下把拖把甩到她脸上的冲动。有一天她请乔西不要再跟她说这些无聊的鸟事，因为大家对她的鸟话都很不爽，她对这些也感到疲惫了。

"喂，你这个人，你在怪罪我吗？首先，你来这里做什么？你干吗和我们

213

一起鬼混？你是要来监视我们吗？这件事我以前就在怀疑……你是老板派来监督我们的，我看过你的薪水条，你住的地方，还有你说话的调调，以及这一切的一切……你跟我们不一样。你散发着中产阶级的臭味，铜臭味。走狗，滚！"

其他的女清洁工没有反应。卡蜜儿推着推车准备离开。

离开之前她回过头说："她跟我说的这些，我根本不在乎，因为我瞧不起她。但是，你们，你们真的很贱种。我是为了你们才开骂，为了让她停止羞辱你们。我并不指望我你们感谢我，反正我也不在乎这些，但是至少你们可以和我一起去洗厕所吧……难道我真是有钱的中产阶级？都是我在洗厕所，被撞得鼻青脸肿，你们有没有注意到？"

杜嬷嬷发出响亮的怪声音，接着在乔西的脚边吐了一大口极其恶心的痰。接着她抓起水桶，摇摇晃晃提着，丢在乔西面前，拍了拍卡蜜儿的屁股说："一个屁股这么小的女孩，怎会有这么大的嗓门啊？你总是让我惊讶……"

其他人则喃喃低声抱怨，然后缓缓散开。对萨米亚而言，她根本不在乎。卡琳则挣扎了半天，内心煎熬……她蛮喜欢卡蜜儿的。卡琳真名叫作哈雪达，不过并不喜欢这个名字（因为这个名字透露出她是阿拉伯后裔），她是个标准的极右派保守党马屁精。这个小女孩，以后前途不可限量……

从这一天起，工作的情况改变了。工作依旧是如此愚蠢，但气氛变得令人作呕，这一切都令人难以忍受，也深深困扰着卡蜜儿。

卡蜜儿虽然搞砸了与工作伙伴的关系，不过赢得一位知心好友杜嬷嬷，两人成为工作搭档。当杜嬷嬷替她拿拖把时，卡蜜儿则努力干活，把杜嬷嬷的工作也做了。杜嬷嬷并不是故意混水摸鱼，但是坦白说，杜嬷嬷实在太胖了，行动迟缓，影响了工作效率。她要十五分钟才能完成的工作，卡蜜儿只要两分钟就可以搞定。而且她还一下子就腰疼背痛，这不是假装，她全身的骨头已经承受不了那么肥胖又庞大的大腿、臀部和巨大的胸部，还有宽厚肥大的内脏。她的骨头会起而反抗，这也很正常。

"杜嬷嬷，你要减肥……"

"是啊……那你呢？你什么时候要来我家吃我做的鸡呢？"每次杜嬷嬷都这么反驳说。

卡蜜儿跟她做了一个约定：我来工作，但是你得要跟我聊天说话。

杜嬷嬷万万没料想到，这个约定竟将她拉回到如此遥远的过去：她在塞内加尔的童年时期、海洋、尘土、小山羊、鸟儿、贫困、她的九个兄弟姊妹、白人老神父挖出自己眼窝中的假玻璃眼球来逗他们笑，还有她和她哥哥李奥波德来到法国的时间、遭遇的事情、失败的婚姻（不过还算过得去的老公）、她的孩子们等。当她忙着大小家事的时候，却一整个下午都泡在廉价服饰店闲逛的嫂嫂，还有那个随地乱大便的邻居（现在是拉在楼梯间）。杜嬷嬷还想起狂欢节庆、名叫洁曼的堂妹去年上吊自尽（留下一对可爱的双胞胎）、在公用电话亭度过的星期天下午、荷兰的缠腰带、料理食谱以及其他各种千奇百怪的事，卡蜜儿百听不厌，从来不愿错过。卡蜜儿不再读《国际邮报》或是《巴黎人》的非洲移民专刊了，她只需要用力擦洗，伸长耳朵，仔细聆听。乔西很少过来，不过当她经过时，杜嬷嬷就会弯下身来，用拖把抹一抹地板，直到她的那股味道远离了，才再度抬起头来。

　　心事一个个地掏出来，卡蜜儿愈来愈敢问她隐私的问题。杜嬷嬷用漫不经心的语气说些恐怖的事，令卡蜜儿感到惊讶的事。

　　"哦，你是怎么处理的？你怎么挺得住？你怎样做得来？这种生活作息简直就是地狱……"

　　"你，你……别净说些你不懂的事。在地狱里，可比我这样凄惨多了吧，活在地狱里，再也见不到你喜欢的人，所以我这样根本不算什么……你要我去拿干净的抹布吗？"

　　"你一定能找到离家近的工作……晚上别让你的小孩单独待在家里，我们根本不知道会发生什么事。"

　　"有我嫂嫂在。"

　　"但是你说过你根本不能靠她……"

　　"有时候可以啦。"

　　"杜克灵是家大公司，我确定你一定可以找到离你家比较近的大楼办公室。你要我帮你问吗？还是我写信给人事主管？"卡蜜儿一边站起来说。

　　"不，什么都别做啊。乔西虽然是狗改不了吃屎，但有些事情她还是睁一只眼闭一只眼。你要知道，像我这种多话又肥胖的长舌妇，有工作做就算很幸运了。你还记得一开始替我们做健康检查的医生吗？那个笨蛋，就是那小医生，他想找我的麻烦，说我的心脏淹没在脂肪里，还有其他那些我也搞不清楚的毛病。但是，最后，呃，是乔西帮我摆平问题，所以，我说，什么都不要做。”

“等等，我们说的是同一个人吗？那个老是把你当成狗屁的混蛋吗？”

“没错，是同一个人！”杜嬷嬷笑着说，“幸好，我只认识一个像这样的人！”

“但是你吐过她口水！”

“你什么时候看到的？”她生气地问，“我才没对她吐口水！喂，这我可是不允许的……”

卡蜜儿静静地清空碎纸机。人生还真是多彩多姿……

“不管怎样，你真好。你是个好人。哪天晚上你一定要来我家，让我哥哥帮你作法，让你找到一个好归宿，让你拥有美丽的人生，找到一个可以依靠的爱情，生许多的小孩。”

“呸噗……”

“‘呸噗’什么？你不想要有小孩吗？”

“不要。”

“卡蜜儿，别这样说，这样会招来厄运的。”

“厄运早就来了。”

杜嬷嬷气愤地盯着她说：“你应该感到惭愧才是！你有工作，有住的地方，有一双手、两只脚，有国籍，有爱人……”

“你说什么？”

“啊！哈！”她大笑说，“你以为我没看见你和下面那个警卫？你老在他面前赞美他的狗，你以为我的眼睛也跟心脏一样，被脂肪淹没了吗？”

卡蜜儿脸红起来。

为了让她开心。

那警卫今晚神情显得特别激动，那一身伸张正义的连身服，穿起来也比平常更为紧绷。

他的狗也似乎激起了斗志，把自己当成是警犬……

“到底发生了什么事？”杜嬷嬷问，“为什么你的小狗吠成这个样子啊？”

“我不知道，但有些事情不太对劲……女孩们，不要待在这里。千万别留在这儿……”

啊！他还真是威风……只缺少一副雷朋太阳眼镜和一把冲锋枪……"我说不要待在这里！"

"嘿！冷静点，"杜嬷嬷回应，"别把你自己搞得这么激动……"

"胖子，不用你来教我！我也不会教你怎样拿好扫把、拖把！"

哼……本性难移……

卡蜜儿假装和杜嬷嬷一起去搭地铁，然后再从另一个出口走出地铁站，在附近绕了两圈，终于在一家鞋店的角落找到他们。他坐在地上，背靠着橱窗，他的狗则睡在他的腿上。

"还好吗？"她若无其事，态度从容地问。

他抬起头来，半晌后才认出她来。"是你吗？"

"是。"

"那些食物也是你的？"

"是的。"

"谢谢……"

"……"

"那个家伙有武器吗？"

"我不知道……"

"好吧，那……再见吧……"

"如果你愿意，我可以告诉你一个睡觉的地方……"

"空屋吗？"

"类似的。"

"有谁住在里面呢？"

"没有人。"

"很远吗？"

"在埃菲尔铁塔附近。"

"不用了。"

"随便你。"

她没走几步路，便听见警笛声，那个情绪激动的夜间警卫面前聚集了许多警察。流浪汉在大马路旁追上她："你要我拿什么交换呢？"

"什么都不用。"

此时最后一班地铁也过了，于是他们走路到夜间公交车站。

"你先上去，狗先交给我。你这个样子，司机不会让你和狗上车的。它叫什么名字？"

"巴贝……"

"我刚捡到它……"

"啊，是啊，像帕丁顿熊。"

她抱着狗，对司机投以灿烂的笑容，不过，司机根本不在乎他们。

他们在车子最后面的座位上碰头。卡蜜儿问："这是什么品种的狗？"

"我们一定得说话吗？"

"不用。"

"我把门上锁，不过这只是象征性的。钥匙拿好，不要弄丢了，我只有这一把。"

她推开门，接着冷静地说："纸箱里还有些粮食，有米、番茄酱、饼干等。那里有棉被，这里是电暖器，不要调得太强，不然会跳电……厕所在走廊尽头的楼梯口，基本上是你一个人使用，我说基本上，那是因为我听过对面曾发出声音，不过我从没见到任何人……呃…… 还有什么呢？啊，对了！我之前曾经和吸毒者一起生活过，所以我知道后果会怎样。我知道有一天，也或许是明天，你就会失踪，把这里的一切都偷走，我知道你为了买毒品，会把这些东西全部廉价出售：电暖器、电炉、床垫、糖包、毛巾碗盘……所有的东西，没错，我很清楚。我唯一要求你的就是保持低调。这里也不是我的家……如果你明天还在这里，我会去见门房，让你省去一些不必要的麻烦。就这样了。"

"这是谁画的？"他指着一幅栩栩如生的风景画：画中有一扇宽敞的窗户，面向塞纳河，还有一只海鸥栖息在阳台上。

"是我。"

"你在这里住过？"

"是的。"

巴贝充满警觉地侦察环境，接着就在床垫上缩成一团打滚。

"我走了。"

"嘿？"

"是。"

"为什么？"

"因为我也曾经有过和你类似的遭遇……无家可归在外面流浪，有个人带我来这里……"

"我不会待很久……"

"我不在乎。什么都不用说。反正你们从不会说真话。"

"我都有定期去戒毒中心……"

"哦，是啊……睡吧……祝你有个好梦……"

9

三天后，门房佩蕾拉太太掀开她那华丽的窗帘，在大厅里喊叫着："我说，小姐……"

妈的，马上就出事情了，真是讨厌，亏他们还给她五十欧元……

"您好。"

"是啊，您好，你瞧……"她皱着眉头，装模作样地说，"那个邋遢的家伙是您的朋友吗？"

"对不起，您说什么？"

"那个骑摩托车的？"

"啊……是的，"她松了口气回答，"有问题吗？"

"不止一个问题！有五个呢！这小伙子还勾引我！真的哦，竟然这样！我非发火不可了！来，过来这里瞧瞧！"

她跟着走到庭院里。

"你看到了？"

"我……我没看到……"

"这些油渍……"

事实上，得用个质量良好的放大镜，才能清楚辨识出滴在铺砌石上的五个小黑点。

"摩托车是很漂亮，不过会制造污染，所以替我转告他，报纸不是拿来给狗用的，了解吗？"

解决了这个麻烦，她的情绪渐渐缓和下来，开始提起天气："太好了，可以让我们摆脱不如意，一切顺利，让我们赶走不如意的事。"黄铜门把手闪闪发亮，没错，"门把手要保持闪耀光亮，就必须勤快擦拭，要努力，嗯？"还提到婴儿推车的轮子上沾满了狗大便、住在六楼刚丧偶的可怜太太等。最后，她完全恢复平静，卡蜜儿也轻松下来。

"佩蕾拉太太……"

"是我。"

"我让一个朋友住在顶楼，我不知道您是否有看过他。"

"哦！我可不管您的事！反正就是来来去去，我也不是很清楚，不过大致就是这样……"

"我是说那个带着一只狗的人……"

"文森特·凡松吗？"

"呃……"

"是文森特·凡松没错！带着一只卷毛猎犬的艾滋病患吧？"

卡蜜儿不知如何回应。

"他昨天有来找我，因为我的比库在门后头狂吠，所以我们只好相互介绍自己的狗，这样事情比较容易解决。您知道后来怎样吗？它们互闻屁股好一阵子，就在对方身上闻来闻去，最后大家都相安无事，终于安静下来。您为何这样看着我？"

"您为什么说他有艾滋病？"

"耶稣基督啊，那是因为他跟我说的啊！我们一起喝了一杯波多酒……您也想来一杯吗？"

"不，不用了……我……谢谢您……"

"是啊，真的很不幸，不过就像我跟他说的，现在还是可以好好治疗，已经研发出一些不错的药……"

她感到不知所措，竟忘了要搭电梯。这是什么嘛？为什么抹布不好好和抹布待在一起，餐巾不乖乖和餐巾放在一块儿，事情全要搅和在一起呢？

这究竟是什么回事？

如果生命里没有那些堆积的石头，那生活会简单得多……好了，笨蛋，别这样说了……没错，你说得对。我不这样说了。

"发生什么事了？"

"哎……你看我的毛衣……"弗兰克气呼呼地说，"都怪这台笨洗衣机！妈的，我很喜欢这件毛衣……你看！看一眼啊！现在都缩水了！"

"等等，我把袖子剪掉，你可以拿去送给门房太太……"

"好啊，尽情笑吧，还是一件全新的 Ralph Lauren 呢。"

"嗯，真的，她会很开心的！而且她很喜欢你……"

"是吗？"

"她刚刚才又跟我说：'哦！您的朋友骑在他那辆拉风帅气的摩托车上，真是酷毙了！'"

"不会吧？"

"我发誓。"

"好吧，剪掉袖子……我下楼时顺便拿给她……"

卡蜜儿咬着腮帮子，专心修改时髦的毛衣，要改成狗衣服给比库。

"你知道你这样会获得门房太太的一个吻，走运的家伙……"

"别说了，我会害怕……"

"那菲利伯呢？"

"你是说大鼻子情圣吗？他去上戏剧课了。"

"真的吗？"

"你应该看看他出门时的样子，又打扮成我说不上来的模样，披着一件大披风，还有……"

他们笑了。

"我很喜欢他……"

"我也是。"

她去准备茶。

"你要吗？"

"不，谢谢。"他回答说，"我得走了。对了……"

"什么？"

"你不想出去走走吗？"

"什么？"

"你多久没有离开过巴黎了呢？"

"一辈子了……"

"这星期天我们要杀猪，你想不想来？我相信你会感兴趣的……我是指画画，怎样？"

"在哪儿？"

"在朋友家，在雪尔[51]。"

"我不确定……"

"好啦，来吧，你一生中总得看一次。你要知道，总有一天这种杀猪仪式会消失不见。"

"那我考虑一下。"

"是啊，考虑，你的专长就是考虑。我的毛衣在哪儿呢？"

"那里。"卡蜜儿指着一件完美的淡绿色狗套子。

"天啊……还是名牌款式……这可令我佩服不已……"

"去吧……你的人生中又多出两个朋友……"

"妈的，它可别想在我的摩托车上尿尿，那只凸眼狗！"

"别担心，"她噗嗤笑出来，同时帮他拉着门说，"是，是，我保证，她会跟我说，您的朋友骑在他那辆拉风的摩托车上真是酷毙了！"

她跑去关掉烧开的水，拿着她的茶水坐在镜子旁开始爆笑，像个疯子，十足的狂笑。她脑海里浮出一个画面：那个老是扬扬得意的笨蛋，正粗枝大叶地敲门房太太的门，准备献上那件衣服和他自己的一对蛋蛋……哈！真是好笑！

---

51 雪尔为法国中部的省份。

她画下门房太太乱翘的头发、酒窝和那副蠢样，并写下：卡蜜儿，二〇〇四年一月。然后洗了个澡，决定和他一起出去走走。

她欠他这一个人情……

手机收到一通留言。是她妈妈……哦，不要，别是今天……要删除留言，请按星号键。

嗯，就这样。好吧。按下星号键。

接下来她一边沉浸在音乐里，一边玩弄着她的宝物以及水彩盒。抽烟，吃东西，摸着貂皮大衣的毛痴痴地笑。上班时间到了，她又皱起眉头。

她一边跑到地铁站一边想着，你已经打扫了公寓，但还有其他的工作，呃？你该不会就停在此地不想做了吧？

我量力而为，我量力而为……

去吧，我们相信你。

不，不，别相信我，这样会让我紧张。

好了，去吧……快一点，你已经迟到很久了。

10

菲利伯跟着弗兰克走进公寓，心里很难过。他说："这样很不理性。你们出发的时间太晚了，再过一个小时就天黑了，会很冷的。不行，这样很不妥。明天早上……再离开……"

"明天早上，就要杀猪了。"

"这……这是什么主意！卡……卡蜜儿，"他扭捏着双手说，"留……留下来，我带你去皇……皇宫茶馆……"

"好了，"弗兰克将牙刷放进一只袜子里，咕哝着抱怨，"又不是去世界的尽头，一个小时就到了。"

"哦，不……不要……说了……你又要飙车……飙得像……疯子……"

"不会啦。"

"会，我……我认……认识你的……"

"菲利伯，不要说了！我跟你发誓，我不会伤她一根汗毛。小姐，走吧。"

"哦……我……我……"

"你什么。"弗兰克疲倦地说。

"这世上我只有……只有你们……"

沉默。

"哦，天啊……我不敢相信……又要哭哭啼啼了……"

卡蜜儿踮起脚尖亲吻他说："我也是，这世上我也只有你。别担心。"

弗兰克叹了口气。"我怎么会跟这群可笑的蠢蛋在一起啊！我们在演什么烂戏码！妈的，我们又不是要出征！我们只是出门两天而已！"

"我会帮你带一块好牛排。"卡蜜儿一边进电梯一边对他说。

电梯门关上。

"嘿？"

"什么？"

"我们是去杀猪，不会有牛排的。"

"是吗？"

"是的。"

"那有什么呢？"

他双眼瞪着天花板。

11

才刚骑到巴黎市郊，他把车停下来要她下车。"等等，不是这样的……"

"什么？"

"我弯着身体时，你也要弯下身来。"

"你确定？"

"是的，我确定！否则你这样会摔得四脚朝天！"

"但是……我以为我往另一边倾斜才可以让车子维持平衡。"

"妈的，卡蜜儿，我不能帮你上物理课，但这是地心引力的常识，你懂吗？如果我们往同一边倾斜，车子会走得更稳。"

"你确定？"

"确定。靠向我，相信我。"

"弗兰克？"

"又怎么了？你害怕吗？现在还来得及搭地铁回去。"

"我好冷。"

"已经觉得冷了？"

"是的。"

"好吧……放开握把，紧紧靠着我……尽可能贴着我，然后把你的手放在我的夹克里。"

"好的。"

"嘿！"

"什么？"

"别趁机吃豆腐，嗯？"他开玩笑说，一边快速盖上安全帽上的遮阳罩。行驶了一百米此后，她又打起冷颤，在收费站时她简直快冻僵了，到达农场的院子时，她的双臂早已失去知觉。他扶着她下车，并扶她走到门口。

"啊，你来了……瞧，你给我们带来了什么啊？"

"结冻的女孩。"

"进来，我说进来呀！乔琳！是弗兰克和她的女朋友！"

"哦，孩子……"这妇人哀叹说，"你对她做了什么啊？哦……真令人心疼……瞧这孩子脸色苍白……你们两个都走开！让·皮耶尔！快来在壁炉前摆张椅子！"

弗兰克蹲在她面前。"嘿，你得脱下外套。"

她没有反应。

"等等，我来帮你……来，把你的脚先给我……"他脱掉她的鞋子和三双袜子。

"这里……好了……来……现在换上面……"

她的身体缩成一团，他费了一番功夫才把她的手抽出袖子。"来……我的小冰块，放松点，让我帮你……"

"老天啊！给她点热的东西喝吧！"大家叫着。

她成为所有目光的焦点。

225

该怎么解冻这个巴黎女孩，又不至于弄碎她……

"我有热腾腾的腰子！"乔琳喊着。

弗兰克接着说："不，不行，让我来。有没有高汤之类的东西？"他边问边掀起每个锅盖。

"那是昨天的鸡……"

"太好了。我来弄……现在先让她喝点酒。"

她每喝一口汤，脸颊就红润一点。

"好点了吗？"

她点点头。

"什么？"

"我说，这是你第二次替我做了全世界最美味的肉汤……"

"我还会帮你做别的，走吧。你要和我们一起坐在餐桌旁吗？"

"我可以在壁炉前再待一会儿吗？"

"当然可以！"其他人嚷道，"让她待在那里！我们要像熏火腿一样熏她！"

弗兰克不情愿地站了起来。

"你的手指头可以活动吗？"

"呃……可以……"

"你要画画的，知道吗？我会煮东西给你吃，但是你一定得画画，不可以停止不画，了解吗？"

"现在吗？"

"不是，不是现在，而是永远。"

她闭上眼睛。

"好。"

"好吧……我走了。把杯子给我，我再帮你倒……"

卡蜜儿渐渐融化了。当她过去和他们会合时，脸颊已经滚滚发烫。

她加入他们的对话，不过什么也听不懂，看着他们讨人喜爱的滑稽脸庞，卡蜜儿快乐地笑着。

"好了，最后一口酒，然后上床睡觉！孩子们，明天可得早起！卡司同明早七点就会到。"

大家纷纷站起来。

"卡司同是谁？"

"杀猪的，"弗兰克喃喃低语，"他是一号人物……不同凡响的家伙……"

"好了，房间在这儿，"乔琳说，"浴室在对面，我已经在桌上放了干净的毛巾。还可以吗？"

"很棒，"弗兰克回答说，"很好，谢谢。"

"我的大孩子，快别这样说，我们好高兴能见到你，你知道的。波莱特还好吗？"

他低下头。

"好了，好了，我们不谈她，"她抱着他的手臂说，"船到桥头自然直……"

"乔琳，你恐怕认不出她了。"

"别再说了……你现在正在度假啊……"

当她关起房门时，卡蜜儿有点不安地说："嘿！只有一张床……"

"当然只有一张床，这里是乡下地方，不是什么商务旅馆！"

"你跟他们说我们在一起？"她问。

"才没有！我只是说我会带一个女性朋友，就这样！"

"糟了……"

"什么糟了？"他气愤地说。

"女性朋友，就是指你上过的女人，我的脸该往哪里摆啊？"

"妈的，你有时真是讨人厌。"

她掏出衣物，他则坐在床边。

"这是第一次……"

"对不起，你说什么？"

"这是我第一次带人到这里来。"

"当然……为了把妹，杀猪这件事不怎么正点……"

"跟猪没有关系，跟你也没关系，是……"

"是什么？"

弗兰克横躺在床上，对着天花板说："乔琳和让·皮耶尔，他们有个孩子……叫弗雷德……他是个很棒的男生……是我的死党，我唯一的好朋友。我们一起念餐饮学校。如果没有他，也不会有现在的我……我不知道我会变成怎样，但是……反正，总之……他已经过世十年了……是车祸……不是他的错……一个混球没在停车标志前刹车，事情就发生了。我不是弗雷德，当然，是有点像他……我每年都会来，杀猪只是个借口罢了，我是来让他们看看我，然后，他们会看到什么？回忆，和他们孩子的脸。他当时还不到二十岁……乔琳老是抚摸着我……她为什么要这样做？因为我可以证明弗雷德仍然待在这里。她帮我们铺的床，用的绝对是最漂亮的床单，而这个时候，她正紧紧抓着楼梯栏杆以免跌倒……"

"这是他的房间吗？"

"不是，他的房间锁起来了。"

"你为什么要带我来？"

"我告诉过你，是要你画画，还有……"

"还有什么？"

"我不知道，我就是想要你来。"

他叹了一口气。

"至于睡觉，不用担心，我们把床垫放在地上，我睡在床板上。可以吗，公主？"

"可以。"

"你看过《怪物史瑞克》那部动画片吗？"

"没有，怎么了？"

"你让我想起菲奥娜公主。当然啦，你没那么丰腴……"

"当然。"

"来吧，帮个忙，这床垫还真重……"

"你说得没错，"她呻吟说，"里面装了什么啊？"

"好几代死于劳累的农夫。"

"真好笑……"

"你不脱衣服吗？"

"脱了，我穿上睡衣了！"

"你还穿着毛衣和袜子？"

"是的。"

"我关灯啰？"

"好！"

"你睡着了吗？"片刻后，她问道。

"还没。"

"你在想什么？"

"没什么。"

"想你年轻的时候吗？"

"或许……就像我说的，没什么……"

"你年轻的时候没什么回忆吗？"

"没什么重要的事。"

"为什么？"

"妈的，如果我们聊这个话题，到了早上都还说不完。"

"弗兰克？"

"是的。"

"你外婆怎么了？"

"她老了，孤单一人。她一辈子都睡在像这样大的床铺上，垫着羊毛床垫，床上挂着耶稣受难像。而此刻，她正睡在一个破铜烂铁的小床上等死。"

"她在医院吗？"

"不是，在养老院。"

"卡蜜儿？"

"什么？"

"你的眼睛是睁开的吗？"

"是的。"

"你可以感受到这里的夜晚有多么黑吗？月亮多么迷人，星星多么闪亮？你听见这栋房子的声音吗？管线、木头、柜子、时钟、楼下的柴火、小鸟、动物、风……你听见了吗？"

"是的。"

"但是她，她再也听不到了……她的房间面对一个整晚灯火通明的停车场，她听到的是车辆行进的声响、护理人员的对话、发牢骚的邻居以及整晚嘈杂的电视。她……她会无聊而死……"

"你父母呢？他们不能帮忙照顾她吗？"

"哦，卡蜜儿……"

"什么？"

"别跟我提到他们。现在睡觉吧。"

"我不困。"

"弗兰克……"

"又怎么了？"

"你父母在哪儿呢？"

"我不知道。"

"怎么会，你不知道？"

"我就是不知道。"

"……"

"我从没见过我的父亲，他只是在车子后座干了一炮的陌生人……而我母亲，呃……"

"什么？"

"我母亲，她不太爽被一个连名字也记不得的混球干……所以，呃……"

"什么？"

"没什么。"

"没什么？"

"呃，她不能接受……"

"那个男人吗？"

"不，那个小男婴。"

"是你外婆抚养你长大的？"

"外婆和外公。"

"那你外公已经死了吗？"

"对。"

"你没再见过她吗？"

"卡蜜儿，别说了，我发誓，不然，你会觉得必须把我搂在怀里……"

"没关系，说下去，我想冒这个风险……"

"骗人。"

"你真的从没见过亲生母亲吗？"

"……"

"对不起，我不想说。"

她听见他转过身说："我……直到十岁时，都没有她的消息，但是我一定会收到生日礼物和圣诞礼物。不过，后来我知道那只是个圈套罢了，一种扰乱我思绪的计谋，一个善意的计谋，不过终究是个计谋。她从不写信给我们，不过我知道外婆每年把我在学校的相片寄给她。后来有一年，不知为什么，或许我比平常更可爱，还是那天老师帮我梳了头发，或是摄影师拿出一个米老鼠玩偶逗我笑，总之，相片里的小男孩让她感到后悔，她说她要来把我带走。我没有骗你……我大吵大闹，想要留下来，我外婆却一直安慰我说，这样很棒，我终于有一个真正的家，但是她自己却无法克制，哭得比我还凶，把我抱在她的大胸脯里，让我喘不过气来……我的外公则不发一语。不，我不必跟你说细节，你很聪明，可以了解吧？不过，相信我，真的很棘手……

"此后，她放了我们几次鸽子，最后终于来了。我坐上了她的车，她向我介绍她的丈夫、她的另一个小孩，还有我的新床……

"一开始，睡在那张柔软的新床上，真的很令人开心。后来，我天天晚上哭闹，说我想回家。她回答我说，这里就是我的家，还有叫我闭嘴，不然会吵醒小弟弟。从那天晚上起我开始尿床。她非常生气。她说：'我知道你是故意的，你就继续全身湿透好了，活该，都怪你外婆宠坏你。'后来，我开始撒野。

"以前，我在田里打滚，下课后去钓鱼，冬天时外公会带我去采香菇、打猎、去咖啡店……我总是待在外面，总是穿着靴子，经常把脚踏车丢在树丛里，和盗猎者学打猎。然而现在却住在穷郊区的贫民公寓里，家徒四壁，四周只有台电视机和集三千宠爱于一身的小家伙……我终于一发不可收拾，我……不……反正三个月之后，她把我带到火车上，反复告诉我说，我搞砸了一切。'你搞砸了一切，你搞砸了一切……'当我坐上外公的车子时，这句话还一直在我脑海中盘旋。而最糟的是……"

"是什么？"

"她毁了我，这个死女人……以后一切都跟以前不一样了，我不再是个天真的小孩，我不再想要外公外婆的疼爱。最糟的并不是她把我带走，而是她再度抛弃我时，跟我说外婆的坏话。她怎能把这些谎言塞到我的脑袋里……她说，是外婆把她赶出家门、强迫她抛弃我。而她，她用尽一切力量想把我带走，但他们却拿出猎枪威胁她等。"

"她胡诌的吧？"

"当然，但是当时我不知道，我什么都不懂，或许是我想相信她吧？或许我宁愿相信我们被迫分开，宁愿相信要不是外公拿出他的猎枪，我也会和大家一样拥有正常的生活，没有人会在背后说我是妓女的儿子……听说你妈是妓女，而你，你是杂种。我甚至不懂杂种的意思，我以为杂种是一种面包，我真是够笨的。"

"后来呢？"

"后来我就变成一个下流的混混……我想尽各种方法报复……要他们为了让我失去这么亲切的妈妈付出代价……"

他冷笑。

"我也达成目的了，我抽外公的香烟，偷他包包里的零钱，在学校无恶不作，还被退学，把青春岁月都花在玩摩托车上，或在咖啡店的后厅干下流的勾当和泡妞……那些丑陋的事，你甚至无法想象……我是老大，是最厉害的角色，是无赖王……"

"然后呢？"

"然后，睡觉。欲知后续发展，请待下回分晓。"

"怎样？你不想把我抱在怀里吗？"

"我还在犹豫……你并没有被强暴啊……"

他俯身向她说："这样最好，因为我不想被你的手臂环绕。总之，不要像这样……不要再像这样了……以前我常玩这种小把戏，不过现在不玩了。不好玩了，而且也行不通。咦，你盖几条被子啊？"

"呃……三条，外加一条羽毛被……"

"这样不正常，你老是觉得冷，这样不正常，坐一趟摩托车，你得花两小时才复原。要吃胖一点，卡蜜儿。"

"……"

"你也是，你……我也不觉得你会有一本美丽的家庭相簿，贴满你的照片，是快乐家人簇拥着你。我说得对不对？"

"确实是没有。"

"哪天你会告诉我吗？"

"也许。"

"你知道我……我不会再拿这个来烦你……"

"哪个？"

"我刚刚跟你说弗雷德是我唯一的死党，不过我错了。我还有一个死党，是巴斯卡·莱坎比，他是全世界最棒的蛋糕师傅，请记住他的名字，你等着瞧……这个家伙是神。简单的油酥饼、派饼、巧克力、千层塔、牛轧糖、泡芙等，只要经过他的巧手，都变得令人难以忘怀。美味、美丽、精致，令人惊叹，纯熟极致。我遇过一些优秀的蛋糕师傅，不过他，无与伦比……登峰造极，而且是非常讨人喜爱的人……是人上人、耶稣、真正的好人。而且，这个男人身材非常庞大……非常肥胖，而这也不是问题，肥胖的人多得是……但问题是，他非常臭，你站在他旁边一定会觉得恶心。我就不多说别人的嘲弄和影射了。他家里放满了香皂。有一次我陪他去参加比赛，当他助手，那次我们住在饭店的同一间房里。比赛结果他当然是赢家，但是我呢，经过那一整天后，我根本无法形容我有多难受，我差点无法呼吸，我宁愿一整个晚上泡在酒吧里，也不想再待在他的身边一分钟……我惊讶的是，他早上洗过澡，我确定，因为我在场。最后，我们回到饭店，我只好喝酒来麻醉自己，然后跟他说……你还在听吗？"

"是，是的，我在听……"

"我告诉他：巴斯卡，你很臭，你臭死人了，老头，这是怎么回事？你不洗澡吗？而这时，这只大熊，这个巨大的男人，这个总是哈哈大笑，满身肥肉的伟大天才，竟然开始哭泣，哭泣，哭泣……眼泪好像喷泉一样……很可怕，像婴儿般号啕大哭，我根本无法安慰他。这个混球，妈的，我感到好难过……过了一会儿，毫无预警，他突然脱掉衣服……我立刻转过脸，想躲到浴室，但他一手抓住我，跟我说：'看看我，雷斯塔，你瞧我这身狗屎……'妈的，我……

简直要晕倒了！"

"为什么？"

"首先，他的身体已经令人倒足胃口，不过，他给我看的东西更可怕，啊……我现在一想到就恶心……在他皱成一堆的皮肤上长了一种斑或是痂块，我也不太清楚……发出恶臭的就是这种血红的疥疮……妈的，我发誓，我一整个晚上都在喝酒来恢复镇定……另外，他告诉我，他洗澡时虽然很痛，但他还是像个疯子般猛力刷洗，为了洗掉味道，他也咬着牙拼命洒香水，忍住不哭出来……多么令人难忘的夜晚，只要一想到，就令我坐立难安……"

"后来呢？"

"次日，我把他拖到医院挂急诊。我还记得，是在里昂。即使是医生，看到这种情形也跟跄退后好几步。医生帮他清理伤口，涂了好多药膏，还给了一张写满各种药膏和药剂的药单。医生要他减肥，最后还问他说：'你为什么拖了这么久？'他并没有回答。而我，在火车的月台上，忍不住再逼问他：'对啊，你搞什么啊，干吗拖这么久？'他低头回答说：'因为我觉得太丢脸……'那一次，我发誓是最后一次。"

"最后一次什么？"

"最后一次找胖子的麻烦……最后一次瞧不起胖子……反正，你知道的嘛，最后一次以貌取人。所以，回到你身上，别吃醋，我对瘦子也一视同仁，即使我认为你若再胖个几公斤就不会那么怕冷，也会比较漂亮，不过我不会再说了。酒鬼的保证。"

"弗兰克？"

"嘿！我们不是说好睡觉了！"

"你要帮我吗？"

"帮什么？变得没那么怕冷，变得比较漂亮吗？"

"是的……"

"不要，这样你才不会被第一个经过的色狼带走。啐！我还宁愿你骨瘦如柴，和我们待在一起，我确定菲利伯也会同意我的想法。"

两人之间好一阵子没说话。

"要不然，胖一点点就好……当我看到你胸部长得太大时，我就停止。"

"好。"

"好，现在，我摇身变成里卡·扎拉伊[52]。妈的，你真烦人，我们该怎么做呢？首先，你不要去买菜了，因为你买的都是不营养的烂食物；麦片、饼干、冷冻食品，以后这些全没了。我不知道你早上几点起床，但是从星期二开始，你记住是我弄给你吃，懂吗？每天下午三点我回来时，我会给你带些吃的。不用担心，我了解女孩子，我不会带焖鸭肉冻或是猪肠，我会特别为你准备美味佳肴……鱼、烤肉、好吃的蔬菜，都是你爱吃的，我做的量不会很多，但是你必须全部吃光，不然我就停止。至于晚上，我不在，所以不会烦你，不过我禁止你乱吃零食。我会在每个星期的开始做一大锅汤给菲利伯喝。最后的目的，是希望你对我的食物上瘾，你每天起床时，就开始思忖今天的菜单。好了，我不保证每次都是丰盛大餐，但绝对餐餐美味，你等着瞧……当你长胖时，我……"

"你什么？"

"我就把你吃了！"

"就像是糖果屋里的巫婆吗？"

"没错。到时候我想摸你的手臂时，可别拿根骨头来骗我，我可没近视！现在我不要再听见你的声音了，都快两点了，明天还有很多事要做。"

"你装成这副凶神恶煞的模样，但其实你是个好人，你……"

"闭嘴。"

12

"起床了！"

他把托盘放在床尾。

"哦！在床上吃早餐……"

"别高兴，这不是我做的，是乔琳。喂，快点，我们迟到了。至少先吃片面包，肚子里填点东西，不然你会全身无力。"

---

52 里卡·扎拉伊（Rika Zaraï），一九三八年出生于耶路撒冷的法国女歌手，提倡草本医疗以及自然养身之道。

她刚走出屋外，口中还残留咖啡牛奶的味道，便有人递给她一杯白酒。

"来吧，小姐！振作点！"

大家都到齐了，昨晚的人和村庄里的人，大约十五个，都是些纯朴的乡下人。年纪最大的穿着工作罩衫，较小的则穿着运动衫。大家踱着步，握紧酒杯，相互呼喊，谈笑风生，然后突然间安静下来：卡司同带着大刀刚刚抵达。

弗兰克说："他就是杀猪的。"

"我也猜到了……"

"你有看见他手的动作吗？"

"很惊人……"

"今天要杀两头猪。它们可不笨，今天早上没喂它们吃东西，所以它们知道要发生什么事了，它们感觉得到。瞧，这是第一只……你有带素描本吗？"

"有，有……"

卡蜜儿吓了一大跳，她没料想到会是这么大一只猪……

他们把猪拉到庭院中，卡司同用一支粗短的木棍把猪打昏后，众人让猪趴在长凳上，然后快速绑好，让它的头往下垂。直到现在，一切都还顺利，因为猪就像石头一样动也不动。但是，当屠夫把刀子用力刺进它的颈动脉时，画面变得极为恐怖惊悚。一刀下去，昏迷的猪突然惊醒挣扎，每个男人都扑向它；鲜血四溅，老婆婆在猪脖子下面摆了个锅子，挽起袖子开始搅拌猪血：徒手搅拌，什么工具都没拿，也没拿汤匙。不过这都还算好，最难以忍受的是猪发出的声音……它持续惨叫，一直哀嚎……血流得愈多，猪的叫声愈惨，它的嗓声不像动物的叫声，几乎像是人类的叫声，像在嘶吼和哀号……卡蜜儿紧抓着素描本，其他人尽管已经熟悉这种场面，但情绪也好不到哪去……来吧！喝一杯，加油一下……

"不用，谢谢。"

"还好吧？"

"还好。"

"你不画吗？"

"不。"

卡蜜儿并非不知世事的小女人，她尽量表现得理性，先不做任何愚蠢的评论。对她而言，最惨的还没到。对她来说，最惨的不是死亡本身，不，死亡终究是命；她觉得最残忍的，是第二只猪被带出来的时候……不管别人怎么说，说是感情用事也好，还是想象力丰富也罢，她都不在乎，她真的无法控制住自己的情绪。因为第二只猪早就听见了这一切，知道它的同伴刚刚所遭受的苦难，所以它还没被刺穿就已经发出像驴般的吼叫。不过……"像驴般"这个比喻也真是蠢，应该说是"像只待宰的猪一般"……

"妈的，他们早该把它的耳朵给塞起来！"

"用香芹吗？"弗兰克大笑说。

她用画画来逃避眼前的画面。她集中精神看着卡司同的手，以躲避那声音。

然而，她画得不好。她在发抖。

叫声消失后，她把素描本放在口袋里，走近去看。好了，终于结束了，她充满好奇，再要了一杯酒。

接着，他们用喷枪烧掉猪毛，现场弥漫着一股灼烤的味道。然后再用一把令人叹为观止的刷子刮刷猪毛，这把大刷子，基本上就是一片木板，上面钉着许多倒过来的啤酒瓶盖。

卡蜜儿把这个场景也画下来。

屠夫开始切肉，卡蜜儿绕到长凳后面，不想错过任何动作。弗兰克看得入神。

"这是什么？"

"什么东西？"

"这个透明的球状物，黏糊糊的东西啊？"

"是猪小肚，也就是猪膀胱……它胀得鼓鼓的，似乎不太正常……等一下会妨碍屠夫的工作……"

"不会，不会妨碍我！看吧！"屠夫说着，同时在猪小肚上刺了一刀。

卡蜜儿蹲下来以便看清楚。她看得发呆。

一群孩子端着大餐盘，在冒烟的猪和厨房间来回穿梭。

"不要再喝了。"

"是的，瑞卡太太。"

"我很高兴。你表现得很好。"

"你担心吗？"

"我是好奇……好了，还没完呢，我还有工作。"

"你要去哪？"

"拿我的刀具……如果你想的话，去找个暖和点的地方。"

她到厨房跟大家会合。女士们拿出她们的砧板和刀子，兴奋地排排坐好。

"过来这里！"乔琳叫着，"拿着，露西安，给她一个靠近炉子的位置……女士们，我跟你们介绍，这是弗兰克的女朋友，就是我刚刚跟你们说的那个小女孩……昨晚我们让她复活的孩子。来，和我们坐在一起。"

大家笼罩在咖啡的香味和烹煮内脏的气味里，有说有笑，叽里呱啦的活像嘈杂的鸡窝。

她们笑得花枝乱颤。当乔琳看见穿着白色外套的弗兰克，她的情绪激动起来：“弗兰克来了。啊！来啦！厨师来了！”弗兰克经过她的背后走向炉子时，轻轻按了她的肩膀。她用抹布擤鼻涕，然后，又跟着其他人哈哈大笑。

就在这一刻，卡蜜儿思忖着，自己是不是爱上他了……

妈的！这可不在预期中，这……不，不要，她抓着一块砧板。不，不，那是因为他在她面前演活了狄更斯笔下的孤儿……她可不能这样就受骗上当……

"你们给我点事做吧？"她问说。

她们跟她解释如何把肉切成丁。她问道："这样是要干吗？"

答案从四处同时传来："腊肠！香肠！内脏肠！肉馅！肉酱！"

"那您，您拿牙刷做什么啊？"卡蜜儿问隔壁的邻居说。

"我在清洗肠子啊！"

好恶心。

"那弗兰克呢？"

"他负责煮熟……猪血肠、内脏和一些小玩意。"

"什么小玩意？"

"头、尾巴、耳朵、脚……"

更恶心。

呃……对于他向自己所提议的营养餐，希望双方都同意，不过是在星期二之后才开始。

弗兰克从地窖里拿出马铃薯和洋葱时，看见卡蜜儿正看着邻居，学习拿刀的方法。他走过去，把她的刀子抢过来："你，你不要动这个。人各有专长。如果你切到手，你就完了。我跟你说，人各有专长。你的素描本在哪儿？"

他又转身对着这些妇人说："我说……如果她画你们，你们不会反对吧？"

"不会啊。"

"哦，不行，我的头发卷得乱七八糟的……"

"拜托，露西安，别装模作样了！我们都知道你戴假发！"

这里的气氛就像是度假村那样轻松愉快……

卡蜜儿把手洗干净，一直画到晚上。室内、室外；鲜红色、淡色彩；狗、猫；小孩、老人；火焰、酒瓶；工作罩衫、背心；桌下毛茸茸的拖鞋，桌上操劳的手；弗兰克的背影以及她自己在不锈钢凸面锅上的模糊身影。

她为每个人素描画像，然后送给她们。她要小孩带她去农场走走，以驱除自己的醉意。

孩子们穿着蝙蝠侠的运动型套头衫和靴子跑来跑去，嘻嘻哈哈地追着小鸡，拿着一条长长的猪肠在小狗面前摇来晃去，挑逗它。

"巴德里，你在做什么！不要发动农用车，你会害死自己！"

"喂，是为了让她瞧一瞧。"

"你叫巴德里？"

"是的！"

巴德里显然是这群孩子中最强悍的一个。他把衣服掀起来让卡蜜儿看他身上的疤痕。

"如果把这些疤痕长度加起来，"他得意地说，"足足有十八厘米。"

卡蜜儿沉重地点头，画了两张蝙蝠侠给他，一张是飞翔中的蝙蝠侠，另一张是蝙蝠侠大战大章鱼。

"你怎么画得这么好啊？"

"你也可以画得很好，每个人都能画得很好。"

天黑后宴会开始，二十二个人围着桌子而坐，桌上摆满了各式猪肉料理。猪尾巴和猪耳朵在壁炉里烤着，大家抽签，抽中的人才可以吃到。弗兰克卖力工作，他在桌上摆放了一锅香喷喷的浓汤。卡蜜儿用面包沾着浓汤，不过，她不敢往下捞，因为底下是猪血香肠、猪脚、猪舌头。我放弃这些精华吧……她将椅子往后挪几厘米。她吃得不多，倒是喝了很多。

然后轮到甜点上场，每个人都拿了甜派或蛋糕。最后是烈酒。

"啊，小姐啊，你得尝尝这款酒，拒绝喝的年轻女孩，会继续当处女……"

"哦，好吧，那么给我一点点……"

她在邻座男人狡狯的眼神下喝了酒，证明她已经不是处女之身；这个男人只有一颗半牙齿，然后，她趁着混乱去睡觉。

她沉重地倒下，楼下的欢声雷动穿越木头地板，轻轻摇着卡蜜儿入梦。

当弗兰克进来紧紧贴在她身旁时，她已沉沉地入睡。她低声咒骂。

"别担心，我太醉了，不会把你怎么样的……"他咕哝道。

她转身背对着他，他把鼻子靠在她的颈背上，一只手臂紧紧抱着她。她的短发搔着他的鼻孔。

"卡蜜儿？"她睡着了吗？她在装睡吗？总之，没有回应。

"我很喜欢和你在一起。"

轻轻地微笑。

她是醒着？还是睡着？没人知道……

中午时分两人终于醒来，分别躺在自己的床上。两人都没说什么。

他们口干舌燥，昏昏沉沉，疲惫不堪，将床垫放回原位，叠好床单，轮流到浴室盥洗，静静地穿上衣服。

楼梯对他们来说似乎显得步步惊险，乔琳没说一句话，递给两人一大碗黑咖啡。有两位妇人已经在桌子的一端料理香肠肉。卡蜜儿将椅子转往壁炉的方向，不假思索地喝着咖啡。

蒸馏酒实在太烈了，她每喝一口咖啡就闭上眼睛，忍受着恶心的反胃。唉……这是不想再当年轻女孩得付出的代价……

烹调食物的味道让她觉得恶心。她站了起来，倒另一杯咖啡，接着从大衣口袋里掏出烟草走了出去，坐在中庭那张杀猪的长凳上。

不久此后，弗兰克过来找她。

"我可以坐下吧？"

她挪出位置。

"头痛吗？"

她点头。

"你知道，我……现在我必须去看我的外婆……有三种解决方法：要么，你留在这里，下午我再回来接你。不然我带你一起去，你在某个地方等我，我跟她聊些五四三。或者我把你载到车站，你自己回巴黎……"

她并没有马上回答。她放下她的碗，卷了根香烟，点燃之后，从嘴里缓缓吐出长长的烟雾。

"你想怎么办？"

"我不知道。"他说。

"我不太想独自待在这里。"

"好吧，那我把你带到火车站。因为照你现在的状况，你没办法承受这趟车程。当身体感到疲倦时，会觉得更冷。"

"很好。"她回答说。

真是妈的……

乔琳坚持。是的，是的，一块里脊肉，我帮你们包起来。她陪他们一直走到小路的尽头，她抓着弗兰克在他耳边说了几句话，没让卡蜜儿听见。

接近国道的第一个停止标志前，他把车停下，一脚撑在地上。她掀开安全帽的遮阳罩说："我和你去。"

"你确定？"

她点头，身体往后抛。呼。生命突然加速。啊……算了。

她咬着牙，贴紧他。

13

"你要在咖啡店等我吗？"

"不，不要，我会待在楼下……"

他们在大厅里走没几步路，就有位穿着天蓝色工作服的女士迅速走向他。她看着弗兰克，伤心地摇头说："她又开始了……"

弗兰克叹口气。

"她在房间里吗？"

"对，她又把自己全身包起来，不准我们碰她。从昨天晚上开始，她就把大衣放在膝盖上，落落寡欢……"

"她有吃东西吗？"

"没有。"

"谢谢。"

他转身向卡蜜儿说："你可以先帮我看着东西吗？"

"发生什么事了？"

"这波莱特又开始捣蛋，惹我生气了！"

他脸色惨白。

"我甚至不知道现在是否该去看她……我已经不晓得该怎么办了……完全不知道……"

"她为什么不肯吃东西？"

"因为她以为我会带她离开这里，这个固执的家伙！现在她每次都跟我来这套。唉，我真想闪人。"

"要我和你一起去吗？"

"没用的。"

"虽然没用，但可以解解闷……"

"你真的认为行得通？"

"是啊，走吧。来啦。"

弗兰克先走进去，用响亮的声音说道："外婆，是我，我给你带来一个惊……"结果他没有勇气把整句话说完。

老太太坐在床上，两眼注视着门，穿着大衣、皮鞋、围巾，甚至连她的黑色帽子都戴上了，脚边放着一个没有关好的行李箱。

"她让我心碎……"卡蜜儿想到这个贴切的比喻，她觉得她的心在瞬间化成碎片。

她浅色的眼睛和尖尖的脸型是这么的可爱，像只小老鼠……一只走投无路的小老鼠……

弗兰克若无其事地说："哎呀！你又穿太多了！"他一边开玩笑，一边迅速地帮她脱掉衣服，"这里面几度啊？我看至少有二十五摄氏度，我早就跟下面的人说空调太热，但他们没把我的话听进去……我们刚刚在乔琳家杀猪，我跟你说，即使是熏香肠的地方，也不像这里这么热……你还好吧？喂，你的床罩好漂亮！也就是说你终于收到邮购的包裹，是吧？终于到了……袜子对吗？我没有买错吧？不过我得说，你的字写得很潦草哦，害我单单跟售货员要米歇尔先生牌的香水，那女人用奇怪的眼神盯着我看，我只好把纸条递给她，她还去找了她的眼镜……哦，我可没有胡说。最后她才搞清楚是圣米歇尔山牌……真不容易，对不对？瞧，就是这瓶，还好没撞碎……"

他帮她换上拖鞋，随便地闲聊，拼命找话说以避免直视她。

"您就是小卡蜜儿吗？"她投以灿烂的微笑问道。

"呃……是的……"

"过来这里让我看看您……"

卡蜜儿坐在她身边。

她握着卡蜜儿的手说："哦，您的手好冰……"

"因为坐摩托车的关系……"

"弗兰克？"

"是的。"

"喂，帮我们准备热茶！得帮她暖暖身子！"

他松了口气。感谢上帝。最艰难的部分已经过去……他把行李箱放进柜子里，接着去找水壶。

"去我的床头柜把小饼干拿出来。"接着她转头又说，"那么，就是您……您就是卡蜜儿……哦，我真高兴见到您。"

"我也是，谢谢您的围巾。"

"啊，正好，拿着……"

她站了起来，接着提着一大袋旧的针织法目录走回来。

"我的朋友伊冯娜为了您，特地帮我带来这些……告诉我您喜欢哪一种款式？不过，不能是米粒状的织法哦，那个我不会织。"

首先，是一九八四年三月号……

卡蜜儿轻轻翻着褪色老旧的目录。

"这一件挺好看的，不是吗？"波莱特指着一件有流苏和金色扣子的长袖羊毛衫。

"呃……我比较喜欢宽松的毛衣。"

"宽松的毛衣?"

"是的。"

"多宽松?"

"你知道的,就是那种高领毛衣。"

"那么,翻到男士服的地方!"

"这一件……"

"弗兰克,我的宝贝,拿我的眼镜来……"

听见她这样子对他说话,弗兰克好高兴。很好,外婆,继续这样,命令我,在她面前嘲弄我,把我当成小孩子,但是不要哭,我求你,不要再哭了。

"在这……好,你们聊,我要去尿尿……"

"好,好,别打扰我们。"

他笑着。

多么幸福,天啊,多么幸福。

他关上门,在走廊上跳了起来。他兴奋得甚至想亲吻他见到的第一个奄奄一息的老人。

真是太棒了,妈的!他不再是孤单一人了。他不再是孤军奋斗!她说:"别打扰我们。"当然好,小姐们,我不打扰你们,你们尽情聊吧!妈的,我要的就是这样!我要的就是这样!

感谢卡蜜儿,谢谢。即使你以后不再来这里,但这次已经替我们争取到三个月的缓冲期了。聊聊你他妈的那件毛衣!毛线、颜色、试穿……保证这段时间都有话好说。好了,厕所到底该往哪里走?

波莱特坐在沙发上,卡蜜儿则背靠着散热器坐着。

"您坐在地上还好吗?"

"还好。"

"弗兰克也是,他老是坐在那儿。"

"您吃饼干了吗?"

"吃了四片!"

"很好。"

她们凝视着对方，静静地诉说许多事。当然，她们提到弗兰克，诉说过去、青春、风景、死亡、孤独、消逝的时光、相聚的喜悦、生命的风风雨雨等，她们没有多说一句话，却能心领神会。

卡蜜儿很想把波莱特的样子画下来。波莱特的脸让她想起路边斜坡上的小草、野生紫罗兰、勿忘草、黄花毛茛……她的脸庞开阔、温柔、明亮，像宣纸一样精致。忧郁的皱纹消逝在漩涡里，只见眼角数以千计的仁慈波纹。

她觉得波莱特很美。

波莱特也在想同样的事。卡蜜儿这小女孩，在她漂泊的外表下显得如此高贵、安静、优雅。她真希望现在已经是春天，可以让她看看她的花园，欣赏梓树百花齐放，闻闻山梅花的芳香。不，她跟其他人不同。

一个从天上掉下来的天使，她必须穿着她的大砖鞋才能够待在地面上，和我们一起……

"她走了？"弗兰克紧张地说。

"没有，没有，我在这儿！"卡蜜儿从床下举起手说。

波莱特笑着。很多事情，不需要戴眼镜也可以看得清楚……她突然觉得异常平静。她应该接受，她要顺从，她终究是要接受的。为了他，为了她，为了每个人。

不用考虑季节了，好了，就是这样。每个人都会轮到的，她不再为难他了，每天早上不再想念她的花园了，她……她尽量什么都不要去想。现在该让他好好过生活。

该让他好好过生活……

弗兰克愉快地告诉她昨天一整天发生的事情，卡蜜儿则给她看她的画。

"这是什么？"

"是猪膀胱。"

"那这个呢？"

"我没见过的新靴子、布鞋、木鞋！"

"这个小孩呢？"

"呃……我忘了他的名字……"

"那这个呢？"

"这是蜘蛛人，可别和蝙蝠侠搞混了！"

"能够这么有天分，真是了不起。"

"哦，这没什么。"

"我不是说您的画，孩子，我是说您的观察力……啊！我的晚餐来了！我的孩子们，你们该回去了……天快黑了……"

等等，是她要我们离开吗？弗兰克一下子过于震惊，回不过神来，他必须拉着窗帘才站得起来，结果连窗帘杆都扯掉了。

"真他妈的！"

"别管了，走吧，还有，别再像流氓一样满口脏话了！"

"我闭嘴。"

他低头笑着。发作吧，我的波莱特，尽量发作，千万别感到不好意思。吼叫、发牢骚、责骂，回到以前的样子吧。

"卡蜜儿？"

"什么？"

"我可以请求您一件事吗？"

"当然可以！"

"你们到家时打个电话给我，让我知道。他从不打电话给我，而我……或者您也可以让电话响一声后就挂掉，我就知道了，这样我才能安心睡觉。"

"一定。"

来到走廊时，卡蜜儿想起她忘记拿她的手套。她跑回房间里，看见波莱特已经在窗前望着他们。

"我……我的手套……"

一头粉红色头发的老太太并没有转过头来，她只是举起手来，点点头。

"好悲惨……"当他蹲下来开启摩托车的防盗锁时，她脱口而出。

"不，别这么说，她今天超高兴的！而且是托你的福……谢谢……"

"不，好悲惨……"

他们向三楼的小小身影挥手道别，然后又回到拥挤的车阵中。弗兰克感到轻松多了，相反地，卡蜜儿却无法思考。

摩托车停在门口，但他没有熄火。

"你……你不进门吗？"

"不。"声音从安全帽里传来。

"好吧，那……再见。"

14

现在应该还不到九点，公寓却漆黑一片。

"菲利伯？你在家吗？"

她发现他坐在床上，极为沮丧，肩膀上盖着一件毛毯，手里拿着一本书。

"还好吗？"

"……"

"你生病了？"

"我很……我好担……心你们……我很早就开始等……等你们。"

卡蜜儿叹了一口气。妈的……不是那个家伙出状况，就是这个出状况。

她双肘撑在壁炉上，背对着他，两只手撑着额头。"菲利伯，求求你别这样。别再吞吞吐吐地讲话了，不要对我这样，不要全都搞砸。这是这几年来我第一次出去走走……你抬起头来，拿掉这件破披风，放下你的书，语气轻松一点，跟我说：'怎样啊？卡蜜儿？这次的小出游还不错吧？'"

"怎……怎样啊，卡……卡蜜儿？这次的小出游还不错吧？"

"非常好玩，谢谢你！那你呢？今天是哪场战役？"

"帕维战役……"

"啊，很好。"

"不，败得一塌糊涂。"

"这次是谁败了呢？"

"是瓦卢瓦王朝对抗哈布斯堡……弗朗索瓦一世对抗查理五世……"

"啊！查理五世，我知道他！他是继任马克西米利安一世的日耳曼国王！"

"哟，你怎么知道的？"

"哈！哈！我是不是让你目瞪口呆啊？"

他拿下眼镜，揉揉眼皮。"你的小出游还不错吧？"

"很精彩……"

"你的素描本借我看好吗？"

"如果你肯下床就借你。家里还有汤吗？"

"应该还有……"

"我在厨房等你。"

"那弗兰克呢？"

"飞走啦！"

"你知道他是孤儿吗？应该说，他妈妈遗弃了他。"

"我听说了……"

卡蜜儿累得睡不着。她把她的电壁炉推到客厅去，然后一面抽烟一面听着舒伯特的《冬之旅》。

她开始啜泣。突然间，她的喉咙深处又出现那股碎石的臭味。

爸爸……

卡蜜儿，停止。去睡觉。浪漫的泪水、寒冷、倦感、那个让你情绪激动的人……这一切马上停止。在搞什么啊！

哦，他妈的！

什么？

我忘了打电话给波莱特……

去打啊！

但是现在很晚了……

所以更有必要打！快点！

"是我。卡蜜儿……我把您吵醒了吗？"

"没有，没有。"

"我忘了打……"

又是一阵沉默。

"卡蜜儿？"

"我在。"

"我的孩子，您自己要小心哦。"

"……"

"卡蜜儿？"

"好……好的……"

隔天她一直待在床上，直到晚上得出门工作才下床。她起来时看见弗兰克已经在桌上替她准备好食物了，并留下几个字："昨天的小里脊肉炖李子和新鲜的意大利面。微波三分钟。"

哇噻，没有错字……

她站着吃，马上感觉舒服许多。

她沉默地工作赚钱。

拧干拖把。

清空烟灰缸。

系紧垃圾袋。

走路回家。

拍手取暖。

抬头。

思考。

她愈是思考，便走得愈快。

几乎是用跑的。

当她摇醒菲利伯时已经是次日凌晨两点。"我得和你谈谈。"

15

"现在？"

"对。"

"但……但是，现在几点啊？"

"别管几点，听我说！"

"请把我的眼镜递给我……"

"你不需要眼镜，现在一片黑暗……"

"卡蜜儿，拜托你。"

"啊,谢谢……戴上眼镜我会听得更清楚。怎么了,我的士兵?为什么发动这次半夜突击?"

卡蜜儿深呼吸,然后一吐为快,她说了好久好久。

"报告完毕,上校!"

菲利伯张口结舌。

"你怎么都没反应啊?"

"确实,以攻击行动的定义来看,这的确是攻击……"

"你不愿意吗?"

"等等,让我想想……"

"要咖啡吗?"

"好主意。替你自己煮杯咖啡,让我找回思绪……"

"那你要吗?"

他闭上眼睛,示意她先别讲话。

"所以呢?"

"我……我坦白跟你说,我不认为这是个好主意……"

"啊?"卡蜜儿咬着双唇。

"不行。"

"为什么?"

"因为要承担太多的责任。"

"找点别的理由吧,我不想要这个答案,这个理由很烂。我们别理那些不想承担责任的人……我们不管,菲利伯。你当时到上面来找我的时候,我已经三天没吃东西了,而那个时候你也没有想过这个问题……"

"你知道吗,我想过这个问题……"

"那又怎样?你后悔吗?"

"我不后悔。但不要这样比,现在情况完全不同……"

"不!完全一样!"

沉默。

"你应该很清楚,这里不是我的家,我们只能过一天算一天……可能明天早上我就收到挂号信,要我在一个星期内迁出……"

"呸！你很清楚遗产继承的处理情况……你可能还可以待上十年……"

"不论是十年或是一个月……要知道……牵涉到大笔金钱时，即使最斤斤计较的人都会愿意达成协商，你知道的……"

"菲利伯……"

"不要这样看我，你对我要求过多了……"

"不，我什么都没有要求你，我只要你相信我。"

"卡蜜儿……"

"我……我从没有跟你说过这些，但是我……在认识你们之前，我的生活简直是一塌糊涂。当然，如果和弗兰克的童年相比，或许不算什么，不过我还是觉得我和他半斤八两，就是……或许我的情况不像他那么明显……而且我……我不知我怎么会……我像个笨蛋一样摸索，但是我……"

"但是你怎样？"

"我……我这一生中没有人喜欢我，而……"

"而怎样？"

"而前几天我跟你说，这世上我只有你一个人……哦，还有，妈的！昨天是我生日，我二十七岁了，而唯一帮我庆生的，是我妈。你知道她送我什么吗？一本减肥书，很好笑吧？我问你，这是哪门子的幽默？我很抱歉，拿这些事来烦你，但是你得再帮我一次，菲利伯……再一次……以后我就不会再烦你了，我保证。"

"昨天是你生日？"他哀叹，"为什么你没跟我们说？"

"别管我的生日了！我跟你说这件鸡毛蒜皮的小事，事实上是为了让你感动，我的生日并不重要……"

"但是我想送你礼物。"

"那就送吧，现在就送给我。"

"如果我送你礼物，你会让我睡觉吧？"

"会。"

"那么，好吧……"

当然，他无法入眠。

16

翌日早上七点她已经全副武装，到面包店去，特地为她最喜爱的军官带回来一条长棍面包。

菲利伯走进厨房时，一眼就看见她蹲在洗碗槽下面。

"哦……"他呻吟说，"这么早就……大演习？"

"我本来想要把早餐送到你床上，但是我不敢。"

"正确的决定！只有我知道怎样拿捏我的巧克力分量。"

"哦，卡蜜儿，坐下来，你害我头晕……"

"如果我坐下来，又会跟你说严重的大事。"

"天啊……那还是站着吧……"

她坐在他对面，双手放在桌上，直视他的眼睛："我要重新开始画画了。"

"对不起，你说什么？"

"我刚刚出去寄了辞职信。"

菲利伯没回答。

"菲利伯？"

"我在。"

"说话啊，说几句话。"

他放下碗，舔着胡子："不行，我不能，亲爱的，我不能帮你，你得一个人面对……"

"我想搬到最里面的那间去住。"

"但是，卡蜜儿……那里面乱七八糟！"

"还有一堆死苍蝇，我知道，但也是阳光最充足的房间，它有窗户分别面向东边和南边。"

"那些零乱的杂物怎么办呢？"

"我会处理。"

他叹气说："女人想要的事……"

"你等着瞧，你会为我感到骄傲的。"

"我相信。那我呢？"

"什么？"

"我也有权利请求你帮忙吗？"

"当然。"

他两颊泛起红晕。"想……假设你要……你想送……送一个……礼……礼物给一位你……你不认……认识的年轻女孩，你……你会送……送什么？"

卡蜜儿抬起头望着他。"对不起，你说什么？"

"不……不要……装傻，你……你听……听得很清楚……"

"我不知道，是为了什么理由？"

"没……没有特……特别的理由……"

"什么时候送？"

"星……星期六。"

"送她娇兰。"

"什……么？"

"香水。"

"我……我不知道该怎么挑……挑选……"

"你要我陪你去吗？"

"拜……拜托你……"

"没问题！我们趁你午休的时候去挑。"

"谢……谢谢……"

"卡……卡蜜儿？"

"什么？"

"只是……一……一位女性朋友，嗯？"

她笑着站起来。

"我了解。"

然后，她瞥见邮局印制的猫咪月历。"哦，但是星期六是情人节，你知道吧？"

他又把头埋进碗里。

"好了，我有事，先去忙了。中午我再去博物馆找你。"

她拿着清洁剂和海绵离开厨房，他还是没有抬起头，继续咕噜咕噜地吸吮碗底的巧克力残渣。

下午弗兰克回来午睡，却发现空无一人的公寓里杂乱无章。"这里乱七八糟的又是怎么回事？"

五点时他走出房门，卡蜜儿正在与一盏立灯奋战。他问："这里到底发生什么事呀？"

"我在搬家……"

他顿时脸色发白。"你要去哪儿？"

"这里，"她指着堆积如山的残破家具和布满死苍蝇的地毯，接着展开双臂说，"让我向你介绍我的新工作室……"

"不会吧？"

"就是！"

"那你的工作呢？"

"再说吧……"

"那菲利伯呢？"

"哦，菲利伯……"

"他怎么了？"

"他现在正满腹忧郁，他……"

"他怎样？"

"没事啦。"

"你需要帮忙吗？"

"当然！"

有男生帮忙确实容易多了。一小时内他便把杂物搬到隔壁的房间去，那间房间的窗户是封死的，只因为门窗旁的墙壁有点渗漏之类的缺陷。他一边喝着冰凉的啤酒，一边打量所完成的浩大工程，她把握住这平静的一刻，发射最后一枚炮弹："下星期一中午，我想和菲利伯，还有你……一起庆祝我的生日。"

"呃，你要不要晚上再庆祝？"

"为什么？"

"你应该知道呀，星期一是我的苦难日。"

"啊，对哦，对不起，我没有说清楚：下星期一中午，我想要和菲利伯，和你，还有波莱特，庆祝我的生日。"

254

"在养老院那里？"

"当然不是！你负责找一家漂亮的餐厅！"

"我们怎么去呢？"

"我们租一辆车。"

他闭着嘴沉思，咽下最后一口啤酒。"很好，"他一边压扁啤酒罐，"问题是以后当我独自去找她时，她一定会很失望。"

"这一点……确实有可能。"

"你不必觉得非替她做点事不可，好吗？"

"不，不，这是为我自己。"

"好吧……至于车子，我来处理，我有个朋友，他应该会乐意用他的车和我换摩托车。这些苍蝇真的好恶心……"

"我等你起床后再用吸尘器。"

"你还好吗？"

"还好。你看见你的毛衣穿在那只小狗身上的模样吗？"

"没有。"

"那只小狗真是美极了，门房太太乐不可支。"

"你几岁了？"

"二十七。"

"你之前在哪里？"

"对不起，你是什么意思？"

"来这里之前，你在哪里啊？"

"啊，在上面啊！"

"在那之前呢？"

"我们现在没有时间谈这个，哪天晚上你有空，我再告诉你。"

"你只会打马虎眼，然后……"

"一定，一定，等我觉得比较释怀了……我会告诉你卡蜜儿·佛戈小姐足资借鉴的人生……"

"足资借鉴指的是？"

"好问题……"

"所以很有建设性啰？"

"不是，是足以作为模范，但是很讽刺……"

"什么啊？"

"这么说好了，就像是一栋正在毁灭的建筑物。"

"像是比萨斜塔吗？"

"没错！"

"妈的，跟知识分子一起生活还真伤脑筋……"

"不，才不会呢！相反地，非常愉快！"

"不，很伤脑筋。我老是怕自己写错字……中午你吃什么？"

"和菲利伯一起吃三明治。不过，我有看见你放在烤箱里的东西，我待会儿再吃。总之谢谢你，好吃极了。"

"不客气。我要走了。"

"你呢，还好吗？"

"很累。"

"那去睡觉啊！"

"我睡了啊，但是不知怎么地，我就是提不起劲来……好了，我工作去了。"

17

"啊……十五年来都没看见你的踪影，而现在你几乎每天往这里钻！"

"奥黛特，你好。"

响亮的亲吻声。

"她来了吗？"

"还没……"

"好吧，我们就先坐下来……来，向你介绍一下，这是我朋友卡蜜儿。"

"您好。"

"还有菲利伯。"

"幸会，真荣幸能……"

"好了！好了！你待会儿再鞠躬敬礼。"

"哦，别这么紧张！"

"我没有紧张，我只是饿了。啊，瞧，刚好来了……外婆好，你好，伊冯娜，你会和我们一起庆生吧？"

"你好，我的小弗兰克。不了，谢谢你，我家里还有一堆人。我等一下大约几点过来接她？"

"我们会载她回去。"

"不要太晚哦，好吗？因为上次我就被狠狠骂了一顿，她必须在五点半之前回去。"

"好，是的，知道了，伊冯娜，知道了。代我向你家人问好。"

弗兰克吁口气。

"好了，外婆，来，我跟你介绍，这是菲利伯……"

"幸会，幸会。"他俯身在她的手背上亲一下，行了个吻手礼。

"好了，我们坐下。不用，奥黛特！不用菜单！让主厨决定！"

"那餐前酒呢？"

"香槟！"菲利伯回答说。接着对身旁的波莱特说："女士，您喜欢香槟吗？"

"是，是的……"波莱特面对这么多礼的菲利伯，显得有点羞怯。

"来，先吃些肉酱等候一下……"

一开始大家都有点拘谨。幸好随后上桌的罗亚尔河地区特产酒和白奶油炖白鱼以及羊乳酪让大家打开了话匣子。菲利伯细心照料波莱特，而卡蜜儿被弗兰克的童年趣事逗得笑哈哈。弗兰克不停地说："我是……啊呀，外婆，当时我几岁啊？

"天啊，这么久了……十三岁、十四岁吧？

"那是我当学徒的第一年，我记得那个时候我很怕荷内。不过他教了我很多的事，也把我弄得团团转。我忘他到底给我看什么……好像是刀具吧，他告诉我说：'这一把，我们叫他大母猫，另一把叫小母猫。老师问你时，你记得吗，嗯……当然，有很多书籍可以参考，不过这才是真正的厨房术语，真的行话，我们也因此辨认出谁才是好学徒。怎样？你记起来了吗？'我回答：'是的，主厨。'

"他又问：'那这个叫什么？'我说：'主厨，大母猫。'他再问：'另一把呢？''呃……是小的……''小的什么，雷斯塔？''小母猫，主厨！'他于是讲：
'很好，小家伙，很好……你会有前途的。'啊！那时我真是年幼无知！他们把
我玩弄于股掌之中……不过，我们可不是每天都在开玩笑，是吧，奥黛特？有
时还会被人踢屁股……"

跟他们坐在一起的奥黛特猛点头。

"哦，现在他比较不会乱来了。"

"当然！现在的小孩不能任人摆布！"

"不要跟我说现在的小孩……我们连骂他们一句都不行……骂了就赌气。
他们只知道赌气，很累人……比以前你们把垃圾桶弄到着火还更叫我伤脑筋。"

"真的吗！我完全不记得有这件事。"

"哦，我，我可记得，请相信我吧！"

熄灯。卡蜜儿吹蜡烛，全餐厅的人都拍手祝贺。菲利伯悄悄溜出去，带了
一个大包裹回来。"这是我们两个合送的……"

"对，不过是他的主意，"弗兰克说道，"如果你不喜欢，和我无关。我，
我想包一个猛男脱衣舞给你看，不过他不肯。"

"哦，谢谢你们的好意！"

是一张水彩画桌。

菲利伯声音颤抖，把说明书的内容朗读出来：

"可折叠式倾斜双层水彩桌，桌面坚固宽敞，还有两个储物抽屉，专为坐
着作画而设计。整体以山毛榉木制成，可以折叠与并合，附固定横档，让桌脚
打开时可以稳固地站立。桌脚收纳后抽屉即被锁住。桌面以双齿轨调整倾斜度。
可以放置一沓六十八乘五十二厘米的纸张。另附手把，携带便利。卡蜜儿，还
没念完……手把下方，可以放置一小瓶水！"

"只能放水吗？"弗兰克担心地问。

"不是用来喝的，笨孩子，"波莱特嘲笑说，"是用来调色的！"

"啊，对哦，我真笨……"

"你喜……欢吗？"菲利伯不安地问说。

"太棒了！"

"你……你不会比……比较喜欢全裸的男……男人吗？"

"我现在可以马上试用吗？"

"试呀，试呀，反正我们还在等荷内。"

卡蜜儿从她的袋子里掏出小盒水彩，松开水彩盒的锁扣，坐在玻璃窗前，开始动手画罗亚尔河：缓慢、宽阔、宁静、沉着，不太有生气的沙洲、木桩和腐败的小舟、一只鸬鹚。白色的灯芯草和蓝色的天空。在两大片疲惫的云朵之间有一抹冬天的蓝；金属般的闪亮、炫目与虚华。

奥黛特被深深吸引了。"她是怎么办到的呢？她那个小盒子里只有八种颜色啊！"

"我作弊啦，不过，嘘……拿着。这是给您的。"

"哦，谢谢！谢谢！荷内！过来看！"

"这顿我请您！"

"哦，不用……"

"要，当然要的！就这样……"

她坐回餐桌上时，波莱特从桌子底下递给她一个包裹：是一顶毛线帽，和先前送她的围巾成对。一样的洞洞，一样的颜色，一样高级。

猎人到了，弗兰克和老板跟随他们走进厨房，他们一边喝白兰地一边谈论袋中的野味。

卡蜜儿把玩着礼物，波莱特跟菲利伯诉说她经历过的战争，菲利伯伸长双脚，听得津津有味。

天快黑了，恼人的傍晚时分，波莱特坐在死亡座[53]上。没人说话。

风景愈来愈丑陋。

他们绕过城市，穿过无聊的商业区：大型超市、一夜二十九欧元外加有线电视的小旅馆、厂房、大型家具店。最后，弗兰克停下车，停在商业区的尽头。

菲利伯站起来帮她开门，卡蜜儿脱下她的毛线帽。

波莱特摸摸她的脸庞。

"走吧，走吧……"弗兰克嘟哝着说，"快一点。我可不想被工作人员骂！"

他回到车上时，房间里的人影已经掀开窗帘。

---

53 法语里"死亡座"指的是副驾座位。

他坐下来，垮下脸，深深地叹一口气才启动车子。

车还没开出停车场，卡蜜儿就拍了一下弗兰克的肩膀说："停车。"

"你又忘了什么？"

"我说，停下来。"

18

他把车开回去。

"那现在呢？"

"总共花了你多少钱？"

"对不起，你说什么？"

"这个养老院？"

"你干吗问我这个？"

"多少钱？"

"一万法郎左右……"

"谁付的钱？"

"我外公的退休金，七千一百一十二元，还有省政府之类我搞不太清楚的政府补助……"

"你给我两千块当零用钱，其他的你自己留着。另外，星期天不工作，让我喘口气……"

"等等，你到底在说什么？"

"菲利伯？"

"哦，不，亲爱的，这是你的主意。"他撒娇说。

"没错，不过房子是你的，我的朋友……"

"嘿！究竟是怎么回事？"

菲利伯打开车厢里的灯。"如果你愿意……"

"而且如果她愿意。"卡蜜儿指出。

"……我们就带她走。"菲利伯笑说。

"走去哪里？"他嘟哝地说。

"回我们家，回公寓啊。"

"什么时候？"

"现在。"

"现……现在？卡蜜儿，告诉我，当我结巴的时候，看起来有目瞪口呆的样子吗？"

"不，不，"她要他放心，"你完全没有呆瓜的眼神。"

"谁会照顾她？"

"我。拜托，我刚刚已经提出我的条件了呀！"

"那你的工作呢？"

"结束了！没有工作了！"

"但是，呃……"

"什么？"

"她要吃药，还有其他的琐事……"

"我会拿给她吃！计算药丸并不困难吧？"

"如果她跌倒呢？"

"她不会跌倒，因为有我在！"

"但，呃……她……她要睡哪？"

"我把我的房间让给她，全都安排好了。"

他把额头靠在方向盘上。"那你，菲利伯，你是怎么想的？"

"一开始我不能接受，后来我觉得很好。我想如果我们带她回家，你的生活会轻松很多……"

"但是，照顾老人是一件很沉重的工作！"

"你这样认为吗？你外婆有多沉重？五十公斤？甚至不到五十公斤！"

"我们不能够就这样把她带走吧？"

"是吗？"

"当然，不能……"

"如果要付违约金，我们会付。"

"我可以出去转一圈吗？"

"去吧。"

"卡蜜儿，你帮我卷一根烟好吗？"

"拿去。"

他关上车门。

"真的很荒唐。"他回车上时，做出结论。

"我们也没否认……呃，菲利伯？"

"从来都没有，我们的脑筋还清楚得很！"

"你们不怕？"

"不。"

"我们已经身经百战，不是吗？"

"冷静点！"

"你们想她会喜欢巴黎吗？"

"我们不是要带她去巴黎，我们要带她去我们家！"

"我们要让她看看埃菲尔铁塔！"

"不，我们要让她看许多比埃菲尔铁塔更美丽的东西！"

他叹了口气，"好吧，那么，现在该怎么做？"

"我来处理。"卡蜜儿说。

当他们回来把车停放在她窗户下面的时候，她还在窗边原地不动。

卡蜜儿迈开步伐跑过去，弗兰克和菲利伯坐在车子里观赏这出皮影戏：小黑影转过身，另一个比较大的黑影站在旁边，手势，点头，肩膀晃动。弗兰克不断地说："这真是荒唐，真是太荒唐了，我跟你们说，这实在荒唐……荒唐至极……"

菲利伯轻轻微笑。

两个黑影换了位置。

"菲利伯？"

"嗯……"

"这女孩到底是什么东西？"

"对不起，你说什么？"

"你帮我们找到的这个女孩……究竟是什么人？外星人吗？"

菲利伯笑着。

"她是仙女……"

"是，是这样……一位仙女……你说得没错。"

那……嗯……她们……仙女或……有性欲吗……

"她们在磨蹭什么啊？妈的！"

灯终于关了。

卡蜜儿打开窗户，抛出一个大行李箱。

正在咬手指头的弗兰克吓了一跳，"妈的，她是不是有把东西扔出窗外的癖好？"

他接下来却是又笑又哭。"妈的，我的菲利伯……"

豆大的泪滴滑过他的脸颊。"我已经有好几个月不敢照镜子了……你相信吗？妈的，你相信吗？"

他颤抖着。

菲利伯拿了条手帕递给弗兰克。

"一切都很好，一切都会很好的。放心我们会善待她，我们……你别担心了……"

弗兰克擤着鼻涕，把车往前开，当菲利伯去捡行李时，他迫不及待地迎向她们。

"不，不，年轻人您坐在前面！您的腿长，您……"

最初几公里的车程中，车内一片死寂。每个人都思忖着是否刚做了件荒唐至极的蠢事。然后，突然间，天真的波莱特赶走了阴霾。"我说……你们会带我去看表演吗？我们会去看歌舞剧吗？"

菲利伯转身低声唱着："我是巴西人，我有金子，我来自里约，我比以前更有钱，巴黎，巴黎，我为你而来！"

卡蜜儿牵着她的手，弗兰克看着后视镜对卡蜜儿微笑。

我们四个，此时，此地，在这辆破旧的雷诺车上，自由自在，在一起，其他的，随他去吧……

他们齐声唱着："我——偷——了那——里的一切！"

✦ 第四部 ✦

这四个人已准备共度余生，

或许，这将会是他们生命中最美丽的日子。

1

四个人能住在一起相安无事？这是一个假设，未来情形怎样，目前还无从印证。而且，人的思想也经常改变，某天想一死了之，隔天却发现退几步便海阔天空……不过，这四个人已准备共度余生，或许，这将会是他们生命中最美丽的日子。

自从他们向她介绍公寓的那一刻起，他们怀着激动又忧虑的心情，观察波莱特的反应和想法（而她没说什么），一股温煦的微风轻拂过他们疲倦的脸庞。

一次爱抚，一场休战，一盒轻凉香膏。

一如有人说的心灵疗法吧……

这个"残缺家族"从此有了外婆，即使这个家并不完整，而且永远也不会完整，但他们不想被击倒。

如果是玩"七个家族"⁵⁴的游戏，他们并不够格。但如果是玩扑克牌，他们已经发好牌，而且形成四张同点。当然，若要说是四张 A，恐怕也不至于，因为四个人各自有太多的缺陷，太多的坑疤，太多的伤痕，实在没法如此夸大。

---

54 "七个家族"是法国的一种纸牌游戏，游戏中共有七个家族，每个家族由爷爷、奶奶、爸爸、妈妈、儿子、女儿六个人共同组成。

嘿！不过还是四张同点啊！

可惜，他们都不是玩牌高手……

即使全神贯注，即使下定决心保留手中的好牌，但是如何要求一个手无寸铁的保皇党、一个柔弱的仙女、一个粗壮的男孩和一个全身瘀青的老太太去夸大自己的底牌呢？

不可能。

唉，算了，还是下小注，少赢点。这样总比退出赌局，早早上床睡觉来得好。

2

卡蜜儿寄出辞职信后，还没有到规定的一个月预告期就离职了，因为她再也不想忍受超级乔西。她应该去跟公司协商她的离职才对，为自己争取……他们都怎么称呼的？争取她应得的全部薪资。她到任已经满一年了，从没请过任何假。但她衡量得失，还是决定作罢。

杜嬷嬷却对她感到非常不满："那么你……那么你……"她那晚不断踢着扫帚，反复说着，"那么你……"

"那我怎样？"她重复第一百次的时候，卡蜜儿不耐烦地说，"把话说清楚啊！妈的！我什么啊？"

杜嬷嬷悲伤地摇摇头。"那么你……没什么。"

卡蜜儿走进另一间办公室。

她们住的地方方向相反，不过卡蜜儿跟杜嬷嬷一起走进人烟稀少的车厢，并强迫她挪出点位置，让她们俩可以坐在同个座位上。她们就像是漫画人物中的阿斯泰里克斯与欧贝理斯[55]吵架的时候一样。卡蜜儿往她身上的肥肉轻轻捶了一下，而杜嬷嬷的回击却几乎让她应声倒地。

她们就这样僵持了好一阵子。

"嘿，杜嬷嬷……不要生气。"

55 阿斯泰里克斯与欧贝理斯（Asterix et Obelix），是法国经典系列漫画。内容以高卢人抗战罗马人为主，亦曾改编拍成电影，中文片名为《勇士斗恺撒》。

"我没有生气，我不准你再叫我杜嬷嬷。我不叫杜嬷嬷！我讨厌这个名字！那是给工作伙伴叫的，但我根本不叫杜嬷嬷！你不再是我的同事了，所以我不准你再这样叫我，懂吗？"

"是吗？那你叫什么呢？"

"我不想跟你说。"

"听着，杜嬷……呃，亲爱的，我跟你实话实说：我不是因为乔西的缘故才离开，也不是因为工作本身而离开，更不是因为一时高兴或是为了钱。事实上，我离开是因为我有别的工作。反正……是一个……我也不很确定的工作……但我想我会做得更好，也会比较快乐。"

沉默。

"而且还有别的原因。我现在要照顾一个老太太，所以晚上我不想出门，你了解吗？我怕她会跌倒。"

沉默。

"好了，我要下车了，呃……不然我又得花钱搭出租车……"

杜嬷嬷抓住她的手，强迫她坐下。"我说，再待一下。现在才午夜十二点三十四分……"

"是什么？"

"对不起，你说什么？"

"你的另一份工作是什么？"

卡蜜儿把素描本给她看。

"拿着，"她把素描本还给卡蜜儿，转身说，"很好，我也同意。你现在可以走了。不过，我还是很高兴认识你，小蚱蜢。"

"我还有件事想麻烦你，嬷嬷……"

"你要我哥哥帮你作法，吸引顾客，让你飞黄腾达吗？"

"不是。我想要你为我摆……"

"要我摆什么？"

"嗯，你啊！我要你当我的模特儿。"

"我？"

"是的。"

"你这是在开我玩笑吗？"

"我第一次看见你时，我记得，当时我们是在纽利工作，那时我就想画你了。"

"拜托，卡蜜儿！我一点都不漂亮！"

"对我而言，你好漂亮。"

沉默。

"对你而言是这样子吗？"

"对我而言是的……"

"这到底有什么好看的？"她指着自己映在黑色玻璃上的身影，"呃？你是说哪里好看？"

"如果我能画你的画像，如果我画得好的话，我们可以从画里看到你曾经跟我描述过的每个人和每件事……所有的一切。我们看得见你的父母亲、你的孩子、海洋，还有……它叫什么来着？"

"谁啊？"

"你的小山羊啊？"

"布利……"

"我们可以看见布利，还有你死去的堂妹以及所有的一切。"

"你话说得好像我哥哥！叽里呱啦说了一堆异想天开的玩意儿！"

沉默。

"不过……我并不确定我可以画好。"

"啊，是哦？如果在我的头顶上，没看到我的布利，那更好！"她笑说，"但是，当模特儿是不是得花很多的时间呢？"

"是的。"

"那么，我不行……"

"你有我的手机号码，跟杜克灵请一两天假，过来找我。我会付你钟点费，我们都会付钱给模特儿，你知道的，这也是一门行业。好了，我得走了。我……我们不亲一下吗？"

杜嬷嬷将卡蜜儿紧紧搂在胸前，差点令她喘不过气来。

"杜嬷嬷，那你叫什么名字？"

"我不告诉你。我不喜欢我的名字……"

卡蜜儿在月台上，一边假装把电话放在耳边，一边奔跑着。她的前同事神情憔悴地挥着手。忘了我，小姑娘，忘了我，你现在应该已经把我给忘了吧……

她大声地擤着鼻涕。

她喜欢和她说话。

真的……

3

最初几天波莱特没有离开房间。她担心会打扰别人，怕迷路，怕跌倒（他们忘了带她的助行器过来）。她最担心的是，会对自己一时冲动搬来此处感到后悔。

她经常搞不清楚状况，说她已经在此度过了相当愉快的假期，追问他们何时要载她回家……

"你家在哪？"弗兰克不耐烦地回答。

"哎哟，你很清楚啊……就是家里……我家啊……"

他叹了口气，离开她的房间，"我早说过把她弄来这件事很荒唐，而且，现在她精神错乱了。"

卡蜜儿看着菲利伯，菲利伯则看向他处。

"波莱特？"

"啊，是你，我的孩子……你……你叫什么来着？"

"卡蜜儿。"

"对啦！我的小女孩，怎么了？"

卡蜜儿语气坚决，直截了当跟她说明一切。明白告诉她，她原本住哪里，为什么会和他们住在一起，还有他们为了陪伴她已经改变原本的生活方式，现在的生活方式一定会继续下去。她详细说明各项细节，让老太太完全解除了心防。"那么，我再也不能回我家了？"

"不能。"

"啊？"

"波莱特，跟我来。"

卡蜜儿牵着她的手，再次带她参观公寓。这次的介绍比上次更慢，并加强补充了一些重要细节。"这里，是厕所……你看，弗兰克正在墙上加装扶手，为了让你能够抓稳……"

"荒唐的蠢事……"弗兰克喃喃自语着。

"这里是厨房……很大吧？也很冷。所以我昨天简单修好了一张脚底下附滚轮的桌子，让你可以在房里用餐。"

"或是在客厅里，"菲利伯补充说，"你知道，你不必整天关在房间里。"

"好了，这条走廊……非常长，不过你可以扶着护壁板，对吧？如果你需要帮忙，我们可以到药店租一辆轮椅。"

"好，我想这样比较好……"

"没问题！反正现在家里已经有个摩托车骑士了。"

"这里是浴室……现在我必须严肃地跟你说，波莱特……来，你先坐下来……抬起头，看，多么漂亮……"

"非常漂亮，我没看过这么漂亮的浴室……"

"好，那么你知道明天你的外孙和他的朋友要做什么吗？"

"不知道……"

"他们要打碎这里，他们要为你安装一个淋浴间，因为这个浴缸太高，你跨不进去。所以，你必须要做个决定，以免太迟。要么，你留下来，他们就动工；要么，你不想留下来，那也没关系，随你高兴，波莱特。但是你必须要现在就跟我们说清楚，你明白吗？"

"你明白吗？"菲利伯重复说。

老太太吁口气，翻弄着毛衣外套的衣角一会儿，这短短的几秒钟对他们而言仿佛像永恒般长久。然后，她抬起头来，不安地说："你们有想到凳子吗？"

"对不起，你说什么？"

"你们知道的，我并没有完全残废……我可以自己洗澡，但是我需要一把凳子……"

菲利伯假装做笔记的模样："给太太一个凳子！我记下了！请问还需要什么呢？"

她笑说："没有了……"

"没有其他的吗？"

她终于一吐为快："是的。我想要我的电视周刊、填字游戏、钩针、毛线、一盒妮维雅润肤霜，因为我忘了带过来。还有糖果，我的床头柜要放一台收音机闹钟、浸泡假牙的药水、束带、拖鞋、保暖的睡袍，因为这里到处都有对流风。还有蜜粉、我的古龙水，上次弗兰克忘了买。另外，还要多一个枕头、一个放大镜，还有帮我挪动在窗前的沙发，还有……"

"还有？"菲利伯紧张地问。

"就这样，说真的……"

弗兰克带着工具箱回到家里，拍着菲利伯的肩膀说："他妈的，伙伴，现在咱们有两位公主了。"

"小心！"卡蜜儿生气地说，"你弄得到处都是灰尘。"

"还有，拜托你别再说脏话！"他的外婆接着说。

他拖着脚步走开。"哇哇，妈呀，会很麻烦，会很难过，我的朋友，我们会很凄惨。我，我要回房去，那里比较清静。如果有人要去买东西，顺便帮我带一些马铃薯，我可以替你们烤马铃薯肉泥……这次要挑对马铃薯。嘿！记得，是专用来做马铃薯泥的马铃薯，不难的，网袋上写得很清楚。"

"我们会很凄惨，我们会很凄惨……"他本来这么预料，但是他错了。相反地，他们从来没有过得这么幸福美满。

这样说，显然有点可笑，不过却是千真万确的事实，而且他们早就对愚蠢可笑产生免疫了：这是他们第一次拥有真正的家的感觉。

甚至比真正的家更好哩，这个家是经过选择，通过意愿，他们一起奋斗而来的，它对他们毫无所求，只求他们一起幸福地生活。即使不幸福也罢，只要在一起就好，光这一点已经出人意料了。

4

"浴室事件"后，波莱特和以前不一样了。她在这个家里找到属于自己的地位，安详地融入这片乱哄哄的环境。或许她只是需要一个证明，证明在这个

护窗板 [56] 从屋里关上、自从复辟时期 [57] 之后就没被大肆清理的偌大空旷公寓里，她会受人欢迎。如果他们特地为她安装淋浴间，但她却因为缺少了两三样东西而感到无所适从……这是卡蜜儿经常想起的问题。人为什么会过得不快乐？人常常因为一些鸡毛蒜皮的小事，就变得很不快乐。如果没有那位有耐性的高个儿男孩拿着一本幻想的小笔记本，追问"没有其他的吗"……一份烂报纸、一个放大镜、几瓶古龙水，真是难以想象。她很喜欢这一类廉价哲学，当她们一起在平价超市读着各种神奇的粘假牙产品说明时，这种哲学显得更是复杂。

"波莱特，呃……您说您还需要的是……"

"你该不会要我继续穿养老院的那种尿布，只因为它们的价格比较便宜！"波莱特生气地表示。

"啊！原来是成人纸尿裤！"卡蜜儿松口气重复说，"原来如此……我没搞清楚。"

她们把平价超市混得熟透，不久后，平价超市对她们来说已经老套过时，现在，她们推着推车，踏着小碎步逛单一价超市，手里拿着前一晚弗兰克开出的购物清单……

啊！单一价……

她们的一生……

波莱特总是第一个起床，等待其中一位男孩帮她把早餐带到床上。由菲利伯负责时，他会使用托盘，放着糖夹、绣花餐巾和一小碗牛奶。他扶她坐起来，拍松她的枕头，拉开窗帘谈论天气。从来没有一个男人对她这么的体贴，她也当然开始喜欢上他。轮到由弗兰克负责时，呃……就比较粗鲁。他把饮品放到床头柜上，迅速滑到她的脸颊上亲一下，同时咕哝着他已经迟到了。

"你不想先尿尿吗？"

"我等小卡蜜儿……"

"嘿，外婆，别太依赖她！她可能还要再睡一个小时！你用不着憋着吧。"

她又说了一次："我等她。"

---

56 法国大部分的房子的护窗板是从屋外关上。

57 "复辟时期"指一八一四年到一八三〇年这段时间。

弗兰克边碎碎念边走开。"好啊,等她,等啊,等她,真是恶心,现在都是为了你。妈的,我也在等她啊!我该怎么做呢?我该摔断腿让她对我嫣然一笑吗?这个神仙保姆⁵⁸真是讨人厌,讨人厌……"

她刚好从房里走出来,一边打着哈欠。"你又在念什么啊?"

"没什么。我和查尔斯王子以及马奈利修女⁵⁹住在一起,而我就像是个蠢蛋。让开,我要迟到了。哦,对了。"

"什么?"

"手臂给我瞧瞧……非常好!"他一边摸着一边开玩笑说,"喂,长肉了,小心点,过不久你就要下锅了……"

"别痴人说梦话,小厨子,想都别想。"

"哦,是的,我的胖鹌鹑,随你爱怎么说。"

的确,世界变得愉悦多了。

他腋下夹着外套,走过来说:"下星期三……"

"什么下星期三?"

"下星期三吧,因为星期二会忙到很晚。星期三你等我吃晚餐……"

"半夜?"

"我会早点回来,为你做可丽饼,这会是你这辈子从未吃过的美味。"

"啊!吓死我了!我还以为你选了那天想要上我!"

"我先做可丽饼,然后再上你。"

"十全十美啊。"

十全十美?啊!对这个笨蛋而言,可真难熬……到星期三之前他该怎么办?他会撞坏所有的路灯,搞砸酱汁。去买新内裤?妈的,这不会是真的!不管怎样,她总有一天会要了他的命,这个死女人!焦虑……但愿成真……在半

---

58 指作者帕梅拉·林登·特拉弗斯(Pamela Lyndon Travers)的作品《玛丽·波平斯》(*Mary Poppins*),曾改编成动画和电影《欢乐满人间》。剧中主角玛丽·波平斯(Mary Poppins)是来自仙界的保姆。

59 马奈利修女(Sister Emmanuelle),法国最受人敬重的修女之一,于一九〇年出生于比利时,先后在土耳其、埃及等地服务,与穷人为伍。著有《活着,为了什么》以及《富裕的贫穷》等书。

信半疑间，他还是决定买条新的内裤……是的……用最有名的柳橙甜酒[60] 做火烧可丽饼应该不错……剩下的，我来喝。

卡蜜儿端着她的茶去找波莱特。波莱特坐在床上，盖着羽毛被，她们等男孩出门，然后一起看电视购物频道，看得津津有味，咯咯发笑，嘲笑那些名人的穿着。波莱特没有经历过法郎换成欧元的时期，所以惊讶地误以为巴黎的生活怎会这么便宜。她舒适地在温暖的床上看电视，去单一价超市购物，再去报摊买杂志，时间仿佛不复存在。

她们觉得自己像是在度假。对卡蜜儿而言，这是这些年来第一次的假期；对老太太而言，则一直都有这种感觉。她们相处愉快，不需言语就能心领神会，白昼愈来愈长，她们也愈来愈年轻。

卡蜜儿经过家庭补助局认定，具有"生活看护"[61] 的身份。这个称呼很适合她，她虽然缺乏医学知识的训练，但她遣词用字大胆，语气直接，反而让她们两人卸除心理障碍。

"我的波莱特，来吧，我帮您洗屁股……"

"你确定？"

"当然！"

"你不觉得恶心吗？"

"不会啊。"

鉴于要把浴室改成淋浴间的工程过于复杂，弗兰克因此制作了一个防滑阶梯，让外婆可以跨进浴缸，并将一把老旧的椅子锯掉椅腿放在浴缸里，卡蜜儿让波莱特坐下之前，会先在椅子上放一块海绵垫。

"哦……"她低语，"我会不好意思……你不了解，你这样帮我，我有多不自在……"

"别这样。"

"我这副臭皮囊不会让你作呕吗？你确定？"

---

60 柳橙甜酒（Le Grand Marnier），是一种名酒，一八八〇年问世，又名"柑曼怡"。是不同的干邑酒混合后，以柳橙香精为主要成分一起蒸馏而成。

61 生活看护简称为 CAF，是法国社会福利部门的一个单位，专门负责房屋津贴、看护补助等。

"您知道，我……我想我和您对这方面的看法不同。我……我上过解剖学，我画过好多裸体，有些模特儿的年纪跟您相仿，我不会感到害臊……当然，我是会害羞的，但不是对这种事。我不知道该如何跟您解释……不过，当我看着您，我不会告诉自己：好恶心，这些皱纹、下垂的乳房、松垮垮的肚皮、白色的毛发、松弛的性器官、皱巴巴的膝盖……没有，我完全不会这样想。或许这样说会令您生气，但是我感兴趣的是您身体本身，而非你。我想到绘画、技巧、光影、轮廓及令人着迷的肉体……我联想到一些名画……哥雅的疯老女人，和死亡有关的寓言画，林布兰的母亲或是他的女预言家安娜……对不起，波莱特，这样说实在很过分，事实上，我是以非常冷静的眼光看您！"

"像好奇宝宝吗？"

"有点这样的意味……比较像是感兴趣的人……"

"所以呢？"

"没怎样。"

"你也要画我吗？"

"是的。"

波莱特没讲话。

"是的，如果您答应我的话，我想要画您，一直画到非常了解您，直到您不再觉得我在您身边……"

"我答应你。但是洗澡，我真的……你甚至不是我的女儿，什么都不是，我……哦，我真的觉得很尴尬……"

最后，卡蜜儿脱下衣服，蹲在她面前淡灰色的瓷砖上说："帮我擦背。"

"对不起，你说什么？"

"拿香皂、毛巾，然后，帮我擦洗，波莱特。"

她把手伸往这年轻女孩的背上，并在椅子上微微颤抖。

"嘿！再用力一点！"

"天啊，你这么年轻……让我想到我年轻的时候……当然，我并没有这么纤细，但是……"

"您是要说骨瘦如柴吗？"卡蜜儿一手抓着水龙头说。

"不不，我是真的想说纤细……弗兰克第一次跟我提到你的时候，我记得，他尽是说着："哦，外婆，她好瘦……你可要瞧瞧她有多么瘦……"但现在我真正看见你时，我觉得他说得不对，你并不是骨瘦如柴，你是纤细。你让我想到在《美丽的约定》[62] 中的年轻女孩……你知道吗？她叫什么名字来着？帮我想想……"

"我没有看过这本书。"

"她也有个贵族的名字……啊，真笨啊，忘了……"

"我们去图书馆找找看……好了！下面一点！您不用这样吧！等等，我现在要转过身……好了，您瞧？我们俩现在可是位置相同了，老太太！您为什么这样看着我？"

"我……这……这个疤痕是……"

"哦，这个？这没什么。"

"不……什么没什么……你发生过什么事啊？"

"我跟您说了，没什么啦。"

从这天起，她们不再谈论这个敏感的话题。

卡蜜儿扶她去上厕所，接着帮她洗澡、涂香皂，聊着其他的事。对她而言，洗头发比较麻烦，老太太只要一闭上眼睛，身体便失去平衡，自然地往后仰。经过几次惨痛的经验，她们决定还是去美容院洗发算了。不过，他们去的不是社区附近的美容院，因为那里实在太贵了（"谁是米莉恩？"这个坏蛋弗兰克竟然说，"我不认识叫米莉恩的……"），他们去的地方在公交车的终点站附近。卡蜜儿研究地图，手指头在巴黎地铁公交车图上来回搜寻着，然后翻阅电话簿，询问每家美容院的价格，最后选中一家位于比利牛斯路上的小美容院，位于六十九号公车的最后一站。

事实上，差价根本不敷负担这么遥远的旅程，但却是相当美妙的出游……

每个星期五，黎明初晓，天空开始泛白，她把憔悴的波莱特安置在车窗边，为她念着《每日巴黎》上面的评论，并趁塞车时快速拿起画册，画下在皇家桥上一对穿着 Burberry 经典格纹外套的卷毛狗、一种类似香肠形状装饰着卢浮

---

62 《美丽的约定》（*Le Grand Meaulnes*），法国作家亚伦·傅尼叶（Alain Fournier，本名 Henry Alban-Fournier, 1886—1914）一生中唯一的小说，曾两度被搬上银幕，最新版本称为《美丽的约定》。有趣的是，傅尼叶的家乡就是雪尔，也就是卡蜜儿和弗兰克去看杀猪的地方。

宫墙面的东西、梅哥喜亨河堤边的鸟笼和黄杨木、巴士底广场的七月柱底座或是拉雪兹神父公墓。接着，朗读皇室公主怀孕的消息和过气歌手的故事。她们在甘贝塔广场的咖啡馆吃午餐。不过她们没去"甘贝塔咖啡馆"，因为觉得太时髦了。她们去的是"地铁酒吧"，里面充斥着烟草的香味、输了乐透的赌客和没耐心的服务生。

波莱特想起她信奉的天主教规定，礼拜五只能吃鱼，所以点了杏仁鳟鱼，而卡蜜儿没有任何信仰传统，闭着眼睛咬着她的热三明治 [63]。她们点了一小壶酒，高兴地举杯祝福，敬我们！回程途中她坐在波莱特对面，在波莱特的注视下画着同样的东西。从美容院出来的波莱特显得风姿绰约，为了担心压坏美丽的淡紫色小鬈发而不敢把头靠在车窗上。（那位叫作乔安娜的美发师，说服她改变发色："那么这样可以吗？我帮您染这个紫色，嗯，看，是第三十四号……"）波莱特看着卡蜜儿，但是卡蜜儿正沉浸在有关抽脂手术失败的报道。"我看起来会不会太忧郁？"她担心地问道。"忧郁？当然不会！看起来显得更愉悦呢！"这真是最恰当的形容词。那天她们心情愉悦，还到伏尔泰河堤转角处的桑纳立美术用品店买了个新的颜料小器皿。

波莱特的头发从稀释变淡的金粉红色变成紫色。

哦！立即见效……显得更高贵了……

其他的日子还是待在单一价超市。她们花了一个多小时，在超市里走了两百米，试吃新上市的酸奶、回答愚蠢的问卷，试用口红或是试戴丑陋的平纹细布围巾。她们消磨时间，叽里呱啦说个不停，时而停在半路上，对着第七区的有钱人和兴高采烈的年轻人指指点点：她们的狂笑、她们匪夷所思的行径、她们的手机铃声，以及发出叮叮当当声音的背包。她们笑闹、叹息、嘲笑，然后小心地站起来。

她们有的是时间，大好人生就在眼前……

---

63 热三明治(croque-monsieur)，法式经典热三明治，两片吐司中间夹火腿，吐司上撒了奶酪再烤过。

5

弗兰克没空供应食物的时候，则由卡蜜儿负责。波莱特吃过几次煮成烂糊的面条、料理失败的冷冻食品和烧焦的荷包蛋后，决定教她一些烹饪的技巧。她坐在天然气炉前，告诉她一些基本的操作手法，像是包在粗棉布里面的综合香料束、炖锅、热平底锅、葡萄酒奶油汤汁。她虽然眼力不佳，但她依照气味，指示接下来的步骤……洋葱、肥肉丁，现在放肉块，嗯，非常好，倒入汤汁……快啊，很好！

"很好。我认为你无法变成蓝带级大厨，不过……"

"那弗兰克呢？"

"弗兰克什么？"

"是您教他做菜吗？"

"也不能这样说。我想，我只是给他品味……但真正的技巧不是我教的，我只有教他一些家常菜……简单菜、乡下菜、便宜菜……我先生心脏病去世后，我曾经在有钱人家当厨娘……"

"他有跟您去吗？"

"有啊！当时他还小，所以我只能带他去，不过后来他当然不肯跟了……后来……"

"后来怎样？"

"嗯，你应该清楚知道后来发生了什么事……后来，我很难知道他人究竟在哪里……但是……他很有天分。他在这方面很有天赋，厨房是唯一能让他安静的地方……"

"这倒是真的。"

"你看过？"

"嗯。前阵子他叫我去餐厅当临时工，我差点认不出他来！"

"你瞧……不过，你不知道当我们要把他送去当学徒时，情况有多么惨……他恨死我们了……"

"他本来想做什么呢？"

"什么都不想做，只知道闯祸……卡蜜儿，你喝太多了！"

"您在说笑啊！自从您来到这里后我几乎酒不沾口！来，喝点酒，有益血液循环——不是我说的，是医生说的。"

"好吧……就一点点……"

"呃，怎么？不要这副表情！您喝了酒会变得感伤吗？"

"不是，是想起了过去……"

"不好受吧？"

"对呀……"

"是他让您难过吗？"

"他，还有整个人生……"

"他跟我说了。"

"说什么？"

"说他妈妈，还有那天来接他的情形。"

"你……你瞧，糟的是，等到我们垂垂老矣……来，再给我一杯……并不是该死的躯体令人沮丧，不是，而是内心的悔恨与内疚……它不断回来纠缠我们、折磨我们……白天，黑夜，无时无刻……有的时候，你甚至不知道应该睁开眼睛还是闭上眼睛来躲避这一切。有些时候……上帝知道我已经尽力了，我试着去了解为什么人生会这么不顺遂，为什么总是事与愿违，这一切……一切……而……"

"而什么？"

她颤抖着。"我还是无法了解，我不懂，我……"她啜泣着说，"我该从哪儿说起呢？首先，我婚结得晚……哦！跟其他人一样，我也有过刻骨铭心的爱情，可是，却不了了之……最后，我嫁了一个善良的男孩，讨大家的欢心。我的姊妹们都成家很久了，而我……最后，我也结婚……

"但迟迟没有孩子……每个月我都咒骂我的肚子，一边洗衣服一边啜泣。我遍访名医、老巫婆，他们要我做一些不可思议的事，甚至也来过巴黎做检查，还去看一些江湖术士、恐怖的事……卡蜜儿，做这些事我都没有任何怨言……在满月时宰杀母的小绵羊，喝它的血，吞它的……哦，不……这真的非常残忍，相信我……简直像活在野蛮人的时代……人家说，我是不洁的。然后，我去朝圣膜拜……每年我都去中部的白朗，把手指放在圣徒杰尼杜身上的洞里，然后，

278

去卡基勒斯为圣徒格尔鲁兄[64]搔痒……你在笑什么呀？"

"这些名字好好笑哦！"

"等等，还没完哩……还必须到普卢利把一个蜡制宝宝象征我想要的小孩放到圣徒高昂卢易牙[65]的身边……"

"高昂卢易牙？"

"没错！相信我，我的蜡制宝宝还真漂亮，真正的小娃儿……只是不会讲话而已。然后，我放弃很久之后，却发现自己怀孕了……那时我已经三十多岁，你无法体会，我不年轻了……那就是娜丁，也是弗兰克的妈妈……我们非常溺爱、保护和骄纵这个孩子……这个皇后，我们把她宠坏了，我们太爱她了，或者说是我们错爱了她，她要什么都有，让她变得好任性。只有她的最后一个愿望，我没有满足她，最后……当她向我借钱堕胎时，我拒绝了……你能了解吗，我无法接受堕胎！我不能。我吃过太多苦才有小孩。并不是因为宗教，不是道德观，也不是因为别人的闲言闲语才让我拒绝她，而是愤怒。愤怒，污点。我宁愿杀了她，也不想帮她杀死她肚子里的……你觉得……你觉得我做错了吗？你回答我啊。多少的生命岁月因为我的错而付之一炬？多少的痛苦？多少的……"

"嘘。"卡蜜儿轻抚着她的大腿，"嘘……"

"所以她……她生下了这小孩，然后把孩子丢给了我……'拿去，'她告诉我说，'既然你要他，这就拿去！你现在高兴了吧？'"

波莱特闭上眼睛，哽咽着又说了一次："'你现在高兴了吧。'她一边打包行李一边反复说，'你高兴了吧？'她怎能够说出这样的话？怎能够忘记这样的事？为了她，我勤奋工作，搞得自己腰疼背痛，筋疲力尽。为什么？告诉我。告诉我啊……她抛弃他，可是后来她回来了，把他带走，然后又把他带回来。我们都快疯了，尤其是我老公莫里斯……我想她把男人的耐心逼到了极限……有一天，她真的惹火他了，她又回来要钱养小孩，她口口声声这么说，却在半

---

64 圣徒杰尼杜的名字是 Saint Génitour，而"genito"有生殖的意思。圣徒格尔鲁兄的名字是 Saint Greluchon，在法语中"greluchon"意为被妓女或二奶包养的小白脸。但是 Saint Greluchon 的"Greluchon"其实来自方言 gr'liche，意为生孩子的小处女。

65 高昂卢易牙（Saint Grenouillard），法语中 grenouillard 意思是喝水的人，但也很接近"青蛙"（grenouille）这个词。

夜逃跑，忘了把孩子带走。第二次她又嘟着嘴回来乞求，这次他忍无可忍，用枪指着她说：'我不要再看到你了，你这个烂女人。你让我们蒙羞，而且你没资格养这孩子。我不会再让你见他，现在不会，以后也不会。滚吧，现在就消失。还我们平静。卡蜜儿……她是我的女儿呀……我花了十多年的时间，日日夜夜期盼的小女孩……一个我最喜爱的小女孩……我时时爱抚亲吻她，极尽所能地讨好她，为她买所有东西，一切！最漂亮的洋装、去海边玩、去山上度假、读最好的学校……我们能负担得起的一切好东西，全都给她。我跟你说的这些事情都发生在一个小村庄里。结果她走了，而所有从小就认识她的邻居全躲在窗帘后，莫里斯狂怒发飙，他们都没讲话。后来，我照常跟他们打照面……隔天、第三天、第四天……

"这……这真不是人过的，简直是人间地狱，世上最惨的事情，就是被这一群好人所怜悯……太太们说她们会为我祷告，同时又引诱我透露更多细节；先生们让你的老公喝酒，口口声声说，换成他们也会这样做，可恶，我真想杀人，相信我……我也想丢原子弹！"

她笑了。

"然后呢？这孩子活生生存在。他是无辜的……我们很爱他。我们竭尽所能地爱他。或许有些时候对他太严厉，只因为我们不想重蹈覆辙，但是我们犯了其他的错误……你不觉得画我是可耻的吗？"

"不觉得。"

"你说得对。相信我，可耻并不能带来任何益处……你的可耻对你一点好处都没有，只会让别人开心罢了……他们关上门窗，或是从咖啡店回到家里，他们觉得舒服自在。他们意气风发，套上他们的便鞋，相视而笑。这团混乱并不是发生在他们家里，不！但是……告诉我，你不会画我手上拿着的酒吧？"

"不会。"卡蜜儿笑说。

沉默。

"后来呢？一切都还好吧？"

"这个孩子吗？是的，他是个乖孩子……喜欢调皮捣蛋，但是个好孩子。他不是和我在厨房里，就是和他外公在花园里……或是去钓鱼。他性子刚烈，不过还是顺利长大，健全地成长……即使和我们两个话很少的老人家生活在一起，日子应该不是很有趣，但是我们也尽力了，我们还是和他玩耍。虽然已经没有什么体力，我们还是带他去城里逛、看电影，买给他足球贴纸、脚踏车……你知道吗，他在学校的成绩很好……哦！虽然不是第一名，不过他很用功……然后她竟然又回来了。我们想，让他离开对他或许也好。有个奇特的母亲总比什么都没有来得好……他至少会有个父亲、一个弟弟，而在这个都是老人的小村庄里，并不适合孩子成长。为了他的学业，去城市会有较多的机会……然而，我们再度受骗上当……像没大脑的大笨蛋……后续你都知道了：她毁了他，将他送上下午四点十二分的直达火车……"

"之后你们再也没有她的消息吗？"

"没有。只有在梦里……我经常梦见她，她笑着，她很漂亮……给我看看你的画好吗？"

"没画什么。只是您放在桌上的手。"

"为什么你要听我这样啰唆呢？你为什么对这些有兴趣？"

"我喜欢看到人敞开心扉。"

"为什么？"

"我也不知道，好像自画像，对不对？好像用文字表现的自画像。"

"那你呢？"

"我，我不会说故事。"

"但是，这样有点不正常。你把全部的时间都耗费在像我这样的老太婆身上了……"

"是吗？您认为什么才是正常的？"

"你应该出去……看看人……和你同龄的年轻人！好了……可以打开锅盖了……香菇洗过了吗？"

6

"她还在睡？"弗兰克问说。

"对。"

"喂，我刚刚被门房太太逮住，你必须下去一趟……"

281

"我们又没做好垃圾分类吗？"

"不是，是和那个住在上面的男人有关。"

"哦，妈的！他闯了什么祸吗？"

他摇摇头，摊开双手。

7

比库吠叫着，佩蕾拉太太打开门，把手放在胸前。"进来，进来，请坐。"

"发生什么事了？"

"坐下来，我跟你说。"

卡蜜儿推开抱枕，半个屁股坐在绣有花草图案的软垫长椅上。

"我后来再也没有看到他了。"

"谁？文森特？但是我前几天还遇到他，他去搭地铁……"

"前几天是什么时候？"

"我忘了……这个星期初吧……"

"呃，但我跟你说，我再也没有见过他了！他消失了。我的比库每天晚上都会把我吵醒，他回来的话，我不会错过的。而现在没有踪影，我好担心他发生什么事了。您得去瞧瞧，孩子，得上去看看。"

"好的。"

"老天啊，你想他会不会死了啊？"

卡蜜儿打开门。

"对了……如果他死了，您要马上来找我，好吗？因为……"她抚摸着项链说，"我不想造成大楼的骚动，您了解吗？"

8

"是卡蜜儿，开门让我进去。"

里面传出吠叫和混乱的声响。

"你帮我开门，还是要我找人把门撞开？"

"不，现在我不行……"沙哑的声音回答，"我很不舒服，你晚一点再来。"

"晚一点是什么时候？"

"晚上。"

"你需要什么东西吗？"

"不用。让我自己静一静。"

卡蜜儿又走回来："你要我把狗带出去吗？"

没有回应。

她缓缓走下楼梯。

这下她麻烦大了。

她不应该带他来这里……对他人慷慨热忱，这很容易……啊，当然，她现在戴上漂亮的光环！一个在七楼的毒虫，一个在她床上的老奶奶，这小小的宇宙都是她的责任范围，而她还得抓紧扶手以避免自己受伤。真是一幅完美的画……啪啪啪，掌声鼓励。何等的荣耀。你现在对自己感到高兴了吧？你走路时，你的翅膀不会妨碍到你吗？

哦，闭嘴……批评比做事容易吧？

不，这样说好了……别想歪了，但是路上还有许多乞丐，瞧，面包店前就有一个，你为什么不把他带回家呢。因为他没有狗吗？妈的，如果早知道这样的话……

你让我很烦……卡蜜儿对着自己说。你真的让我觉得非常烦……

好啊，去告诉他啊……不过可不要是只大狗哦，嗯？要小只的，一只全身发冷的卷毛小狗。啊，没错，这一定可以……或者是只幼犬，怎样啊？一只蜷缩在他夹克里的幼犬……这样，你就会马上投降。而且，菲利伯家里还有一堆空房间……

卡蜜儿坐在阶梯上，很颓丧，头靠在膝盖上。

想一下。

她上次见到她母亲，已经是一个月前的事了。她得有所行动，不然，她母亲又会因为化学中毒引起肝病叫救护车，最后以照胃镜作结。她是习惯了，也从不觉得有趣。此后母亲得花一段时间来复原……唉，这女孩还是太敏感……

波莱特清楚地记得一九三〇年到一九九〇年间的事，却搞不清楚昨天和今天，而这种情形似乎无法改善。也许是太幸福了？就像是她任由自己安安静静地走向人生尽头……再说，她在那里什么也看不到。也罢，到目前为止一切还好……现在她正在睡午觉，而刚刚菲利伯来和她一起看益智问答节目《机智冠军》，并且每一题都答对了。他们俩都喜欢这个节目。

真是绝配。

说到菲利伯，他是路易·茹韦和萨卡·圭特瑞[66]的综合体。他开始写作。他关在房里写东西，每个礼拜有两天晚上出去排演。没有任何有关爱情的消息。反正，没有消息就是好消息。

弗兰克……没什么特别的，没新鲜事。一切安好。他的外婆和摩托车都很好。他下午回来睡觉，星期天继续工作。"再一阵子，你懂吗？我不能就这样走了……我必须找到人代我的班。"

好家伙……是因为要找到代班人，还是想要一辆更大的摩托车呢？这男孩真是狡猾，非常机灵……但为什么他会觉得不好意思呢？问题在哪儿？他并没有提出任何要求啊。而经过最初几天惬意的日子，他又开始原有的生活作息。晚上，当卡蜜儿起来关掉老奶奶的电视时，他应该正在上他的女伴。但是没有关系。没有关系，她还是比较喜欢鱼类的纪录片和最新上市的草本茶，比杜克灵的工作好多了。当然，她可以不工作，但是这个社会把她训练得这样……是因为她对自己没有信心，或是正好相反呢？还是害怕回到以前那种虽然能够养活自己，但却糟蹋生命的状态？她和艺术圈还保有一些联系，但是又能干吗？再受一次侮辱？再度合上画册，当博物馆看守员？她没有勇气。她没能成为顶尖高手，而是逐渐衰老。唉！

不，她的问题比这个三层楼更高……首先，那个毒虫为什么不肯开门？因为他正在吸毒？还是没了毒品？治疗的事是真的吗？是的！是用来敷衍市井小民和他们门房的圈套。为什么他只在晚上出门？他在打一针前会先被干一炮？这些毒虫都不是好东西，全是把你迷得团团转的骗子。当你悔不当初时，他们

---

66 路易·茹韦（Louis Jouvet, 1887—1951），是法国影剧界声誉极高的演员与导演。

萨卡·圭特瑞（Sacha Guitry, 1885—1957），法国著名演员与剧作家，以演活聪明、杰出、尖酸刻薄的巴黎人著称。

却吃喝玩乐，那些坏蛋……

十五天前，她接到皮耶尔的电话，她只好又开始使坏——又开始撒谎。

"喂，卡蜜儿，我是凯斯勒。这是怎么回事，那个住在我家的人是谁？马上回我电话。"

感谢那个胖门房佩蕾拉太太，谢谢。

法蒂玛的圣母玛利亚[67]，请为我们祈福。

她先声夺人回答："他是模特儿，"她甚至在寒暄问暖之前就先发制人，"我们在一起工作……"

皮耶尔打断她的话："他是模特儿？"

"是的。"

"你和他同居？"

"不是。我告诉你，这是为了工作。"

"卡蜜儿……我……我很想相信你，我可以吗？"

"……"

"是替谁画画呢？"

"为你们！"

"啥？"

"……"

"你……你……"

"我还不确定，我想我会用红粉笔[68]……"

"那好。"

"那就再见了。"

"嘿！"

"怎么了？"

"你用什么画纸？"

---

67 法蒂玛位于葡萄牙，据传二十世纪初期圣母玛利亚曾在此地多处显灵给数位儿童，告诉他们有关世界预言。

68 红粉笔（Sanguine）是一种红色颜料，从氧化铁提炼而成，十八世纪时广泛使用，以这种红色颜料绘成的画即称为 Sanguine。

"好画纸。"

"你确定？"

"是丹尼尔帮我挑的。"

"非常好。另外，你还好吗？"

"我正在和一个小贩说话。我再打电话跟你说些有趣的事。"

咔嚓。

她叹着气，摇着火柴盒。她没有选择的余地。

当晚，在照顾完那个睡不着觉的老太太后，她又上楼去找他。

上一次，她试图在夜里拉住一个毒虫，结果自己的肩膀被砍了一刀……好吧，那次不一样，那次是她的男人，她爱他。但这……这个好意却让她受伤……

妈的！没有火柴棒，真不幸……法蒂玛的圣母玛利亚和童话作家安徒生，拜托你们待在这里，妈的。再待一会儿。

她跟卖火柴的小女孩一样，站了起来，提着裤脚，准备上天堂与她的奶奶相会…… [69]

9

"这是什么？"

"哦，"菲利伯轻轻摇晃着头，"没什么……"

"是部经典悲剧吗？"

"不是……"

"还是通俗喜剧呢？"

他拿起字典："通勤……通讯……通俗喜剧……是一种轻松的喜剧，以高潮迭起、张冠李戴的剧情和精巧的用词为主……没错，就是这样。"他啪一声合上字典，"一种用词精巧的轻松喜剧。"

"内容说什么？"

"我。"

---

69 这里指的是卡蜜儿心里做好了最坏的打算，准备上楼去找毒虫。

"你？"卡蜜儿差点没哽住，"我以为对你们来说，谈论自己是禁忌？"

"没错，不过我尽量保持距离。"

"那……呃……那你的小山羊胡子，是……是为了角色而留的？"

"你不喜欢吗？"

"喜欢，喜欢，这是……这像是花花公子……有点像《虎警大队》[70]，对不？"

"什么？"

"我忘了，你是看于连·勒佩尔斯[71]的节目起家的。对了……我得上楼去了，去看我上面的房客……请你照顾一下波莱特好吗？"

他边点头边摸着他的小胡子："去吧，跑吧，飞吧，奔向你的命运，我的孩子……"

"菲利伯？"

"什么事？"

"如果一个小时后我没有下来，你可以上来看一下吗？"

10

房间整理得有条不紊，床铺也都收拾整齐，他在露营桌上放了两个杯子和一包糖。她敲门时，他正坐在靠墙的椅子上。他把书合上。

他站了起来，两人都一样困窘。这是两人第一次在这里见面，一阵尴尬的沉默。

"你……你要喝点东西吗？"

"好啊……"

"茶？咖啡？可乐？"

"咖啡就好。"

卡蜜儿坐在凳子上，思忖着自己究竟如何能在这里待上那么长的一段时间。这里是如此的潮湿、阴暗，那样的冷冰冰。天花板那么的低矮，墙面那么的肮

---

70 《虎警大队》（Les Brigades du Tigre），法国电视连续剧，一九七四年到一九八三年间播出，也曾搬上大银幕。

71 于连·勒佩尔斯（Julien Lepers），自一九八〇年代末期开始主持《机智冠军》节目的主持人。

脏……不，不可能，应该是另一个人住在这儿吧？

他在电炉前忙着，拿出一个雀巢咖啡罐。

巴贝睡在床上，偶尔睁开一只眼。

最后，他拉着椅子坐在她对面："我很高兴看到你……你早就该上来了。"

"我不敢呀。"

"怎么会这样？你后悔把我带来这里，是吗？"

"不是。"

"是这样的，你后悔了。可是你别担心，只要我一收到通知，立刻就会走，现在只是时间的问题。"

"你要去哪儿？"

"去布列塔尼。"

"找你的家人吗？"

"不是。是去一个……所谓的人渣收留中心吧。不是啦，我开玩笑的，应该说是一种劳动中心吧。"

"……"

"这是我的医生帮我找的，是一个用藻类制造肥料的地方……有海藻、一堆粪便和一些智障、智能不足的人，听起来很棒，对不对？我是那里唯一正常的工人，不过，是比较'正常'吧……"他笑了，"你瞧，看看这宣传手册，好像还不错，呃？"

画面上是两个疯子，手里拿着长柄叉站在类似排污水的渗井前方。

"我要去做有机肥料，这是用植物堆肥、藻类和马粪制造出来的玩意儿……我想我会喜欢的。唉，或许一开始会很难适应，因为味道的关系，但久了之后就不会有感觉了。"他放下照片，点了根烟继续说，"不错的假期吧。"

"你要在那儿待多久？"

"该待多久就待多久。"

"你有在接受戒毒治疗吗？"

"有。"

"从什么时候开始的？"

他比了一个含糊的动作。

"还好吗？"

"不好。"

"好了……你要去看海耶！"

"帅呆了……你，你为什么在这里？"

"是门房太太，她以为你死了。"

"这下她可要失望了……"

"没错。"

"你……你有艾滋病吗？"

"没有。我这样说只是顺她的意，让她开心，让她可怜我的狗……不过，我很小心的，我是用一种很注重卫生的方式在毁坏自己的身体。"

"这是你第一次接受治疗吗？"

"对。"

"你可以办得到吗？"

"可以。"

"……"

"我运气很好，我想，我确实是需要遇到贵人……而且我……我想我也真的遇到了。"

"是你的男医生？"

"是我的女医生！不过不只是她……还有一位心理医生，一个拔掉我脑袋的老爷爷…… 你知道 V33 吗？"

"那是什么？是一种药吗？"

"不是，是一种清洗木头的产品。"

"啊，没错！是绿色和红色的瓶子吗？"

"没错，你知道嘛。这个男人就是我的 V33。他把一种灼热的东西放在我的脑袋瓜上，起泡后再用刮刀把所有的废物刮掉。你看看我，在我的头颅底下，我里面光溜溜的像条虫！"

他笑不出来了，他的手颤抖着："妈的，痛苦……非常痛苦……我不能……"

他抬起头来。

"后来，呃……还有其他人……有一双细鸟腿的女人，我还想要多看一点

289

的时候，她已经穿上裤子了，唉！"

"你叫什么名字？"

"卡蜜儿。"

他又说了一遍，然后转头面对着墙。"卡蜜儿……卡蜜儿……你出现那天，卡蜜儿，我有一个不愉快的秘密约会……天气很冷，我不太想撑下去，我想……而你在那里……所以……我是个爱献殷勤的男人……我偷偷跟着你……"

卡蜜儿没说话。

"我继续说好吗，还是你不想听了？"

"再给我一杯咖啡。"

"对不起，我年纪大了，变得很唠叨……"

"没有关系。"

"这很重要……对你也是，我想这很重要……"

她蹙着眉。

"你的帮助、你的房间、你的食物，对我来讲都很重要，但你发现我的那个时候，我的情况真的很糟糕……头晕目眩，你了解吗？我想回去找他们，我……我要……结果是这个男人救了我。这个男人和你的床。"

他拿出一本书给卡蜜儿看，卡蜜儿认出那本是她的书，是凡·高写给他弟弟的书信集。

她忘了它在这里。

不过，没把它带走似乎是对的。

"我打开这本书，是为了让我待下来，不让我自己走出大门，因为这里什么都没有。你知道这本书对我做了什么事吗？"

她摇头。

"它对我做了这个，这个，还有这个。"

他拿起书，猛打自己的头和双颊。

"我已经读它三次了……这……这本书很完整，里面什么都有……这个人，我对他太了解了……他是我，是我的兄弟。他说的事我感同身受：他为什么会发疯，他有多么痛苦，他为何老是反复、道歉、试图了解他人、质疑，他是怎样被家人抛弃，他的父母一点都不了解他，还有他在疗养院的日子，这一切……

我……我不是要跟你说我的整个人生，不用担心。

"但你知道，我的人生令人不安……他怎么跟女孩相处，他怎样爱上一个爱慕虚荣的女人，又是怎样被人鄙视，还有他决定和那个已经有孕的妓女同居……我不会把我的人生告诉你，但是这些巧合却让我大吃一惊……除了他的弟弟之外，没人相信他，没有一个人。但是他，他是那样的虚弱，那样充满缺点，可是他相信自己。他……总之……他这么说，他充满信念，他很坚强，以及……我第一次看这本书时，几乎是一口气看完，而且一开始并不了解最后一段斜体字的意思。"

他把书翻开，露出里面的一段斜体字"文森特·凡·高于一八九〇年七月二十九日带在身上的信"，然后继续说："等到第二天还是第三天我读到简介时，才知道这个笨蛋是自杀的，这封信他并没有寄出去，还有……妈的，这样给我打击很大，真的……他说的这些和他身体有关的事，我都感同身受。他所有的痛苦，并非只是文字而已，你懂吗？这……不过，我……我不在乎他的作品……不，其实我在乎，但是我读到的不是这些，我读到的是如果你没有社会地位，如果你没办法达到别人的期许，你就会受苦，像野兽一样受苦，最后迈向死亡。但是我……我不要死。基于对他的友谊，对他的手足之情，我不要死，我不想。"

卡蜜儿不知所措。她的烟灰掉进咖啡里，发出"嘶"的一声。

"你觉得我告诉你的这些话都是瞎扯淡？"

"不，不，不是……我反而觉得……"

"你读过这本书吗？"

"当然。"

"你……你不会感到难过吗？"

"我对他的画作比较感兴趣……他到了年纪很大才开始创作，是那种自学成功的画家……你……看过他的画吗？"

"《向日葵》吗？没有。有阵子我曾想找本书来看看，但后来没有，我喜欢自己的想象……"

"这本书你留着，我送你。"

"你知道……哪天……如果我能走出来，我会谢谢你的。但是现在我没办法。我跟你说过，我什么都没有。除了这张床之外，我一无所有。"

"你什么时候要走？"

"没有意外的话，下星期。"

"你愿意报答我吗？"

"如果我能够的话……"

"让我画你。"

"就这样？"

"是的。"

"全裸吗？"

"我希望是这样。"

"天啊……你可没见过我的身体……"

"我可以想象。"

他系上运动鞋的鞋带，他的狗到处乱跳。

"你要出去？"

"整个晚上……每个晚上我都在走路，走到筋疲力尽，医院戒毒部一开门，我就去拿一整天的药量，然后再回来睡觉，好撑到第二天。截至目前，我还没找到更好的方法……"

走廊传出声响。狗僵住不动。

"有人来了。"他紧张地说。

"卡蜜儿？一切都好吗？你……你勇敢的骑士来了，亲爱的……"

菲利伯站在门中央，手里拿着一把剑。

"巴贝！趴下！"

"我……我是不是很可……可笑？"

她笑着介绍他们认识："文森特，这位是菲利伯·马奎特·德·拉·杜贝利埃，败军之将。"

她转身接着说："菲利伯，这位是文森特……呃，和凡·高的名字一样……"

"幸会。"菲利伯边回答边把剑插回鞘中，"可笑，还有幸会。呃，我……该撤退了……"

"我和你一起下去。"卡蜜儿回答说。

"我也是。"

"你……你会来找我吗？"

"明天吧。"

"几点？"

"下午，好吗？我带狗去可以吗？"

"当然好，带巴贝过来……"

"啊！巴尔贝斯……"菲利伯难过地说，"又一个共和革命狂热分子……我比较喜欢女修道院院长罗叔亚[72]！"

文森特一脸困惑地看着她。

她耸耸肩，一样困惑不已。

菲利伯转过身来，不高兴地说："当然！把这个可怜的马格丽特·罗叔亚·梦比波的名字，和这个没用的人放在一起，真是天大的错误！"

"梦比波？"卡蜜儿又说了一遍，"天啊,你怎么把这些名字记得那么清楚?你为什么不报名参加《机智冠军》呢？"

"啊！你千万别这样说！你清楚知道为什么……"

"我不知道。为什么？"

"我动作太慢，等到我按下抢答铃时，应该已经换成新闻节目了……"

11

她半夜睡不着觉，于是走来走去，无所事事，和幽灵擦身而过，又泡了个澡，结果早上很晚才起床。帮波莱特冲澡，为波莱特梳理头发后，一起到格内勒路上闲逛。她一点东西也吃不下。

"你今天怎么看起来这么焦躁？"

"我有个重要的约会。"

"和谁？"

"和我自己。"

---

72 巴黎有一个地铁站名就叫作 Barbés-Rochechouart。巴尔贝斯（Armand Barbés, 1809—1870），是十九世纪路易·菲利普国王执政时期最著名的反对派共和人士。而罗叔亚则是十八世纪奥尔良公爵摄政时期的蒙特纳特（Montrnartre）修道院的院长。

"你要去看医生吗？"老太太担心地说。

老太太跟平常一样，午餐后便昏昏欲睡。卡蜜儿拿起她手中的毛线球，帮她盖棉被，蹑手蹑脚离开。

她关在房间里，凳子移来移去几乎上百次了，不断小心翼翼检查绘画用具。心里很难受。

弗兰克才刚回来，正在晾衣服。自从上次的"毛衣事件"后，他便自己晾衣服，像个家庭主妇一样唠唠叨叨说烘衣机会破坏衣物纤维，弄坏领子。

真是动人的一刻。

是弗兰克去应门。

"我找卡蜜儿。"

"走廊走到底。"

接着他便把自己关在房里，她感谢他这次的低调……

他们两个都感到不自在，原因却不同。

其实也不是这样讲。

他们两个都为了同样的原因感到不自在：两人都觉得害怕。

是他先让彼此摆脱尴尬。"好了，开始吧？你有盥洗室？还是屏风？或类似的东西？"

她非常感激他。

"看到了吗？我把暖气调到最大，你就不会冷了。"

"哦！你的壁炉真棒！"

"妈的，我觉得就像在某个医生的诊所里，我好紧张。我……内裤也要脱掉吗？"

"你想穿着的话就穿着。"

"但是，如果我脱下，是不是会比较好……"

"是的。反正我是从背部开始画。"

"妈的。我一定有很多痘痘……"

"不用担心，以后你赤裸着上半身泡在海浪里，在你做完第一批堆肥前，痘痘就统统消失了。"

"你知道，你一定是个很棒的美容师。"

"是啊。来吧，现在可以出来了，坐下来。"

"你至少可以让我坐在窗前，让我有点娱乐……"

"这不是我可以决定的。"

"啊？那是谁来决定？"

"是光线。不要抱怨，等一下你就可以站起来了。"

"要多久？"

"直到你受不了为止。"

"你会先受不了的。"

"嗯嗯。"她说。

这"嗯嗯"表示：才怪！

她先绕着他，画了一系列素描。她的腹部和她的手变得比较放松了。

他却相反，变得很僵直。

每当她靠得太近，他便闭上眼睛。

他有痘痘吗？她并没看到。她看到的是紧绷的肌肉、疲惫的肩膀，他低头时可以看见脖子突出的脊柱，他的脊椎像是一座被侵蚀过的长长山脊，他的神经质、焦虑，他的颔骨、突出的颧骨，还有他凹陷的眼眶、头形、胸骨，凹陷的胸部、瘦弱的手臂、手臂上布满的深色针孔。他浅色皮肤下的血管如迷宫般动人，像是在身上留下的生命痕迹。是的，尤其是那个痛苦深渊的印记，像被坦克车压碾过，还有他极为矜持的模样。

大约过了一个小时，他问她是否可以让他读点什么。

"可以，现在我还在驯养你。"

"你……你还没有开始呀？"

"还没。"

"啊，是哦！我可以念出声来吗？"

"随你。"

他摸弄着书好一阵子，才打开来：

"我觉得父母对我的反应很本能（我的说法不太聪明）。大家犹豫着是否要接纳我回家，仿佛是在犹豫着要不要接纳一只毛发蓬乱的大狗一样。它将赤着狗爪踏进家门，而且，全身毛蓬蓬的。它会让大家感到不自在，还有它的叫声很吵，总之，它是只肮脏的畜生。好吧，无论如何，这个动物经历过人类的历史，尽管它只是一只狗，却有人性，而且是很敏感的人性，能感受到大家对它的想法。一只平凡的狗是感受不到的。哦！这只狗，是咱们父亲的儿子，我们若经常让它在街上游荡，它势必变得更加凶狠。呵！咱们的父亲很久以前就忘了这一点，现在就没有必要再提起了……"

他清清喉咙继续朗读：

"当……咳咳，对不起……当然，狗后悔来到这里，虽然这家人都很友善，可是待在这栋房子里比在树丛里更孤单。动物之所以来拜访，是因为一时的脆弱。我希望大家原谅我的懦弱；至于我，我避免走向……"

"停止，"她打断他，"停止，拜托你，别再念了。"

"让你不舒服吗？"

"是的。"

"对不起。"

"好，可以了，现在我认识你了。"

她合上本子，又感到恶心。她抬起下巴，把头往后仰。

"还好吗？"

"……"

"那么……你转向我，坐好，张开双腿，然后，把手像这样子放着……"

"你确定？要我张开腿？"

"是的。你的手，你看……然后，你的手和手臂呈九十度，张开手指……等等……不要动……"她翻找着东西，然后给他看一幅画家安格尔的复制作品。

"就像这样。"

"这个胖子是谁？"

"路易·弗朗索瓦·贝尔登。"

"那是谁？"

"布尔乔亚小资阶级的弥勒佛，不愁吃穿，生活优渥又意气风发……不是我说的，是画家马奈说的。比喻得很贴切吧？"

"你要我摆出像他一样的姿势？"

"对。"

"呃……打开……双腿，像这样吗？"

"嘿……别理你那话儿……这样好……我不在乎，你知道……"她边叫他放心，边翻阅她的素描，"拿去看，像这样……"

"哦！"轻柔失望的语气……

卡蜜儿坐着，把画板放在膝盖上，又站起来，试着放在画架上，也不行。她有点生气了，咒骂自己。她清楚知道，自己只不过想要驱走空虚。

最后，她把画纸垂直固定住，决定坐得跟模特儿一样高。

她吸了一大口气，鼓足勇气，然后，缓缓吁出内心的孱弱。她搞错了，红色颜料没了。

用铅笔、钢笔和水墨渲染好了。

模特儿说话了。

她抬起手肘，一只手停在半空中。她颤抖着。

"不要动。我马上回来。"

她冲到厨房，撞倒了东西，抓起一瓶琴酒，淹没她的恐惧。她闭上眼睛，倚着洗碗槽。

好了……再喝一口就上路……

她回来坐下时，他微笑地看着她。

他知道。

酒鬼和吸毒者懂得对方所需要的瘾头。完全了解。

像是有雷达一样。

尴尬的默契，彼此互享这一份宽容……

"好点了吗？"

"好点了。"

"那么开始吧！我们还有别的事要干呀，他妈的！"

他坐直了，跟其他人一样身体自然偏向一边，调整了呼吸，迎接她令人感到羞辱的目光。

阴影和光线。

被蹂躏殆尽。

信心满满。

"文森特，你多少公斤？"

"六十公斤左右。"

六十公斤的挑衅。

即使她现在不是很友善，还是有个有趣的问题可以思考：卡蜜儿·佛戈伸出手，到底是为了帮助这个男孩（他也这么相信），还是为了解剖坐在红椅子上、赤裸裸、毫无防卫能力的他？

同情？人性？真的吗？

这一切是不是事先预谋的？他在上面定居、吃狗食，皮耶尔·凯斯勒愤怒地叫他离开，逼得他走投无路……

艺术家都是怪物。

算了，别这样。这样太令人沮丧了……就让他继续怀疑，闭嘴吧。这女孩或许脑袋不怎么清楚，不过一旦她揪出问题的关键，速度却快如电光。或许她到现在才展现她的慷慨？当她瞳孔收缩时，变得冷酷无情……

此时天快要黑了。她无意识地开了灯，跟他一样汗流浃背。

"暂停一下，我抽筋了，全身疼痛。"

"不行！"她吼道。

她强硬的态度把两人都吓到了。

"对不起。不……不要动，我求你……"

"我的长裤里……前面的口袋，有药……"

她帮他倒了一杯水。

"我求求你……再一下子就好了，你可以靠着椅背……我……我不能靠着记忆来作画。如果你现在走了，我的画就毁了。对不起，我……我快要结束了。"

"好了。你可以穿上衣服了。"

"医生，严重吗？"

"我希望还好……"她喃喃地说。

他一面走过来,一面伸展身子,摸摸狗,在它耳边说些温柔的话。他点了烟。

"你要不要看?"

"不要。"

"要。"

他吓得目瞪口呆。

"妈的……好……好冷酷啊。"

"不会,很温柔……"

"你为什么只画到脚踝?"

"你要听真话还是托辞?"

"真话。"

"因为我不会画脚!"

"托辞呢?"

"因为……这代表世上没什么东西能牵绊住你。"

"我的狗呢?"

"狗在这里。我刚才透过你的肩膀看过去,把它画下来了。"

"哦!它好好看!真好看,真好看,真好看……"

她把这一页撕下来。

你费尽心思,她假装对自己抱怨说,画得呕心沥血,让他们栩栩如生,让他们永垂不朽。

但是让他们怦然心动的,竟然只是一只杂种狗的速写……我发誓……

"你对自己的画感到满意了吗?"

"是的。"

"我还得再来一趟吗?"

"是的……你得回来跟我道别,把你的地址给我。你要喝点东西吗?"

"不了。我要去睡觉,我不舒服……"

卡蜜儿领着他到走廊上,突然拍了下额头叫道:"波莱特!我都忘了她了!"

她的房间是空的。

妈的……

"有问题吗？"

"我弄丢了室友的外婆！"

"看，桌上有张字条……"

    我们不想打扰你。她和我在一起。你好了就过来。P.S. 你朋友的狗在门口拉屎。

12

卡蜜儿展开双臂，在战神广场上飞跃而过。她轻抚埃菲尔铁塔，逗弄满天星斗，然后降落在餐厅门口。

波莱特坐在主厨的办公室里。

满心欢喜。

"我把你给忘了……"

"没关系，小傻瓜，你在工作啊。结束了吗？"

"是。"

"还好吗？"

"我好饿哦！"

"雷斯塔！"

"是，主厨……"

"给办公室来份鲜嫩多汁带血的大牛排。"

弗兰克转身。主厨叫一份牛排进去？但是波莱特没牙齿了啊……

等弗兰克知道这竟然是卡蜜儿要吃的，他更是大吃一惊。

他们比画手势："是你要吃？"

"是……"她边回答边点头。

"一份大牛排？"

"是是是。"

"你脑子坏了吗？"

"是是是。"

"嘿！你知道吗？你开心的时候，非常可爱。"

她不了解他想说些什么，于是随意点头。

"哦，哦……"主厨送上牛排，发出赞叹，"不是我说，您真是走运。"

牛排做成心形。

"啊，这个雷斯塔还真厉害，"他叹着气，"真是厉害！"

"而且他很帅，"他的外婆接着说，她已经贪婪地盯着他两个多小时了。

"哦，我想还没到这种地步吧……你们想喝什么？好吧，一瓶隆河谷地的小红酒，我和你们一起喝一杯……您呢，外婆？您的甜点还没上吗？"

他叫嚷了一阵之后，波莱特吃起她的巧克力蛋糕。

"我说，"他啧啧叹道，"您的孙子变了好多，我都不认得了。"

他对着卡蜜儿问："您对他做了什么？"

"没什么。"

"哦，非常好！继续下去！他变得很好！说真的……他真的是个好孩子，好孩子……"

波莱特哭了。

"怎么了？啊，我到底说了什么啊？喝吧，该死！喝吧！马西门……"

"是，主厨？"

"去帮我拿香槟杯来，拜托你了。"

"好一点了吗？"

波莱特边道歉边擤鼻涕。"如果您知道他之前曾经走得多么坎坷……他上的第一所中学，就把他退学，然后第二所也是这样。他只好去念职校，去建教合作，去当学徒，还有……"

"不过，这并不重要啊！"他大声说，"看看现在的他！多么能干！其他人巴不得解雇他！您的宝贝外孙将来可以摘下一两颗星！"

"对不起，您说什么？"波莱特担心地说。

"米其林的星级……"

"啊……不是三颗啊？"她有点失望地问。

"不行，他脾气太坏，还有，太……太感性了。"

他看了卡蜜儿一眼。

"怎样，肉还好吗？"

"非常美味。"

"一定的……好了，我先出去了。如果你们还有什么需要，就敲敲玻璃窗。"

弗兰克回到公寓后先去找菲利伯。菲利伯正在床头灯下咬着笔杆。

"我有打扰到你吗？"

"当然没有！"

"我们很久没见了吧……"

"确实，不常见面。总之，你星期天还在工作吗？"

"是的。"

"如果你觉得无聊，星期一可以过来看我们。"

"你在读什么？"

"我在写东西。"

"写给谁？"

"替我的戏剧课写的……哎呀，年底我们每个人都得上台表演。"

"你会邀请我们去看吗？"

"我不知道我敢不敢……"

"喂，告诉我，一切都还好吗？"

"对不起，你是指什么？"

"卡蜜儿和我外婆。"

"两个人相亲相爱。"

"你认为她会不会受不了？"

"你要我跟你说实话吗？"

"什么？"弗兰克紧张地说。

"没有，外婆没有受不了，但是卡蜜儿会受不了。记得吗，你答应过每星期让她休息两天，你答应过你要辞掉星期天那个工作的。"

"是的，我知道，但是我……"

"不要说了，"菲利伯打断他，"省省吧，我没兴趣听你的借口。你知道，你要长大点，老兄……就像这样……"他指着他涂涂改改的笔记本："不管我们想不想，总有一天还是得经历这个过程……"

弗兰克站了起来，若有所思的样子。

菲利伯问："如果她受不了，她会说吧，会吗？"

"你真以为她会说？"

菲利伯摘下眼镜，擦拭镜片。"我不知道……她好神祕……她的过去、家庭、朋友……我们对她一无所知。对我来说，除了她的画册之外，没有一丝线索可以了解她的过去；没有信件，没有电话，没有朋友……想想看，要是哪天她失踪了，我们甚至不知道该去找谁……"

"别想太多。"

"不，我就是要说。想想看，弗兰克，她说服我，让她带波莱特回来；她让出自己的房间，现在她用一种不可思议的温柔看顾她，甚至不能说是看顾，而是照料，他们彼此照料……我在家时，我听见她们的笑声，聊个不停。下午她努力重新开始作画，但你却不能实践你的诺言……"他戴上眼镜，手放在弗兰克的脸颊上说，"不，我并不以你为荣，我的士兵。"

拖着沉重的步伐，弗兰克往外婆的房间走去，帮她盖好棉被，关掉电视。

"过来这里。"她低声说。

妈的，她没睡着。

"我的孩子，我为你感到骄傲……"

啊，真不知道哪里可以让她感到骄傲。他一边将电视遥控器放在床头柜，一边想。

"好了，外婆，现在要睡觉了。"

"非常骄傲。"

是啊，是啊……

卡蜜儿的房门半开着。他轻轻推开，吓了一跳。

走廊上微弱的灯光照亮她的画架。

他静止不动，站在那儿。

震撼、惊恐、赞叹。

她又说对了？

我们可以不经学习就能体会某些事情？

所以，他其实没有那么笨，是不是这样子？因为他本能地伸出手，想帮这个凌乱的人体挺直起来。他还不至于一窍不通嘛！

沮丧的夜晚，他想赶走悲伤，拿了一罐啤酒。

让酒回温。

他不应该在走廊上晃来晃去。

这些千愁万绪，干扰着他的导航设备……

他妈的……

总之，现在都还顺利。他的生活总算尽如人意。

他快速将手指抽离嘴唇。他已经不再啃指甲了——除了小指头之外。

不过，小指头不算。

长大，他不停在长大……

如果她消失了，那他们会变成什么样子？

他打了个嗝。好了，事情还没有完，我还要准备做可丽饼的面团。

他满心虔诚，用搅拌器打面团，喃喃念了几句密语，然后搁下面糊。

他用一条干净的抹布盖住面团，然后，一面搓着手一面离开厨房。

明天，他要送她火烧可丽饼，永远抓住她。

哈，哈，哈……他独自站在浴室的镜子前，模仿卡通《疯狂大赛车》里坏蛋撒旦纳斯的笑。

呵，呵，呵……他模仿小狗迪艾·波罗的笑。

哦，天啊，玩得还真起劲……

13

已经有好一段时间，弗兰克没有好好跟他们在晚上相聚了。这晚他做了个好梦。

翌日清晨，他去买了牛角面包，他们一起在波莱特的房里吃早餐。天空很蓝，菲利伯和波莱特不断以敬语交谈，说了一堆客套话，然而弗兰克和卡蜜儿却默默抓着自己的碗。

弗兰克思忖着是否该换床单，而卡蜜儿自问着是否该改变某些细节。他想要她看他，不过她心不在焉。她的心已经飞到塞吉尔路上，在皮耶尔和玛蒂尔德的客厅中，准备撤退逃跑。

"如果我现在换床单，那就不能再躺在上面。如果我在午睡后换，会不会有点可笑？我几乎已经可以听见她的冷笑了。"

"还是我去画廊？把我的画交给苏菲，然后马上离开。这样好吗？"

"也许……我们连躺下都不必麻烦了，就站着做，像电影里的那样，我们就……呃……"

"不行，这不是个好主意……如果他在那里，他会强迫我坐下和他谈。可是我不想谈，我才不管他的长篇大道理。反正很简单，要或不要，而他的长篇大道理就留给他的客户吧……"

"离开餐厅前，我先去更衣室里洗个澡……"

"我搭出租车过去，要她先在门口等我……"

焦虑不安的人。无忧无虑的人。每个人边叹息边拍掉面包屑，然后离开。

菲利伯站在门口，一手提着行李，一手推着门，礼让弗兰克先出去。

"你要去度假啊？"

"不是，这些是道具。"

"什么道具？"

"我表演用的。"

"哦，天啊！这是什么？披风和剑吗？你要带着这些玩意到处跑啊？"

"是啊，当然，我要爬到幕帘上，把自己抛到人群里。好了，你先过，不然我一剑刺死你。"

湛蓝的天空，催促着卡蜜儿和波莱特走下楼，到公园里去。

老太太愈来愈不良于行，她们花了将近一小时才走完莱库福儿巷。卡蜜儿扶着波莱特，两脚发麻，小步慢走，当她瞥见广告牌上写着"骑士专行道，请减速"，忍不住笑了出来。她们停下脚步，是为了帮观光客拍照，让慢跑者通过，或是跟几个老人闲聊。

"波莱特？"

"怎么了，我的孩子。"

"如果我跟您谈轮椅的事，会吓到您吗？"

"……"

"好吧，所以，吓到您了。"

"所以，我有这么老吗？"她低声说。

"没有！完全没有！恰恰相反！但是我想说，光用您的助行器，我们没办法走远。坐轮椅的话，您可以自行推着它，直到您觉得累了，您可以坐在轮椅上休息。而我，可以带您到世界的尽头！"

"……"

"波莱特，我已经受不了这个公园，我不想再看见它了。我已经把这里所有的石头都数过了，所有的长条椅、所有的公共尿池都数遍了，总共是十一个。我受够了这些丑陋的观光大巴士，这些没有想象力的人群，还有老是遇见同样的人，那些管理员幼稚轻浮的表情，还有那个……曾获荣誉勋章但一身尿骚味的老家伙。巴黎当然还有许多东西可看，各种商店、小巷道、后院、盖了遮棚的通道、卢森堡公园、旧书店、圣母院花园、花市、塞纳河畔等，我跟您保证这是个非常美的城市。我们可以去看电影、听音乐会、看轻松的歌舞剧、看表演等。可是现在呢，我们被困在这个老人区里，每个孩子都穿得一模一样，而他们的奶妈也都一个模样，这里一切都可以预期……很无聊。"

沉默。

她觉得前臂愈来愈沉重。

"好吧，我坦白跟您说，我想要说服您坐轮椅，但事实上并不是这样的。事实是，我想要请您帮我个忙：如果我们有一辆轮椅，而您愿意偶尔坐在上

306

面的话，那我们就可以义无反顾地在博物馆插队，而且排在第一个。对我来讲，您了解吗，这样可以帮我一个大忙……有好多展览我梦寐以求，想要去欣赏，但是我没有勇气去排队……"

"哦，这样的话，怎么不早说啊，小傻瓜！如果为了帮你忙，那当然没问题！我可是想要让你开心的！"

卡蜜儿努力不要笑出来。她低着头，一本正经道了谢，但是态度过于慎重，反而显得不太真诚。

快快！打铁趁热，她们因此急忙奔向最近的一家药店。

"这辆旭日医疗公司出产的一六型号，我们卖了很多……这一款是折叠式的轮椅，保证让您满意。非常轻便，容易操作，十四公斤而已……全新的，从没有使用过。脚踏垫也可折叠，可调整扶手及椅背的高度，座椅可倾斜……哦，不！这是额外附加功能……轮子容易拆卸，可以放进后车厢，我们也可以调整……呃……"

波莱特站在洗发水和鞋垫的陈列架之间，显得不太耐烦，因此店员不敢再继续长篇大论了。"好吧，你们先看看，我还有客人……拿着，这是说明书。"

卡蜜儿蹲在她后面。

"这个不错吧？"

"……"

"比我想象的好多了。这个型号好像很轻便，这种黑色，挺时髦的。"

"天啊，你该不会说这个很适合我吧！"

"他们叫作……旭日医疗器材……编号三十七[73]。这不正是您家那里吗？"

波莱特戴上眼镜细看："哪里？"

"呃……是尚索地区。"

"啊！是啊！尚索！我知道在哪儿。"

解决了。感谢上帝。

"多少钱？"

---

[73] "37"也是法国中央大区安德尔-卢瓦尔省的行政编号。

"五百五十八欧元，不含税。"

"啊，怎么这么贵，不过我们……我们不能用租的吗？"

"这个型号不行。租的话是另外一种，比较大而且比较重。但是，我想你们应该可以全额退费吧？太太有保险吧……"店员觉得自己好像在跟两个脑筋迟钝的老小姐说话，于是继续，"这个轮椅，你们不用付钱！去找你们的医生开证明，证明您的身体状况，这样就可以了。这里，这是给你们的使用小指南，所有相关内容都在里面。那你们就去找医生了哦？"

"呃……"

"如果医生不熟悉这种状况，给他这个代码：40I A20.I. 。然后，您再去找健保局，好吗？"

"啊，好的。呃……那是什么呀？"

出了店门走在人行道上，波莱特沮丧地说："如果你带我去看医生，医生会把我送回医院的……"

"嘿！波莱特，冷静一点，我们不会去医院的，我跟您一样讨厌医生，我们有办法的，不用担心。"

"他们会找到我的……他们会找到我的……"她哭着说。

回家后她吃不下东西，整个下午都躺在床上。

"她怎么了？"弗兰克担心地问。

"没什么。我们去药店看椅子，店员叫我们去找医生开证明，所以她心情不好。"

"什么椅子？"

"嗯，轮椅。"

"要做什么？"

"笨蛋，当然是为了走动！好到处逛啊！"

"妈的，你也疯了是不是？她现在很好啊，干吗要这样刺激她？"

"哦，你要惹我生气吗，你知道？你也来照顾看看！你也该帮她擦屁股看看，这样你就明白了。对我来讲，把她扛在肩上不成问题，你外婆人很好，但是我也需要走动，需要散步，活动我的脑筋呀。妈的！对你来说，一切安好，就完美无缺,你这段时间很顺利吧?说说看,有什么让你不满意的呢?不论是菲利伯、波莱特还是你,生活、吃饭、工作、睡觉,就让你们满足。而我,我这样还不够!我快要窒息了!而且我很喜欢散步,天气又愈来愈好。所以我跟你再说一遍:当看护,我没问题。但是要可以四处走动,不然你自己……"

"我自己怎样?"

"没怎样!"

"你不用这么生气嘛。"

"我一定要这样才行,你那么自私,如果我不大声吼叫,你根本不会帮我!"

他"啪"一声关上门出去,把她关在房里。

等她再度走出房门时,他们祖孙俩已站在门口。波莱特开心极了,他的外孙正在照料她。

"来,胖奶奶,坐下来。这就像是脚踏车一样,要调整好才可以跑得远。"

他蹲下来,摆弄着轮椅上的每个调节器。"你的脚这样放可以吗?"

"可以。"

"手臂呢?"

"有点太高……"

"好了,卡蜜儿,过来,这是你要负责推的,来这里,我顺便帮你调整把手……很好。我要去上班了,你们跟我一起下去,来试看看。"

"进得去电梯吗?"

"不行,要折起来,"他恼火地说,"幸好,她还没有残废吧?"下了楼,他发出模仿摩托车引擎的"砰砰"声说,"……系好你的安全带,我要迟到了。"

他们快速穿越公园。等红绿灯时,波莱特的头发被风吹得乱七八糟,两颊泛红。

"好了,我先走了,女孩们。玩到尼泊尔加德满都时,别忘了寄张明信片给我。"

他又走了几米远才回过头。"哦!卡蜜儿,别忘了今天晚上。"

"什么事?"

"可丽饼。"

"妈的!"她把手放在额头上,"我忘了,今晚我不在家。"

他往后退了几步。

"而且，我今晚是很重要的约会，不能取消，是为了我的工作……"

"那她呢？"

"我已经请菲利伯帮忙了。"

"好吧，嗯，算了，我们自己吃。"

他强打起精神，一边挣扎一边走远。

新内裤的标签挠得发痒。

14

玛蒂尔德·凯斯勒是卡蜜儿见过最美的女人。身材高瘦纤细，比她的老公还要高，个性活泼，极具内涵。她走在这个小小星球上，对一切事情都感兴趣，但任何事也都吓不着她。她懂得及时行乐，脾气又好，有时会握着你的手轻声细语。她精通四或五种语言，处事态度圆融。

她是这么美，以至于卡蜜儿从没想过要画她……

风险太大。她太有生命力了。

只有一次，曾经简单地素描她的侧面、她的发髻和耳环，这张画后来被皮耶尔拿走了。但那张画并不是她，因为少了她低沉的嗓音，也少了她散发的光芒和酒窝。

她含着金汤匙出生，集亲切、贵气、优雅大方于一身。她的父亲是一位大收藏家，她一直生活在美丽的事物之中，从来没有为了生活锱铢必较，也未曾计算过拥有的财富，不会算计朋友，更甭提算计敌人了。

她富有，而皮耶尔则积极进取。

他说话时她静静聆听，他转身离去之后她帮他圆场。他擅于发掘有天赋的新人，从不失误。是他让沃利和巴卡贺两人扬名立万，而玛蒂尔德则设法让这些艺术家留下来。

她留住她想要的。

卡蜜儿还清清楚楚记得他们第一次见面的情形，那次是在美术学院的期末展览上。他们两人身上笼罩着光环……可怕的画商暨收藏家沃多·丹纳的女儿……大家期盼他们的莅临，担心地观察他们的反应。当他们跟她和她邋遢的同学打招呼时，她自觉卑微不堪，她低着头跟他握手，不知所措地躲避他的恭维，很想钻到地洞里消失不见。

那时是六月，几乎已经是十年前了，燕子在学校的中庭内齐鸣，他们喝着难喝的鸡尾酒，恭敬聆听凯斯勒的演说，但是卡蜜儿一句也没听进去。她看着他的老婆：她穿着一件蓝色的连身长裙，系着一条银制宽腰带，当她的身体晃动时，腰带上的小铃铛也随之摇晃。

她对她一见钟情……

接着，他们邀她到太子妃路上的餐厅用餐，酒足饭饱后，皮耶尔说想看她的画册。但她拒绝了。

几个月后，她独自跑去找他们。

皮耶尔和玛蒂尔德拥有提埃坡罗、德加、康定斯基等人的画作，但是没有小孩，卡蜜儿从来不敢提起这个话题。后来，卡蜜儿表现得如此令人失望，他们便决定放她离去。

"这是什么嘛！你在做什么！"皮耶尔气愤地说。

"你为什么不喜欢你自己呢？为什么？"玛蒂尔德温柔地接着问。

而她，再也不去他们举办的预展了。

他内心还是感到很愧疚："为什么？"

"我们对她的爱不够多。"他太太说。

"我们？"

"大家……"

他靠在她的肩上低语说："哦，玛蒂尔德，我的美人，你为什么放走她？"

"她会回来的。"

"不，她会毁掉一切。"

"她会再回来的。"

她回来了。

"皮耶尔不在吗？"

"不在，他和英国朋友去吃饭了，我没有告诉他说你要来，我想先见见你。"

接着，她注视着卡蜜儿的画册说："你……你带了东西？"

"没有，没什么，只是上次我答应皮耶尔的东西。"

"我可以看吗？"

卡蜜儿没有回答。

"好吧，等他回来再说吧。这都是你画的吗？"

"嗯。"

"天啊，要是他知道你带东西来，却没见到你，肯定会失望地吼叫……我打电话给他好了。"

"不，不！"卡蜜儿说，"不用打扰他，我说过了，这些没什么，只是我们的约定，有点像是房租吧。"

"很好。那来吧，该吃饭了。"

他们家里的每样东西都非常高雅美丽：街景、装饰品、地毯、画作、碗盘、烤面包机，所有一切，甚至连厕所也很漂亮，里头印着大诗人马拉美的四行诗：

> 放松肚子的你，
>
> 可在这个昏暗之地，
>
> 歌唱或抽烟斗，
>
> 不需将手指放在墙上。

当她第一次看见他们家的厕所时，吓了一大跳，说："你们……你们连马拉美家的厕所都买回来了吗？"

"当然不是。"皮耶尔笑着回答，"我认识一个做复制品的人，你知道马拉美住在哪里吗？就在瓦莱纳。"

"我不知道。"

"哪天我们带你去，你会喜欢那里，一定会很喜欢。"

他们家所有的东西都很可爱，甚至连他们的卫生纸也特别柔软……

玛蒂尔德高兴地说："你真漂亮！看起来精神很好！这头短发很适合你！

你变胖了，是吧？真高兴看到你这样，真是开心。卡蜜儿，我真的很想念你，你可知道那些孩子让我多累呀，愈没有天分的人话说得愈大声。皮耶尔是不在乎啦，他只专注在自己的工作上。但是我，卡蜜儿，我……我觉得好无聊。来，坐到我身边来，跟我谈谈你的事。"

"我也不知道该怎么说。我把画册给您看好了。"

玛蒂尔德翻着画册，而卡蜜儿在一旁说明。

卡蜜儿一面介绍自己的小小世界，突然间才真正体会到，她是多么在乎他们！波莱特、弗兰克和菲利伯已经成为她生命中最重要的人，而此时此刻，她坐在两个十八世纪的波斯抱枕之间，才突然明了这点。她心里翻腾不已。

第一本画册中的波莱特，和在埃菲尔铁塔前坐在轮椅上神采奕奕的波莱特，已经不是同一个人了，虽然只相隔短短几个月的时间。而且，拿笔作画的人也不一样了。她颤抖着，她变了，她已经摧毁了这些年来阻止她向前迈进的花岗岩块了……

今晚，那些人等着她回去，那些人根本不在乎她有什么长处，他们是因为别的原因而喜欢她。或许，就是单纯地因为她这个人……

因为我？

因为你……

"怎么了？"玛蒂尔德不耐烦地说，"你怎么不说话了？她是谁？"

"乔安娜，是波莱特的美发师。"

"这个呢？"

"是乔安娜的高跟短靴。很厉害吧？一个整天站着工作的女孩怎能忍受这种鞋子？我想是爱美不怕痛的牺牲精神吧。"

玛蒂尔德笑着，这双鞋子还真是恐怖。

"那他呢，他经常出现，不是吗？"

"他是弗兰克，刚刚我跟你提过的厨师。"

"他挺帅的，不是吗？"

"你这么觉得啊？"

"是啊，像是画家提香画笔下的凡尼斯再年长十岁……"

卡蜜儿觉得不可思议。"这样讲太扯了。"

"真的！我说真的！"

她站起来，捧着一本美术书走回来。"瞧，你看，一样阴郁的眼神，一样翕动的鼻孔，一样长而翘的下巴，一样微微招风的耳朵，心中同样隐藏着熊熊烈火。"

"不可思议，"她仔细盯着画像重复说，"他脸上竟然有痘痘……"

"哦，你真扫兴！"

"就这样？"玛蒂尔德遗憾地说。

"是啊。"

"很好，非常好，这……这真的很棒。"

"别这么说。"

"小女孩，不要反驳我，我不会画画，但是我懂得欣赏。我小时候，当其他的孩子都去看布偶戏时，我爸爸已经带着我到世界各地，把我放在他的肩膀上，让我可以在适当的高度观赏艺术作品。所以请你不要反驳我说的话。这些画可以留给我吗？"

"……"

"给皮耶尔看的。"

"好的，但是请小心，好吗？这些画像对我很重要。"

"我了解。"

"你不等他吗？"

"不了，我要走了。"

"他一定会很失望的。"

"这也不是第一次了。"卡蜜儿回说。

"你还没提到你母亲呢……"

"真的吗？"她惊讶地说，"这是个好征兆，不是吗？"

玛蒂尔德送她到门口，亲了她一下。"当然是最好的征兆了，好了，别忘了来看我，就算推着轮椅，也只需一小段路。"

"我保证。"

"继续这样，放轻松点，好好享受，皮耶尔一定会跟你说相反的话，但是千万不要听他的，别再听他的，也不要听别人怎么说。知道吗？"

"真的？"

"你需要钱吗？"

卡蜜儿应该说"不"。二十七年来她总是说"不"。不，还好。不，谢谢您。不，我什么都不需要。不，我不想亏欠您。不，不，我自己想办法。

"是的。"

是的，我想我需要。是的，我不要回去当奴才，不论是做那个意大利佬的奴才，还是做佩达的奴才，或是当其他王八蛋的奴才。是的，我平生第一次想要安静地工作。是的，我不想每次弗兰克拿那几块钱给我的时候，我就全身紧绷。是的，我变了。是的，我需要您的帮忙。是的。

"很好。还有，老实说，顺便去买些衣服吧，这件牛仔外套你已经穿十年了。"

这倒是真的。

15

她走路回家，一面看着古董店的橱窗。等她到达美术学院前面，她的手机也刚好响起。

她看见是皮耶尔来电，便把手机按掉。

她加快脚步，惊慌失措。

第二次的铃响，是玛蒂尔德。她也没有接。

她往回走，穿过塞纳河。这女孩拥有浪漫的精神，无论是因为欣喜雀跃，还是想要跳河，这座艺术桥是全巴黎市最合适的一座桥。她倚着护栏，按了语音信箱的密码。

您有两通新留言，今天晚上十一点……现在还来得及切掉，假装没听到……转到语音信箱了！哦，真可惜……

"卡蜜儿，马上打电话给我，我要上哪儿找你！"他吼叫着，"马上回电！你听到了吗？"

今天，十一点三十八分："我是玛蒂尔德。不要打给他。不要回来。我不要你看到他这个样子。他哭得像只大母牛似的，你的画商……他看起来好狼狈，我保证。不，他很帅，非常帅……谢谢你，卡蜜儿。你听到他说的话吗？等等，我把电话转给他，不然他会扯掉我的耳朵……""我九月帮你办展览，卡蜜儿，不要拒绝，因为邀请函已经寄出去了……"留言被切断了。

她关掉手机，卷了根烟抽起来，就在卢浮宫、法兰西学院、圣母院和协和桥之间。

美丽的落幕……

接着，她系紧鞋带拼命跑。她不想错过甜点。

16

厨房还依稀散发着淡淡的油烟味，但却已空荡荡的，餐盘也整理干净了。

没有任何声响，所有的灯都已经熄了，房间门缝下也没透出一丝光线。唉，这次她本想要大快朵颐的。

她敲了弗兰克的门。

他正在听音乐。

她坐在他的床边，双手叉着腰说："怎样啊？"

"我们留了一点给你，我明天再热给你吃。"

"怎样啊？"她重复说着，"你不上我了吗？"

"哈！哈！真好笑！"

她开始脱衣服。"喂，我的小爸爸，我不会这样就放过你！答应了就要做到高潮！"

当她开始乱丢鞋子时，他站起来开了灯。

"拜托，你在做什么？你是想怎样？"

"嗯，我在脱衣服啊！"

"哦，不要……"

"什么？"

"不要这样。等等，我等这一刻已经很久了。"

"关灯。"

"为什么？"

"我怕你如果看见我现在的样子，会不想要我。"

"妈的，卡蜜儿！不要这样！停止！"他大吼。

她有点扫兴地噘着嘴说："你不想要吗？"

"……"

"关灯。"

"不要！"

"要！"

"我不希望我们之间是这样子的……"

"那你想要怎样呢？你想带我去划船吗？"

"对不起，你的意思是什么？"

"划着小舟，对着我吟诗作对，而我把手放在水里……"

"过来坐在我身边。"

"关灯。"

"好。"

"关掉音乐。"

"就这样？"

"是的。"

"是你吗？"他不安地问道。

"是的。"

"你还好吧？"

"不好。"

"来，用我的枕头。你的约会还好吗？"

"很好啊。"

"你想跟我说吗？"

"说什么？"

"全部，今晚，我想知道一切，一切，所有的一切。"

"你知道的，如果我说的话，你一定会觉得必须把我搂在怀里。"

"啊，妈的……你被强暴了吗？"

"不是啦！"

"那么，如果你愿意，我可以设法解决……"

"哦，谢谢，你真好。呃，我该从何说起呢？"

弗兰克模仿着杰克·马丁[74]在电视节目中说话的语气："我的小女孩，你打哪儿来的？"

"默东，巴黎西南郊区。"

"默东啊？"他惊呼，"非常好！那你妈妈在哪里呢？"

"她吃很多药。"

"啊？那你爸爸呢，他在哪里？"

"他死了。"

"……"

"啊呀！我要先跟你说清楚！你有保险套吧？"

"不要挑逗我，卡蜜儿，你知道我挺冲动的。你爸爸，他过世了？"

"是的。"

"怎么过世的？"

"摔死的。"

"……"

"好吧，我从头跟你说，你靠近一点，我不想让别人听见。"

他把棉被盖住他们俩的头："说吧。现在没人会看到我们了。"

17

卡蜜儿把手交叠在肚子上，展开一段漫长的旅程。

"我是个很乖巧的小女孩，"她用小女孩般的语气说着，"我吃得不多，但是我在学校的功课很好，我一直在画画。我没有兄弟姊妹。我爸爸叫约翰·路易，我妈妈叫凯萨琳。我想当年他们初遇时，彼此是相爱的，不过我也不是很清楚，

---

74 杰克·马丁（Jacque Martin），法国知名节目主持人，也是法国前总统萨科齐离婚的妻子塞西莉亚的前夫。

我从不敢问。不过,等我开始画马,或是画《龙虎少年队》电视影集里约翰尼·德普英俊的脸庞时,他们已经不相爱了。我很确定,因为我爸爸没和我们住在一起,只有周末的时候才来看我。他离开其实很正常,如果我是他,我也会。而且,每到星期日的晚上,我也很想跟他一起走,但是我从没这样做,因为怕我妈妈会再度自杀。我小时候,妈妈就已经自杀过好几次,幸好,我都不在场。后来等我长大,她就没有那么多顾忌了。有一次,我朋友生日邀请我去她家。晚上妈妈没有来接我,朋友的妈妈就把我载回家,我一走进客厅就看见她僵死在地毯上。救护人员来了,而我在邻居家住了十天。这件事之后,爸爸跟她说,如果她再自杀一次,他会要回我的监护权,于是她不再自杀了,只是继续吃药。爸爸跟我说他因为工作忙,必须离开,妈妈却叫我不要相信他。她每天反复说,爸爸是骗子、混球,他有别的女人,还有私生女,他每天晚上都会爱抚那个小女儿……"

她恢复了自己原本的声音。"这是我第一次说出来……你看,你妈妈把你送上火车扔回外婆家之前,已经毁了你。而我的妈妈,却是每天侵蚀我的脑袋。每一天……有时候她还算是亲切,会买毛毯给我,一直告诉我说,她在这个世界唯一的幸福就是我。

"当我爸来的时候,他把自己关在车库的积架车里,听他的歌剧。那是一辆没有轮子的老积架车,可是没关系,我们还是可以假装开着它游玩……他说:'小姐,我带你去蔚蓝海岸。'我坐在他身旁,我好喜欢那辆车。"

"是哪一款?"

"好像是 MK 之类的……"

"MK1 或是 MK2?"

"妈的,你这个臭男人,我在这里讲我的心事,要让你掉泪,而你唯一感兴趣的竟然是车子的款式!"

"对不起。"

"没关系……"

"继续说吧。"

"呼,真是的……

"'那么小姐?我带你去蔚蓝海岸?'

319

"好的，"卡蜜儿笑着，"好的。我爸爸说：'你有带泳衣吗？很好……也要记得带晚礼服！我们一定会去赌场。别忘了你的银狐大衣，蒙特卡罗的夜晚很冷的。'车里的味道很香，陈年的皮革味，我记得里面的东西都很漂亮，水晶烟灰缸、补妆镜、摇车窗的把手……

"那辆车子就像是飞毯。他跟我说：'运气好的话，入夜之前就能抵达。'没错，我爸就是这样的人，一个大梦想家，他可以待在郊区的车库一辆无法动弹的车子里，一待就是好几个小时，切换变速挡，把我带往世界的尽头。他也是疯狂的歌剧迷，旅程中，我们听着威尔第的《唐·卡洛斯》和《茶花女》，或是莫扎特的《费加罗的婚礼》。他告诉我好多故事：蝴蝶夫人的哀愁；佩利亚斯与梅丽桑德[75]之间没有结果的恋情，当佩利亚斯想对梅丽桑德表达爱意时，却不知如何启齿；伯爵夫人和一直藏匿起来的凯鲁比诺（《费加罗的婚礼》）；或是阿尔琪娜（亨德尔的《阿尔琪娜》），那个将她的追求者都变成野兽的美丽巫婆……我有权可以随时插话，除非他抬起手来。而当他说到阿尔琪娜的故事时，他经常抬起手来……我无法再听 *Torbami a vagheggiar*（《阿尔琪娜》）这段曲目……太过愉悦……不过大部分的时候我沉默不语，我感到很快乐。我想着另一个小女孩，她没有这些……对我来说很复杂……现在，当然，我看得比较清楚：像他这样的男人根本无法和像我妈那样的女人一起生活……一个一到用餐时间便突然把音乐关掉，像戳破肥皂泡泡般毁掉我们美梦的女人……我从未见过她开心，也没看过她笑，我……相反地，我爸爸简直是亲切仁慈的化身，有点像菲利伯……总之，太过善良去承受一切。不想成为他小公主眼里的坏蛋……所以，有一天他回来跟我们一起生活……他睡在他的书房里，然后，每个周末都不在家……不再乘着那辆灰色的老积架车到萨尔斯堡或是罗马偷闲，不再去赌场，不再去海边野餐……然后，一天早上，他应该很疲倦，我想……非常疲倦，他从顶楼摔下来……"

"他是跌下来，还是跳下来？"

"他是个优雅的男人，他是跌下来的。他从事保险业，为了通风管还是其

---

75 《佩利亚斯与梅丽桑德》（*Pélléas et Mélisande*）是根据梅特林克（Maeterlinck）的剧本、脚本，由德彪西作曲的印象派歌剧。

他问题，跑到屋顶上去看。他打开文件时，没注意到脚踩在哪……"

"还真是夸张……你认为呢？"

"我没想太多。后来丧礼时，我妈妈还不断转头看是不是有其他女人躲在教堂后面。后来她把那辆车子卖掉，我从此就不再说话了。"

"有多久？"

"好几个月。"

"后来呢？我可以把床单往下拉低一点吗？我快窒息了。"

"那时候我也觉得快窒息了。我变成一个不讨人喜欢、孤独的青少年，我在电话里储存医院的电话号码，不过也没有必要了，她变得比较平静，从自杀狂转成忧郁症，也算一种进步。她不那么爱闹了，我想，爸爸一个人的死对她来说足够了。后来我满脑子只有一个想法：离开。我十七岁那年第一次离家到朋友家住，有一天晚上'砰'的一声，我妈和警察就站在门口。她很清楚我在哪里，这个讨厌的女人。我记得当时我正在和她的父母共进晚餐，谈论阿尔及利亚的战争，就在这个时候，叩叩叩，警察来了。我很对不起朋友的父母，不过我也不想惹麻烦，干脆乖乖跟她走。一九九五年二月十七日，我满十八岁。前一天，十六日凌晨零时一过，我轻轻关上门离开了。我通过高中会考，进入美术学院，在七十个上榜人当中，我名列第四。我以童年的歌剧为基础做了一份精彩的履历。我非常用功，赢得评审委员极高的评价。从那时候起，我和我妈之间就没有任何联系，我过着艰苦的生活，因为巴黎的生活费实在太贵了。我到处借宿，翘了很多课，翘掉理论课，只上创作课。然后我开始放纵自己。我先是觉得无聊，因为我没有照着规矩办事；我不认真，所以也没有人认真对待我。我不是伟大的艺术家，只能当画匠，在帕特广场临摹莫奈的画，画些小舞蹈家。而且，唉……

"我什么都听不懂，我只喜欢画画，一面听老师们噼里啪啦地讲课，我在下面画他们的画像。而那些造型艺术、偶发戏剧、装置艺术的概念，又让我厌烦。我觉得我活错年代了，我应该活在十六、十七世纪，在大师的画室里当学徒，替他准备用具，清洗画笔，磨碎颜料。也许我还不够成熟？又或许还没有自我？或许只是没有才华罢了？我也不知道。其次，我遇人不淑，一个带着水彩盒和几块破画布的傻女人，爱上一个怀才不遇的天才。一个被诅咒的黑暗王子、鳏夫，阴郁、无以慰藉的人，完全符合一般人眼里怀才不遇的艺术家形象：头发浓密、性格扭曲、天赋异禀、体弱多病、饥渴贪婪……他父亲是阿根廷人，母亲是匈牙利人，矛盾的混合体，灿烂的文化交汇，住在非法侵占的空屋里，等待有只笨鹅会在他忍受苦痛创作时，为他准备食物。而我真的这样做了。我到圣皮耶尔市场买了好几米长的布挂在墙上，让我们的'小房间'看起来漂亮一点，然后我找工作养家活口。总之，与其说养家活口，应该说是勉强糊口。我放弃学业，盘坐在地上，思索我可以做的工作。更糟的是，我还因此感到无比骄傲！我看着他作画，觉得自己很重要，我是他的姊妹，他的缪斯，我是伟大男人背后的伟大女人，我还得养他的学生，替他们清理烟灰缸……"

她笑着。

"我感到骄傲，我去博物馆当看守员，很厉害吧？见识到公家机关的伟大，但是我根本不在乎，我很快乐，我终于身处我心目中大师的工作室里了……即使那些画布已经干涸许久，我确信在那里学得比世界上任何学校都更多。或许因为我那段时间睡得不多，更可以安安静静地沉醉。我的兴趣又引发了。问题是，在那里的上班时间不能画画，就算是偷偷在迷你画册里，就算是一个参观者也没有，都不能画画。问题是好多时候连一个参观者也没有，我没事做的时候只能思考自己的命运，听到迷路参观者发出噔噔的脚步声时，我都会吓一跳，或是听到叮叮当当的钥匙声时，我就赶快把画画工具藏起来。后来赛哈芬·提哥那个人一直不断作弄我，赛哈芬·提哥，我还真喜欢这名字……他常常无声无息地走来，然后突然吓我一跳。啊！这个混球，当他逼得我不得不收起铅笔时，他显得多么快乐啊！我看着他撑开着双腿走开，好让他那两粒卵可以舒适地膨胀。当我吓一跳的时候，画笔一定也跟着晃动一下，我气死了。多少素描因为他而毁掉了。哦，不！不能再继续下去！于是，我跟他玩游戏，开始学会了生存之道：我收买了他。"

"你是指……"

"我给他钱。我问他要给他多少钱，他才愿意让我画画而不举发我。每天三十法郎吗？好，相当于一小时温暖的幸福。好吧，我给他。"

"他妈的！"

"是的，伟大的赛哈芬·提哥……"她出神地说，"现在我们有了轮椅，哪天我会带波莱特去问候他。"

"为什么？"

"因为我挺喜欢他的，他是个老实的骗子。不像另一个家伙，当我工作累了一整天回到家，只因为忘了帮他买香烟，就不给我好脸色看。而我，像个笨蛋似的，又跑下楼去买。"

"你干吗要跟他在一起？"

"因为我爱他，我崇拜他的作品。他自由奔放，不受拘束，充满自信，自我要求很高，跟我完全相反。他宁愿张着嘴死去，也不愿妥协半步。我当时不到二十岁，是我在养他，而我觉得他令人钦佩。"

"你真呆。"

"是啊，经过青少年时期的跌跌撞撞，我过着对我来说最快乐的生活，随时都有人，我们只聊艺术、绘画。我们很可笑，但也很骄傲，我们六个人靠两份失业补助金过活，每天冷得要命，到公共澡堂排队洗澡，但我们觉得活得比别人更有意义。今天想起来的确蛮荒唐的，但我相信我们是对的。我们有热情……热情是种奢侈品。我很蠢，也很快乐。只要我厌烦了某间展览厅的作品，我就换地方；当我没忘记替他买香烟时，一定是狂欢日！我们也喝很多……我养成一些不好的习惯……然后，我认识了凯斯勒夫妇，我前几天跟你提到过他们的……"

"我想他的做爱技巧一定不赖。"他蹙眉说。

她温柔地说："哦，没错，全世界最棒的。哦，只要一想到便让我全身颤抖，你瞧……"

"好啦，好啦，我们都明白啦。"

"才不呢，"她叹气，"技巧不怎么样，经过头几次处女期的兴奋之后，我……我……总之，他是个自私的男人。"

"啊……"

"是的，呃，你也半斤八两。"

"是的，不过我没有嗑药！"

他们在黑暗中笑着。

"后来我们关系变差了，因为他欺骗我。我在忍受那个赛哈芬·提哥的蠢

323

笑话时，他却和美术学院低年级的漂亮女孩上床。当我们和好后，他又向我承认他吸毒，哦，只吸一点点而已……这样才像艺术家……接下来的事我一点也不想说了……"

"为什么？"

"因为这段故事很悲伤。那种狗屎东西，很快就教你跪地屈服，令人不可思议……这样才像艺术家？狗屁！我撑了几个月后，跑回我妈家。她将近三年没看到我，当她打开门时，她对我说：'我先跟你说好，这儿没东西吃。'我哭成了泪人，只在家待了两个月，那段时间她难得对我很好，照顾我。等我可以再站起来时，我又回去工作。那段日子我只吃粥、罐头，喂！弗洛伊德医生？经历了宽银幕、杜比环绕音响、声光效果俱佳、情感澎湃的生活，我重新回到黑白乏味的生活，每次经过河堤边时，总会感到眩晕……"

"你还在想着这些吗？"

"是的。我想象着我的灵魂在爸爸所喜爱的乐曲声中升天，而爸爸笑盈盈地张开双臂迎接我：'啊！小姐，你终于来了！你将会发现这里比蔚蓝海岸更漂亮……'"

卡蜜儿哭了。

"别，别哭……"

"我想哭。"

"好吧，哭吧。"

"很好，你并不难搞。"

"这倒是真的。我缺点一堆，不过，我并不难搞。你想停止吗？"

"不。"

"你想喝点东西吗？加了橙花的热牛奶，像波莱特帮我做的那样？"

"不了，谢谢……我刚说到哪儿？"

"河堤边眩晕……"

"是的，眩晕。老实说，那个时候的我，只要在我背上轻轻用指头弹一下，就可以让我跟跄倒地。后来有一天早上，命运之神戴着柔软的黑色山羊皮手套，轻拍我的肩膀……那天我正临摹着华多[76]的人物自得其乐，一个男人从我身后经过时，我正笑弯了腰。我经常看见他，他总是在学生身边绕来晃去，不声不响地看我们的画。我以为他想搭讪，我不确定他的意图。我看着他跟年轻人说话，很欣赏他的风采：总是穿着高级大衣，很长，还有高级西装，长长的丝围巾……他拍了我肩膀后，我蜷缩在我的画册前，只看见他美丽的鞋子：非常精致，擦得亮晶晶的。他操着意大利的口音说：'小姐，恕我冒昧请教您一个问题，您是否具有高尚的品德？'我自问他到底有何用意？开房？但是，我是否具有高尚的品德？我贿赂了赛哈芬·提哥，我曾经想自我毁灭……'没有。'我回答。而因着这个勇敢的回答，我又做了另一件蠢事。这次是无法形容的荒唐……"

"怎样的蠢事？"

"无法无天的蠢事。"

"你到底做了什么啊？"

"跟之前一样。不过，这次不是住在空屋里当疯子的女仆，而是窝在全欧洲最豪华的饭店里。而我，我变成骗子……"

"你……你是……"

"妓女？不。不过……"

"你做什么？"

"造假。"

"伪钞？"

"不是，是复制名画。更糟的是，我还玩得很快乐！总之，一开始很愉快，后来几乎变成奴才，不过刚开始的确很有趣。我第一次觉得自己有用！告诉你，我过着极尽奢华的日子，要什么有什么。天冷时，他送给我顶级克什米尔毛衣。你看过我常穿的那件连帽式的蓝色大毛衣吗？"

"看过。"

"那件要一万一千法郎。"

"不会吧……"

"是的，这种衣服我有十几件。我饿了就叫客房服务，丰盛的龙虾大餐任

76 让·安东尼·华多（Antoine Watteau,1684—1721），法国画家。

我吃到饱。我渴了就有香槟伺候！无聊时去看表演、购物、听音乐！我要什么，全都可以跟维多利奥说，要什么都可以……我唯一没权利说的就是'我不干了'。如果这样说的话，帅哥维多利奥就会变得很坏：'你敢离开你就完了……'但是，我为什么要离开？我被捧在手心里，我玩得好愉快，我做自己爱做的事，我参观梦想要造访的博物馆，我认识各式各样的人。晚上我还走错房间……我不是很确定，不过我想我甚至和演员杰瑞米·艾恩斯睡过觉……"

"他是谁？"

"哦……真被你打败了……算了……他不重要。我看书、听音乐、赚钱……现在回头看这一切，我想这是另一种形式的自杀，比较舒适的自杀。我跟生活断了关系，也和少数爱我的人断了联系；我跟皮耶尔和玛蒂尔德·凯斯勒夫妇断了联络，他们恨死我了。也跟我的老同学、真实世界、道德、正路、甚至我自己切断关系。"

"你一天到晚都在工作吗？"

"是的，不过我并没有复制很多作品，同样的东西必须要重复画好几千次，因为技术问题、年代已久所产生的色泽、画布等。其实，画本身并不困难，困难的是要让画看起来老旧。我和一个名叫杨的荷兰人一起工作，他提供我们老旧的纸张。他的职业是走遍世界各地，带回来一卷卷的纸。他有点像是疯狂的化学家，不断找方法将新纸变成旧纸。我从没听过他说话，他是个令人迷惑的男人。后来，我连时间感都丧失了……就某种方式来说，我任由自己过这种毫无意义的生活。虽然，肉眼看不见，不过我变成了行尸走肉，我是时髦有型的残骸躯壳，贪恋杯中物，穿着手工定制的服装，不惮自己变成小人。如果没有列奥纳多解救我，我不知道该怎么了结……"

"列奥纳多是谁？"

"列奥纳多·达·芬奇。那次我马上表示反对，如果我们专心模仿小艺术家的素描、草图或是手稿，还可以骗过那些粗心的买家，但是想模仿达·芬奇，这简直是乱来。我跟他说了，但他不肯听，他的胃口愈来愈大。我不知道他怎么理财，反正赚得愈多，花得愈凶，他应该也有他的弱点吧。所以我只好闭嘴，反正那不是我的问题。我去卢浮宫的书画艺术部门查资料，把内容记在心里，维多利奥只要一个小东西。'你看见这幅习作吗？你模仿它，但是这个人物，你替我保留下来……'那时候我们没住饭店，是住在一间附家具的大公寓里。我照着他的话做，他愈来愈焦虑，一直打电话，走来走去，都快把木头地板磨损了，还咒骂圣母玛利亚。有一天早上他像疯子般冲进我房间说：'我必须先离开，但是你不准走，懂吗？我没叫你离开，你就不能走……你听懂了吗？你不要动！'当天晚上，有个不认识的男子打电话来说：'全部烧掉。'然后就挂掉了。我把所有的赝品收集起来放在洗碗槽里销毁。我继续等待，等了好几天都不敢出门，也不敢看窗外，我开始妄想。一个星期后我还是离开了。我很饿，又想抽烟，反正我已经一无所有。我走回默东，看到家里门窗紧闭，栅栏门上挂着出售的牌子。我妈死了吗？我爬过围墙睡在车库里。后来我又回到巴黎，尽可能抬头挺胸地走在路上，还跑到那间公寓附近晃荡，也许维多利奥会回来。我身无分文，无所适从，无依无靠，什么也没有。我穿着那件上万元的毛衣在外面睡了两个晚上，我跟人乞讨香烟，结果外套却被偷走。第三天晚上，我跑去按皮耶尔和玛蒂尔德的门铃，晕倒在他们家的门口。他们帮了我，把我安置在这里的顶楼。一个星期后，我又盘坐在地上，思忖自己可以做什么工作……

"我唯一知道的是，我这一生再也不要画画了，我也不敢面对人群，人群让我感到害怕。所以，我去当夜间清洁人员，大约这样过了一年多。在这段时间，我找到了我妈。她没有追问我任何问题，我不知道是因为她不在乎，还是因为小心起见，我没追究，也不许自己这么做，因为我只剩下她……

"很讽刺吧！我想尽办法逃离她，而结果，我又回到原点，但没了梦想。我勉强自己活下去，不再喝酒，想在那三平方米大的房间里找到希望……后来我生病了，菲利伯把我抱下楼，安置在隔壁的房间里。后来的事你都知道了。"

久久的沉默。

"呃……"弗兰克反复说着，"呃……"

他坐了起来，交抱着双臂。

"呃……你说了一个人生故事，真是疯狂。那现在呢？你现在要做什么？"

"……"

她睡着了。

他帮她盖好被子，拿了衣物，蹑手蹑脚走出房间。现在他认识她了，他不敢躺在她身边。况且，她把整张床都霸占了。

整张床。

18

他感到迷惘。

他在公寓里游荡了一会儿，走进厨房，一边摇头一边打开柜子，又关上。

窗台上的莴苣心已经干瘪，他把它丢到垃圾桶，然后拿了支笔坐下，把他之前的画画完。至于眼睛，他犹豫着……他该在触角上画两个黑点，还是一个？

妈的！他连一只蜗牛都画不好！

好吧，一个黑点。这样比较可爱。

他穿上衣服，夹紧屁股，推着摩托车，经过门房太太的门前。比库看着他经过但没有吠叫。好家伙，乖……今年夏天你会有件鳄鱼牌的上衣去勾引京巴狗……他走了好几米才敢发动摩托车，奔驰在黑夜里。

他在第一条路口左转，然后便一直往前抵达海边。他把安全帽放在肚子上，看着渔夫作业。他对着摩托车说几句话，让它稍微了解情况……

有点想崩溃。

或许是风太大吧？

他抖动着身子。

好了！这是他刚刚在找寻的：现煮咖啡！他开始清理思绪，沿着海港一直走到第一家开门的小酒店，然后在一群穿着发亮防水衣的渔夫当中，他喝了一杯咖啡。当他抬起头，却在镜子里看见一位老朋友："啊呀？你也在这里啊！"

"嘿，是的……"

"你在这儿做什么？"

"我来喝杯咖啡！"

"喂，你的脸色真差。"

"很累……"

"还在声色场所打滚吗？"

"没有。"

"嘿，今天晚上你不是跟一个女孩在一起吗？"

"她不算真正的女孩……"

"那她是什么？"

"我不知道。"

"哦，你这家伙！嘿，老板娘！再给他一杯，我的朋友状况不太好哦！"

"不，不用了……别管……"

"别管什么？"

"什么都别管。"

"雷斯塔，你是怎么了？"

"心里难受……"

"哦，你恋爱了啊？"

"有可能……"

"嘿！这倒是好消息！好家伙，可喜可贺！站到吧台上高歌一曲吧！"

"别闹了！"

"你是怎么了？"

"没什么……她……这个女孩很好，反正对我来说，她好得过头了……"

"你胡扯！没有人会好得过头，尤其是女人！"

"她并不是女人，我说过了……"

"是个男的？"

"不是啦……"

"是机器人？是《古墓丽影》里的劳拉·克劳馥？"

"比她更棒……"

"比劳拉·克劳馥更棒？哦！那她的咪咪很大啰？"

"我想她是85A……"

朋友笑了："啊呀，如果你爱上一个连洗衣板都不如的女人，确实遇人不淑，我现在比较理解了。"

"不是这样的，你什么都不懂！"他生气地说，"反正你什么都不了解！你总是在那儿大声喧哗，想让人忘记你什么都不懂！打从你小时候起，你就烦死你身边的人！我为你感到可悲。这个女孩跟我说话时，有一半的话我听不懂，你知道吗？在她身旁我感觉自己像堆狗屎。要是你知道她经历过的人生……妈的，我搞不定……我想我还是放弃算了！"

那个人噘着嘴。

"怎样？"弗兰克不爽地问。

"惨啊！"

"我变了。"

"不，你只是累了。"

"我已经累了二十年……"

"她经历过怎样的人生？"

"一堆不幸。"

"嘿，这样好啊！你只需要给她别的花样啊！"

"什么花样？"

"喂！你是故意的吗？"

"不是。"

"是的。你故意要我怜悯你，你自己想一想，我相信你一定会想到的。"

"我害怕。"

"这是个好兆头。"

"是的，但如果我……"

老板娘伸着懒腰说："先生们，面包来了。谁要三明治？年轻人吗？"

"谢谢，这样就好。"

是的，这样就好。

行不行得通……

再说吧。

市集里摊子摆好了。弗兰克在卡车屁股那儿买了一束花，"小伙子，你有零钱吗？"然后把花压扁在他的外套里。

花，是个不错的开始吧？

小伙子，你有零钱吗？当然，老家伙！当然！

他平生第一次，看着日出骑向巴黎。

菲利伯正在洗澡。他端了早餐给波莱特，一边亲她，一边摩擦她下垂的双颊："怎样奶奶，你在这里不错吧？"

"哦，你怎么这么冷？你又怎么了？"

"哦，没事。"他站起来。

他的毛衣发出花香。他找不到花瓶，于是用面包刀将塑料瓶割开。

"嘿，菲利伯！"

"等一下，我正在算我巧克力的量……你要帮我们准备购物单吗？"

"是的。'蔚蓝海岸'怎么写？"

"Riviera，首字母大写。"

"谢谢。"

像长在蔚蓝（写到一半又把"蔚蓝"这几个字涂掉）海岸的金合欢花……他将纸条对折，和花一起放在小蜗牛附近。

他在刮胡子。

"现在怎样了？"另一个他又现身镜中。

"没事，我自己会解决。"

"好吧，嗯……祝你好运啰？"

弗兰克皱着脸。

剃须水让他感到刺痛。

他迟到十分钟，会议已经开始了。

"我们的大情圣终于来了。"主厨说。

他笑着坐下。

19

他只要一疲倦，便会不小心被烫伤得很严重。同事坚持帮他处理伤口，他只好沉默地将手臂伸过去。已经没有体力抱怨了，也没有疼痛的感觉，犹如坏掉的机器，不能再用，不能再危害人，脱离了一切。

他步履蹒跚走回家，调整闹钟，以免睡到隔天早上。他没有解开鞋带，直接踢掉鞋子，双臂交叉倒在床上。他手上的伤口正在向他抗议，他忍住疼痛，慢慢睡去。

他睡了一个多小时后，卡蜜儿——如此轻盈，一定是她来到梦中看他……

哎呀，他没有看清楚她是否光着身体……她平躺在他身上，腿贴着腿，肚子贴着肚子，肩偎着肩。她将唇靠在他耳边轻声说着："雷斯塔，我要强暴你……"

他在梦里微笑着。一开始是个美丽的幻觉，接着因为她的呼吸让他发痒。"是的……我们来个了断……我要强暴你，这样就有个好理由将你抱在我的怀里。千万不要动……如果你挣扎，我会让你喘不过气来，小家伙……"

他想要集中精神：他的身体，他的手，他的床单，别醒过来，但是却有人抓着他的手腕。

他感到疼痛，这才发觉自己不是在做梦；他感到自己在使力，这才了结他的欢愉。

她将手放在他的手心上，卡蜜儿触碰着他的绷带："很痛吗？"

"是的。"

"那更好。"

她开始扭动。

他也是。

"嘘，嘘，"她生气地说，"让我来……"

她吐出一小块塑料片，替他戴上保险套，把头靠在弗兰克的脖子上，把手放在他的腰下方。

几次安静地来回抽送，她紧紧搂住他的肩膀，挺着胸，享受着稍纵即逝的欢愉。

"已经那个了？"他有点失望地问。

"是的。"

"哦……"

"我太饥渴了。"

弗兰克抱着她的背。

"对不起。"她接着说。

"小姐，我不接受任何理由，我要提出控诉。"

"欢迎之至。"

"不是现在，我现在感觉很棒，保持这种姿势，求求你，哦，妈的……"

"什么？"

"我把烫伤药膏弄得到处都是……"

"这样更好，"她笑着说，"总是可以派上用场。"

弗兰克闭上眼睛。他刚刚中了头彩。一个温柔、聪明和调皮的女孩。哦，感谢我的上帝，谢谢，这实在太美好，不像真的。

有点黏腻，有点滑润，床单混杂着做爱后的味道和伤口愈合的味道，他们就这样睡去。

20

卡蜜儿起床去看波莱特，不小心踩到弗兰克的闹钟，就把闹钟关掉了。没人敢吵醒他。

不论是心不在焉的家人，还是毫无怨言顶替他工作的主厨。

可怜的家伙，他的手应该很痛。

他在次日凌晨两点步出房门，敲了敲走廊尽头的门。

她正在看书。

他在床垫尾端跪下。

"嗯……嗯……"

她把报纸放下，抬起头，故作惊讶说："有问题吗？"

"呃……警察先生，我……我是来报案的。"

"有人偷了您什么东西吗？"

嘿，够了吧！冷静点！他才不会回答"我的心"之类的蠢话。

"呃，昨天有人潜入我家……"

"啊，是哦？"

"是的。"

"您在吗？"

"我在睡觉……"

"您看见什么吗？"

"没有。"

"真是遗憾，您至少保了险吧？"

"没有。"他尴尬地说。

她叹口气："您的证词很笼统。我知道这种事并不怎么愉悦，但是，您知道的……最好的方法是重建犯罪现场。"

"什么？"

"对啊。"

他一跃跳在她身上。她大叫。

"我从昨天晚上到现在什么都没吃，你这仙女保姆要遭殃了。妈的，我的肚子咕噜咕噜叫了好久，我不会客气的……"

他把她从头到脚吞下去。

他开始轻啄她的雀斑，然后啃、啄、咬、舔、吸吮、蚕食，一直吃到她骨子里。有时，她从中获得欢愉并报答他。

他们两人都没敢开口说话，甚至不敢注视对方。

卡蜜儿向他道歉。

"怎么了？"他紧张地问说。

"哦，先生，我知道，这实在愚蠢，但是我们的报案资料需要副本，而我刚才忘了放复写纸，所以得重来一次。"

"现在？"

"不，不是现在，不过还是不要拖太久，免得你忘了细节。"

"是哦，那你，你……你认为我能获得赔偿吗？"

"不太可能。"

"你知道吗，她把一切都偷走了。"

"全部？"

"几乎全部。"

"真惨！"

卡蜜儿趴着，把下巴枕在她的双手上。

"你真美。"

"乱说！"她一边说一边钻到他的手臂里。

"好，你说得对，你不漂亮，你是……我不知道如何形容……你是活的，你全身上下都活生生：头发、眼睛、耳朵、小鼻子、大嘴巴、手、可爱的屁股、细长的腿、扮鬼脸的模样、声音、你的温柔、你的沉默，你……你的……你的……"

"我的高潮？"

"是的。"

"我不漂亮，但是我的高潮是活的。这种告白可真绝，从没人这样说我……"

"别玩文字游戏，"他脸色一变，"你太厉害了。嗯……"

"怎么了？"

"我比刚才更饿，我真的得去弄点东西吃了。"

"哦，好吧，再见，很高兴能再看到你，像一般人说的。"

他一时为之语塞："你……你要不要我帮你带点东西？"

"你推荐什么？"她伸展身子说道。

"你想吃什么？"

经过片刻的思索后她说："什么也不要……什么都好……"

"好的，我知道。"

他把背靠在墙上，托盘放在膝盖上，打开酒瓶，倒了一杯给她。她把画册放下。

两人干杯。

"敬未来……"

"千万不要。敬现在。"她纠正他。

哎哟。

"未来，呃……你……你……"

她直视着他："弗兰克，告诉我，我们该不会已经坠入爱河了吧？"

他假装噎住。

"啊，哦，咳咳……你疯了吗？当然没有！"

"啊！你吓我一跳，我们两个已经做了很多蠢事……"

"是啊，你说得是。反正，不差这一个吧。"

"对我而言，有差别。"

"为什么？"

"我们可以一起做爱、饮酒作乐、散步、手牵手，甚至你愿意的话，你可以搂着我的脖子，我也可以追求你，但是不要谈恋爱，拜托你。"

"很好，我记住了。"

"你在画我吗？"

"是的。"

"你会把我画成什么样子？"

"就像我看到的你。"

"我看起来不错吗？"

"我喜欢你。"

他把餐盘的食物吃到一点不剩，搁下酒杯，再继续处理接下来的报案行政手续……

这次他们从容不迫，满足后转身各自躺平。面对着黑暗的深渊，弗兰克对着天花板说：

"好的，卡蜜儿，我永远也不会爱上你。"

"弗兰克，谢谢你，我也不会。"

第五部

我们没什么好失去的，因为我们什么都没有。

好啦，来吧。

1

一切看似不变，但一切又都变了。弗兰克胃口愈来愈小，卡蜜儿气色却愈来愈好。巴黎变得更美丽，更明亮，更愉悦。人们笑逐颜开，人行道上的步调更为轻快。一切仿佛举手可得，世界的轮廓变得更加清晰，世界也变得更为轻盈。

是战神广场上的微型气候？地球变暖现象？暂时的失重状态？一切都不再有意义，也不再重要了。

他们航行在彼此的床上，如"躺"薄冰，一边细语呢喃，一边抚摸对方的背。没有人愿意让对方看见自己裸体的模样，双方都显得有点笨拙，带点傻气，再次巫山云雨之前，总觉得需要拉起床单掩饰自己的羞涩。

这究竟是重新学习还是初次体验？他们全神贯注，默默付诸行动。

小狗比库脱掉了外套，佩蕾拉太太拿出她的花盆。不过，要将鹦鹉拿到外头透气，似乎还嫌太早。

"喂，喂，喂，"一天早上她说，"我有东西要给你……"

信件是从不列塔尼的北滨海省寄出的。

一八八九年九月十日。在我喉咙里的东西逐渐消失，我依旧有点难以下咽，不过我恢复了食欲。谢谢。

337

卡蜜儿翻到卡片的背面，看见凡·高狂热的脸庞。

她把信夹到画册里。

幸亏有菲利伯送她们的三本书：《神祕与奇异之巴黎》《巴黎献给好奇者之三百个面貌》《巴黎茶店指南》。卡蜜儿睁大眼睛，生气蓬勃，不再批评住家附近的露天新艺术作品。

此后她们经过宝斯久大道上的俄罗斯传统木屋，到达布特萧蒙公园，中途会经过北方旅馆和圣文森特墓园。她们来到圣文森特墓园，在郁特里罗和尤金·布丹两人的伴随下，跑到马赛尔·埃梅的坟前野餐。

斯坦伦，善于画猫和人类苦难的画家，在墓园东南方的树下休憩。[77]

卡蜜儿将指南放在膝盖上，又念了一遍："'善于画猫，和人类苦难的画家，在墓园东南方的树下休憩。'美丽的注解，是吧？"

"你为什么老带我到死人的地方来？"

"对不起，您说什么？"

"……"

"我的小波莱特，您想要去哪里呢？夜店吗？"

"……"

"哎哟！波莱特！"

"回去吧。我累了。"

这次，她们搭出租车的时候受了气，出租车司机因为要搬轮椅而满脸不悦。

这玩意儿还真是混蛋测试器……

她累了。

愈来愈疲倦，愈来愈沉重。

卡蜜儿不想承认，不过她得不断与波莱特奋战，才能说服她穿衣、进食，

---

77 郁特里罗（Maurice Utrillo, 1883—1985），法国画家。尤金·布丹（Eugéne Boudin, 1824—1898），法国画家。马赛尔·埃梅（Marcel Aymé, 1902—1967），法国当代作家。斯坦伦（Théophile Alexandre Steinlen, 1859—1923），出生于瑞士的法国画家与石印工。

还得绞尽脑汁和她聊天。这也称不上聊天，她只是呆板地回答。顽固的老太太不想看医生，年轻有包容力的女孩尽量不要违背老人家的意愿。首先，她并没有劝人的习惯；其次，这应该是由弗兰克劝她。但是当她去图书馆时，她还是埋首在医学报纸杂志或书籍里，阅读有关小脑退化或是阿尔茨海默病等令人沮丧的玩意。接着，她一面叹气一面整理这些紊乱的思绪，决定采取消极的解决方法：如果她不接受治疗，如果她对现今的世界意兴阑珊，如果她吃不完盘中的食物，如果她出去散步时只想在睡衣上套件外套，总之都是她的权利，她最合法的权利。她不想要用这些事烦她。而那些忧心、想劝她的人，最后也作罢，只能任她谈论过去：她的妈妈、采收葡萄的夜晚、差点掉进露爱河的修道院长，只因为他的渔网撒得太快，网子钩到袍子的扣子。要不然就是由她谈论她的花园，让她几近黯淡的眼眸闪闪发光。不论如何，卡蜜儿找不到更好的办法了。

"您种了哪些生菜呢？"

"'五月皇后'或是'金发懒肥女'。"

"红萝卜呢？"

"当然是'帕莱索'品种的。"

"哪一种菠菜呢？"

"哦……菠菜……欧洲菠菜。"

"您怎么记得牢这些菜名？"

"我还记得一大堆呢。我每天晚上翻阅专业蔬菜育种公司的目录，就像是别人勤读祈祷书，我超爱看这个目录。我先生则看法国弹药指南，梦想拥有枪弹，而我爱死植物。你知道吗，很多人特地从大老远跑来看我的花园呢！"

她把波莱特安置在光线下，一边画画一边听她说话。

她愈画她，就愈喜欢她。

如果没有轮椅，她是否会更加努力站起来？还是卡蜜儿为了推得更快，动不动就要求她坐下，也让她变得更幼稚？或许吧……

算了，当生命碎裂成最细小的记忆，他们俩一块经历的种种，那些交换的眼神、手牵着手，没有任何人能夺走它们。即使是弗兰克、菲利伯也不行，他们只能远远看着她们之间令人无法理解的情谊。医生也不行，他们绝不能阻止一个老人回到河边，以八岁的年龄，哭叫着："修道院长！修道院长！"因为，如果神父溺死的话，对所有合唱团的小孩而言，简直是地狱般的打击……

"我把我的念珠丢给他，想说应该可以帮助这个可怜的人。不过，我想从那天起我便已经失去了信仰，因为他没有祈求上帝，反而是叫着妈妈……我觉得这点很可疑。"

2

"弗兰克？"

"嗯？"

"我担心波莱特。"

"我知道。"

"该怎么办呢？强迫她去检查吗？"

"我想把摩托车卖掉。"

"算了，你根本不在乎我说些什么。"

3

他没有卖摩托车，而是到车厂换了一辆大众高尔夫小车，整个星期的情绪都跌到谷底，但并未表露出来。星期天到了，他想办法把三个人齐聚在波莱特的床边。

运气不错，当天天气很好。

"你不用上班吗？"她问。

"哟，今天我不是很想去。对了，昨天不是立春吗？"

其他人都摸不着头脑。一个还活在剧本创作里，另外两个女的已经好几个星期不知今夕何夕，所以不用寄望她们会有任何反应。

不过，他却没有不高兴："是的，巴黎佬！告诉你们，春天到了！"

"是吗？"

观众有点没劲……

"你们不在乎吗？"

"不是，不……"

"是的，我看得很清楚，你们根本不在乎。"

他走近窗边说："不过我呢，我随便说说啦。我觉得待在这里看着战神广场上到处都是中国观光客，这样真是可惜。我们在乡下可是有栋美丽的房子，就像这栋公寓所有的有钱人一样，而且如果你们动作快一点的话，我们还可以停在阿杰镇的市集买菜，准备一顿丰盛的午餐。总之，我是这样认为啦。如果你们没兴趣，那我就回去睡觉了。"

波莱特如同乌龟一般，把她皱巴巴的脖子伸出龟壳外："你说什么？"

"哦，买些简单的东西，我想用小牛排搭配什锦蔬菜，或许拿草莓来做甜点。如果草莓漂亮的话。不然我就做个苹果派，看情形。再配上我朋友克里斯多夫酿的勃各耶小酒，然后来个温暖阳光下的午睡，你们觉得如何呢？"

"那你的工作呢？"菲利伯问。

"哎呀，我已经工作得够多了吧，不是吗？"

"我们怎么去呢？"卡蜜儿讽刺地说，"搭乘你那辆顶级摩托车吗？"

他喝了一口咖啡，缓缓地说："我有辆漂亮的车子，就在门口等着，今天早上坏狗狗比库已经帮它施洗两次了，轮椅放在后车厢里，也加满油了。"

他放下杯子，端起托盘："好了，年轻人快一点，我还得把豌豆去壳呢。"

波莱特从床上掉下来，并非因为小脑不平衡所致，而是因为太匆忙。

他们说去就去，而且每星期都去。

就像有钱人一样出游，但不一样的是，他们和人家的假期错开一天，星期天一早出门，星期一晚上才回来。回来时满载着食物、花草、素描以及愉快的疲倦。

波莱特重生了。

有时，卡蜜儿为了自己的意识清晰而感到痛苦，因为得把事实摊在眼前：和弗兰克在一起的生活很愉快。一起愉悦、疯狂，关紧房门，在树上刻字，歃血为盟，别想太多，发现彼此，相互了解；人生中受过一点苦，但从今天起就过着美丽幸福的日子。可是长期下来一定行不通。她并不想多谈，不过，他们的关系很棘手。两人差别太大了，还是不谈的好。她没法把"放任"的卡蜜儿和"谨慎"的卡蜜儿重叠在一起。随时都有一个皱着眉头，注视着另一个。

很悲哀，但事实就是如此。

不过，有时并非如此。好几次，她自己成功地让两个卡蜜儿变成同一个人：又愚笨又卸除了防备。但又有几次，他把她给唬住了。

譬如像这一天，车子的事、午睡、上市集等，的确很贴心，不过更厉害的还在后头。

到达村庄入口时，他停下车，转头说："外婆，你应该走一走，和卡蜜儿一起走最后一段路。我们先过去开门。"

聪明的伎俩。

瞧瞧这位穿着软呢拖鞋的老奶奶，紧紧抓住她的青春之杖，这根拐杖最近几个月来逐渐加重了责任。她慢慢前进以免滑倒，然后抬起头来，抬起膝盖，轻轻松开卡蜜儿的手……

必须目睹这幅景象，才能重新体会"幸福"或"美满"这种愚蠢字眼的意义。她的脸庞瞬间容光焕发，散发出女王般的仪态，对窗帘指指点点，又对花园里的花草状态和门口的阶梯下了精准的评价。

她的步子太急了，脸上红通通的，而那柏油湿热的味道和回忆也席卷而来。

"看啊，卡蜜儿，这是我的房子，就是它。"

4

卡蜜儿静止不动。

"啊，你怎么了？"

"这……这是您的房子？"

"当然！哦，看看这乱成一团的丛林，没人修剪，真是可悲。"

"好像我的房子……"

"什么？"

像是她的，不过不是在默东她父母相互伤害的房子，而是自从她会拿色笔以来，为自己画的房子；她所幻想的小房子，一个能让她带着小女孩的美梦躲起来的地方；是她的玩具王国，是她芭比娃娃的露营车，是她的宠物玛苏皮拉米[78]的巢穴，是她位于山坡上的蓝色房子，是她的庄园，她的非洲农场，她的高山小屋⋯⋯

波莱特的房子是个四肢结实、性情直爽的女人，她双手叉腰、神气活现地迎接你，却又像狡猾多计的小女人，垂着双眼，低声下气，不过仍难掩快乐与满足之情。

波莱特的房子像一只想让自己壮得像一头牛的青蛙。虽然也像平交道的小屋，却可与香堡和雪浓梭古堡[79]媲美。

怀抱着伟大的梦想，这位自大的小农妇骄傲地说："我的小妹，睁开眼看清楚，告诉我，这还不错吧，我这石板屋顶配上石灰墙，灰黑色搭配白色，不是让门窗显得更高挑吗？"

"不。"

"哦？我这两个天窗呢？用方石做成的天窗很美吧？"

"一点都不。"

"一点都不？那我的柱顶的檐口呢？是个好朋友帮我砌的哩！"

"亲爱的，您别靠近。"

这个孱弱的乡下蠢女人开始发火，把葡萄藤挂在身上，用零星散落的花盆为自己装扮，趾高气扬得不得了，甚至在门上穿洞，挂了一个马蹄铁，连索雷尔夫人和波瓦堤耶的贵妃们[80]都没有她来得神气。

波莱特的房子活着。

---

78 玛苏皮拉米（Marsupilamis），法国知名的漫画动物，有着长尾巴，外观是黄毛，黑色斑点，类似猴子和猫的综合体。

79 香堡（Chambord）和雪浓梭古堡（Chenonceaux）皆为罗亚尔河边著名的古城堡，前者为达·芬奇设计，是罗亚尔河面积最大的城堡，后者以浪漫唯美的建筑风格著称。

80 艾格尼斯·索雷尔（Agnés Sorel），生于十五世纪初期，是法国国王查理七世的情妇，居住在罗亚尔河畔的洛什城堡（Château de Loches）。而波瓦堤耶的贵妃当中最知名者，当属黛安·德·波迪耶（Diane de Poitiers, 1499—1566），她以沉鱼落雁之姿令国王亨利二世倾心不已。亨利二世将黛安·德·波迪耶安置于雪浓梭古堡。

卡蜜儿不想进去，她想看看波莱特的花园。真悲惨……全都毁了……杂草丛生，而且现在正值播种的季节，应该有甘蓝菜、红萝卜、草莓、青蒜……这么好的泥土却长满了蒲公英，真悲惨。幸好还有花。不过季节还有点早……我的水仙在哪儿？啊！在这里！番红花呢？而那个，看啊，卡蜜儿，蹲下去看一下，很美哪！我没有看到，但它们应该就在附近……

"是蓝色的小花吗？"

"是的。它们叫什么名字？"

"风信子，哦……"她小声说。

"什么？"

"呃，得将它们整顿一番。"

"没问题！明天我们来整理！您可以教我。"

"你愿意做？"

"当然！而且您会发现，我会比下厨更用功！"

"还有香豌豆，一定得种，这是我妈最喜欢的花。"

"您想种什么就种什么。"

卡蜜儿摸摸她的袋子。很好，她有带颜料。

轮椅在阳光下前进，菲利伯帮波莱特坐好。她太激动了。

"外婆你瞧！谁在那儿？"

弗兰克指向门前台阶，手里拿着一把刀，另一手抓着猫咪。

"看来，我可以替你们做兔肉大餐了！"

他们把椅子搬到户外，穿着外套野餐。到了甜点时间，每个人都解开纽扣，闭上眼睛，头往后仰，伸长双脚吸吮着乡下灿烂的阳光。

小鸟啾鸣，弗兰克和菲利伯争执不下。"我说是只乌鸡……"

"不是，是夜莺。"

"是乌鸡！"

"是夜莺！妈的，这里是我家！我认识它们！"

"胡扯，"菲利伯叹着气，"你忙着买卖摩托车，怎会听得见它们的叫声？而我，我安静读书，才有闲情逸致熟悉它们的叫声。乌鸡发出咕咕声，而红喉雀的叫声接近水滴声。现在我跟你保证是乌鸡。听好它发出'咕咕'的叫声，像帕瓦罗蒂正在吊嗓子……"

"外婆，你说是什么鸟？"

她睡着了。

"卡蜜儿，你觉得呢？"

"两只扰人清静的企鹅。"

"很好。既然这样，我的菲利伯，来，我带你去钓鱼。"

"啊？呃……是这样的，我不太会钓鱼，我……我总……总是会把线弄成一团……"

弗兰克笑道："我的菲利伯，来啦，跟我聊聊你的心上人，而我跟你解释卷线器在哪儿。"

菲利伯睁大眼睛看着卡蜜儿。

"嘿！我什么都没说哦！"她说。

"不，不是她说的，是我的小指头告诉我的。"

一位系着领结和眼镜的高个儿郭金诺，另一位戴着海盗帽的小费罗煞[81]，这两位就这么手勾着手离开了。

"那么，好家伙，请告诉我，告诉弗兰克叔叔，你有什么诱饵？诱饵很重要，你知道吗？因为那些动物可不笨哦，不，一点都不笨。"

波莱特醒来后，她们推着轮椅把整个小村庄绕了一圈，然后卡蜜儿强迫她洗澡，让身体暖和起来。

她鼓着腮帮子。

这一切不太合理……

算了，跳开这一段。

菲利伯生起炉火，弗兰克正在准备晚餐。

波莱特很早就睡了，卡蜜儿画着正在玩棋的两人。

"卡蜜儿？"

"嗯……"

---

81 郭金诺（Croquignol）、费罗煞（Filochard）都是《懒人三人行》（*Les Pieds Mickeles*）漫画中的主要人物，由法国漫画家路易·佛东（Louis Forton）于一八〇八年创作。

"你为什么一天到晚都在画画?"

"因为我只会这个。"

"现在你在画谁?"

"主教和骑士。"

弗兰克决定男孩子们睡沙发,而卡蜜儿睡在弗兰克的小床上。

"呃,"菲利伯反驳说,"卡蜜儿睡在,呃,大床不是比较好吗,嗯……"

他们笑着看着菲利伯。

"我是有点近视,不过还不至于近视到这种地步……"

"不,不,"弗兰克回说,"她睡我的房间,我们跟你的堂兄妹一样,婚前绝不乱来。"

其实,那是因为他想要和她睡在他孩童时期的床上。睡在他的足球海报和摩托车障碍赛的奖杯之下。虽然不怎么舒适,也不太浪漫,但无论如何这是他在此生活过的痕迹。

在这个房里,他曾经非常无聊,非常烦闷……

如果有人告诉他,有一天他将带回一位公主,他躺在她的身边,躺在这张曾经有个洞的黄铜小床上,在这个曾经让他小时候迷失的深洞里,在这里他一面自慰一面幻想比她失色的尤物……他绝不会相信。他这个满脸痘痘、头上顶着马桶盖发型的大脚丫家伙能这样走运?还没哩,事情还没有稳操胜券咧!

是的,生命是个奇怪的厨娘,在冰箱里蹲了几年,然后啪!一夕之间站在烤架前,好家伙!

"你在想什么?"卡蜜儿问。

"没什么,无聊的事。你还好吗?"

"我还无法相信你是在这里长大的。"

"为什么?"

"唉……这里好偏僻,甚至算不上是镇,这……这里什么都没有,只有小房子和倚在窗边的老年人。而这栋简陋的房子,从上世纪五十年代起就从未改变过,我没有见过这样的厨具…… 锅子几乎占了所有地方!厕所竟在花园里!小孩怎能在这儿快乐地成长?你是怎样办到的?你怎么离开这里的?"

"我到处寻找你……"

346

"别胡扯了，不要这样，我们说过的。"

"是你说的。"

"好了……"

"你知道我是怎么走出来的，你也有过类似的经验。不过我有我的本性，我有这个机会，经常在外面混……而菲利伯坚持己见也没用，那是夜莺。我知道，是我外公跟我说的，而我外公是学鸟叫高手……他不需要诱鸟笛……"

"你在巴黎是怎么生活的？"

"在巴黎，我没有所谓的生活。"

"这里没有工作吗？"

"没有，没什么有趣的工作。但是如果哪天我有了小孩，我发誓绝不让他们在车阵中长大……小孩如果没有穿着雨鞋，拿着钓竿和弹弓，就不是真正的小孩了。你为什么要笑？"

"没什么，我觉得你很可爱。"

"我很高兴你能发现我其他的优点。"

"你老是不知足啊。"

"你想要几个？"

"对不起，你在说什么？"

"小孩啊！"

"嘿！"她叫道，"你是故意的吗？"

"等等，我这样说，并不一定是说你和我生的呀！"

"我不想要小孩。"

"啊？"他很失望。

"不要。"

"为什么？"

"因为……"

他搂着她的脖子，将她拉到他的耳边。"告诉我……"

"不要。"

"好啦，告诉我啦。我不会跟别人说的。"

"因为，如果我死了，我不要他一个人孤孤单单的……"

"你说得对，所以得生好几个，而且你知道……"

他将她抱得更紧。

"你不会死掉。你是天使，天使是不会死的。"

她哭了。

"怎么了？"

"不，没什么……因为我月经快来了，每次都会这样……全身不舒服，高兴也哭，难过也哭。"

她一边哭一边笑：“你瞧，我才不是天使。”

5

他们在黑暗中相拥，并不怎么舒适，这时弗兰克说："有件事情，我觉得怪怪的……"

"什么事？"

"你是不是有个妹妹？"

"是的。"

"你为什么不去见她呢？"

"我不知道。"

"这样很蠢！你得去见见她！"

"为什么？"

"因为有姊妹是多棒的一件事！我愿意付出一切换得一个兄弟！所有的一切！我的摩托车！我最秘密的钓鱼地点！甚至我赢来的弹珠机！你知道，就像歌词中所写的，一双手套，一双鞋，同手足……"

"我知道，我也曾经想过，但我不敢。"

"为什么？"

"或许是因为我妈。"

"别理你妈，她只会带给你痛苦……不用像被虐者一样，你知道吗？你什么都没欠她。"

"当然，是我欠她的。"

348

"当然没有。不合适的父母，我们并不一定得爱他们。"

"当然要爱他们。"

"为什么？"

"嗯，因为是自己的父母……"

"呸！当父母还真不难，只要炒炒饭就行了。麻烦的事在后头哩！像我，我不会去爱一个随意在停车场被干的女人……我没办法……"

"但我不一样。"

"不，你更糟。每次你跟她见面，回来后多么垂头丧气，真是可怕，你的脸都……"

"别说了，我不想谈这个。"

"好，好，就一件事，你并不一定要爱她，我只想跟你说这些。你或许会回答我说，我会这样是因为我有不好的经验，你说得没错。但就我个人的经验，我要告诉你：当父母的作为像恶劣的小孩时，我们并不一定得爱他们，就这样。"

"……"

"你生气了？"

"没有。"

"对不起。"

"……"

"你说得对，你是不一样，她还是照顾你。但如果你有个妹妹，你妈不应该阻止你去看她。坦白说，她不值得你牺牲奉献到这种地步。"

"是吧……"

"是的。"

6

翌日，卡蜜儿依波莱特的指示整理花园，菲利伯待在花园里写东西，而弗兰克则为他们准备美味的色拉。

喝完咖啡后，换弗兰克在躺椅上睡着了。哦哟，他背痛死了……

下次他要买个好床垫，不能两个晚上都这样。哦，不行，生命很美好，但无须冒这种风险……哦，不需要……

他们每个星期都回来。菲利伯则不一定，但他大半时间会一起跟来。

卡蜜儿逐渐变成了园艺专家，她一直都知道自己一定行的。

波莱特的兴奋则慢慢消退："不行，我们不能种这个！记得我们一个星期只回来一次。我们要种点强壮又有韧性、比较容易生长的植物，像是羽扇豆、福禄考、波斯菊……波斯菊很漂亮，很轻盈，你会喜欢的。"

弗兰克通过同事的姐夫买了一辆老旧的摩托车，让他可以骑去市场或是去向荷内问好。

所以，他总共度过了三十二天没有摩托车的日子，直到现在他还思忖着自己是怎么办到的。

这辆摩托车又旧又丑，却发出轰雷般噼里啪啦的引擎声。"听听看，"他在小杂物棚里，便在这间小杂物棚低头工作，"听听看，这好样的！"他叫道，当他不在厨房时大家懒散地从花苗和书本中抬起头，听着一阵阵"啪啪、啪、啪、啪、啪"的声音。

"怎样，很奇怪吧？听起来很像哈雷哦！"

他们各自又回到原本的消遣里，仿佛没事发生一样，也没人提出评论。

"啊呀，你们什么都不懂……"

"艾伦是谁？"波莱特问卡蜜儿。

"艾伦·戴维森……好像是很棒的歌手。"

"不认识。"

有一次菲利伯为了打发坐车的无聊时间，发起了一项游戏。每个人都要教其他人一件事，借机传递知识。

菲利伯一定会是个很优秀的老师……

又有一次，波莱特教他们怎样抓金龟子："趁着大清晨，它们被夜晚的寒气冻得麻木迟钝，会待在树叶上静止不动。只要摇晃它们歇息的树干，用竿子拍打树枝，就可以捡起掉在帆布上的金龟子。接着将它们捣碎，用石灰盖住，再放到一个土坑中，可以做成很好的氮肥……还有别忘了先把你的头包住！"

另一天，弗兰克则跟他们解说如何解剖小牛。"好，首先是第一等肉质的部位：后腿肉、下后腿肉、牛臀、腰脊肉、腓力、牛脊背，也就是前五根肋骨肉和后三根肋骨肉和肩胛肉。然后第二类：胸肉、侧胸腹肉和后腹肉。最后第三类：牛腿的端肉、小牛胫肉，和……啊，妈的，忘了一个……"

而菲利伯为这些没知识的人上了一堂亨利四世的课程。以前他们只知道他的炖鸡汤，他被狂热分子拉瓦莱克刺杀身亡，以及他以为阴茎是骨头构成的等事情。[82]

"亨利四世一五五三年出生于法国西南部的波城，一六一○年死于巴黎，他是安东尼·波旁和珍娜·艾伯的儿子，附带一提，她是我的远房亲戚。一五七二年，他娶了亨利二世的女儿，史称玛歌皇后的玛格丽特·瓦卢瓦，也就是我妈妈的表亲。亨利四世原本信奉新教的加尔文教派，但最后为了逃脱新、旧教冲突的圣巴托洛缪大屠杀，他公开放弃原本信奉的新教。一五九四年，他在沙特尔大教堂接受天主教的加冕，然后前往巴黎。在一五九八年借由颁布南特诏书，对新教徒采取宽容政策，结束了长达三十六年的宗教战争，建立宗教和平。他极受爱戴——我略过其中的宗教战争，我想你们应该不会感兴趣——但是，特别要记住他身边有两位伟大的人物：财政大臣马克西米利安·贝蒂恩，也是苏利公爵，他整顿国家经济；还有奥列维·赛尔，对当时的农业贡献良多。"

卡蜜儿，她什么都不想叙述。"我什么都不知道，"她说，"而我所相信的，我又不太敢确定……"

"跟我们谈谈绘画吧！"他们鼓舞她，"像是绘画的流派、年代、著名的画作，或者你的画具。"

"我也不知道该怎么说，我怕跟你们讲错……"

"你最喜欢哪个年代？"

"文艺复兴。"

"为什么？"

---

82 亨利四世（Henri IV, 1553—1610），是法国波旁王朝国王，一五八九到一六一○年之间在位，原为新教徒，后改宗天主教。一六一○年被狂热信徒拉瓦莱克（Fromgoi Ravaillac）刺杀身亡。据信他曾说过："我希望在我的王国内没有贫困的农夫，人人每到星期天都有炖鸡汤可喝。"所以在法国炖鸡汤与亨利四世几乎画上了等号。而据说亨利四世四十岁以前一直以为阴茎由骨头组成。

"因为……我不知道，全部都很美。到处……一切……"

"一切的什么？"

"一切的一切。"

"好吧，"菲利伯开玩笑说，"谢谢，没有比这句话更言简意赅的了。想进一步了解详情的人，请看艺术史学家爱利·弗贺所著的《艺术史》，书就放在我们的厕所里，在《越野摩托车杂志》二〇〇三年特刊的下面。"

"跟我们说说你喜欢的……"波莱特接着说。

"画家吗？"

"是啊。"

"呃……那么，我不按照顺序来……伦勃朗、丢勒、达·芬奇，文艺复兴时期的曼特尼亚和丁托列托、拉·图尔，英国的透纳、波宁顿，还有德拉克洛瓦、高更、塞尚、柯罗、德加、委拉斯开兹、戈雅、瓦拉东、柯洛、波纳尔、夏尔丹、博斯、洛托、日本浮世绘大师歌川广重，弗朗切斯卡、凡·艾克、荷尔拜因父子、贝利尼、提埃坡罗、普桑、八大山人朱耷、莫奈、马奈、康斯太勃尔、齐姆、维亚尔呃……真糟糕，我忘了不少人……"

"你要不要跟我们谈谈其中任何一位？"

"不要。"

"随便一个嘛，像是贝利尼，你为什么喜欢他呢？"

"因为他画的莱昂纳多·罗瑞丹总督画像。"

"为什么？"

"我不知道，这得跑趟伦敦，如果我没记错的话，是放在国家艺廊，看着这幅画才能说明……这……不，我不想谈这个。"

"好吧，"他们不再坚持，只好说，"这只是个游戏，我们不勉强你。"

"啊！我想起来了！"弗兰克狂喜大叫，"颈肉！或称作脖子肉，都可以。一般用来做白汁炖肉的……"

此时，想也知道，卡蜜儿听了差点没昏倒。

某个星期一的晚上，车子驶过圣艾奴收费站后遇上大塞车，大伙儿疲倦不堪，嘟哝抱怨。卡蜜儿突然说："我想到了！"

"对不起，什么？"

"我懂的知识！我唯一确定的知识！而且，这么多年来我对他了如指掌！"

"说吧，我们洗耳恭听。"

"是浮世绘大师葛饰北斋，我很喜欢的画家……你们知道那个浪花吗？还有富士山景？是是是啊……那个汹涌澎湃的青绿色浪花？[83] 而他呀，多么神奇，如果你们看过他所画的东西就好了，难以模仿……"

"就这样？除了'多么神奇'你没有其他要补充的吗？"

"是的，是……我正在努力中……"

于是在这个毫无惊奇的昏暗郊区里，左边是工业区，右边是大卖场，就在死气沉沉的城市和赶着回家的喧嚣车阵中，卡蜜儿娓娓道来："他说过这样的话：'我六岁即能画出万物形貌，五十岁时已创作无数，但七十岁前的画作并无值得重视者。要到六十三岁之后才逐渐了解大自然、走兽、树木、虫鸟的构造。因此，八十岁时，我尚能再进步；九十岁时能参透事物的奥秘；一百岁时，一定能到达巅峰状态。等到一百一十岁时，我画里不论是点、线，都是活的。我要那些和我一样长命的人看看我能否说到做到。'"

"不论是点、线，都是活的。"她重复了这一句一次。

每个人都从这句话里找到所需的养分，旅程于是在沉默中结束。

7

复活节，他们全被菲利伯邀请到他家的城堡去过节。

菲利伯相当紧张。

他担心会丧失自己的声誉。

他用敬语尊称父母，他的父母也回以敬语，一家人都用敬语在讲话。

"您好，父亲。"

"啊，您来了，我的儿子，伊莎贝拉，去请您的母亲过来！玛丽·罗红思，您知道威士忌酒放在哪吗？我找不到……"

---

83 指的是《富岳三十六景》之《神奈川冲浪里》。

"我的朋友，向圣安东尼[84]祷告吧！"

一开始他们对于这样的说话方式觉得很别扭，但久了也就习惯了。

晚餐令人坐如针毡。侯爵和侯爵夫人问了他们一堆问题，尽是一些尴尬的问题，并且不等他们回答便加以评论。例如："令尊在哪儿高就？"

"他过世了。"

"啊，对不起。"

"没关系……"

"呃，那您呢？"

"我不认识我令尊[85]。"

"很好……您……您或许想再来点什锦蔬菜吧？"

"不了，谢谢。"

精雕细琢的餐厅就这么笼罩在凝重的沉寂之中。

"所以您……您是厨师吧？"

"呃，是的。"

"您呢？"

卡蜜儿看着菲利伯。

"她是艺术家。"菲利伯替她回答。

"艺术家？真是特别啊！那您……您能维持生活吗？"

"是的，总之……我……我想可以。"

"真是别致……您也住在同一栋大楼吗？"

"是的，就在上面。"

"就是上面，就在上面啊。"

他在脑袋里搜寻社交名单。

"……所以您是胡里耶·莫德马的后代！"

卡蜜儿不知所措。"呃……我姓佛戈。"

她把自己的全名一口气念出："卡蜜儿·玛丽·伊丽莎白·佛戈。"

---

84 据传说，遗失东西时向圣安东尼祈求，就可以失而复得。

85 令尊，敬词，用于称呼对方的父亲。此处为弗兰克误用。

"佛戈？真是别致啊，我认识一个叫佛戈的人，的确是个正人君子……好像叫作查理斯……或许是您的长辈？"

"呃……不是。"

晚宴中波莱特没有说话，她曾经在这类家庭帮佣四十多年，她战战兢兢，不想把盐粒掉在他们的绣花餐桌上。

咖啡时间也一样难熬。

这次，轮到菲利伯成为箭靶："所以，儿子，还在卖明信片吗？"

"是的，父亲。"

"很有趣，是吧？"

"您既然这样认为……"

"别嘲讽，拜托您，讽刺是懒人的障眼法。我想，我这样反复提醒您并没有错吧？"

"是的，父亲……圣·埃里的《城堡要塞》……"

"对不起，什么？"

"圣·埃克苏佩里。"[86]

他父亲则强忍怒气，以免破口大骂。

最后，大家终于能够离开这个青绿色的房间，他们头上都是这附近方圆百里内的动物所做成的标本，还包括幼鹿。弗兰克把波莱特抱到她的房间，在她的耳边低语："好像年轻的新娘。"而当他意识到自己的房间与公主相隔数百亿公里之远时，他伤心地摇着头。他被安排睡在再往上爬两层楼的房间。

卡蜜儿帮波莱特脱衣服时，他转过头去。

"我真不敢相信，你们瞧，我们吃得真糟。这是怎么回事？难吃极了！我才不敢请人来我家吃这种东西！这样还不如做个蛋饼或是意大利面！"

"他们或许没有钱？"

"妈的，每个人都做得出好吃的炒蛋吧？我不懂，我真的不懂，在银制餐具里放着狗屎般的食物，水晶瓶内盛着低劣刺鼻的葡萄酒，我或许很笨，但有

---

86 《城堡要塞》为《小王子》作者圣·埃克苏佩里的作品。菲利伯的父亲的话"讽刺是懒人的障眼法"出自《城堡要塞》中的"讽刺是懒人固有的本性，不配作为人的特质"。

件事我实在想不透。他们只需要卖掉其中一个烛台，就够他们吃一整年。”

“他们不用这样的方式看事情，我想，对他们而言，出售家族留下的一根牙签，和对你来说，请客人吃罐头蔬菜，是一样失礼的事情吧。”

“妈的，而且还不是什么好罐头！我在垃圾桶里看见空罐子，是超低价的罐头！你相信吗？住在这个有护城河、气派豪华、面积数千公顷的城堡里，竟然吃超低价罐头！我不懂，冠冕堂皇的侯爵先生竟不在乎地在穷酸的蔬菜上挤些美乃滋，我发誓，我不懂。”

“好了，冷静点，没这么严重。”

“不，很严重，妈的！很严重！把遗产留给孩子，却不对他讲点有亲情的话，这是什么嘛！你看见他是怎样对菲利伯说话的？你看见他噘起嘴巴说：‘儿子，还是在卖明信片吗？’根本是在说：‘我的王八儿子！’我发誓，我真想揍他一拳。菲利伯是神，是我生命中遇过的最美好的人，而那个混蛋却视他如鼻屎，可恶！”

“讨厌，弗兰克，别说脏话，他妈的！”波莱特为自己脱口而出的粗话吓了一跳。

大家全都愣住了。

“哎！而且我得到鸟不生蛋的地方去睡觉！嘿，我先说好，明天我不去望弥撒！呸，要去感谢谁？不论是你、菲利伯或是我，我们在孤儿院相识应该会比较好。”

“哦，是的！好像卡通《小甜甜》里的孤儿院！”

“什么？”

“没事。”

“你要去望弥撒吗？”

“是的，我想要去。”

“那你呢，外婆？”

“……”

“你和我留下来，我们让这些乡下人看看什么是好料理。而且既然他们没钱，我们请他们吧。”

“你知道，我现在做不了什么事……”

“你还记得怎么做复活节肉酱吗？”

"当然。"

"嗯，我跟你说，拖不了多久了！把贵族吊在路灯杆上！好了，我要走了，不然会被关到黑牢里……"[87]

隔天，当玛丽·罗红思早上八点下楼到厨房去时，不禁吓了一跳。弗兰克已经从市集回来，正指挥着一群隐形的仆人大肆动工。

她错愕不已："天啊，不过……"

"一切都很好，侯爵夫人，一切都很好，非常好，非常地好！"他边说边打开所有的橱柜，"您什么都不用做，我来料理午餐……"

"那……那我的羊后腿呢？"

"我把它放回冷冻库里。告诉我，你会不会刚好有'中国人'[88]？"

"对不起，什么？"

"您有漏勺之类的器具吗？"

"呃，是的，在那个柜子里……"

"哦！这个真棒！"他一面赞叹，一面拿起缺了一只脚的过滤盆，"这是哪个世纪的？我想是十二世纪末吧，不是吗？"

他们回来时个个饥肠辘辘，心情愉悦，仿佛主耶稣就在他们身边。他们围着餐桌坐下，垂涎三尺。哦哟，弗兰克和卡蜜儿迅速放下刀叉，他们又忘了餐前祷告……

一家之主清清嗓子："感谢主赐予这顿大餐，感谢为我们准备食物的人（菲利伯向他的厨师眨眼），为穷人带来面包。"

"阿门！"一群青少年齐声大喊。

"既然这样，"他接着说，"要与这顿丰盛的大餐相配……罗红思，请您取出两瓶雨伯叔叔的酒……"

"哦，我的朋友，您确定？"他老婆忧心地问。

"当然确定。还有您，布兰奇，别再玩弄您哥哥的头发了，我们现在不是在美容院。"

---

87 这句话是在法国大革命期间，民众要求把贵族吊在路灯杆上处死的呼喊声，也是当时时兴的歌曲歌词。

88 法语里"中国人"也有锥形漏勺之意，其来源或许跟斗笠的形状有关。

他们享用着淋上美味酱汁的芦笋，紧接着是波莱特·雷斯塔特制的复活节肉酱，然后是烤羊肉块配上西红柿与百里香夏南瓜。随后，草莓派与刚摘下的新鲜草莓搭配手工香草鲜奶油。

"这是用手工打出的鲜奶油，请大家慢慢品尝。"

这张加长的十二人餐桌上，很少出现这么快乐的气氛，也未曾这样开怀大笑。喝了几杯酒之后，侯爵解开领带，聊一些他打猎的逸事。弗兰克在厨房里忙着，菲利伯负责上菜——他们俩配合得天衣无缝。

"他们应该一起工作……"波莱特向卡蜜儿喃喃说着，"火爆小子掌厨，亲切有礼的高个儿在饭厅招呼，令人赞叹的绝配。"

他们在台阶上喝咖啡，而布兰奇端上糕点拼盘后，就坐在菲利伯的大腿上。

啊，弗兰克终于可以休息了。

通常忙完一顿这样的大餐后，他会挑一位年轻女孩来上，但是，嗯……他还是比较想上卡蜜儿。

"这是什么？"卡蜜儿指着大家纷纷进攻的甜点篮子问。

"是'修女的屁'[89]炸面团，"他冷笑道，"我忍不住做了这道……"

他走下台阶，背靠在卡蜜儿的腿上。

她把画册放在他的头上。

"你现在还好吧？"他问道。

"很好。"

"呃，那这样你应该考虑看看……"

"考虑什么？"

"考虑一下我们现在怎么……"

"我不懂。你要我帮你抓跳蚤吗？"

"好，你帮我抓跳蚤，我就给你很多的吻。"

"弗兰克……"她叹了口气。

"拜托，这只是一种比喻啦！就好像我可以靠着你休息，你可以画我，你

---

89 "修女的屁"是指圆形小块状的油炸面团，口感近似甜甜圈。相传是马尔穆捷（Marmoutier）修道院有位修女在准备大餐的时候放了个屁，引起其他修女的放声大笑，同时把一小块面团掉进滚烫的油里，于是诞生了这道甜点，亦有人称之为"修女之叹"。

知道的。"

"你真是无可救药……"

"是的。对了，我要去磨刀了，难得我有空。我确定这里一定有工具。"

他们推着轮椅带波莱特把整个城堡逛了一圈，然后彬彬有礼地向主人道别。卡蜜儿送给他们一幅城堡的水彩画，又把布兰奇的侧面画像送给菲利伯。

"你什么都送掉了，你……你这样永远也赚不了钱。"

"没关系。"

驶过一整排白杨木小径的尽头，菲利伯突然拍着额头说："糟糕！我忘了告诉他们……"

车内的人都没作声。

"糟糕！我忘了告诉他们……"他更大声地再说一遍。

"呃？"

"忘了说什么？"

"哦，没什么，只是一件小事。"

好吧。

车内再度安静下来。

"弗兰克，还有卡蜜儿……"

"我们知道，你想谢谢我们，因为自从'苏瓦松花瓶事件'[90]落幕后，你就没看过你老爸笑得这么开心……"

"不……不是的。"

"那是怎样？"

"你……你们愿……愿意当……当我的那……我的……我的证……"

"你的什么呀？"

"我的……"

---

90 公元四八六年，法兰克王国墨洛温王朝的创建者克洛维斯一世，在法国北方的苏瓦松（Soissons）击败罗马在高卢的末代统治者。但这场战争，却成为著名逸事"苏瓦松花瓶"的起源。克洛维斯要求在他应得的战利品之外，多加一个从教堂强夺而来的花瓶，以归还汉斯的主教，不料有位士兵拿起战斧打碎花瓶，提醒国王每位战士都有共享战利品的权利。次年，国王阅兵时将该士兵劈死，并说："你就是这样对待那只花瓶的。"

"你的什么嘛？"

"不……是，我的……"

"你的什么？妈的！"

"我的证……证婚人。"

车子紧急刹车，波莱特陷进座椅里。

8

他不肯多说。

"等我有更进一步的消息时，再告诉你们……"

"啊？但是，呃，告诉我们……你至少有个女友吧？"

"女友，"他气愤地说，"从来没有！一个女友，多难听的字眼！是未婚妻！亲爱的朋友们。"

"但是，呃……她知道吗？"

"什么？"

"知道你们是未婚夫妻吗？"

"还不知道。"他低头承认说。

弗兰克叹气说："我就知道，这种事只有菲利伯才做得出来，这……好吧，那么，可不要在婚礼前一天才邀请我们，好吗？总得让我有时间买套帅气的西装吧？"

"我得准备一套洋装呢！"卡蜜儿接着说。

"那我也要一顶帽子。"波莱特搭腔。

9

凯斯勒夫妇前来共进晚餐。他们静静参观了公寓，这两个有钱人看得目瞪口呆……事实上是一场很精彩的表演。

弗兰克不在，而菲利伯表现得可圈可点。

卡蜜儿带他们参观她的工作室。透过不同技巧和不同尺寸所呈现出各种姿势的波莱特，以及她的喜悦、温柔、懊恼，还有偶尔让她脸庞龟裂的回忆……

玛蒂尔德情绪激动，皮耶尔则信心十足地说："非常好！非常好！从去年夏天的热浪以后，老人家这个主题变得很热门，你知道吗？这些画会受欢迎的，我确定。"

卡蜜儿很难忍受这种气氛。

很难忍受。

"别管他，"他太太接着说，"他故意要激你，他太感动了。"

"哦！这张！真棒！"

"这张还没完成……"

"你替我保留好，可以吗？留给我哦？"

卡蜜儿点头。

不行的。她永远不会给他，因为它永远无法完成，因为她的模特儿永远也不会回来……

她知道的……

算了。

这样更好。

因为这样的话，这幅草图就不会离开她，它未完成，处在一种暂停的状态之下，就像是她们之间不可能的友谊，就像把她们分隔开来的一切事物……

这是星期六早上。但是在几个星期前……

卡蜜儿正在作画，她甚至没有听到门铃响，直到菲利伯敲她的门说："卡蜜儿？"

"什么事？"

"那……希巴女王驾到……就在客厅里。"

杜嬷嬷美极了，她穿上她最美的长袍，戴上所有的珠宝，剃掉头顶上三分之二的头发，头巾的花色和缠腰是一样的。

"我跟你说过我会来的，但是你动作得快点，因为四点钟我要去参加亲戚的婚礼。所以你住在这里啰？你在这里工作啰？"

"看到你，我真的很开心！"

361

"好了，我刚说了，不要浪费时间……"

卡蜜儿让她舒适地坐下来。

"就这样，抬头挺胸。"

"我一直都是抬头挺胸的呀！"

几张速写后，卡蜜儿把铅笔搁在本子上。"如果我不知道你叫什么名字，就画不出真正的你。"

杜嬷嬷抬起头来，用一种高贵、轻蔑的眼神看着她说："我叫玛利亚·安娜斯达姬·芭纽德拉·梅巴耶。"

玛利亚·安娜斯达姬·芭纽德拉·梅巴耶日后再也不可能打扮成塞内加尔村落的皇后，回来这里让卡蜜儿作画了，这点卡蜜儿非常确信。她的画像将永远画不完，而且也永远不会交给皮耶尔·凯斯勒，因为他竟然没看出这位"黑美人"臂弯里抱着小布利……

这阵子并没有特别的事情发生，只有两次有宾客到访，还有他们三人一起参加弗兰克一位同事的三十岁庆生会。当然，还有卡蜜儿发了狂，大吼大叫说自己比大梭鱼的胃口更大。

白昼变长了，波莱特也换上了短袖，菲利伯忙着排演，卡蜜儿继续画画，而弗兰克却一天天失去了自信。她喜欢他，但并不爱他，她献出自己，却未将自己全然交付给他。然而她也尝试过，却还是无法真正信任他。

有一个晚上，他故意在外面过夜没回家，看会发生什么事。

她没有说什么。

接着，又有第二次、第三次，是去喝酒。

他睡在克马第家，大部分是一个人睡，有天晚上和一个女孩上床。

他让她高潮后，便转身背对她。

"呃，你怎么了？"

"不要管我啦。"

10

波莱特愈来愈行动不便，而卡蜜儿尽量不问问题。她用另一种方式捕捉她：

在白天的阳光或是夜间台灯的光线下。有时她心不在焉，有时精神奕奕。真是令人疲惫。

何时该尊重她，顺从她的心意；何时该强迫她接受治疗，不让她有生命危险呢？这个问题不断折磨着卡蜜儿。每当她半夜起床，下定决心帮她预约看诊，翌日老太太却又神采奕奕地醒来，像朵玫瑰般清新娇嫩。

弗兰克也不能像以前那样，在没有医生处方笺的情况下，跟在药厂实验室任职的情妇骗取药品了。波莱特已经有好几个星期没有吃药……

菲利伯上台表演的那个晚上，波莱特身体很虚弱，所以他们必须请佩蕾拉太太陪着她。"没问题！我跟我婆婆住了十二年，所以放心，我知道老人家是怎么回事！"

表演场地在大巴黎快铁线最后一站的青年活动中心。

他们搭乘晚上七点半的火车，两人相对而坐，各自默默思忖着心事。

卡蜜儿笑着看弗兰克。

把你的狗屎笑容留给自己，我不要。这是你唯一会付出的东西：把别人搞迷糊的微笑。

你留着吧，留给自己吧。你就和你的彩色铅笔独自在城堡里过一辈子算了，这样很适合你。

我呢，我累了。我是泥土里的蚯蚓，爱上天上的星星，做个短暂的梦就够了。

弗兰克咬着牙看着卡蜜儿。

你生气时，真是够可爱的。你慌张失措时，帅到不行。为什么我没法放任自己和你在一起呢？为什么我让你痛苦？为什么我要在胸前穿上防弹衣，在肩上斜挂着两个子弹匣呢？为什么我因为一些愚蠢的琐事就卡住？妈的，拿个开罐器来吧！看看你的刀具箱，我确定你一定有东西可以让我呼吸………

"你在想什么？"他问说。

"你的姓氏。有一天我在一本旧字典里看到，'雷斯塔'指的是骑马者高大的步行随从，帮助他上马。"

"啊？"

"没错。"

"不就是仆人嘛！"

"弗兰克·雷斯塔？"

"在。"

"你不和我睡觉时，你和谁睡？"

"……"

"你跟她们做的，和跟我做的，都是同一回事吗？"她咬着唇说。

"不一样。"

他们手牵手走出车站。

牵手，不错。

施予者不需给予太多的承诺，而接受者却能获得极大的抚慰……

表演场地有点狼藉。

闻得到络腮胡的味道、变温热的芬达汽水味，也感觉得到许多摘星梦在这里被撞得鼻青脸肿。几张泛黄模糊的海报，宣传着哈蒙曼波舞团和穿着羊驼皮的乐队即将展开隆重的巡回演出。卡蜜儿和弗兰克买了票，但观众席上并没有太多的观众。

不久后表演厅还是渐渐坐满。气氛像是义卖游园会和公益活动。妈妈们精心打扮，爸爸们检查相机的电池。

跟往常一样，弗兰克一紧张便抖脚。卡蜜儿把手放在他的膝盖上，让他安静下来。

"想到菲利伯要一个人面对这些人，就让我紧张。我真无法忍受，想到他要是忘词，还是开始结巴……呼！这样会完全毁了他……"

"嘘！一切都会顺利的。"

"如果有哪个人敢嘲笑他，我发誓，我会跳到他身上把他海扁一顿。"

"冷静点。"

"冷静，冷静！我倒想看你上台表演！你敢在陌生人面前卖弄才艺吗？"

首先，是小孩子的表演。有丑角司卡潘、小王子以及波卡街的童话故事等表演。

卡蜜儿看得太开心，来不及画他们。

接着是一群笨手笨脚的青少年，摇晃镀金的铁链，唱饶舌歌，抒发他们的存在主义。

"唔，他们头上戴了什么啊？"弗兰克担心地说，"是丝袜吗？"

中场休息。

妈的，依旧是温热的芬达汽水味，没看到菲利伯的人影。

灯光再度暗下来，一位怪诞的女孩出现在舞台上。

她很娇小，穿着粉红色Converse帆布鞋、彩色的条纹裤袜、绿色珠罗纱的迷你裙和饰满彩珠、飞行员样式的小夹克。发色则与鞋子的颜色搭配。

一个精灵，一把彩纸，一位动人心弦、疯疯癫癫的女孩，你要不第一眼就爱上她，要不就永远也无法了解她。

卡蜜儿笑弯了腰，同时看见弗兰克呆呆地笑着。

"晚安。那么，呃……我……我思考了很久，要用哪种方式来向大家介绍下一个节目，最后，我……我想……最好还是跟你们描述我们认识的过程。"

"哦，哦……她也在结巴，是因为我们吗？"他喃喃自语。

"那么，呃……大约在去年……"

她舞动着双手。

"你们知道我在蓬皮杜中心附近主持一个儿童工作室，而，呃……我会注意到他，是因为他总是绕着他的旋转陈列架，反复计算他的明信片。每次我经过时，总想吓他一跳，而且屡试不爽：他一边呢喃，一边数他的明信片，就……像是卓别林，知道吗？他有那种让人喘不过气来的优雅。而你不知道是该笑还是该哭，完全不知该做何反应，你只能傻傻待在那儿，心里又酸又甜，百感交集……有一天我帮了他一个忙，而我……我很喜欢他嘛，你们也会喜欢他的，没人不喜欢他……这个男孩……这个城市所有的光芒都属于他一人。"

卡蜜儿捏握着弗兰克的手。

"啊！还有一件事……当他第一次自我介绍时，他跟我说：'菲利伯·马奎特·德·拉·杜贝利埃，所以我也有礼貌地加了地理位置回复他：'苏姬……呃……德·美丽城。'[91] 没想到他竟然回答说：'啊！您是一六七二年攻打德国哈布斯堡的克佛里·德·拉杰曼·德·美丽城的后裔吗？'哦，妈啊！'不是，'

---

91 法国贵族名字后面的姓氏通常指其来源地，譬如菲利伯的全名是Philibert de la Durbelliére，意思为"来自拉贝利埃的菲利伯"。中文译名常舍弃"德"。而文中提到的美丽城（Belleville）是位于巴黎东北方十九区的一处地名。

我结结巴巴地说，'美丽城……是巴黎的美丽城啦。'而你们知道更糟的是什么吗？他一点都没有失望……"

她开始蹦蹦跳跳。

"我说完了，以下出场的就是我刚描述的人，请大家掌声欢迎……"

弗兰克把手放在口中吹出长哨。

菲利伯脚步沉重地进场。全副盔甲：身穿锁子甲，缀有羽饰，手执长剑、盾牌以及各种金属护具。

观众席一片惊讶。

他开口讲话，但是没人听得懂。

几分钟后，一个小孩拿了张凳子站在他身边，掀起他的头盔。

菲利伯不为所动，大家终于能听懂他说的话了。

观众微微一笑，不清楚这是真的，还是故意安排的玩笑。

菲利伯开始跳脱衣舞，令人拍案叫绝。每当他褪下一块废铁，他的小侍从便大声说出名称："头盔……铁帽……护颈……护胸……护腹……护肘……护手甲……护臀……护腿…… 护膝……护腿套……"

完全卸除后，我们的骑士跌坐在地上，那个小孩帮他脱掉靴子。

"护脚甲。"小孩一边把靴子高举在头上，一边捏着鼻子说。

观众这次真正笑开了。

要炒热气氛，最适合的就是好的笑点了。

这时菲利伯·乔恩·路易马希·乔治·马奎特·德·拉·杜贝利埃，带着单调和疲乏的声调详细介绍他的家谱，把他赫赫有名的家族所缔造的丰功伟业娓娓道来。

他的祖先查理和圣路易在一二七一年对抗土耳其人，一四一五年他的另一位祖先贝特杭参加阿金库尔战役，他的叔公必丢勒参与丰特努瓦战役，他的祖父路易在第一次世界大战时于曼恩罗亚尔省绍莱镇旁的穆瓦纳河畔参与壕沟战。他的大伯父马斯米里是拿破仑的左右手，他的曾祖父在埃纳省的"贵妇小径"打过仗，而他的外祖父在波美哈尼被德国人俘虏。

面对事无巨细的描述，孩子们都鸦雀无声，专心聆听。

影音呈现的法国历史。一场伟大的艺术表演。

"而这个家族的最后一代，"他结论说，"就在这里。"

他站了起来，脸色苍白，显得更加消瘦，身上只穿着一件印有百合花图案的四角裤。百合花是法国王室的象征。

"就是我，你们知道吗？我就是那个数明信片的男孩。"

他的侍从为他披上一件军用斗篷。

"为什么？"他问道，"究竟为什么，这样一个家族的继承者，要在他厌恶的地方反复数着明信片呢？听我道来……"

此时，气氛转变了。他叙述他自己出生时的难产，他不是头先出来，他叹着气说："一开始就不对了……"而且他母亲不肯去医院，因为怕医院会替她流产。他描述与世隔绝的孩童时期，家里教导他和低下阶层的人保持距离，他也提到住校的那段日子，用字典当作投石器，经常被捉弄，而他只是一个从未和人打架、顶多只是拿着玩具模型打打仗的男孩。

观众笑着。

他们笑是因为好笑。装尿的杯子、被嘲笑、眼镜被丢到厕所、被逼着自慰、旺代地区农人的暴行、舍监不怀好意的安慰。小白鸽、夜间长裤以原谅那些冒犯者，以及不屈服于诱惑，还有他父亲每个星期六按例询问他是否严守身份、光宗耀祖，而他仍为他那话儿又被人用肥皂摩擦而痛苦不堪。

是的，观众在笑。因为他在笑，现在，大家跟着他情绪起伏。

所有的人……

跟随着他白色的羽饰……

全都为之动容。

他述说他的强迫焦虑症、他吃的镇定剂、申请保险给付的表格永远也无法写下他的全名、他的口吃、他的混乱、慌张失措时的语无伦次、在公共场合的恐慌症、拔了神经的牙齿、他的秃头、已经开始驼背、随着时间渐渐衰老的躯体。成长过程里没有电视、报纸杂志、外出、幽默，尤其，周遭的世界没有一丝温暖。

他列举在贵族社会中生存的方法、礼仪规则，并提到适宜的举止与习惯，并将他奶奶的贵族手册倒背如流地说出：

"优雅落落大方者，仆人随身在侧时，尤其得谨言慎行，不能有羞辱他人之嫌。譬如不能说：某某先生的举止好像奴才。从前有些贵妇并未注意一些细节，像是十八世纪的某位公爵夫人每有行刑，便派遣仆人到市府广场，并无情地对那些仆人说："去学着点！"

"我们今天比较重视人性尊严，较能顾虑平民老百姓的感受；这是我们这个时代的光荣……

"不论如何，主人对于仆人的礼节不该流于放肆或是过于亲近。例如，没有比听信仆人的流言蜚语更加愚昧庸俗的了……"

而大家依旧笑着，即使这些内容并不好笑。

最后，他谈论古希腊，用拉丁语一口气朗诵完祈祷文，他承认从未看过法国经典喜剧片《虎口脱险》，因为其中有嘲讽修女和教士的情节。"我想我是唯一没看过《虎口脱险》的法国人吧？"

观众席传来几个友善的回应：不，不，你不是唯一的……

"幸好，这样我……我会比较好过点。我……我放下城门，我想……而我……为了体验生活，我离开我的土地，认识了许多比我更高贵的人，而我……总之，有些现在就坐在观众席里，我不想让他们感到不……不自在，但是……"

由于他注视着他们，所有人的目光投向弗兰克和卡蜜儿，他们努力咽下喉咙发出的"啊……呃……"的声音。

因为站在那儿说话的人，那个高瘦的家伙，叙述他的不幸时能把观众弄得哄堂大笑，这竟然是他们的菲利伯，他们的守护天使，他们从天而降的热巧克力。是他拯救了他们，用他那瘦长的双臂拥抱他们蜷缩无力的背……

当观众掌声鼓励时，他穿好衣服，现在他身穿燕尾服，头戴大礼帽。

"啊，我想我都说完了。我希望这些无聊的胡言乱语不会让你们感到厌烦……哎呀，如果这样就请大家原谅我，并去向那位粉红色头发的罗亚小姐投诉，因为是她强迫我今晚站在你们面前的，我保证下不为例，但是，呃……"

他的侍从带来了一副手套和一束花。他向后台挥舞他的拐杖。"看看这颜色，"他边戴上手套边说，"是乳白色……天啊，我真是个无可救药的老古板……刚才说到哪了？啊，对了！粉红色头发，我……我知道马丁先生和夫人，美丽城小姐的父母大人也是座上宾，而我……我……我……我……"

他单膝跪了下来。"我……我又结巴，不是吧？"

哄堂大笑。

"不过，这次我结巴是正常的，因为我请求你们将令嫒……"

这时，女孩突然出现并穿越舞台，将他绊倒，而他的脸被淹没在罗纱花冠里。全场观众都听见："嘻嘻嘻，我要变成侯爵夫夫夫人了！！！！"

眼镜歪了，他站了起来把她抱在怀里。"了不起的征服，不是吗？"

他笑着。

"我的祖先应该会以我为傲……"

11

弗兰克和卡蜜儿并没有参加剧团的期末酒会，因为他们不想错过十一点五十八分的火车。

这次，他们并肩坐着，没有多说话，和来的时候差不多。

太多的画面，太多的震撼。

"你想他今晚会回来吗？"

"嗯。这个年轻女孩看起来不太按牌理出牌……"

"很疯狂吧？"

"完全疯了……"

"你能想象玛丽·罗红思看到她新媳妇的表情？"

"我看她应该不会马上看到吧。"

"你为什么这样说呢？"

"我不知道……女人的第六感……上次在城堡时，午餐后我们和波莱特一起散步时，菲利伯一边气得发抖一边告诉我们：'你们可以理解吗？今天是复活节，而他们竟然没为布兰奇藏些彩蛋……'或许我搞错了，但是我发觉他终于想切断家庭的脐带了。不管他的父母对他做过什么，他都能忍气吞声，但是现在……没替他妹妹藏复活节彩蛋，他再也受不了……我感觉他正化悲愤为力量，进行灰暗的反抗计划。这样也好，你说得对，他们不配……"

弗兰克点点头，讨论到此为止。如果继续下去，他们必须进一步讨论如果他们结婚了要住在哪儿，而我们又要住哪儿呢等。他们还没有准备好要讨论这种事。太多的不确定了，太冒险了。

当卡蜜儿向波莱特宣布这个消息时，弗兰克忙着付钱给佩蕾拉太太，然后他们在客厅里一起吃点东西，听着尚可忍受的科技舞曲。

这不是科技舞曲，这是电子合成音乐。

啊，对不起……

当晚菲利伯并没有回家，他们觉得这栋公寓空荡得可怕。他们一方面为他感到高兴，但也为自己感到不幸，嘴里涌上被抛弃的余味……

菲利伯……

他们不需要倾吐自己的慌乱不安，这次，他们完全能明了对方的心思。

他们以祝贺朋友结婚为借口猛灌烈酒，为世上孤儿的健康干杯。既然有那么多的孤儿，非得请出一大盅上好珍酿来结束这个动荡的夜晚不可。

甘醇与苦涩。

12

二〇〇四年六月的第一个星期一，巴黎第二十区市政府，菲利伯·乔恩·路易马希·乔治·马奎特·德·拉·杜贝利埃侯爵，一九六七年九月二十七日出生于旺代省的拉罗什；与苏姬·马丁，一九八〇年一月五日出生于塞纳圣但尼省的蒙特莱；在证婚人弗兰克·雷斯塔·乔曼·摩里司，一九七〇年八月八日出生于安德尔罗亚尔省的图尔，以及卡蜜儿·伊丽莎白·佛戈，一九七七年二月十七日出生于上塞纳省的默东，还有不愿意透露年龄的波莱特·雷斯塔的见证下，结为夫妻。

新娘的父母及新娘的一位挚友也出席，是位发色稍比新娘低调一点的高个子黄发男孩。

菲利伯穿着一件完美的白色西装，口袋中放了缀有小绿点的粉红色方巾。

苏姬穿着一件缀有小绿点的粉红色迷你裙和一件仿皮衣，戴着两米长的头纱。她笑着一直说："我的美梦成真了！"

她一直开心地笑。

弗兰克穿着和菲利伯同样款式的西装，不过颜色较接近焦糖色。波莱特戴着一顶饰有不规则羽毛的仕女小帽，是卡蜜儿亲手做的。而卡蜜儿穿着一件菲利伯外公的白色衬衫，长度直到膝盖。她在腰上系了一条领带，足蹬崭新的红凉鞋，很久没穿裙子了。

接着，这些精心打扮的人到布特萧蒙公园野餐，他们带着像是送外卖用的大篮子，尽可能绕道，不让公园的管理员看见。

菲利伯将他十万分之一的书搬到他老婆两房一厅的小公寓里。因为她只要想到得离开自己喜爱的社区，穿过塞纳河到对岸的新居被高贵地埋葬，就像要了她的命似的……

她非常大方，他非常爱她……

不过，他还是保留他的房间，每次他们回来吃晚餐时便睡在那里。菲利伯顺便带书来交换，而卡蜜儿则趁机继续画苏姬的画像。

画得并不顺利，这又是一位不能让人轻易捕捉的人。嘿！这就是画家的难为之处……

菲利伯不再口吃了，但是当苏姬走出他的视线，他便停止呼吸。

当卡蜜儿为他们如此快速走入婚姻感到惊讶时，他们则奇怪地看着卡蜜儿。等什么？幸福来了，为什么还要浪费时间呢？你的想法真是很蠢……

当她带着疑惑和感动摇着头时，弗兰克正偷偷看她……算了，你不能了解，你……你不懂啦。你太多纠结了，你只有画好看，你在内心深处早就自我放弃……而我还以为你是活着的。妈的，那晚我应该是醉到瞎了眼，以为你是特地来和我做爱的，没想到你只是太饥渴了，我真是大傻瓜。

你知道该怎么做吗？你需要清扫你的脑袋，就像是要清空鸡的内脏一样，把里面的狗屁东西全部一股脑清光。需要个强壮的男人才能将你撬开。此外，还不确定这个人是否存在。

菲利伯跟我说，你就是因为这样才画得这么棒，哦，他妈的，真是昂贵的代价。

"怎么了，我的弗兰克？"菲利伯摇摇他，"你看起来有心事。"

"很累。"

"好了，假期快到了。"

"哎，还得撑七月一整个月。而且我明天得早起，所以我要去睡觉了，我得带女士们到乡下度假。"

夏天去乡下度假，是卡蜜儿的主意，波莱特觉得没什么不好，但是不如想象中兴奋。不过她已经准备好要出发了，她随时准备出发到任何地方，只要没人强迫就好。

当她向弗兰克提出这个计划时，他终于知道原因了。

她可以远离他而活着，她并没有爱上他，也永远不会爱上他。她之前也提醒过他："谢谢你，弗兰克。我也不会。"如果他认为自己比她坚强，比世上任何人都更坚强，那就是他自己的问题了。呃，不，好家伙，你并不是最坚强的……不是的。不过，让你看清事实是对的吧？但是，你实在太顽固，太自以为是……

你还没出生时，你的生命就已经一团糟了，所以现在怎会有所改变呢？只因为你全心全意和她做爱，你对她亲切温柔，就能让你十拿九稳拥有幸福吗？哦……真是可怜，看清楚！

你看到自己的伎俩了？告诉我，凭这些你能走到哪？你能走到什么田地？

她将自己的袋子和波莱特的行李放在门口，然后到厨房来找他。

"我渴了。"

"……"

"你不高兴吗？你不想去乡下？"

"没这回事！这样能让我也轻松一下。"

她站了起来，拉着他的手。"来，来这里……"

"哪里？"

"上床。"

"和你？"

"当然！"

"不要。"

"为什么？"

"我不想……当你有什么计谋时才会变得温柔……对我，你只会作弊骗人，我受够了。"

"哦……"

"你忽冷忽热，你的态度真令人厌烦。"

"……"

"令人厌烦。"

"但我和你在一起感觉很好啊。"

"'但我和你在一起感觉很好啊……'"他用幼稚的语气又说了一遍，"我根本不在乎你和我在一起是否感觉很好，我只要你和我在一起，其他的……你的颜料、你的艺术、你的意识和你欲望的天人交战，就留给另一个呆头鹅吧。你不会再从我身上得到什么了，省省力气吧，公主。"

"你坠入爱河了，是这样吗？"

"哦，卡蜜儿，你真烦！'是这样啊！'现在你跟我讲话的态度就像是在跟一个病入膏肓的人说话！妈的，有点廉耻心好吗，狗屎！有点节操！我还不至于被这样对待！好了……你要走了，这样我会舒服点……我怎会这么疯狂，居然跟一个想要和一个老太婆待在鸟不生蛋的地方两个月的女人纠缠不清？你这个女人不正常，如果你还有一点真诚，在你抓住第一个经过的笨蛋之前，应该先去看病。"

"波莱特说得对，你真是难以置信的粗鲁。"

翌日的旅程，似乎显得，呃……相当漫长。

他把车子留给她们，骑着他的老爷摩托车离开。

"你下星期六会来吧？"

"回来做什么？"

"呃……休息啊……"

"再说吧。"

"我希望你来。"

"再说啦。"

"我们不亲吻道别吗？"

"不要。我下星期若没有别的事可做，我会回来上你，但是我不要再亲你了。"

"哦。"

他向外婆道别，消失在路的尽头。

卡蜜儿回到她的大油漆桶边，现在她开始替房子进行装潢。

373

她开始思考，然后又作罢。她拿出蘸了溶剂的刷子慢慢地擦拭。他说得对，再说吧。

生活又步上了轨道，就像在巴黎一样，不过步调更为缓慢，而且笼罩在阳光底下。

卡蜜儿认识了住在隔壁的英国夫妇，他们正在整修房子。他们相互交换想法、诀窍、工具，而当雨燕开始飞舞盘旋时，便一起喝杯琴酒。

她们去图尔的美术馆，当波莱特在一株大雪松树下等待时，卡蜜儿发现了画家德巴彭松所画过的花园，画里有他美丽的妻子和他的孙子。这位画家名不见经传，就像几天前去罗诗博物馆参观埃马纽埃尔·朗斯耶的画展……卡蜜儿很喜欢这些不知名的画家——所谓名不见经传的大师，参观这些地方性画家的画展成为她们造访小镇时的重要活动节目。德巴彭松永远只是抽象艺术家德培的祖父，而朗斯耶永远只是高荷的学徒。所以……没有天才光环笼罩的艺术家，更容易让人静静地喜欢，而且更真心。

卡蜜儿不断问波莱特要不要上厕所，尿失禁这个想法很愚蠢，但她坚持要波莱特待在厕所附近。这位老太太放任自己一两次后，卡蜜儿大发雷霆："啊！不，我的波莱特，要怎样都行，就是不要这样！我在你身边帮你啊！跟我说！天啊，跟我说啊！这样乱大小便是怎么回事？你并不是被关在笼子里啊？"

"……"

"嘿！哦！波莱特！回答我啊。您变聋了吗？"

"我不想要打扰你。"

"骗人！您不想要打扰您自己吧！"

其他的时间里，卡蜜儿则忙着种菜种花、装修房子，边工作边想着弗兰克，并阅读《亚历山大四重奏》[92]。有几次她大声念出来，让波莱特也知道故事的内容。她还讲述歌剧的内容："听这个，真是美，唐·罗德利果向他的朋友提议一起上战场捐躯[93]，以忘却自己爱上伊丽莎白……等等，我调大声一点，听这段二重唱，波莱特。上帝深植在我们的灵魂里……"她一边哼唱一边摆动手腕，

---

92 英国小说家劳伦斯·杜雷尔（Lawrence Durrell, 1912—1990）的著名小说。

93 此处指十九世纪法国作曲家比才（Georges Bizet）于一八七三年所创作的作品《唐·普罗科皮奥》（*Don Rodrigue*）。

"啦哩啦……哩啦……很美吧？"

她已沉沉睡去。

接下来的周末，弗兰克并没有来，但如影相随的菲利伯夫妇前来拜访。

苏姬将瑜伽垫铺在茂盛的草地上，而菲利伯在躺椅上读着西班牙旅游指南，他们下星期要去那里度蜜月。

"去找胡安·卡洛斯国王，我的结拜表哥。"

"我早该猜到……"卡蜜儿笑说。

"弗兰克呢？他没来吗？"

"没有。"

"骑车去逍遥游吗？"

"我不知道。"

"你是说他待在巴黎？"

"我想是吧。"

"哦，卡蜜儿……"他悲伤地说。

"卡蜜儿什么啊？"她不耐烦地说，"什么啊？你一开始就跟我说他很难相处，他除了看摩托车杂志的小广告外，什么都不看的，而……而……"

"嘘，冷静点，我没有怪你。"

"不，你这样做更糟。"

"你们看起来那么幸福……"

"是的，正是这样，让我们停在这里，别破坏。"

"你以为它就像你的画笔笔芯吗？你以为它会被用坏、用完？"

"你是指什么？"

"感情。"

"你的最后一幅自画像是什么时候画的？"

"你为什么要这么问？"

"什么时候嘛？"

"很久以前了。"

"我想也是。"

"这没什么关系。"

"当然没有。"

"卡蜜儿？"

"嗯？"

"二〇〇四年十月一日早上八点……"

"什么？"

他将巴黎公证人布卓先生的信交给她。

卡蜜儿读完后交还给他，然后，躺在他脚边的草地上。

"对不起？"

"美好的事物总是短暂的。"

"我很抱歉……"

"你不需要抱歉。"

"苏姬在我们家附近看广告，你知道，这样也很不错。这……这如同我爸说的'很别致'……"

"不要说了。那弗兰克知道了吗？"

"还没。"

他说他下星期会来。

"你太想念我了吗？"卡蜜儿在电话里低语着。

"不，我得修理摩托车。菲利伯给你看过信了吗？"

"是的。"

"……"

"你在想波莱特吗？"

"是的。"

"我也是。"

"我们摆了她一道，我们应该让她待在养老院里。"

"你真的这样想吗？"卡蜜儿接着说。

"不是。"

13

一星期过去了。

卡蜜儿洗过手，到花园里找波莱特时，她正坐在椅子上晒日光浴。

她准备了一个猪油火腿奶酪蛋糕，反正，是加了猪肉丁的派。反正，是可以吃的东西。

一个驯服的小女人，等待着她的男人。

当她蹲在地上拨弄泥土时，她的老女伴在她背后喃喃说着："我杀了他。"

"对不起，您说什么？"

糟糕，她的脑袋愈来愈不灵光。

"莫里斯……我先生，是我杀了他。"

卡蜜儿站了起来，不过没有转头过去。

"那时我正在厨房找零钱去买面包，而我……我看见他跌倒，你知道，他的心脏很不好……

"他大叫、喘气，他的脸……我……我穿上我的毛线衣，然后就离开了。

"我悠闲地把事情办完，在每户人家门前逗留一阵子……'孩子，还好吗？你的感冒好点没？你们看好像快要下雨了？'我并不是很健谈的人，但是那天早上我特别爱聊天……而且最糟的是，我还去买乐透……你能体会吗？我把那天看成是我的幸运日一样。好了，然后我……我终于回到家里，而他已经死了。"

沉默。

"我白白浪费我的钱，因为我没有脸去对开奖号码。我打电话叫了消防队……还是救护车，我不记得了，已经太晚了，我也知道……"

沉默。

"你没话好说吗？"

"没有。"

"为什么你没话好说呢？"

"因为我认为他的时候到了。"

"你真的这么认为？"她诚恳地问。

"我确定，心脏病发作，谁也逃不过，您说过，他已经多活了十五年，好了，时候终于还是到了。"

为了让波莱特相信她真的这么认为，她继续工作，像什么事都没发生一样。

"卡蜜儿？"

"嗯。"

"谢谢。"

半小时后她站起来时，波莱特含笑睡着了。

她帮她盖上棉被。

然后，她卷了烟。

然后，她用火柴棒清指甲。

然后，她去看看她烤的"猪油火腿奶酪蛋糕"。

然后，她剪了几片生菜叶和几根葱。

然后，她清洗这些菜。

然后，她喝了一杯白酒。

然后，她洗了个澡。

然后，她边套上毛衣边走回花园。

她将手放在她的肩上说："嘿，我的波莱特，您会感冒的。"

她轻轻摇着她："我的波莱特？"

从来没有任何画面，让她画得如此心力交瘁。

这是唯一的一幅。

或许也是最美的一幅……

14

当弗兰克的摩托车声把全村的人都吵醒时，已经过了次日凌晨一点。

卡蜜儿在厨房里。

"还在喝酒吗？"

他将外套放在椅子上，在她头上的柜子里拿出一个杯子。

"别动。"

他坐在她的对面："我外婆已经睡着了吗？"

"她在花园里……"

"在花……"

当卡蜜儿抬起脸时，他开始呻吟：“哦，不，妈的……哦，不……”

15

"音乐呢？你有特别喜欢的吗？"

弗兰克转向卡蜜儿。

她在哭。

"你可以帮我们找点好听的音乐，好吗？"

她摇着头。

"那骨灰坛呢？你们……你们看过价钱了吗？"

16

卡蜜儿没有勇气回巴黎找适合的 CD，也不确定到底能不能找到。还有，她没勇气这么做。

她拿出汽车音响里的卡带，然后交给葬仪社。

"没什么可做吗？"

"没有。"

因为他真的是她的宝贝……他甚至特别为她唱了一首歌，所以啰……

卡蜜儿录这首歌，是为了感谢她这个冬天为她织的丑毛衣，而前几天她们从韦隆第堡花园回来时还一起听哩。

当时她从后视镜里看见她在笑……

当这位年轻高大的男孩唱歌时，他才二十岁，她也是。

她是一九五二年在电影院附近的音乐厅看见他。

"啊，他好帅……"她叹息说，“好英俊。”

所以我们便托付伊夫·蒙当老爷[94]在丧礼上唱诵悼文。
还有安魂曲……

　　　　当我们在美丽的清晨离去，当我们来到小路上，
　　　　骑着脚踏车，
　　　　我们一行几个好朋友，
　　　　有飞诺、飞明、法兰西斯和斯巴司提昂，
　　　　还有波——莱——特……
　　　　我们都爱她，我们在脚踏车上，
　　　　展翅高飞……

而菲利伯不在这里……
他已经出发前往他在西班牙的城堡了。
弗兰克双手放在背后，笔直地站着。
卡蜜儿哭着。

　　　　啦，啦，啦……不露声色，
　　　　这首小歌……
　　　　又回来了，
　　　　她消失无影，
　　　　我的铺石道路，
　　　　真是蠢……
　　　　巴黎街头的顽童、侯爵，
　　　　好了，我们出发了……

94 伊夫·蒙当（Yves Montand, 1921—1991），法国二十世纪五十到八十年代最具魅力的歌手
与演员，《秋叶》为他的经典名歌之一。

她笑了……

　　巴黎街头的顽童、侯爵，这不就是我们吗，这……

　　啦，啦，啦，打起精神，

　　和我一起唱……

　　这首小歌……

伊冯娜女士一面抚弄她的念珠，一面啜泣。

在这间仿大理石的虚假小教堂里，有多少人呢？

或许十来个。

除了那对英国夫妇之外，全都是老人……

尤其是老太太。

尤其是老太太们悲伤地摇着头。

卡蜜儿瘫在弗兰克的肩膀上，而他继续扭绞手指头。

　　这首曲调，

　　一去不复返，

　　空白的回忆……

　　结束喧闹，

　　开始新的一页，

　　并且入睡……

一位蓄胡的先生向弗兰克示意。

弗兰克点头回礼。

焚化炉的门打开，棺材滑了进去，门再度关上，而后……噗噗噗……

波莱特一边听她喜爱歌手的曲子，一边燃烧最后一次。

走吧……在阳光下……在微风中……一拐、一拐地离去……

大家互相亲吻。老太太们告诉弗兰克她们有多么喜爱他的外婆。他向她们微笑。他咬紧牙，免得哭出来。

村民逐渐离去。一位先生要弗兰克签署一些文件，另一位则递给他一个黑色的小盒子。

很美，很高贵。

在不自然的釉彩下闪烁不定。

令人作呕。

伊冯娜邀请他们喝点酒。

"不了，谢谢。"

"确定？"

"确定。"弗兰克一边抓着她的手臂一边回答。

他们在马路上找到对方。

孤零零的。

两个人。

一位五十几岁的太太跟他们攀谈。

她要他们去她家。

他们跟随她的车走。

不论是谁，他们都会跟。

17

她为他们准备热茶，从烤箱里取出蛋糕。

她自我介绍。她是乔安娜·罗威的女儿。

弗兰克不认识她们。

"没关系，我回来住在我母亲的房子时，你已经离开这里很久了。"

她让他们静静地喝茶，吃东西。

卡蜜儿到花园里抽烟，她的手在颤抖。

当她回来和他们坐在一起时，这女主人拿出一个大盒子。

"等等，等等，我会找到的……啊！就在这！拿着。"

是一张四边有着小锯齿的泛黄照片，右下方有个歪七扭八的签名。

两个年轻女人，右边那位笑着看镜头，左边的则垂着眼睛，躲藏在黑色的帽子之下。

两人都光着头。

"你认得她吗？"

"对不起，什么？"

"这位……是您的外婆。"

"这位？"

"是的。旁边这位是我的阿姨露西安，我妈妈的大姐。"

弗兰克将照片递给卡蜜儿。

"我阿姨是小学老师。大家都说她是这地区最漂亮的女孩，也说她很自傲，这女孩，她受过教育，回绝了好几门婚事，所以，她确实很自傲。一九四五年七月三日，一位以裁缝为业、名叫葆容的人提出指控说……我妈妈把诉讼内容都背下来了……我看见她在作乐、嬉戏、开玩笑，甚至有时和德国人一起，在学校的庭院里穿着泳衣玩喷水游戏。"

沉默。

"所以她们被剃成光头？"卡蜜儿问说。

"是的。我妈跟我说我阿姨意志消沉了好几天，有一天早上她的好朋友波莱特来找她。她用她父亲的短刀剃了头发，站在她们家门口笑着。她牵着她的手，强迫她陪她到市区的照相馆。'来吧，来呀……'她跟她说，'我们拍照留念……来啦！我说，不要让他们太得意。来啦，抬起头，我的露露，你比他们棒多了，来吧……'我阿姨戴着帽子才敢出门，在照相馆里也不肯脱下，但是你的外婆，看看照片……一副调皮的模样。那时候她几岁啊？二十岁吗？"

"她出生于一九二一年十一月。"

"二十三岁……很勇敢的女孩，不是吗？拿着，送给您。"

"谢谢。"弗兰克扭曲着嘴说。

到了外面路上，他转身向她，劈口就说："我的外婆与众不同吧，呃？"

然后，他开始大哭。

好不容易终于哭出来了。

"我可爱的老外婆，"他啜泣着说，"我可爱的老外婆，我在这个世界上仅有的……"

卡蜜儿猛然停住脚步，然后跑回去拿黑色的骨灰坛。

他睡在沙发上，隔天一大早便起床。

从房里的窗户，卡蜜儿看见他在罂粟花和香豌豆上撒着细致的粉末……

她不敢立刻走出去，当她终于想要为他送上一碗热咖啡时，却听见摩托车轰隆隆地走远。

碗打破了，卡蜜儿瘫跌在厨房的餐桌前。

18

几个小时后她才站起来，擤了鼻涕，洗了冷水澡，然后回到她的油漆桶边。既然已经开始粉刷这栋他妈的房子，她就要做完它。

她打开广播，一连几天都高高地站在梯子上。

她大约每两个小时传一通简讯给弗兰克，告诉他粉刷的进度。

09:13 乐团《印度支那》，壁橱底下。

11:37 流行歌《艾夏，艾夏，听我说》，窗户周围。

13:44 歌手阿伦·苏松，在花园抽烟。

16:12 爵士乐手努加侯，天花板。

19:00 新闻报道，奶油火腿三明治。

10:15 海滩男孩，浴室。

11:55 摇滚歌星班纳巴尔，《是我，是娜塔莉》，休息。

15:03 歌坛老将米歇尔·萨杜，清洗刷子。

21:23 流行乐手埃天·道，睡觉。

他只回她一通简讯：01:16 安静！

他的意思是什么：下班、平静、冷静或是闭嘴？

半信半疑中，她关掉手机。

384

19

卡蜜儿关上护窗板，向花儿们道别后，闭上眼睛抚摸猫。

七月结束了。

窒息的巴黎。

公寓安静无声，仿佛它已经把他们赶出去了……

喂，喂，喂，她对着公寓说，我还有事情没做完，我……

她买了一本很美的画册，在第一页贴上在库波乐餐厅那晚所写的愚蠢合约，然后把所有的画、地图和草图整理出来，回忆在这里共享的过去，以及即将消失的这一切……

这栋大公寓真是大到可以容纳十个豪华兔子笼……

接着她只清理隔壁波莱特的房间。

然后……

这些发夹和黏黏的软牙膏也步向死亡……

整理画时，她将波莱特的画像另外放在一旁。

原本她对举办画展意兴阑珊，但现在她很感兴趣，她唯一的念头是：让她继续活着。想着她、谈论她、展示她的脸庞、她的背、她的颈、她的手……她觉得很可惜，没录下波莱特的童年回忆，或是她伟大的爱情故事。

"这是我们之间的秘密，好吗？"

"好的。"

"呃，他叫作约翰·巴贝提司特，很美的名字，你不觉得吗？如果我有儿子，也会叫他约翰·巴贝提司特。"

到现在她还依稀听得见她的声音。会听到何时呢？

她已经习惯边听流行歌曲边做事，所以她走进弗兰克的房间借用他的音响。

找不到。

因为里面什么都没有。

只有堆在墙边的三个纸箱。

她将头靠在门上，地板变成流沙，她开始往下陷。

哦，不……不要连他……不要连他也……

她咬着拳头。

哦，不……又开始了，她又要失去所有的人……

哦，不，妈的……

哦，不要……

她"啪"一声关上门，直奔弗兰克上班的餐厅。

"弗兰克在吗？"她气喘吁吁地问。

"弗兰克？不在，他不在。"一个软趴趴的高个儿懒洋洋地回答她。

她揪着鼻子免得哭出来。

"他……他不在这里工作了吗？"

"辞职了。"

她放开鼻子，然后……

"今晚起就不在这里工作了。啊，你瞧，他刚好来了！"

他从更衣室走出来，抱着扭成一团的衣服。

"我说，瞧……瞧我们美丽的女园丁……"

她大哭。

"怎么了？"

"我以为你走了。"

"明天。"

"什么？"

"我明天走。"

"去哪儿？"

"英国。"

"为……为什么？"

"首先，是去度假；其次是去工作，我的主厨帮我找到一份很棒的工作。"

"你要去喂女王吗？"她努力挤出笑容说。

"不，不，更好的工作，是当西敏寺的领班。"

"啊？"

"是顶级中的顶级。"

386

"啊……"

"你还好吗？"

"……"

"来吧，来喝一杯，我们总不能就这样道别吧？"

20

"坐里面还是外面？"

"里面。"

他看着她，惋惜地说："你把我替你增加的体重全部丢掉了……"

"你为什么要走？"

"因为我跟你说过，这是个很棒的工作，还有，呃……是这样的，我没有能力住在巴黎。你或许会说，我可以卖掉波莱特的房子，但是我不能这样做……"

"我了解。"

"不，不，不是这样，不是为了我留在那里的回忆，呃……不是的，而是因为……那栋房子并不属于我。"

"是你妈的吗？"

"不，是你的。"

"……"

"是波莱特最后的遗愿，"他一面从皮夹里掏出一封信，一面说，"拿着，你自己看。"

我的小弗兰克，

　　不要在意我涂得乱七八糟的字，我已经看不太清楚东西了。

　　不过，我看得出来这个小卡蜜儿很喜欢我的花园，因为如此，我想将它留给她，如果你不觉得有何不妥的话……照顾你自己；如果可以的话，也照顾她。

我深深地亲吻你，

外婆

"你什么时候收到的？"

"在她去世……前几天……菲利伯告诉我公寓要出售时的那天收到的。她……她已经知道……情况不妙了。"

呼……好像有人紧紧勒住套在脖子上的绞索……

幸好一位服务生来了。"先生？"

"一瓶柠檬口味的巴黎水，麻烦您。"

"那小姐呢？"

"白兰地，双份……"

"她是说花园，不是房子……"

"是……呃……我们别这样讨价还价，好不好？"

"你要离开吗？"

"我刚跟你说了，我已经买好票了。"

"何时出发？"

"明天晚上。"

"你想说什么？"

"我以为你已经受够了替别人工作。"

"当然，我是受够了，但你要我怎样呢？"

卡蜜儿在袋子里翻找，然后拿出一本画册。

"不，不，结束了，"他用手比了个字，不让她画他，"我跟你说，我不在这里了……"

她翻阅画册。

"你看。"她拿给他看。

"这是什么单子？"

"是波莱特和我，我们散步时记下的地点。"

"什么地点？"

"空旷的地点，可以让你开餐厅的地方。你知道，我们都考虑过的，我们俩讨论很久后才记下地址的！画了线的是比较好的地点，尤其这里，地点超棒，在巴黎万神庙后面的小广场……一家不错的老咖啡店，你一定会喜欢的。"

她大口喝掉杯中剩下的白兰地。

"你疯了！你知道开一间餐厅要花多少钱吗？"

"不知道。"

"你完全疯啦！好吧，走吧，我得回去整理行李了，今晚我要去菲利伯和苏姬家吃晚餐，你要来吗？"

她抓着他的手臂，不让他站起来。

"我有钱，我……"

"你？你一直活得像个乞丐似的！"

"没错，那是因为我不想动用这些钱，我不喜欢这笔钱，但是我很想送给你。"

"……"

"你记得我跟你说过我爸是做保险的，而他在工作中死于意外，你记得吗？"

"记得。"

"他考虑得很周到，他知道他会离开我，至少想到要让我有保障……"

"我不懂。"

"人寿保险，我是受益人……"

"那你为什么……为什么不买双体面点的鞋子呢？"

"我说了，我不想要这些钱，它带了腐尸的臭味。我要的是我爸活着，不是钱。"

"多少钱？"

"多到可以让银行工作人员对你眉开眼笑，提供给你一个很好的贷款方案，我想……"

她拿回笔记本。

"等等，我想我得把这种情景画下来……"

他抓着她的手。

"停止，卡蜜儿，别这样。别再躲在你那他妈的画册后面。停止！就这一次，我求你。"

她看着柜台。

"嘿！我在跟你说话，看这里！"

她看着她的 T 恤。

"不，是我，看着我。"

她看着他。

"你为什么不直接对我说：'我不要你离开？'我跟你一样，我……如果是要我独自花这笔钱，我根本不在乎。我……我不知道，妈的……'我不要你离开'这个句子不难说吧，是吧？"

"我已经跟你说了。"

"你说什么？"

"我已经跟你说过了。"

"什么时候？"

"十二月三十一日的晚上。"

"是的，但那是，那不算……那是因为菲利伯……"

沉默。

"卡蜜儿？"

他清楚地一字一句地说："我不要你离开。"

"我……"

"很好，继续：不要……"

"我很怕。"

"怕什么？"

"怕你，怕我，怕所有的一切。"

他叹了口气。

再叹口气。

"看着我。跟我一起做。"

他摆出健美先生的姿势。"握紧拳头，拱起你的背，弯曲你的手臂，交叉手臂，然后，摆在下巴下面，就像这样——"

"为什么？"她惊讶地问。

"因为你必须撑爆你的皮肤，它对你而言太小了。你看，你闷在里面，你得走出来！快点，我要听到你衣服爆开的声音。"

她笑了。

"妈的，把你的笑留给你自己吧，我可不要，我不要这样的你！我要你真的活着，妈的！不是要对我笑！在地铁里多得是会笑的女人。好了，我要走了，不然我又要发火了，晚上见。"

21

卡蜜儿在苏姬一堆五颜六色的抱枕里挖了个洞坐下。她没吃东西，却喝下不少的酒，这样可以让她适时开怀大笑。

即使没有幻灯片，他们还是犹如看了一场介绍世界各地风俗的纪录片。

"这是西班牙东北方的阿拉贡或者卡斯蒂利亚。"菲利伯指出。

"都是命运之泉啊！"她每看一张照片便重复说。

她很快乐。

悲伤又快乐。

弗兰克没多久便先离开，因为他要和同事一起告别他的法国生活。

等卡蜜儿好不容易站了起来，菲利伯陪她走到马路上。

"还好吗？"

"是的。"

"要我帮你叫辆出租车吗？"

"不，谢谢。我想走路。"

"呃，好吧……那么，慢慢走……"

"卡蜜儿？"

"是的。"

她转过身。

"明天，十七点十五分，北站……"

"你会去吗？"

他摇头。

"唉，不行，我得上班。"

"卡蜜儿？"

她又转过身。

"你……你代替我去……拜托你……"

22

"你是来挥舞手帕说再见吗？"

"是的。"

"真好心。"

"有多少？"

"多少什么？"

"会有多少个女孩来挥舞手帕，亲得你全身都是口红？"

"呃……"

"只有我？"

"呃，是的，"他皱着脸说，"幸好英国女孩很热情……反正人家是这么跟我说的！"

"你可以教她们法式接吻啰？"

"还有别的花样。你要陪我到月台吗？"

"要。"

他看着时钟说："好了。你只剩下五分钟来说出六个字的句子，时间够吧？说说看。"

他开玩笑地说："如果六个字太长的话，三个字也可以，但要说得对哦，妈的！我要进站了，所以……"

沉默。

"算了！我还是继续当癞蛤蟆。"

他将大包扛在肩上转过身。

跑去找检票员。

她看见他拿回他的票，向她挥挥手……

"欧洲之星"呼啸而过……

她开始大哭，这个蠢女人。

火车现在变成远在天边的灰色小点……

她的手机响了。

"是我。"

"我知道，有来电显示……"

"我敢打赌，你正身处超级浪漫的场景中，我确定你现在孤零零站在月台上，就像电影的场景，为消逝在白烟迷雾中的爱人哭泣……"

她边哭边笑。

"没有……才没有，"她好不容易发出声音，"我……我正要走出车站。"

"骗子。"背后传来一个声音。

她投入他的怀抱，紧紧、紧紧地抱着他。

全都宣泄出来。

哭。

号啕大哭，拿他衬衫擤鼻涕，不停地啜泣，将二十七年的孤寂、悲伤以及所有不幸的遭遇一股脑儿宣泄出来。哭泣，为了她从未有过的爱抚，为了她疯狂的母亲，为了跪在地板上的消防人员，为了她心不在焉的爸爸，为了历经的磨难，为了疲累但从不曾停歇的日子，为了寒冷，为了挨饿的乐趣，为了误入歧途，为了背叛自己，为了挥之不去的眩晕——那种在沉沦与酒瓶边缘徘徊的眩晕。还有为了怀疑，为了总是退缩逃避的身躯，为了酒精的味道，为了害怕自己能力不够，还有为了波莱特，为了五秒半之内化为乌有的波莱特的温柔……

他把她裹在他的夹克里，将下巴撑在她的头上。

"好啦！好啦！"他温柔地低语，不知道是要她尽情哭，还是别再哭了。

随便吧。

她的头发把他搔得痒痒的，他全身都是鼻涕，但却幸福无比。

太幸福了。

他笑了。这是他有生以来第一次，适时地出现在适当的地方。

393

他用下巴磨蹭她的头。

"好啦，亲爱的，不用担心，我们做得到的。纵使我们没有比别人做得好，但也不会比别人差……我们办得到的。跟你说，我们可以的，我们没什么好失去的，因为我们什么都没有。好啦，来吧。"

✦ 尾声 ✦

"妈的，真不敢相信……我真不敢相信……"他用大吼大叫来掩饰他的幸福，"他只提到菲利伯，这个王八！服务要多好有多好……当然！对菲利伯来说可是驾轻就熟！他的血液里就流着优雅的品格！还提到接待、装潢和佛戈的绘画……那我做的菜呢？大家都不把我做的菜放在眼里吗？"

苏姬从他的手中抢下报纸。

> "这间餐厅的年轻主厨弗兰克·雷斯塔挑起我们的味蕾，以他巧
> 妙和灵活的厨艺重新打造更活泼、清爽与欢愉的家常料理……总归一
> 句话，天天都可以享受星期天的家庭大餐，但不用听老姑婆的唠叨，
> 也没有星期一……"

所以呢？这些话又算是什么啊？

"不，今天不营业！"他对着掀开窗帘的人大叫，"哦，是的，进来，来……进来，够大家吃的……文森特，叫你的狗也进来，妈的，不然我把它扔进冷冻库里！"

"罗叔亚，坐好！"菲利伯命令它。

"是巴贝，不是罗叔亚。"

"我比较喜欢叫它罗叔亚，是吧，罗叔亚？过来看你的老伯伯菲利伯，你就会得到一根骨头……"

苏姬笑着。

直到现在，苏姬还是笑个不停。

"啊，您来了！太好了，您终于摘下您的太阳眼镜了！"

她娇媚地做作了一番。

如果弗兰克没有征服那个小佛戈，那么现在这个老佛戈早已经成为他的囊中物了。有他在场时，卡蜜儿的母亲总是小心翼翼，用因服用抗抑郁药而湿润

的双眼看着他……

"妈妈，跟你介绍我的朋友阿涅斯，他的先生比特，以及他们两人的小孩瓦隆丹……"

她喜欢说"我的朋友"，而不说"我的妹妹"。

不用再上演一出家庭悲喜剧了，再说也没人在乎，而且她真的和妹妹成为朋友，所以啰……

"啊！杜嬷嬷和她的小宝贝来了！"弗兰克说，"杜嬷嬷，你把我要的东西带来了吗？"

"哦，当然，我拜托你小心使用，这可不是普通的辣椒，绝对不是……"

"谢了，太好了，还是到后面来帮我吧。"

"我来了……希希，小心狗哦！"

"没关系，它很乖。"

"不关你的事，不用你来教我。那么，你的厨房在哪儿？哦，怎么这么小啊！"

"当然！所有的位置都被你占了！"

"哦，这是我在你们家看到的老太太吗？"她指着杯垫。

"喂喂……别碰，这是我的宝贝……"

当玛蒂尔德·凯斯勒正把文森特和他的朋友迷得团团转时，皮耶尔偷偷拿走一份菜单。卡蜜儿埋首于一七六七年间出版的经典作品《饮食月报》里，以便汲取灵感，创作一些奇异的美食。真是美丽，不是吗？原作在哪儿呢？

弗兰克非常亢奋，他从一大早就待在厨房里，这次大家都到齐了。

"来，来，开动了，不然会冷掉！烫哦！烫哦，借过！"

他将一个大炖锅摆在桌子中间，再回厨房拿勺子。

菲利伯为大家倒酒，一如往常，表现得无懈可击。

没有他，餐厅不会这么快成功，他就是有这种让大家觉得自在的天分，总找得到赞美之词、话题、幽默话，也懂得献殷情……这一带每位居民都被他亲过了……就当是他的远房表亲……

他招待客人诚恳亲切，解说清楚，他用字遣词游刃有余。

撰写那篇报道的记者谄媚地指出,菲利伯是这家高级小食堂的"灵魂"……

"来,来……"他大叫说,"把你们的盘子给我……"

这个时候,已经躲在盘子后面和小瓦隆丹玩了一小时的卡蜜儿,脱口说道:"哦,弗兰克……我也要一样的孩子……"

他刚好帮玛蒂尔德盛了菜,叹了口气……妈的,这里真的什么都要我做。他把勺子放到锅里,脱下围裙搁在椅背上,将孩子抱回他妈妈的手中。然后抱起他的爱人,像扛一大袋马铃薯或是半头牛一样把她扛在肩上;他呻吟起来……因为这个小女孩……变胖了……打开门,穿过广场,走进对面的旅馆,伸手向门房好友伊沙勇拿钥匙;伊沙勇经常利用工作空当去他们餐厅吃饭。他道谢后便笑着爬上楼去。